Based on the Incredible True Story

In a World of Fear

They Made a Place for Hope

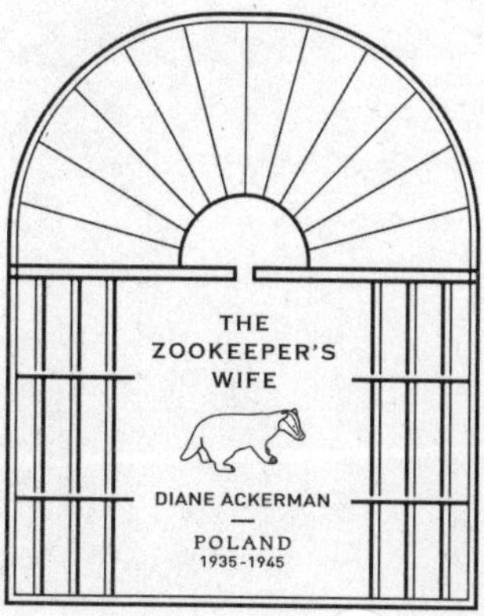

动物园长的夫人

〔美〕黛安娜·阿克曼 著
梁超群 译

重庆大学出版社

A WAR STORY

by
DIANE ACKERMAN

献给安东尼娜和她的家人

献给人类和动物

WASHINGTON POST BOOK WORLD

关于大屠杀的一个可爱故事，听上去好像很矛盾？但是在《动物园长的夫人》中，黛安娜·阿克曼证明了另外一种可能。这是一个完全真实的故事，再现一段真实的历史往事，摹写人性中的悲悯与残忍；沉痛与欢乐交替，智慧与意趣交响。阿克曼有一个美妙的故事要讲给我们听，她讲述得也很美妙。

——《华盛顿邮报书界》

SEATTLE TIMES

高产作家黛安娜·阿克曼的这部最新作品可用一个词评价——“绝妙”……她的学养，她潜入各类角色身心以角色的眼睛看世界的天赋，令人称奇，但最精彩之处当为她对书中许多动物的描写与叙述……简单说来，她把对人类角色的关注与爱怜同样倾注在了动物角色身上。

——《西雅图时报》

BOOKLIST,STARRED REVIEWS

阿克曼的作品部部精彩……但这本书注定要由她来写。真实的故事，优美的笔触，动物园长夫妇的故事必将深深打动每一位读者。在这个充满戏剧性的故事中，阿克曼为我们揭示了人类与自然之间的深刻联系，歌颂了生命的美丽、神秘与坚韧。

——《书单杂志》星级评论

JARED DIAMOND, AUTHOR OF COLLAPSE AND GUNS, GERMS, AND STEEL

黛安娜·阿克曼在这本新作中甚至超越了自己，此书读来时而诙谐、时而感动、时而恐惧。这本充满力量、读来令人惊心动魄的作品真可谓是一部伟大的小说——只是这部小说的内容完全是真实的。

——《枪炮、病菌与钢铁》及《崩溃》作者贾雷德·戴蒙德

NEW YORK DAILY NEWS

阿克曼笔下的主人公们守护生命、守护灵魂、历经煎熬……基于最恐怖的大屠杀，阿克曼却写出了一部最优美的作品。

——《纽约新闻日报》

The Salt Lake Tribune

读来令人振奋……面对种族大屠杀，他们冒死相抗，英勇犯险。媲美《辛德勒的名单》及《卢旺达饭店》，它必将成为家喻户晓的名篇。

——《盐湖城论坛报》

San Francisco Chronicle

新颖，引人入胜，无可抵挡的魅力……

——《旧金山纪事报》

Library Journal,Starred Reviews

阿克曼笔下动人而丰富的叙事……构成了一张张令人振奋、令人难忘的人性肖像，表现了人在残酷战争考验下的勇气与尊严……把这么一个鲜为人知的故事呈献给全世界，彰显英雄主义和人类大爱，阿克曼居功至伟。高度推荐。

——《图书馆杂志》星级评论

VIRGINIA QUARTERLY REVIEW

黛安娜·阿克曼给第二次世界大战时期许多沉寂的往事带来了新生命……《动物园长的夫人》堪称新颖，不仅因为故事是新的，更因为她天才地天衣无缝地把自然世界与人类世界融合在了一起。阿克曼为这个战时故事所做的深度研究，无疑将成为人类宝贵的文化遗产，昂扬的笔调将长期萦绕我们的心灵，因为它称颂的是战胜了残酷的坚韧人性，它警示了大规模"灭国型"战争必将造成的深远影响。

——《弗吉尼亚评论季刊》

DAVA SOBEL, AUTHOR OF THE PLANETS AND GALILEO'S DAUGHTER

精妙绝伦！黛安娜·阿克曼讲述起来，仿佛化身书中的主要角色——无论是人或动物。很少有作者和书中的角色如此神奇的契合。

——《经度》及《伽利略的女儿》作者达娃·索贝

Orion

尽管阿克曼是一位作家，但在感官探索和隐喻方面有绝对的天赋，正是因为她拥有这样的才华，她才能够挖掘出这个感人的故事，以最优美的笔触写下来。读罢掩卷之余，胜利与宿命之感交织沉积于心头。这无疑是作者才华的明证。

——《奥里翁双月刊》

Kirkus Reviews

诗人、博物学家黛安娜·阿克曼以她犀利的笔锋刻写了一个引人入胜的真实故事——《动物园长的夫人》，尽显战争与悲悯的张力。凭借她天才的非虚构叙事，一个独特的历史人物获得了饱满的文学生命……战时的一幅生命画像，读来无不令人感动。

——《科克斯书评》

USA TODAY

作者黛安娜·阿克曼为我们奉上的这本《动物园长的夫人》刻画了文学史上未曾描摹过的英勇行为，包含了丰富的不入正史的历史细节，让人联想到诺亚方舟……阿克曼的这个故事生动地定义了“高尚”这个词——书中的有些人类角色和所有的动物角色，当得起这有分量的两个字。

——《今日美国》

LOS ANGELES TIMES

一个震撼人心的战争故事，一个关于俗世圣殿的非虚构叙事，犀利、丰盈、飞扬的狂想……阿克曼深刻而无情地解剖了纳粹变态的自然观……闪耀着天才光辉的原创性，无法清晰地归入既有的文学类型……可以毫不夸张地说，阿克曼是为此书而生。

——《洛杉矶时报》

目录

The Author's Words

作者的话

基督徒扬·扎宾斯基[1]与安东尼娜·扎宾斯基夫妇曾经是一对动物园管理人，在第二次世界大战期间，他们震惊于纳粹种族主义的暴行，利用纳粹统治者痴迷于珍稀动物的心理，拯救了三百多犹太人。与诸多闪耀着大爱光辉的壮举一样，他们的故事在历史上长期湮没无闻。要知道，在第二次世界大战时的波兰，哪怕给口渴的犹太人施舍一杯水，也会招来杀身之祸。他们的英雄行径因此更是难能可贵，令人闻之动容。

我在本书中讲述他们的故事时所依据的各种资料，在书后的文献目录中均有列出，但主要来源如下："动物园长夫人"

安东尼娜·扎宾斯基本人的回忆录（“依据我的日记以及各类零散笔记写就”），其中翔实生动地描摹了他们迷人的动物园；安东尼娜·扎宾斯基的自传性童书，包括《沸腾的动物园》；扬·扎宾斯基的著述与回忆；波兰语、希伯来语以及意第绪语[2]报纸上发表的对夫妇俩的采访报道。本书中凡有涉及他们的心理活动处，我都是在引用他们自己的文字或上述采访报道中的记录。两人留下的照片也是本书所倚重的史实来源，正是凭着这些照片我才描写了扬毛茸茸的左手腕上戴着手表的形象，才判断安东尼娜对圆点花纹裙子情有独钟。我多次采访了两人的儿子瑞萨德、华沙动物园的工作人员，以及与安东尼娜年龄相仿的几位华沙女性，她们当时也曾服务于波兰的“地下抵抗组织”。其他资料来源包括：卢茨·赫克的著作与文章；多家博物馆，例如生动呈现当年历史场景的“华沙起义博物馆”，美国首都华盛顿发出血泪控诉的“大屠杀博物馆”，档案丰富的波兰“国立动物博物馆”；华沙“犹太历史研究所”珍藏的一批回忆录和信件（战时波兰即有一批义士以保留历史见证为己任，将一批相关资料密藏在各种盒子里，甚至藏在搅乳器中，使得它们得以保存下来）；以色列独特的“全球非犹太人义士”和“大屠杀见证”项目中搜集的大量证言；“华沙犹太人隔都”居民留下的信件、日记、文章、布道词、回忆录和其他文字材料。我仔细研究了纳粹主义，发现他们不但意在控制世界、控制意识形态，而且试图改变全球的生态系统，他们的做法是灭绝某些国家的原生植物和动物（包括人类），同时不遗余力地保护某些濒危动物及其栖息地，甚至试图复活欧洲原牛和森林野牛等已经灭绝的物种。我拜读了波兰的各类野生动植物指南(探索波兰自然世界的旅程),惊喜不断,并钻研了波兰的习俗、烹饪、民间传说。关于纳粹所研制的药物和武器,以及相关科学家的书籍,也是我的研读对象。为本书的撰写所做的研究让我学习了很多,对犹太教哈西德主义、犹太教神秘的卡巴拉生命树概念、二十世纪初期的异教神秘主义、纳粹主义的神秘主义源头,甚至对波兰社会与政治历史以及当时的波罗的海灯罩这类实用知识,我都十分享受。

我非常感激我的波兰语顾问玛格达·戴依(二十六岁前她一直生活在波兰)和她的女儿阿加塔·M.奥库里茨－科扎瑞恩,她们的知识对我而言是无价之宝。在波兰寻访的过程中,我曾在比亚沃维耶扎原始森林收集素材,在华沙动物园里那幢古旧的"小洋楼"周围漫步和徘徊,还在附近的街道努力寻找安东尼娜的足迹。我要特别感谢华沙动物园的现任园长马契依·伦比斯泽夫斯基博士和他的夫人伊娃·扎波尼考夫卡,感谢他们慷慨的时间付出和精神鼓舞,感谢动物园的全体工作人员,他们提供的信息、资源和热情对我非常重要。同时,我也要感谢我的助理伊丽莎白·巴特勒,她总是不知疲倦,永远生气勃勃地提供帮助,我还要感谢罗伯特·扬·万·佩尔特教授一丝不苟的审读。

与我所有的作品一样,本书的缘起与我的个人背景之间有着"情感纠缠":我的外祖父母均来自波兰。第二次世界大战期间,外祖母的诸多亲属、朋友在波兰东躲西藏,有的甚至身陷集中营。外祖父当年在普热梅希尔市郊区的莱特尼亚长大，第二次世界大战前才离开祖国。来到美国后他在一个小农场里生活，他有关波兰日常生活的讲述深深地渗入了我的血肉和心灵。他还给我讲了很多世代相传的波兰民间故事。

其中有一个故事说，某村庄有一个马戏团，里面的狮子突然死了，团长就问一个犹太穷人是否愿意假扮狮子凑数。因为实在缺钱，犹太人只能答应。团长对他说："你只要穿上狮皮，坐在笼子里就行了，大家就会相信你是头狮子。"犹太人穿戴打扮后进了笼子，一边自言自语："我这一辈子干的都是些什么奇怪营生啊。"他正这么自怨自艾地想着时，突然听到背后有动静，转身去看，只见一头狮子爬进了他的笼子，正贪婪地盯着他不放。他顿时吓得瑟瑟发抖，身子直往后缩。眼看难逃一死，他也无计可施，唯一的反应就是高声诵念犹太教祈祷经文："听啊，以色列……"这几个词才出口，那头饿狮突然开口说起了人言，用的也是希伯来语，"上帝我主"，然后两头"狮子"齐声诵完了这一段祈祷经文。我做梦也不会想到，这个民间故事会和本书讲述的历史故事之间存在着一种奇特的关联。

---

1 扬是西方常用名"约翰"的波兰语变音。——译者注

2 属于日耳曼语族，全球大约三百万人在使用，大部分的使用者还是犹太人。——编者注

Summer 1935

Summer 1935

Chapter 01

第一章

一九三五年夏天

黎明时分，波兰华沙市近郊，万道晨曦在开满鲜花的椴树林间穿行，悄悄爬上了一幢小洋楼的白墙。这是二十世纪三十年代的一幢水泥与玻璃建筑，它的主人正是动物园长和他的妻子，两人此刻正安卧在床。床是白桦木做的。这种淡色树木是人类的老朋友，独木舟、医用的压舌板、古雅的温莎椅，都常以它为材料。床的左侧是两扇高窗，窗台宽敞，可供安坐，窗台下面是取暖器。温暖的东方式地毯下面是镶木地板，一条条细长木板以对角线走向拼接在一起，仿佛鸟类铺展的羽毛。卧室的一角贴墙放着一把扶手椅，也是桦木制品。

微风轻拂薄薄的窗纱，时而撩开一个缝隙，颗颗光粒趁机钻了进来，室内的家具陈设于是隐隐约约有了形状，它们慢慢地把安东尼娜从缥缈的梦境拽回了人间。很快，长臂猿们将吹响一声声晨号，紧随而来的，将是一部气势磅礴的混乱大杂唱，百兽争鸣，彼伏此起，连新生儿和特别能睡的学生都会听得惊心动魄，眼睛睁得滚圆，像个猫头鹰似的。园长夫人当然也睡不下去了，日常的家务已经等着她了，她有一双巧手，烹饪、画画、针线都不在话下；动物园里的问题也由她专门负责，其中有些难题堪称诡异（比如安抚鬣狗幼崽），考验着她的专业积累，更激发她与生俱来的天赋。

她的丈夫扬·扎宾斯基通常比她起得早一些。穿上长裤、长袖衬衫，在毛茸茸的手腕上戴上手表后，他就轻手轻脚地下楼去了。他长着一双黑眼睛，鼻子坚挺，身材高瘦，双肩肌肉发达，不逊于一般的体力劳动者。体型上说来，他有点像他的岳父安托尼·埃尔德曼，老爷子是圣彼得堡的一名铁道工程师，因为这个职业，他的行踪遍及俄罗斯全境。与扬一样，安托尼·埃尔德曼不但肌肉发达，意志力也很强大，足可与扬匹敌，更助他赢得了安东尼娜继母的芳心，要知道安东尼娜的这位继母并非泛泛之辈，她是俄罗斯知识分子中的精英，在1917年的俄国革命中因此身份而被枪杀。那一年安东尼娜才九岁。从职业上讲，扬与他岳父也有相似之处，可以算工程师一类，只是他处理的是人和动物之间的关系，以及人性与动物性之间的关系。

已经开始谢顶的他，虽说头顶还有一丛深褐色的头发，但帽子已是他的必备装配之一，夏天可以防晒（太阳会灼伤头皮），冬天用来御寒。因此，在他留下的户外照片中，头上通常都戴着软呢帽，平添一份冷峻坚毅之气；室内照中留下的是他坐在书桌后或者电台录音间中的形象——颌部紧绷，看起来是个容易动怒的男人。即使在他刮净了胡子的日子里，一到傍晚时分，脸上已有薄薄一层短髭盖面，鼻子与嘴部之间，髭影尤其浓密。他上唇丰满，轮廓清晰，嘴形呈“丘比特之弓”状，这是女人们用唇线笔精心描画后才能实现的效果，于他却是天然，这是他身上唯一的阴柔特征。

安东尼娜失去双亲后，姑妈把她送往乌兹别克斯坦塔什干的音乐学院专业学习钢琴，同时接受普通的中学教育，十五岁那年毕业，同年，她们一起移居华沙，安东尼娜又继续学习外语、绘画。她教过一段时间的书，通过档案师资格考试后，她开始了在华沙农学院的故纸堆中的工作。正是在这个学院里，她遇见了扬，一个比她大十一岁的动物学家，他曾在艺术学院学习绘画，与她一样喜爱动物和动物艺术。一九二九年，华沙动物园的创始人在任两年后去世，园长一职出缺，扬和安东尼娜欣然赴任，志在打造他们心目中的动物王国，一辈子与动物打交道。一九三一年，两人结婚，住到了河对岸的布拉格区，这是一个好勇斗狠的工业区，自备一套街头黑话，属于华沙市的城乡结合部，但距离市中心不远，只有十五分钟的电车车程。

华沙以前也有动物园，但均为民间私有，而且是社会地位的象征。任何人都可以收藏一小群珍禽异兽：最大的鳄鱼，最老的乌龟，最重的犀牛，最罕见的老鹰，等等。但这爱好不但费钱，而且得有一股痴劲。十七世纪中，国王扬·索比斯基三世就曾在皇宫中豢养了不少珍稀动物。贵族王公们也纷纷在自己的庄园里开设动物园，以此斗富。

许多年来，波兰科学家们一直梦想着在首都建一座大型动物园，可以与欧洲的任何一座动物园媲美，尤其是德国的各个动物园，壮观宏伟，享誉全球。波兰的孩子们吵嚷着要一个动物园很久了，因为欧洲有着悠久的动物童话传统，那些会说人话的动物——有些真实动人，有些假得有趣——让孩子们心驰神往，让成年人瞬间重返童年。安东尼娜很高兴自己的动物园成了他们的梦想实现之地，飞禽走兽从书页间跳了出来，千形百状的生灵让传说中的奇异东方乘着飞毯由天而降，来到眼前。要不是有这个动物园，很少有波兰人能亲眼目睹野生企鹅以肥硕的肚皮为橇板，一路从山坡滑向水中，亲眼目睹加拿大落基山脉的树居箭猪将身子团成一个巨大的松果形状。这种体验让他们给大自然刻下了自己的“感受印记”，原本模糊抽象混沌一团的大自然，变成了具体而生动的世界，有着千奇百怪的习性和无限多样的名字。狂野、凶狠而美丽的怪兽们在此定居，它们住在笼子里，与波兰人友好相处。

每一天，黎明甫至，欧洲八哥就会卖弄天赋，来一出音乐串烧，将从别的鸟儿那里偷师学来的歌连缀成一曲，远处的鵜鹕们发出一个个琶音，以为应和，杜鹃也不甘寂寞，叫声单调而执着，仿佛一台卡在了某个钟点上反复报时的钟。就在众鸟鸣啭得意之际，长臂猿突然吹响了洪亮的集结号，于是，狼嗥狮吼，狗吠鸦喳，鬣狗呜呜，孔雀叽叽，狐狸嗷嗷，河马嘶嗥，犀牛喷鼻。接下来，长臂猿们心念一转，又切换到了二重唱模式，雄猿在它高亢的吼声中加入了柔和的啼唤，母猿迸发出一串串长音，连绵不断。华沙动物园里有几对固定的动物夫妻，其中的长臂猿夫妇既能分别独唱，也喜欢妇唱夫随，不但曲目丰富，而且每一个曲目都很工整和完整，有序曲，有尾声，有间奏曲，还分二重唱和独唱。

安东尼娜与扬的生物钟早已和季节协调一致。与常人不同，他们跨越人兽两界，作息必须同时遵从两条不同的时间线。两线冲突时，扬就可能迟迟回不了家，安东尼娜则常常半夜起身，为某个动物接生——有些动物必须如此小心伺候，例如长颈鹿，生产时是站着的，小宝贝会头朝下落地，当妈的根本不管不顾。这种情况让动物园内的生活每天都有一股新鲜劲儿，忙，但不乱，虽说她常有疲于应付的感觉，但这些疲累不断给她的生活带来惊喜。

安东尼娜卧室的后面有一道玻璃门，开向一个宽阔的露台。借由这个露台可以直接进入二楼的三个卧室和一个狭长的储藏间，他们称为阁楼。站在露台上，她就和许多高大的常青树处在了一个高度，令她能够细细打量它们顶部的枝叶。河上的阵阵微风，掠过一楼客厅六扇高窗外的丁香树，拂面而来，将一波波香气送入室内。在温暖的春天里，树上挂满的紫色花球像一个个摇晃的香炉，浓香袭鼻，让人睡意顿消，好像无声的起床号，偶尔会飘进一缕甜甜的琥珀香，发出催眠的气息，让嗅觉稍得喘息。露台上的安东尼娜，恰如栖息在银杏与水杉树上的鸟类，和它们享受着同一高度的空气，在忘我的瞬间，成了林冠族的一员。黎明时分，一千道水渍棱镜把水杉树装饰得璀璨炫目。目光越过一棵枝叶繁茂的橡树顶，就可以看见山鸡馆，再往下看，大约五十码开外，就是动物园正门，门正对拉图索瓦街，穿过这条街，你就进入了布拉斯基公园，华沙人喜欢来这个公园游玩，特别是在暖和的日子里，园内椴树的奶黄色花穗间有无数蜜蜂在跳着伦巴，它们的舞姿与甜蜜的香味仿佛在空气中下了迷醉药。

波兰文化传统中，椴树是夏季灵魂的栖所——椴树在波兰语中叫 lipa，同源词 Lipiec 意为“七月”。多神教时代，椴树被赋予了爱神的神性；基督教传到波兰后，椴树成为圣母玛利亚的护佑树，旅人们常常在路边椴树下的神龛前，对着它默默祈求好运。椴树所在之处，周围总是生机勃勃；在华沙，不但在公园内栽种椴树，墓地与露天市场的周边，也总有这种树环绕；市内的大街上，枝叶繁茂的椴树夹道而立。有椴树，就必有蜜蜂，这种小生命被尊为上帝的仆人，它们为波兰人的餐桌提供蜂蜜酒和蜂蜜，为教堂的礼拜仪式带来蜂蜡蜡烛。因为与教会的这种关系，蜜蜂的地位十分崇高，尤以十五世纪初为甚，当时马佐夫舍地区的村民们竟然通过了一条法律，把偷盗蜂蜜与捣毁蜂巢定为死罪。

到了安东尼娜的时代，波兰人不会再为蜜蜂而杀人，但对蜜蜂依然虔敬。扬在动物园远处设了不少蜂箱，它们聚合在一起，好似原始部落的一间间小木屋。在家庭主妇们手中，蜂蜜是常用的调味品，冰咖啡、克鲁普尼克[1]、皮尔尼克[2]、皮尔尼兹基[3]中都少不了蜂蜜。着凉了，波兰人喝椴树花茶暖身；受惊了，饮用椴树花茶可以舒心宁神。在这个季节里，每当安东尼娜穿过公园前往教堂、市场或者电车站时，沿途会有多个椴树夹道的“走廊”，花香沁入肺腑，枝叶间嗡嗡声不断，满是“甜言蜜语”——在本地俚语中，椴树（lipa）一词也指“甜言蜜语”、“善意的谎言”。

晨雾中，老城区的天际线就像隐形墨水写就的一排排句子。先是屋顶开始显影，弧形的陶瓦交叠相接，密密匝匝如鸽子的羽毛；然后是一排排海绿色、粉红色、黄色、红色、铜赤色或者米黄色的房子，这些房子沿街排列，街道都是鹅卵石铺就，一直通往集市广场。二十世纪三十年代，布拉格区也有一个露天集市，旁边是外观似城堡模样的伏特加酒厂，就在牙齿街上。相比之下，老城区的那个露天集市更加热闹，数十名商贩在黄色或者黄褐色的遮阳篷下销售农产品、食品和手工艺品，橱柜的玻璃面下陈列着波罗的海出产的琥珀，花几个格罗希(波兰辅币)就可以让一个训练有素的鹦鹉为你算命：它会从一个小壶中叼出一个小纸卷，上面写着你的命和运。

过了老城区，就是面积广大的犹太区。这里面街道密布，纵横交错，犹如迷宫，女人戴假发，男人蓄鬓角，卷卷的那种。多种方言在这里交汇，不同的香味在这里聚集。店面大多很小，印染丝绸店是犹太人的最爱。建筑多为平顶，附有铁铸阳台，漆成黑色或者苔藓的那种亮绿色，层层叠叠，很像歌剧院的包厢，只是这些“包厢”里坐着的不是人，而是番茄罐，或者鲜花篮。犹太区有一种独特的波兰饺子，有拳头大小，馅是五香炖肉加洋葱，做法复杂：先煮，再烤，最后入锅油煎，油煎的目的是让它像百吉饼一样外观光滑油亮，形态稳定。

华沙犹太区是东欧犹太文化的心脏，这里有犹太戏剧、犹太电影、犹太报刊、犹太体育、犹太艺术家、犹太出版社、犹太政治运动、犹太文学俱乐部。几个世纪以来，犹太人在英国、法国、德国、西班牙遭受迫害，纷纷前来波兰避难。十二世纪的波兰硬币上甚至有希伯来语铭文。有传言说，犹太人之所以对波兰情有独钟，乃因为波兰这个国名的发音很像希伯来文中的 po lin（请在这里栖息）。但是，到二十世纪，无孔不入的反犹太主义已经在华沙弥漫开来。在一百三十万华沙人中，犹太族占三分之一，主要居住在犹太区，也有一部分散布在城区各处，尽管如此，他们基本上保留着犹太族独有的文化、习惯、装束和语言，其中有些人完全不会说波兰话。

夏日清晨，安东尼娜常会在露台上倚墙而立，手臂撑着宽大平坦的壁架，杏黄色的瓷砖冰凉冰凉的，砖面上的露水润湿了她红色睡袍的袖子。入耳的咆哮声、号叫声、嘶鸣声、喃喃声并非都来自楼外，有些是从小洋楼的地下室发出来的，有些则来自门廊、露台、阁楼。除了扎宾斯基一家，许多宠物也是小洋楼的“居民”，此外还有不少“临时居民”，其中包括生了病的动物，以及出生不久就成了孤儿的幼崽。安东尼娜负责小洋楼所有“居民”的饮食与教育，她的这些动物宝宝们肚子一饿就会吵嚷个没完。

这些动物甚至都可以进入小洋楼的客厅。客厅狭长，六扇高大的玻璃窗外面，景物清晰，乍一看会误认作一幅风景画，小洋楼内外的天地在这个客厅里得以贯通。客厅一面墙是一个巨大的木质书橱，上下隔了很多层，陈列着书刊、鸟巢、禽蛋、羽毛、兽角、小动物的颅骨以及不少工艺品。一台钢琴立在一张具有东方风情的地毯上，几把厢形扶手椅散放一周，椅子上有红色的靠垫。客厅远端是壁炉，这是房间里最暖和的角落，壁炉四周铺设了深褐色的瓷砖，壁炉架上赫然是一副野牛头盖骨。靠窗摆放着几把扶手椅，一到下午，阳光洒满了这些椅子。

曾有记者进入小洋楼的客厅采访扬，受到了一系列不速之客的干扰，先是两只"伤猫"，分别在脚趾和尾巴上缠着绷带，紧随其后的是一只戴着金属的圆锥形颈架的鹦鹉，再后来是一只翅膀断了的乌鸦。小洋楼里禽来兽往，记者对此大感意外，扬的解释很简单："人与动物保持距离不利于研究，紧挨着动物生活，你才能了解它们的行为和心理。"在扬骑车巡视动物园时，后面总有亚当——一头体型庞大的麋鹿——摇晃着身子紧紧跟随。每天这个时候，亚当是他形影不离的伙伴。

如此零距离地与乳猴、雏鹰、幼狮、狼崽们朝夕与共，是生活的炼金术：它们的体味与厨房的香味相交融，它们的抓挠与人类身体的动静相呼应，它们的鸣叫与人类的喧闹和欢笑此起彼伏，构成了一个人兽同居、平等相处的大同世界。每个新成员入住之初，都按照它原有的作息规律，过不了多久它的生活节律就与整个家庭趋于一致。不过呼吸的频率是不会改的。夜深人静时分，睡梦中的众生发出各自独特的呼噜与抽鼻声，仿佛一个动物园大合唱，其构成非常复杂，很难记录成谱。

安东尼娜的体内跳动着一颗动物的心，她着迷于它们各自以自己的感官探索、对付世界的方式。她和丈夫很早就领悟到，靠近掠食类的猫科动物时，必须放慢动作节奏，因为它们瞳距小，深度视觉精准，如果在一两步跳跃距离内有物体快速移动，它们体内的攻击本能极易激发。马、鹿之类的温良动物则拥有全景视觉，这有利于它们及早发觉悄悄挨近的心怀不轨的猎手，但缺点是胆小，草木皆兵。拴在小洋楼地下室里的那只跛脚斑点鹰，则基本上可以视作一架长着翅膀的双筒望远镜。漆黑的夜里，鬣狗幼崽也能看见走进来的安东尼娜。其他动物也许没有夜视能力，但也能觉察她的靠近，嗅出她独特的气味，听见她睡袍发出的最细微的窸窣。她轻巧的脚步在地板上引起的最轻微的振动，它们也能感受到，甚至她的身体移动所导致的尘埃的起伏，也会在它们的身体上产生反应。安东尼娜嫉妒它们这种古老的、精妙入微的感官能力。这些对动物而言很普通的禀赋如果为人类所拥有，西方人便称他们为“巫师”。

安东尼娜喜欢时不时地“灵魂出窍”，以各类动物的眼睛窥视世界，她凭直觉感知它们的本能和本事，领悟它们的所见、所感、所虑、所忆。每当她进入它们的巢穴时，她的感受力就会发生“动物性”的蜕变。比如，她会从她一手带大的山猫幼崽的视角出发，抬头打量那些吵嚷、杂乱的人类：

> ……大大小小的腿晃来晃去，有的脚上趿拉着柔软的拖鞋，声音很轻，有的穿着厚实的靴子，步子沉重，布鞋的气味比较温和，穿皮鞋的有一股呛鼻的鞋油味。布拖

> 鞋步子轻巧，不会莽撞乱踢，跟在这些鞋子周围没有危险……只听得有声音呼唤“基琪、基琪”，直到一个人头冒了出来，金黄色的头发，乱蓬蓬的，躲在巨大的镜片后面的一双眼睛也凑了过来……没多久就搞明白了，软和的布拖鞋、金发蓬乱的头和那个尖细的嗓音，其实就是同一个家伙。

她就这样经常褪去自我，将自己的感官与动物的感官调到一个频率，带着亲昵与好奇抚养它们。这种“同频性”让动物们舒坦、淡定。面对情绪失控的动物，她能施行“巫术”，让它们渐渐平静。这种异能令饲养员们称奇，也让她的丈夫非常佩服，尽管扬认为没有什么科学解释不了的东西，但还是认为她的这种天赋奇怪而神秘。

扬虽是虔诚的科学家，却承认妻子在面对动物时能发出一种“形而上的心理波”，有近乎萨满般的通灵能力：“她感觉敏锐，几乎能听懂动物的心理语言……她变身为动物……她有一种精密的和非常特殊的天赋，一种罕有的观察和理解动物的能力，一种第六感……小时候的她就已经这样了。”

每天早晨在厨房，她会先给自己倒上一杯红茶，然后给洋楼里的众“幼儿”的奶瓶和奶嘴进行消毒。作为动物园的幼畜保姆，她很幸运地收养了两只山猫幼崽，因为它们来自比亚沃维耶扎。

全欧洲唯一幸存的原始森林，波兰人将这类生态小系统称为“普自洽”（puszcza），这个词让人联想到未被人类染指的古老林地。

在今天，广袤的比亚沃维耶扎原始森林跨越白俄罗斯与波兰之间的边境，将两国在动物与神话系统中融为一体。历史上，这里是两国国王共享的著名猎场和度假地，沙皇曾在林间建起一座精致的小行宫。到了安东尼娜的时代，这里是科学家、政客、盗猎者的宝地。全欧洲最大的陆上动物，欧洲野牛(也称“森林野牛”)，在这里的树丛中竞争打斗。由于其数量锐减，波兰自然保护运动的火种得以点燃。安东尼娜作为出生在俄国后来回到波兰、以这两种语言为母语的人，在这个连接不同政体的绿色“地峡”中有一种满满的“归宿感”。她享受在它的树荫中散步的感觉，这些树都已有五六百年的高龄，它们包裹着她，与她亲密无间。整个森林连缀成一片，无显著的区隔标志，构成一个完整的有机体，一个精致而丰满的生命。它是古老的处女林，已被宣布为不可侵犯的圣地，若有航空器飞越，必须保持数英里的高度，以免惊扰这里的动物，或污染树木的枝叶。树冠像一个个张开的降落伞，密密匝匝地挨挤着，抬头看去，偶尔会瞥见一架飞机经过，很小，很高，很远，仿佛一只沉默的飞鸟。

虽然是禁猎区，但盗猎时有发生，让不少幼小的动物成了孤儿，其中最珍稀的品种就会被运送到动物园来，装载它们的板条箱上会写有“活的动物”的字样。对于这些遭受家变的幼小生命而言，动物园扮演了逃生船的角色。每年从四月到六月的三个月(动物们的生育季)，安东尼娜随时准备着接手种种难伺候的“小主”，它们各自有着特殊的饮食和习性。狼崽通常由母亲和家族其他成员的照顾，到了两岁才能独立。

幼獾爱干净，喜群居，以昆虫和草本植物为食，长途散步有利于它的生长发育。野猪仔偏爱餐桌上的残羹剩饭，不容浪费。有一头红色的小鹿享受了半年的奶瓶，到了仲冬才断奶，它经常在小洋楼的木地板上趔趄打滑，膝盖内翻。

她最宠爱的是托菲和图法，两只三周大的山猫。它们在瓶饲六个月后才学会自己进食，一年左右后才真正自立。但即使在自立后，它们还是喜欢被皮带牵着在布拉格最忙碌的街上悠然自得地散步，引得行人纷纷驻足观看。因为欧洲的野生山猫存有量极少，扬亲自前往比亚沃维耶扎森林寻找山猫幼崽，安东尼娜提出来把它们养在小洋楼里面。一个夏天的傍晚，当扬乘坐的出租车抵达动物园大门口时，门卫跑步上前，帮着把一只小木箱抬下车。两人合力把箱子搬进了小洋楼，安东尼娜在楼里等待已久，消毒过的玻璃奶瓶、橡皮奶嘴和温热的配方奶早已一一备好。揭开木箱盖子时，里面的两个长满斑纹的毛茸茸的小皮球抬头怒视着人类，嘴里嘶嘶有声，看到有手伸过来，它们就爪牙齐上，又抓又咬。

“人的手指头太多，动起来又灵活，把它们吓坏了，”安东尼娜轻声解释道，“另外我们的声音也太大，灯光又太亮。”

山猫瑟瑟发抖，“已经吓掉了半条性命”，她在日记中如此写道。她轻轻地捏住其中一只山猫的后颈——松软而热乎，然后把它拎了起来，小家伙没做任何挣扎，身子软绵绵的，很安静，于是她又拎起了另一只山猫。

“它们喜欢这样。它们的皮肤记得母亲把它们叼在嘴里走来走去的感觉。”

她把它们放在餐厅的地板上，两个小家伙蹦跳了一番，在这个光滑的陌生地界探索了几分钟，然后藏到了衣柜底下。它们大概把衣柜当成了一个挡风遮雨的石檐，一步步地往里爬，进入了它们能找到的最黑暗的缝隙。

一九三二年，按照波兰天主教的传统，安东尼娜给自己的新生儿取了圣徒的名字“瑞萨德”，简称“瑞希”，而瑞希在波兰语中就是“山猫”。尽管她的儿子不属于动物园里庞大的“四条腿，有毛或有翅”队伍，但在这个丁口兴旺的大家庭里，他不过是又一个淘气活泼的幼崽：像猴子一样牙牙学语，一粘上人的身子就不放；像小熊一样，四肢着地笨拙地爬行；像狼一样，到冬天身子变白，到了夏天，肤色则一天比一天深。她的一本童书中曾经描写过家中三个幼崽——儿子、狮子和黑猩猩——同时学步的故事。在她眼中，所有的哺乳动物幼崽——从犀牛到负鼠——都滑稽可爱，她是它们的女王，是其中一个哺乳动物的母亲，又是其他多个哺乳动物的监护人。这个形象对于华沙而言并不陌生，因为这个城市的传统象征符号就是半人半兽的——一条舞剑的美人鱼。如她自己所说，动物园很快成为了她“位于维斯瓦河右岸的绿色动物王国”，一个夹杂在都市景观与公园美景之间的喧闹的伊甸园。

---

1 一种热伏特加。——译者注
2 一种甜味蜜糕。——译者注
3 蜂蜜味曲奇。——译者注

Chapter 02

第二章

“必须阻止阿道夫。”一名饲养员坚持说。扬知道他说的不是阿道夫·希特勒，而是“绑架犯阿道夫”，猕猴群的首领的昵称。它与群内最年长的雌性猕猴玛塔爆发了冲突，窃取了玛塔的儿子，将它赠送给自己的宠妃奈丽，而奈丽自己已经有了一个小宝贝。“这不公平。各位母亲有权抚养自己的孩子，为什么要剥夺玛塔的抚养权，而让奈丽有两个孩子？”

其他饲养员依次报告手下动物的健康状态，特别提到了园中的许多明星动物，例如长颈鹿露丝，非洲猎狗玛丽，儿童亲密接触区的小雄马阿拉伯王子——它经常混进普氏野马群，勾搭轻佻的母马溜到草地上鬼混。大象的长鼻上有时会生疱疹；圈养环境下，禽逆转病毒和肺结核之类的疾病很容易经由人类传染给鹦鹉、大象、猎豹等动物，然后再由它们传染给人类，特别是在扬他们所处的没有抗生素的时代，这类病毒杀伤力很大，一次比较严重的感染，就可能灭绝一方，人兽均难幸免。因此，一旦发现某种感染性疾病，就要请动物园的专职兽医罗帕廷斯基大夫来。他总是嗒嗒地骑着他的摩托车而来，他穿着皮衣，头上扣着一顶大帽子，帽子上的长耳罩一飘一飘的，戴一副夹鼻眼镜，脸颊被风刮得通红。

除了这些，动物园的每日例会上还会讨论些什么呢？动物园的一张老照片中，扬站在一个很大的尚未完成挖掘的河马圩塘边上，塘堤内嵌一根根粗木棍，作为支撑，与轮船龙骨上的支撑肋木属于一个性质。照片背景中有绿地，说明那是夏天，他们必须赶在大地封冻变硬前完成所有的挖掘工作，而波兰的冬天有时十月就开始了，因此，想必在那段时间的例会上，扬经常要求工头报告工程进展，盯着他不放。例会上肯定还要讨论防盗问题，因为珍稀动物的黑市交易很猖獗，动物园日夜都有武装警卫巡逻。

从扬的许多著作和广播讲话中，我们可以看到他对动物园发展的宏伟愿景。他希望把自己的动物园打造成一种类似于原生栖息地的幻境，在这里天敌们和平共处，相安无事。为了再造这种远古的“终战”幻境，就必须征用大片土地，挖掘、构造纵横交错的壕沟网络，设计精妙的供水排水系统。华沙动物园是华沙社会与文化生活的心脏，扬有心要在这里建立一个具有世界意义的创新型动物园，他甚至设想过在动物园边上加建一个游乐园。

无论古今，动物园设计都要考虑一些基本因素，例如如何确保动物们的健康和安全，但是，首先要考虑的是如何把动物们留在园中，因为任何动物园都少不了心灵腿巧的“逃脱大师”。例如，长腿的山羚快如闪电，能够一步越过人的头顶，在硬币大小的石脊上稳稳立足。这种弓背的小型羚羊，虽然体重只有四十磅，却很结实，爆发力强，身子敏捷无比，跳跃时踮着蹄尖，就像踮着足尖跳舞的芭蕾舞者。一旦受惊，它们会在围场内狂奔，有时就会越过围栏。与所有的羚羊一样，它们也会垂直起跳。传奇的是，一九一九年，有一个缅甸人首先发明了一种类似的跳跃装置——一种叫弹簧单高跷的弹跳棒，因为他的女儿上学途中会遭遇很多水洼。

如今的华沙动物园，曾经有一头美洲虎差点越过壕沟脱逃，事件发生后，园长伦比斯泽夫斯基博士安装了通电围栏，这种电网与波兰农场常用的阻止鹿群入侵庄稼田偷食的装置本质上是一样的，不同的是他的电网是专门定制的，而且要高出很多。扬那时也可以架设这种电网，想必他也曾结合狮虎区的格局问过价，讨论过可行性。

每日早餐之后，安东尼娜会步行去动物园的办公楼，等待到访的名流贵宾，因为除了负责家务和照顾患病的动物外，她的职责还包括接待国际国内的贵宾、政府官员和各路媒体。她是一个出色的导游，会给这些大牌游客讲述动物界的奇闻轶事，有些是她从书上读来的，有些是从与扬的聊天中听来的，有些则是她亲眼目睹的，这些故事总能逗得客人们乐不可支。漫步公园各处，他们可以看到“形态”各异的湿地、沙漠、林地、草甸和草原，有些地方浓荫遮蔽，有的地方烈日暴晒。乔木、灌木、小山都是精心布局的，有利于减少冬季寒风对动物们的侵扰。波兰的冬天常常暴风肆虐，能够把畜栏顶棚一点点撕成碎片。

她设计的游程开始于拉图索瓦街上的正门，进门就是一条笔直的林荫大道，两侧有不同的动物围场，首先吸引游客的是一个波光粼粼的粉红色池塘——粉红色的火烈鸟在这里昂首阔步，红色的膝盖向后弯曲，嘴巴似一个黑色钱囊。这里的火烈鸟，色彩不像它的野生同类那样“火烈”，因为长期食用甲壳类水生动物，羽毛变成了珊瑚样的粉红色。由于色彩醒目，叫声粗犷，时而怒号，时而低哼，时而鸣叫，它们很适合在靠近门口处担任迎宾工作。过了火烈鸟水塘，是禽类馆，品种来自世界各地：有喋喋不休、羽毛艳丽的舶来品，如秃鹳、鹩哥、金刚鹦鹉、冠顶高耸的丹顶鹤等；也有不少本地“原住民”，如娇小玲珑的俾格米猫头鹰，或者体型庞大的欧洲大雕，其爪力惊人，能突然俯冲而下，一把抓起一只兔子。

孔雀和小鹿想去哪里去哪里，在园内到处闲逛，一旦有人靠近，就会奔跑远遁，仿佛是被身后无形的波浪推走的。青草覆盖的一个小山包上，一头雌性猎豹在晒太阳，身边是长着斑纹的幼崽，它们不停地跳跃、摔跤，偶尔有孔雀或者小鹿经过，它们立即抬头打量，心头发痒。散养猎物可望而不可得的存在，对于圈禁的狼、狮、鬣狗等优秀猎手而言，一定是一种折磨，但这也能磨砺它们的杀手本能，让它们感受到肉欲勃起的快感。黑天鹅、鹈鹕等水禽在一个狭长的龙形水塘上空飞翔。林荫道的左边有多个开阔的围场，森林野牛、羚羊、斑马、鸵鸟、骆驼、犀牛在这里出没。向右看，则可以观赏老虎、狮子和河马。林荫道尽头是一条蜿蜒的砂砾小径，沿着它前行，可以观赏到长颈鹿、爬行动物、大象、猴子、海豹和熊等等。小洋楼半隐半现在密林中，它位于黑猩猩山的前面，企鹅馆的东边，与禽类馆隔得很近，叫声相闻。

动物园的草原动物中包括非洲野狗，这是一种性情浮躁的长腿犬类动物，几乎总是在奔跑，没有消停的时候，它们宽大的脑袋左右摇晃，每每起了疑心，就会鼻孔抽动嗅来嗅去，直挺的大耳朵向各个方向旋转。它们的拉丁学名是 *Canis pictus*，意为“画狗”，这个名字提示了它们有美丽的毛皮，上面随机地分布着黄色、黑色和红色的斑点；但没有提示它们凶残的本性和持久的耐力：它们可以一口咬住狂奔的斑马，将它拽翻在地；可以锲而不舍地追逐羚羊，连续几英里不停脚步。全欧洲境内，华沙动物园是最早拥有非洲野狗的动物园，并视其为本园的骄傲。尽管在非洲农夫的眼中，它们只是邪恶的有害动物，但在华沙人心目中，却是美丽的明星，每一只野狗身上都有独一无二的花纹，总是有一大群游客聚集在一起围观它们。华沙动物园也是在欧洲动物园最早饲养格鲁伊斑马的，它们原产于非洲东部国家阿比西尼亚，初看起来与普通斑马无异，细看就会发现，它们个子较高，条纹更密，身子上狭长的条纹是垂直的，腿部的条纹却为横向延伸，一条一条，直到蹄部。

当然还有图钦卡，一头胎毛还未褪尽的小象，是全世界在圈禁环境下出生的仅有的十二头象之一，之所以给它取这个名字，是因为波兰语中 tuzin 意为“一打”。它的母亲卡西娅生产时，是安东尼娜做的接生婆。那是在四月一个凉爽的夜晚，凌晨三点半。在日记中，她把图钦卡描述成一个巨大的包裹，是她见过的体型最为庞大的巨婴，一过秤，显示的重量为两百四十二磅。它身高三英尺多，一身黑绒毛，蓝眼睛，两只大耳朵呈三色堇花瓣状，尾巴相对身体而言显得过长——一个摇摇晃晃、一脸困惑的新宝宝就这样掉入了闹哄哄乱糟糟的生命集市。它的蓝眼睛中闪过的惊讶，与安东尼娜在其他新生动物眼中看到的一模一样，愣愣的，很着迷又很困惑于周遭的光亮和叮当声。

吃奶时，图钦卡站在母亲的身下，后膝曲着，柔软的嘴部努力往前往上拱。眼神发出的信号表示：此时此刻，除了温暖的乳汁和妈妈舒服的心跳，一切都不存在了。一九三七年的一张照片抓拍到的就是这样一个场景，用这张照片制成的黑白明信片成了抢手的纪念品，同样抢手的还有一个小象布偶。在一些老照片中可以看到，兴奋的游客伸手招呼图钦卡和她的母亲，这位母亲也向游客伸鼻回应。它的鼻子伸过了围场狭窄的壕沟，壕沟边缘插着一根根矮矮的铁桩。对于不善跳跃的象来说，深度和度宽均为六英尺（底部更窄）的壕沟就已经足以阻止它们脱逃，只要它们想不到用泥土填平壕沟，然后涉水而过——有记载说确实有大象这么干过。

动物们的味道构成了动物园的“嗅觉景观”，有些动物的味道比较“委婉”，有些动物则让人一闻到就恶心。特别是鬣狗，每到一处需要留下气味标记时，它们会把肛窝的底囊翻出体外，排出一摊臭气熏天的糊状物，业内戏称其为“鬣狗黄油”。这气味会臭上一个月左右的时间而不散，起到公告天下的作用。一头成熟的雄性鬣狗，每年要创作大约一百五十幅此类作品。河马宣示自己领主身份的方式是一边甩动尾巴前行，一边排泄，把粪便甩得到处都是。雄性麝香牛习惯把尿液往自己身上淋。海狮的齿缝间卡着大量的腐烂食品，其臭气可以传播到一米开外。鸮鹦鹉是鹦鹉的一种，黑色的羽毛，不会飞，两只白眼和橙红色鸟嘴的组合让人看了心惊,它身上的味道就像一只陈旧的单簧管盒发出的霉味。公象双眼附近各有一个小小的腺体，一到交配季节，其中就会滴滴答答地分泌出带着浓烈甜香味道的体液来。长着羽冠的小海雀，羽毛有橘子味，特别是在繁殖季节，求爱的小海雀会把长喙戳进对方气味劲爆的颈羽中。与它们的鸣叫声一样，所有动物发送的气味密电码都有各自的显著特征，经过一段时间以后，安东尼娜就学会了破译其中的信息——有的在示威，有的是求偶，有的是在发布新闻。

安东尼娜深信，人类需要更多地触摸他们自己身心中的动物本性，动物也“渴望人类的陪伴，享受人类的关爱”，人畜之间的向往是互动的，相互激发的。每当她“灵魂出窍”，想象着自己进入无我的“动物境界”时，人类的世界——那个喜好炫耀武力、冲突不断的世界，仿佛家长突然消失了的顽童世界——就被她挡在了外面。她常与幼山猫玩追逐游戏，与它们一起在地上翻滚，她用手直接给它们喂食，享受着它们热乎乎的舌头舔舐她手指沙沙的感觉，以及它们的爪子的不断揉捏。就这样，文明与野蛮之间的无人地带进一步软化，帮助她与动物园之间建立起一条纽带，在她笔下，这是一根“永恒的”纽带。

动物园也为安东尼娜提供了一个生态保护的讲道坛，一座可以移动的教堂，一个引导众生在维斯瓦河边谒见众小神、聆听福音的机会。她给游客们搭建了一座通向自然的独一无二的桥。但他们先得穿越河上那座像笼子一样的桥，进入华沙城比较“蒙昧野蛮”的这一侧来。她给人们讲述妙趣横生的动物故事，关于她的山猫，关于其他动物。听着听着，地球上那个广袤的绿色朦胧世界在人们的心中一点点聚焦为一张脸或者一个动机，一个有名有姓的存在。她和扬还经常邀请导演们以动物园为舞台，举办电影、音乐、戏剧活动。他们慷慨地出借动物，让它们在各类演出中扮演角色，其中，幼狮是人气最旺的明星。“我们的动物园生机勃勃，”她写道，“我们有很多游客：青少年、动物爱好者，也有普通的游客；我们有很多合作伙伴：国内外的大学、波兰政府的卫生部，甚至波兰艺术院。”动物园独特的“装饰艺术”风格的海报就出自当地画家之手。扎宾斯基夫妇邀请形形色色的艺术家进入动物园，让他们彻底解放想象力。

Chapter 03

第三章

有一天，扬如往常一样骑着自行车巡园。来到禽类馆，他把麋鹿留在外面的草坪上，自己走了进去，温暖潮湿的干草味和橙子的清香扑面而来。在那儿他看到了一个小个子的女人，紧挨着一个鸟笼站着，手肘扭动着，在模仿鸟儿的梳妆打扮与搔首弄姿。她一头黑色的卷发，身子娇小，宽松的袍子下面，露出两条细腿，她模仿的样子很有趣，完全可以关在笼子里，供人观赏。在她的上方，一只鹦鹉在笼中的秋千杆上蹦蹦跳跳，睁着大眼斜视着她，发出尖细的声音："你叫什么名字？你叫什么名字？"这女人随即以悦耳的嗓音模仿着回道："你叫什么名字？你叫什么名字？”鹦鹉俯身，冷冷地打量了她一番，然后转过头，换了一只眼死盯着她。

扬道了声“日安”。这是波兰人打招呼时最恭谨、最正式的问候。她自我介绍说名叫玛格达蕾娜·格罗斯。这个名字扬非常熟悉，因为波兰的富人和国外的仰慕者都曾向格罗斯重金订购她的雕塑作品。不过他不知道她还会做动物雕塑，而其实在这之前，格罗斯自己也不知道这一点。后来她告诉安东尼娜说，她第一次游览动物园时就被迷住了，情不自禁地凭空雕塑起来，于是她决定带上工具，开始自己的“狩猎之旅”，冥冥之中，她来到了鸟舍，这里的鸟儿都是流线型身材，羽毛颜色绚烂，像一列列未来主义的火车。扬依波兰习俗轻吻了她的手，说，如果格罗斯能以这些不安分的动物为模特，以动物园为她的露天创作室，他深感荣幸。

我们可以依据各种资料推断出安东尼娜的相貌：身材高挑瘦削，皮肤白皙，像神态安详的瓦尔基里[1]。而犹太裔的玛格达蕾娜则瘦小、黝黑，且精力旺盛，活泼爱动。在安东尼娜的眼中，玛格达蕾娜是一个让人倾心的矛盾综合体：执着而又脆弱，大胆却又谦逊，有一股锲而不舍的痴劲，却又高度自制。她洋溢着生命的激情，而正是这一点最让安东尼娜着迷，因为她与丈夫扬不同，她没他那种隐忍、严肃的性格。两个女人都爱美术和音乐，有相似的幽默感，年龄相近，朋友圈也有交集。于是，她们开始了一段重要的友谊历程。玛格达蕾娜进入安东尼娜的客厅时，后者会端上什么来款待这位客人呢？波兰人多以红茶和糖果飨客，而安东尼娜种了不少玫瑰，做了不少玫瑰酱，想必她曾不止一次端上传统的波兰点心——松软的甜甜圈，里面夹着粉红的玫瑰酱，外面涂一层橙汁糖浆，散发着火烤的焦香。

玛格达蕾娜向安东尼娜坦诚地说，一段时间以来，她灵感枯竭，“创造之秘阁”[2]已被掏空，后来有一天她偶然经过动物园，见到一群火烈鸟昂首阔步而行，景象震撼。稍远处徜徉着一群更为奇怪的动物——形态各异，美轮美奂，其色调层次无比丰富，任何油画家都难以完全调制出来。她感觉如在梦中，顿时灵感被激发，脑洞大开，此后她创作了一系列动物雕塑作品，在国际上获得一片赞誉。

到一九三九年的夏天，动物园已经非常壮观，安东尼娜已经在为第二年春天制订详细的工作方案，因为届时她和扬将有幸作为东道主承办在华沙召开的“国际动物园园长协会”年会。但是这就意味着把心头萦绕的一个巨大恐惧抛到脑后：到那时世界还会是老样子吗？大概一年前，一九三八年九月，希特勒攫取了苏台德区，这片领土属于捷克斯洛伐克，与德国接壤，居民多为日耳曼人。对此，法国和英国选择了默认，但波兰人开始担心起本国与德国毗邻的边境地区。一九一八年到一九二二年间，德国曾向波兰割让西里西亚东部和以前叫作“波美拉尼亚走廊”的一个地区，这样一来，东普鲁士就与德国其他地区割裂开来。重要的波罗的海港口城市格但斯克被划定为“自由城”，德国人和波兰人都可以自由出入。

入侵捷克斯洛伐克一个月后，希特勒便索要格但斯克，并要求获得权利修建一条穿越波美拉尼亚走廊的拥有治外法权的公路。一九三九年初的一番外交角力，到三月份转化成了仇恨与对抗，希特勒密令自己的将军们“解决波兰问题”。波德关系渐渐瓦解，波兰人猛然惊觉，战争的凶兆已现，这种感觉虽然让人惊惧，但也不是第一次经历：中世纪以来，德国一次次占领过波兰，最近一次是在一九一五年至一九一八年间。这样的历史导致波兰人在传统中习惯将斯拉夫人对决日耳曼民族的战斗提升到爱国主义的高度。波兰的地理位置在东欧具有重要军事战略意义，这个重要的位置成为一个古老的历史魔咒，导致波兰多次被入侵、洗劫、瓜分，它的边境线就像海滩上的潮水线，起起落落，不断变化；有些边远地区的小孩会说五门语言，都是从邻村的玩伴那里学来的。战争可不是安东尼娜愿意去想的东西，在上一次她经历的战争中，她就失去了双亲，于是她与大多数波兰人一样选择了自欺，选择信赖波兰与法国（一个拥有强大军队的大国）之间牢固的盟友关系，相信英国的保护承诺。天性乐观的她，把关注点集中到自己的幸福生活上。毕竟在一九三九年的波兰，没有多少女性可以像她那么“富有”，拥有一个好丈夫，一个健康的儿子，还有一个让她幸福感爆棚的职业——没有人像她拥有这么多视如“继子”的动物。她感谢上帝的赐福和护佑。八月初的时候，她正是怀着这样的感恩之情，兴高采烈地带着瑞希和他的老保姆以及圣伯纳犬左思卡去了著名的度假小村庄雷洋图夫卡，让扬留守动物园。她还决定带上科科，一只年岁已高的粉红色凤头鹦鹉，因为它患上了晕眩症，经常从栖木上掉下来。科科在紧张的时候，喜欢啄胸部的羽毛，安东尼娜给它装了喇叭形颈圈，于是，只要它嘎嘎一叫，这个颈圈就会显示出它出人意料的扩音器功能来。安东尼娜希望“清新的森林空气和以野树根、细枝为主的饮食”能改善它的病症，恢复它一身漂亮的羽衣。那几只山猫已经长大，不便带上随行，但一只领养未久的幼獾，叫作波苏尼奥（波兰语中为“小獾”之意）的，必须带上，因为它太小，不能没人照料。她最想带走的当然是瑞希，必须让他离开华沙，这里的人三句话不离战争，他应该在乡间度过最后一个无忧无虑的夏天。她也是。

扎宾斯基家在雷洋图夫卡的乡间小屋深藏在一片森林空地里，走上四英里，就能抵达布格河长长的无林堤岸带，离布格河的一条小支流拉扎河也只有几分钟。安东尼娜与瑞希到达这里时，正值酷暑，空气中弥散着浓郁的松脂香气，盛开的洋槐花、矮牵牛花，丛丛簇簇，斗妍争丽。日落时分，高高的林梢勾留着一抹残阳，而低处已有三分夜色，蝉儿振腹而歌，尖厉绵长，夹杂着杜鹃前高后低的降调哀啼，饥饿的母蚊嘤嘤嗡嗡。

过了一会儿，他们来到小屋的门廊，置身于葡萄藤的阴凉中，藤上“花朵尚未绽放，但花香已沁人心脾，比玫瑰、比百合、茉莉，甚至比田野中最甜腻的黄金羽扇豆更好闻”。“廊外就是茂盛的野草，几步穿过去……就是森然高耸的林墙，大多是一身嫩绿的橡树，偶尔间杂着白色桦树……”安东尼娜和瑞希置身在一片祥和安宁的绿荫中，喧嚣的华沙似乎已经在几光年之外，那是一种巨大的、内心的和私人的距离，而非现实的距离。小楼里连收音机都没有，大自然成了唯一的课堂、资讯来源和游戏场。在这里，流行的消遣方式就是走进森林深处数山杨树。

每年夏天他们都会与这幢林间小屋相约。小屋里备了锅碗瓢盆、浴缸、床单和充裕的干粮，静静等待主人带着一群人与动物热闹而至，把这座林中小木屋变成游乐场。他们把大大的鸟笼架安放在游廊上，开始给凤头鹦鹉喂食橘子，瑞希给小獾套上了“缰绳”，劝说它随自己遛上一圈，小獾倒也不懒，撒开腿就跑，拽着瑞希一路狂奔，朝的却是相反的方向。与她动物园的其他动物一样，小獾与安东尼娜很亲，安东尼娜也言必称它为“养子”。“他”被训练到只要一叫“他”的名字，就应声而到，一下河，“他”就会很配合地与大家戏水，一到进餐时间，“他”就懂得上床捧着奶瓶吮吸。小獾还无师自通，学会了挠前门，为的是到外面如厕；洗澡时他会坐在浴缸里，一边身子微仰，一边用双臂把泡沫丰富的水往自己的胸部撩，姿态与人类无异。安东尼娜在她的日记中写道，小獾把自己的獾性与人类的习俗融合到了一起，同时又不乏“他”独一无二的品性。例如，“他”对如厕非常讲究，在房子两侧各挖了一个厕洞，供自己御用，外出散步时，如果遇上内急，“他”会火速冲回家，只因“他”无法勉强自己在外面“随便”。但是有一天，“他”却突然失踪了，安东尼娜查遍了“他”日常用的打盹地——衣橱抽屉、床上的被套下、瑞希保姆的衣箱——却还是踪影全无。在瑞希房间，她俯身查看瑞希的床下，终于看到了小獾，“他”正把瑞希的便盆推出来，爬上白色的搪瓷面，蹲着身子方便起来，有模有样，挺像回事的。

暑假快要结束的时候，瑞希迎来了两位朋友马雷克与茨比谢克——家住布拉斯基公园另一侧的某位医生家的两位公子——他们从波罗的海上的赫尔半岛度假回家，顺道来访。两个话匣子叽叽喳喳没个停歇，他们大谈格丁尼亚港湾里停泊的轮船，驾帆船吃烟熏鱼的海上游历，海滨的种种变化，等等。夜色慢慢地包围过来，安东尼娜坐在光线昏暗的客厅里，听着孩子们在门廊上交流各自的夏日冒险，想起三年前尚还年幼的儿子也去波罗的海玩过，三年后的今天，波罗的海恐怕只是他脑海中一个模糊不清的记忆，其中也许包括拍岸的海浪花，还有午间沙滩上蒸腾的热气，以及滚烫到如玻璃碴扎脚的砂砾。

“你想不到吧，他们竟然把海滩都挖了。到明年，恐怕海滩上就看不见一个游客了！”马雷克说道。

“为什么呀？”瑞希问道。

“筑工事，准备打仗！”

马雷克看到哥哥使劲给自己使眼色，便一手搂住了瑞希的肩膀，故作轻松地说道：“让他们挖呗，谁管这海滩呀。跟我们说说你的小獾吧。”

于是轮到瑞希唱主角了，刚开始他还有点结结巴巴，一会儿就顺溜了，而且绘声绘色。他讲述了森林盗匪的故事，又描述了小獾的种种不法勾当，最后讲到小獾某夜曾经私闯民宅，钻进了邻居女士的被窝，又溜出来把床边的一桶凉水打翻在酣睡中的女士身上。然后三个男孩都笑翻了，倒在地上直抽抽。

安东尼娜想：“听着他们肆无忌惮的笑声真是一种美妙的感觉，可是，这根永恒的刺，已经扎进了瑞希的心里，尽管对他而言战争还只是一个模糊的概念，听到鱼雷、工事，他联想到的也只是玩具。他会想到自己美丽的轮船，他常在拉扎河的河滩上修筑沙堡，沙堡四周是一道道水湾，里面飘荡着他的一艘艘轮船。他着迷的另一个游戏是牛仔与印第安人，常常喜欢手持弓箭射松果……他对于一场真正的战争即将发生的现实，还理解不了——感谢上帝。"

这两个男孩年纪大一点，他们与安东尼娜一样，相信战争属于成人的世界，与孩子无关。她能感觉到，瑞希心里憋着无数问题，却问不出口，因为他怕问题太傻、太小儿科，被人看作小小孩。战争像一颗隐形的手雷，就在他脚边滚着，随时可能炸响，炸翻整个世界，但他却只能愣愣地盯着它，一言不发。

"从天真的孩子之口听到战争这个话题，真是让人不知所措。"安东尼娜想道，一边打量着三个孩子，他们的脸都被太阳烘烤成了古铜色，在一盏大油灯照耀下，看起来闪闪发亮。想到他们的安全问题，"一阵哀伤袭来"，她感到迷惘："一旦开战，他们将会怎样？"这是几个月来她一直在抗拒、逃避和推诿的问题。最终她自我安慰地想："我们的动物王国存在于波兰这座最热闹、最忙碌的城市中，它是由首都护佑的小小自治国。关上大门，这个动物园就是一座与世界隔绝的孤岛，邪恶的海浪似乎不可能漫过欧洲大陆，前来覆灭这座孤岛。"夜色越来越深，周遭的轮廓都变得模糊，而焦虑也四处飘荡，让她忧心忡忡。护子心切的母亲，总是恨不得在儿子生命的锦衣开始出现蛀洞的第一时刻就冲上去将它补好，但此刻的她，却束手无策，坐等世界将它撕碎。

她一心要让儿子充分享受这最后的夏日田园生活，于是，第二天上午，她就组织了一次采蘑菇比赛，谁采的松乳菇、牛肝菌和草菇最多，谁就可以获得奖品和荣誉。采回来的蘑菇，她准备用来制作蘑菇酱。一旦战争爆发，冬天里如果能把蘑菇酱涂抹在面包上食用，能让人重温林间小屋的这些美好日子，回想起河中的畅游，想起小獾的种种滑稽行为。他们在林间走了四英里，一直走到了布格河边，中间瑞希多次被扛上肩，左思卡一路小跑，小獾则端坐在一个背包里。每逢一个比较开阔的草甸，他们就停下来野餐，踢足球，小獾与左思卡受命担任门卫，但小獾显然会错了意，一旦扑住了皮球，它就又啃又挠。

周末时，安东尼娜大多会把瑞希留给保姆照顾，独自回到华沙陪伴扬。一九三九年八月二十四日，星期四，就是不列颠重申德国一旦入侵，它将援助波兰的那一天，安东尼娜如往常一样回华沙去，眼前的景象让她惊呆了，环城都是防空炮兵的阵地，平民们正在挖战壕、垒路障，最让人心神不宁的是即将全民征兵的布告。就在一天前，德国的外交部长里宾特洛甫和苏联的外交部长莫洛托夫，宣布两国已经签订了互不侵犯条约，震惊了全世界。

“夹在柏林与莫斯科之间的只有一个波兰。”她想。

无论是她还是扬，对于互不侵犯条约的秘密条款都一无所知。两国已经约定，分两个阶段入侵波兰，然后把波兰切成几块，瓜分它肥沃的土地。

“外交家都是精明的。他们也许只是在玩花招。”她想。

扬深知,波兰没有足以与德国一较高下的飞机、大炮、坦克,于是夫妇俩认真地讨论起要把儿子转移到某个相对安全的地方去的计划,最好是军事上无足轻重的小镇,如果有这样的地方的话。

安东尼娜感觉自己好像“正从一场悠长的梦中醒来,或者说正在跌入一场噩梦”,无论怎么形容,这都是一次心理地震。远离华沙喧嚣的政治,沉浸在“宁静恬淡且井然有序的农村生活中,在白色沙丘与依依垂柳构建的和谐世界里”,每一个日子都能因为动物们的怪诞行径和一个小男孩对世界孜孜不倦的探索而变得生机勃勃。在这里,几乎可以无视世界上发生的纷纷扰扰的大事,或者至少可以乐观以对,甚至固守天真。

---

1 北欧神话中奥丁神的婢女,此神似又被称为生命女神,可以选择人的生死,契合本书的拯救犹太人形象。——译者注

2 西喻指脑袋。——译者注

安东尼娜与扬正在喂饲一只受伤的鸟。

Antonina and Jan feeding an injured bird.

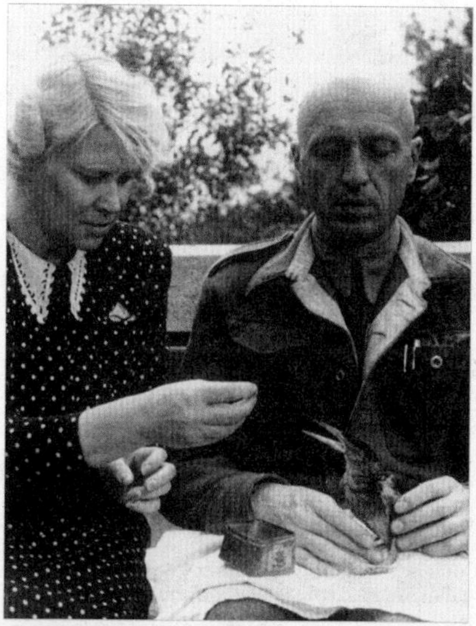

小獾带着瑞萨德去散步。

Badger taking Ryszard for a walk.

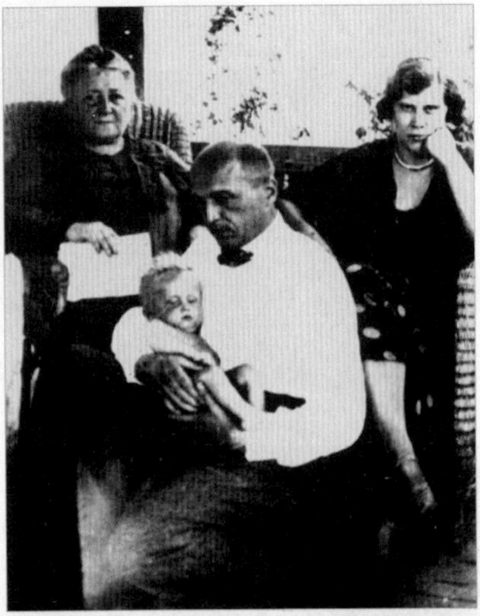

Family portrait.
From left to right:
Jan's mother,
Antonina, and Jan
holding Ryszard.

全家福，左边为扬的母亲，右边是安东尼娜，中间是扬怀抱瑞萨德。

Teresa holding Badger
after the war.

特蕾莎抱着小獾，摄于战后。

1st Sep. 1939 / Warsaw /

1st Sep. 1939 , Warsaw

Chapter 04

第四章

一九三九年九月一日，华沙

黎明之前，安东尼娜在黑暗中醒来，听到了远处传来的似是无数碎石在铁槽中倾泻而下的声音，她很快意识到这是飞机发动机的轰鸣。“但愿是波兰飞机在演习吧。”她祈祷着，走上了露台，警觉地瞭望空中。天上没有太阳，显得怪诞而陌生，似是被什么遮蔽了，但不是云，而是一道厚实的白金色釉光，像一道帘幕一样挂在天边，很长，低垂至地，很宽，从天的一头延伸到另一头，盖住了整个地平线，但是没有烟，没有雾。扬曾参加过前一次世界大战，现在是预备役军官。前一晚他奉命在外值勤，但安东尼娜不知道他究竟是在什么地方，据说就在“动物园外面某处”，在维斯瓦这条心理护城河外的城市峡谷中。

她听到了“飞机的嗡嗡声，有数十架，也许数百架”，像“远处的海浪声，不是那种平静从容的海浪，而是暴风雨中一次次拍击海滩的怒涛”。细听片刻之后，她分辨出了德国轰炸机特有的那种混杂错落的轰鸣声。战争后期，经受过德国大轰炸后的伦敦人发誓说，他们分明听到德国轰炸机反复嘟囔着同一句话：“你们在哪里？你们在哪里？你们在哪里？”

早晨八点，扬回到了家，他神色焦虑，只带回来大概的消息。“这不是他们所说的演习，”他说，“是轰炸机，德国空军中队正在掩护德国陆军逼近。我们必须马上撤离。”瑞希和他的保姆此刻身在雷洋图夫卡，暂时没有危险，夫妇俩决定先去近一点的扎雷希村，扬的表亲住在那儿。但是两人没有立即动身，而是决定等等，听听收音机里会有什么最新消息。

这天正是波兰中小学新学年的第一天，人行道上本该人流如织，到处是穿着校服背着书包的学生。两人站在二楼露台上环顾四周，只见街上、草坪上都有奔跑的士兵，甚至有部队进了动物园，他们有的在空中竖立障碍气球，有的在校正防空炮的准星，黑魆魆的锥形状炮弹堆放在一旁，像动物们的一坨坨粪便。

大祸即将临头，园内的动物们看来却毫无察觉。小火苗已经吓不到它们，多年来，它们已经对日常篝火见惯不惊。但是当荷枪实弹的士兵突然潮水般涌进来时，它们慌了，因为早上这个时候它们只习惯于与穿着蓝色制服的饲养员打交道，他们通常是带着美食来的，也就十几个人。山猫发出一种介于咆哮与猫叫之间的咕噜咕噜声，豹子在噗嗤噗嗤地低吼，黑猩猩的叫声尖锐而凄厉，熊像驴子一样嘶鸣，美洲虎不停地发出咳嗽一般的叫声，仿佛努力要把卡在喉咙的什么东西咳出来。

到九点时，他们已经得知，希特勒为了给入侵波兰制造借口，导演了一出波兰人攻击德国边境城市格利维策的闹剧：穿着波兰军装的党卫军士兵占领了本地的电台，号召大家武装反德。德国方面领着外国记者去看了几个囚犯的尸体，都穿着波兰军服，作为波兰一方发起敌对行动的证据。这出戏当然骗不了任何人，但是这不妨碍德国方面宣称必须做出回应，于是，凌晨四点，德国战舰石勒苏益格-荷尔斯泰因州号(Schleswig-Holstein)炮击了格但斯克附近的一个波兰军火库，而苏联红军则开始准备从东线入侵。

安东尼娜与扬草草地打点了行装，步行过了大桥，准备前往扎雷希。这个村庄在维斯瓦河的另一侧，在动物园的东南方向，距离不过十几英里。他们靠近兹巴维切尔广场时，飞机引擎的轰鸣声变得越来越响，没多久已然飞到头顶，出现在一排排建筑物之上的天空中，头顶上的飞机从屋顶之间的空隙看上去像一张张长方形的幻灯片。炸弹呼啸而下，在两人前面的几条街道上落地爆炸，随即黑烟滚滚，伴随着屋顶瓦片纷纷掉落地面的爆裂声以及砖头、水泥崩塌时发出的刺耳的摩擦声。

每一颗炸弹都会产生出一种不同的气味来，主要取决于它击中了什么，把什么东西烧成了灰，把什么东西炸成了齑粉，让什么分子与空气搅和在一起，飘到了空中。此时此刻，鼻子可以嗅出一万种鲜明的味道来——从黄瓜到小提琴的松香。如果击中了烘焙店，翻腾的尘雾中会发出酵母、糖蜜、黑麦的味道。如果气味中混合了丁香、醋、烧糊的肉香味，那一定是肉铺店无疑。如果闻到了烤焦的皮肉和松木，那一定是燃烧弹作的孽，它以高温烈火迅速吞噬民居，里面的人会顷刻毙命。

“我们只能回头了。”扬说，两人奔跑着过了老城区的城墙，跨过了战火呼啸的铁桥。回到动物园后，安东尼娜写道：“我消沉到了极点，整个人都感觉瘫痪了，什么事都做不了。我只听见扬指挥着他的手下：‘搞一辆大马车过来，装上食品和煤炭，带上暖和的衣服，然后立即出发……’”

对扬来说，要找到一个军事上无足轻重的小镇就像解一道有着太多未知项的方程式。对此他预先毫无准备，因为他和安东尼娜都没有想到德国人会入侵波兰。他们当然也曾讨论过这种可能性，但最终得出的结论是这一切“都是由恐惧而生的幻象”：是心魔，是杞人忧天，实际并不是战争真正迫近的迹象。安东尼娜在疑惑，两人何以做出如此错误的判断，扬则在专心地思考如何把家人藏到安全的地方去，自己则留守动物园，能守多久守多久，等待上级的指令。

“华沙很快会闭城，”他推测，“德军正从东面逼近，我想你最好回到雷洋图夫卡的小屋去待着。”

她考虑了片刻，尽管心下还有疑虑，但还是决定接受丈夫的建议：“是啊，至少那是我们熟悉的地方，是瑞希有着很多美好回忆的地方。”实际上，她心里很茫然，但她信赖扬的直觉，便强迫自己打点了行装，上了一辆大马车，车上装了不少东西，足以应付很长一段时间。事不宜迟，她立刻出发，再迟的话路上可能拥挤得走不动了。

度假山庄雷洋图夫卡距离动物园只有大概二十五英里，但是安东尼娜的马车在路上走了七个小时，她走的是土路，还得和数千人争道，大多都是步行者，因为轿车、卡车以及绝大多数的马匹都已经被军方征用。一路上都是女人、儿童、老人，个个步履慌乱，神情焦虑而又恍惚，犹如梦游。大家似乎把能拿的都带上了，有的推着童车、板车、推车，有的拖着行李箱和孩子，大多数人都把衣服层层叠叠地穿在身上，还有各式各样的包裹、鞋子等，或绑在腰间，或挂在脖子上。

路两侧是高高的白杨、松树和云杉，枝条上大团大团的褐色槲寄生在风中摇荡，在电线杆顶上安家的黑白两色的鹳鸟，此刻还在忙着觅食"蓄膘"，为冬天前往非洲的远程旅行积蓄体能。走过一段，路两边变成了农田，谷穗饱满发亮，芒刺向天。安东尼娜写道，"众人汗流如浆，呼吸相闻，满面尘灰"。

突然听到一阵低沉的隆隆声，仿佛暴风雨正在迫近，接着就看到天边地平线上的一大群"蚊蚋"，密密匝匝，仿佛一团巨大的乌云一点点逼近，几秒之内每一只"蚊蚋"赫然变身为德国飞机，把天空撕得支离破碎。飞机低低地从头顶上方飞过，人马俱惊。子弹倾泻而下，尘土飞溅中，人人都在四下里奔逃，不幸者当场倒下，相对幸运者侥幸从喷射的机关枪下逃过一劫，沿途都是鹳鸟、红翼鸫、白嘴鸦的尸体，还有断枝残叶和丢弃的书包。是否被子弹击中纯属偶然，在七个小时的时间里，安东尼娜虽然出乎意料地活了下来，但一个个不堪的死亡景象和垂死挣扎的场面铭刻在了记忆里。

感谢老天，至少不是儿子的记忆。此刻他身在雷洋图夫卡，躲过了这一血腥的场面。这类场面一旦铭刻在记忆中就很难抹去，特别是对孩子而言，他们的大脑一直忙碌地从这个世界上进行采样分析，在此基础上形成对世界和未来的期待，所有这些采集来的真相被缝合在一起，通过一万亿个缝合点拼接他们心中的世界图景，依据这个图，大脑一直在暗示它年幼的主人：这就是世界，一生剩下的岁月里你都要为它作好准备，一个充满混乱和无常的世界。尼采在《偶像的黄昏》中有云："任何打击，只要未令你灭亡，就令你坚强。"潜台词是，人的意志就如日本武士刀，千锤百炼才能让它坚不可摧。但是，一个小男孩是这样的金属材料吗？这样的锤炼会带来怎样的后果？安东尼娜一方面为儿子担心，一方面对德国人充满了愤怒，"这样一场现代战争完全在我们的认知之外，竟然放任对女性、儿童和平民的杀戮"。

尘埃落定之后，蓝天重现。安东尼娜注意到田野上空有两架波兰战斗机正在攻击一架德国巨无霸轰炸机。从远处看来，三架飞机构成的几何图非常熟悉，鹪鹩奋勇击退老鹰时，都是摆的这个阵。每当战斗机发射的子弹"叮咬"了轰炸机一口，后者机身上冒出一股黑烟时，地上的人们就发出一阵欢呼。如此敏捷的波兰空军应该能击退纳粹德国空军吧？机身上撕裂下来的一条条金属箔在夕阳中闪着光。突然，轰炸机迸出一道血红色的火光，然后一头栽下，在空中画了一道急弯曲线。

一个巨大的“白色水母”漂浮到了松树林的上空，一个德国飞行员坐降落伞摇摇晃晃地滑下来，划过矢车菊般蓝色的天空。

与许多波兰人一样，安东尼娜并没有充分意识危险有多大。他们信赖波兰空军，相信训练有素、骁勇善战的飞行员（特别是负责守卫华沙的“飞逐大队”），尽管它的 PZL P.11 战斗机在数量上明显落于下风，且机型老旧，根本不是德国容克 JU-87斯图卡式俯冲轰炸机的对手，后者速度快，机动性超强。波兰的卡拉斯轰炸机俯冲接近德国坦克然后平飞掠过以备投弹时，速度过慢，很容易被地面防空火力吞噬。她更不知道，德国发明了一种新的战争形式，正在拿波兰来实验它的多兵种联合战术：他们在同一时间以举国之力倾巢出动，让飞机、坦克、炮兵、步兵、机械化部队同时上阵，以求一击成功，震骇对手。不久以后这种战术得名“闪电战”。

好不容易到达雷洋图夫卡时，安东尼娜看到的是一座鬼镇。避暑的客人不见了踪影，商铺都已关门歇业，连邮局都大门紧锁。精疲力竭、心慌意乱、灰头土脸的她坐着马车进了小别墅，这里依旧密林环绕，天朗气清，这样的环境有一种熟悉、安全的感觉，充满了泥土、花草、腐木、松脂的混合味道。可以想象她将儿子瑞希紧紧搂在怀中的一幕，她问候了保姆，煮了荞麦、土豆与浓汤的晚餐，打开行李箱归置衣物，洗澡。安东尼娜一直在向往再度一个假，但这些习惯性的日常却无法让紧张的神经放松下来，她无法遏制心中那强烈的不祥之感。

在此后的几天里，他们经常站在门廊上，仰望一波波德国飞机经由这里涌向华沙。飞机在空中画出一道道黑线，整齐清晰，像专业花匠培育的灌木篱墙。德国空军的出动非常有规律，每天清晨五点和傍晚日落后准时成群结队地出现在天空。安东尼娜想着不知又有多少人因为这些飞机而成了新鬼，心下一片迷惘。

本地的景致看起来也添了几分陌生，秋天时他们从未来过雷洋图夫卡，所以很不习惯这里没有游客和宠物。高高的椴树已经转成了古铜色；橡树叶变成了深栗色，仿佛被血污浸染过一般；只有枫树上还留着不少绿叶，黄腹的松雀以长翅膀的枫果为食。砂土路边的一排鹿角漆树长着鹿茸一样的树枝，毛茸茸的红果子密集在一起，簇成锥形。草坪上有蓝色的菊苣、棕色的九尾猫香蒲、白色的香芥、粉红的蓟花、橘黄的山柳菊，还有金色的秋麒麟，隐约都有了秋意。它们构成了一幅动人的画面，有风掠过时，风景顿时一变，仿佛人手拂过的丝绒毯子。

九月五日，扬坐火车来了，脸色阴郁，而他眼中的安东尼娜更是“精神消沉，一脸迷惘”。

“我听到传言说，德军的一支部队正从东普鲁士入侵波兰，很快就会到达雷洋图夫卡这里。”他告诉她，“战争的前线还没有推进到华沙，而且华沙人也越来越习惯空袭了。我们的军队必定会不惜一切代价保护首都，我们索性回家去吧。”

尽管他这么说，口气却没那么自信，不过安东尼娜还是接受了他的提议，一方面是因为扬历来很有大局观，他的直觉屡获验证，但更重要的原因是她希望一家人守在一起，互相安慰，分担忧惧，生活不会那么煎熬。不过，走公路看来是不可能了。

夜里他们坐上了一列慢车，车窗被遮得严严实实，一点光都不透。他们在晨光熹微时到达华沙，此时天边正慢慢泛起白光，华沙正处于夜晚休战与晨袭之间短暂的平静期。据安东尼娜的文字记载，当时有马匹在车站外等着他们，在骑马回家的路上，被他们往日熟视无睹的一切迷住了：无风的宁静，潮湿的空气，紫菀树篱，五彩缤纷的叶子，吱吱作响的车轴，鹅卵石上嘚嘚的马蹄声。有那么短短的一段时间，他们不知不觉回到了机械化之前的时代，深深沉入质朴的宁静中，在那里，战争似乎被消了声，变得虚幻而荒诞，就像天边的月亮一样，只是遥远的一个光影。

到达位于布拉格区的动物园正门时，安东尼娜下了马，满目的死亡景象就像打了她一巴掌，让她彻底清醒过来。炮弹把沥青路面炸出了无数坑洞，弹片在一间间木屋上撕开了或大或小的口子，加农炮轮在草坪上犁出了一道道沟坎，老柳树和老椴树上的断枝残叶摇摇欲坠。安东尼娜紧紧搂住瑞希，似乎眼前的荒凉景象能够传染。很不幸，动物园紧挨着的大河上有很多交通繁忙的桥梁，它们正是德军飞机的首要攻击目标。此外，波兰军的一个营驻扎在这里，德国空军发现以后如获至宝，反复轰炸，连续好几天都没有停歇。他们小心翼翼地在残骸中择步而行，终于走到了小洋楼，楼前的庭院中也被炸弹砸出了一个个大坑。安东尼娜看到了被马蹄踩烂的花坛，她的目光停留在地上被践踏的精美花瓣上，感觉它们好像“彩色的泪滴”。

天亮以后，气温上升，战事也渐渐激烈起来。站在门廊上，他们听到了峡谷那边传来刺耳的爆炸声和金属大梁折断声在峡谷中惊心动魄地回荡。突然，大地颤抖，在他们的脚下移动起来，他们赶忙躲进了小洋楼，却只见屋梁、地板和墙壁都在晃动。大猫馆中传来狮吟虎啸，一声接着一声，一阵接着一阵，她感到揪心似的疼痛，知道母兽们此刻“必定已经恐惧到疯狂状态，嘴里叼着幼崽的后颈，在笼子里不停地转来转去，恨自己不能找个洞把孩子藏起来”。大象狂野地吹奏着自己的喇叭。鬣狗的呜咽声很奇怪，就像受了惊吓以后的格格傻笑，连续不断，无法遏制，中间夹杂着打嗝似的喉音。非洲猎狗嚎叫着。猕猴焦虑到失了理智，相互疯狂打斗，歇斯底里的尖叫撕裂了空气。在这片喧嚣狂乱之中，饲养员们不为所动，继续向各个馆舍担水送食，检查笼子的门栓、锁闸。

在这一轮的纳粹空袭中，一颗半吨重的炸弹砸中了北极熊山，围墙被震塌，壕沟被填没，受惊的北极熊纷纷下山。波兰军队驻扎在附近的一个排看到了这些惊慌的动物身上流着血，围着自己的“小山”乱转，不由分说就开了枪。他们又转而想到狮子、老虎，因为担心这些猛兽闯出来构成威胁，于是决定把最有攻击性的动物统统枪杀，因此不幸遇难的包括公象扬——图钦卡的父亲。

安东尼娜站在门廊上，可以清楚地看到远处有几名波兰军人聚集在一口井边，他们周围是几位动物园员工，其中一人在哭喊，其他人不说话，神色严峻。

“他们杀了多少动物？”她心里想。

事情来得太突然，没有时间抗议，更没有时间悲伤，剩下的动物还需要帮助，于是她和扬与饲养员们一起继续喂食和诊疗，尽他们最大的努力安抚惊惧的动物。

“人至少可以带上紧要之物，不断地转移，随机应变，”安东尼娜哀叹，“而动物们，如果德国占领了波兰，动物园里这些精致娇贵的生命会是什么下场呢？……动物园的这些动物比我们的处境要恶劣几倍，因为它们完全依赖人类。迁移动物园是不敢想象的事，它是如此复杂的一个有机体。”她对自己说，即使这场战争速战速决，也将造成巨大的损失。哪里去找粮食和资金来维持动物园的运转？她和扬都竭力不去想象最可怕的后果，但是额外采购了不少干草、大麦、干果、面粉、面包干、煤炭和木柴。

九月七日，一位波兰军官敲开了小洋楼的前门，正式命令动物园内全部身体健全的男子——其中包括四十二岁的扬——加入军队，参与西北前线的战斗，所有平民立即撤离动物园。安东尼娜立即打点了行装，带上瑞希再次过河避难，这次准备去她西城的亲戚家暂住，地址是卡普奇尼斯卡街 3 号，一幢四层楼的公寓。

Chapter 05

第五章

当天夜里，在卡普奇尼斯卡街上的一套小公寓里，安东尼娜听到了一种从来没听到过的声音：德国大炮发出的击打铁砧似的哐哐声。此时此刻，在世界的其他地方，她这个年龄的女性正溜进夜总会，在格伦·米勒乐队[1]的伴奏下，翩翩起舞，陶醉于《珍珠链》《棕色小水缸》这类轻快的乐曲中。女人们可以在路边歌厅里跟着新发明的自动点唱机传出来的音乐跳舞。夫妻们雇临时小保姆照看小孩，径自上电影院欣赏一九三九年的新片：葛丽泰·嘉宝主演的《俄宫艳使》，让·雷诺阿导演的《游戏规则》，朱迪·加兰主演的《绿野仙踪》。家家户户驾车出游，去乡村观赏秋天的树叶，在欢庆秋收的节日上享受苹果蛋糕和玉米煎饼。

对波兰人来说，原来的生活已经被榨干了汁液，变成了一堆残渣。德军占领期间，所有人都为现实所困，失去了日常生活中的种种兴味，为了最基本的生存，耗尽了大部分精力、心力、时间和金钱。

像其他动物妈妈一样，安东尼娜也变得无比焦虑，急于为孩子找一个安全的藏身地，“但与它们不同，”她在日记中写道，“我没办法把瑞希叼在嘴里，送到一个安全的巢穴中。”她也无法安心待在亲戚家四楼的公寓里——“要是楼塌了我们说不定就埋在里面了。”经过一番思量后，她决定还是搬到楼下去住。楼下是一家经营灯罩的小店铺。她不知道自己能否说服店主接纳她们。

她一把抱起瑞希，摸黑走下四楼，敲了敲一扇门。门开了，里面是两位上了年纪的妇人，卡德斯卡太太和斯托科夫斯卡太太。

“请进，请进。”她们看了一眼她身后的走廊，随即迅速关上了门。

她走进商店，眼前是一个奇怪的新天地，像水下的珊瑚堡礁，像天上的银河世界。商店里塞得满满当当的，琳琅满目，扑鼻而来的是布匹、胶水、油漆、汗水和正在煮的燕麦粥的气味。这里是一个灯罩集市，有的灯罩一串串吊在天花板上，有的一沓沓垒成金字塔形，有的一个个紧挨着，仿佛舶来的风筝。木架上盛放着布匹——像一捆捆果馅卷饼，还有铜质的灯架，制作灯罩的小工具、螺丝、铆钉，闪闪发亮的托盘，里面是灯罩顶饰，按材质——玻璃、塑料、木材、金属——分开。在那个时代的灯罩店里，女店员还负责手工缝制新的布面灯罩，修理旧的灯罩，同时也代售别人制作的灯罩。

安东尼娜打量这个房间时，想必看到了二十世纪三十年代种种流行的家居饰品。当时的波罗的海文化中，家庭装饰正从维多利亚情调转向“装饰派艺术”以及现代主义风格，灯罩是其中的重要部分。流行的灯罩包括：郁金香型的玫瑰丝灯罩，上面有菊花刺绣；绿色雪纺绸灯罩，上面有白色嵌蕾丝的板条；几何图形的打褶裥象牙白灯罩；拿破仑帽子形状的明黄色玻璃灯罩；八面穿孔金属灯罩，“裙边”镶嵌人造宝石；石膏质球形灯罩，顶饰是琥珀色的云母，罩面有“新艺术”风格的浮雕，描摹一众弓箭手追猎一头牡鹿的场景；橙红色穹形玻璃灯罩凹凸不平，如鹅皮疙瘩，“裙边”有水晶吊链，下挂铜质花篮，花篮四周是弯曲蔓延的常青藤图案浮雕。那种很时髦的红色玻璃，俗称“鸽喉红”玻璃，在安东尼娜的时代，是欧洲葡萄酒杯的常用材质，却也用来制作灯罩，在黑暗中呈酸樱桃的暗红色，灯光点亮时，光效很像刚刚剥了皮的血橙，它是用鸽子血染红的，而鸽子血也常用来涂饰高档的红宝石，如果是最上等的红宝石，其色泽鲜艳如血。

跟着瑞希的目光，安东尼娜注意到了房间的远端，惊讶地发现那里坐着几位形容狼狈的女人和孩子，在拥挤的灯罩中，他们几乎可以说是隐身的。他们都是本地人。

“日安，日安，日安。”安东尼娜向他们一个个点头问好。

是灯罩店温馨的气氛吸引了无家可归、绝望无助的他们。灯罩店的经营者是两位慈祥的老年女士，她们热心地与避难者分享食品、炭火和床褥。安东尼娜留下的文字中提道：

> 这家前店后作坊的灯罩店就像一块磁石，吸引了很多人进来避难。这两位可爱的小个子老奶奶非常温暖，充满了爱心，善良热情。多亏了她们，我们终于熬过了那个最艰难的时期。她们就像夏夜里温暖的光芒，楼上的居民，附近住房被炸毁了的无家可归者，甚至别的街道上的居民，都像飞蛾一样被她们的光芒所吸引，飞奔前来，相聚在这里。

安东尼娜敬畏地看着两人布满皱纹的手给众人分发食品（主要是燕麦片）、糖果、风景图册和一些小玩具。到夜里大家各自找地睡觉时，她把床垫放到了一个结实的门框下方，以自己的身体掩护着瑞希，小睡了一会儿。这一觉睡过去，如同坠入一口深井，也恰如那些田园般的往日已经飘逝，越来越远。她本来为来年做了许多规划了，而现在，她满脑子想的是自己和儿子能否活到天亮，她是否还能见到扬，儿子是否还能迎来又一个欢乐的生日聚会。“我们生命中充满着对可怕当下的忧虑，甚至想象着我们自己的死亡，”她在回忆录中如此写道：

> 盟友不在左右，不能提供帮助，我们波兰人在孤军奋战。只要英国攻击德国，德国就会不得不停止对华沙

的狂轰滥炸，但英国人没有出手……关于波兰政府的消息也让人悲哀，我们的斯密格莱元帅和政府成员逃亡罗马尼亚，却在那里被逮捕拘押。我们感觉遭到了背叛，我们震骇，我们悲悼。

英法两国向德国宣战时，波兰人拍手称快，电台里循环往复地播放着两国的国歌，持续好几天，但到了九月中旬，来自德军重炮与巨型轰炸机的密集火力并无稍减。“我们竟然生活在了一座围城之中，”安东尼娜在回忆录中不可思议地写道，城里时时有呼啸的炸弹，刺耳的爆炸，建筑物崩塌时发出惊天动地的巨响。人们在饥饿中煎熬。自来水、煤气等日常生活的慰藉首先消失，接着电台哑了，报纸没了。大胆上街的也都速去速回，不敢稍待。要买上一点马肉或面包都得排队，通常得冒着生命危险。整整三天时间，她白日里反复听炮弹尖啸着掠过屋顶，黑夜里感受炸弹一次次重击黑暗之墙。令人胆寒的尖啸声后总是紧跟着让人毛骨悚然的轰隆声。安东尼娜发现自己每听到一声尖啸，就必须听到它最后的爆炸声，整个过程都提心吊胆，做最坏的打算，直到听到它在别处爆炸，才长长地舒出一口气来。她下意识地估算着每次爆炸与自己的距离，庆幸自己没有被炸弹击中，几乎同时，又是一声尖啸，又是一声爆炸。

三天里她也曾冒险出门几次，每次都发现世界变成了一部战争电影，周围黄烟弥漫，瓦砾成堆，许多建筑物只剩下了一两面孤墙，墙头是锯齿状的石头，地上有随风翻飞的信件和翻滚的药瓶，有受伤的人，有死马——腿与身体之间拧成一个古怪的角度。但是还有比这更不真实的场景：有一种东西在空中盘旋，初看像雪，时而轻盈地往上飘，时而悄悄地往下坠，却并不落地。它们纷纷扬扬如暴雪，却比暴雪瘆人，因为这漫天飘舞在楼顶上方的是羽绒，从这个城市的无数枕头与被子里飞扬出来的羽绒。很久以前，波兰的某位国王曾经以羽毛阵阻击进犯的土耳其人：战士们在背后绑上巨大的羽毛圈，骑马高速冲向敌阵，气流穿过这些人造翅膀，发出巨大的嗖嗖的声响，音效如龙卷风，让敌方的战马吓得蹄子紧钉地面，一步不敢前进。对很多华沙人来说，这次的羽毛暴雪也许让他们想起那些英勇骑兵——这个城市的守护天使，想象他们惨遭杀戮，只留下羽毛，飞舞在空中。

一天，一颗哑弹击中了她所在的公寓楼，卡在四楼的屋顶，整整一天时间她都等待着它炸响，却一直没有等到。夜里，轰炸机密集投弹，似在空中涂鸦，画出一道道烟雾，她带着瑞希搬到了附近一所教堂的地下室里。第二天，在清晨的死寂中她又带着瑞希搬回了灯罩店。她后来告诉别人说："我就像我们的那些母狮，胆战心惊地把幼崽从笼子的一侧移到另一侧。"

没有扬的消息，安东尼娜担心得睡不着，但她告诉自己说，如果不去救助动物园里剩下的那些生灵，她就有负于自己的丈夫。它们还活着吗？留守的那几名少年能照看好它们吗？看来别无选择：尽管恐惧让她胃部恶心，她还是将瑞希留给扬的妹妹照料，强迫自己冒着炮火过河回到动物园。在一片硝烟和遍地狼藉中战战兢兢地赶路时，她想："原来这就是猎物逃避追杀时的感觉，没有英雄的悲壮，只有不惜一切代价也要安全回家的那种疯狂。"她想起了公象扬和大猫们的死，是被波兰士兵们枪杀的，枪口对着它们，就在一两英尺开外，黑洞洞的。它们垂死一刻的场景让她的心灵再次如受酷刑。然而，此时她心头突然泛起另一个更难排除的恐惧：如果事实证明它们的死其实很幸运呢？

1 格伦·米勒（Glenn Miller,1904-1944），二十世纪初著名的爵士长号手，也是当年最受尊敬的爵士乐队 Army Air Force Band 和 Glenn Miller 的掌舵人。——译者注

Chapter 06

第六章

纳粹向华沙出动了轰炸机一千一百五十架次，位于防空炮兵阵地附近的动物园被完全摧毁。那天天气晴朗，天空突然张开血盆大口，火球呼啸而下，动物馆舍纷纷被炸毁，壕沟四周下起了阵阵泥雨，铁栅栏被撕得支离破碎，发出刺耳的嚣叫。爆炸产生的高温使得木头房子轰然倒塌。玻璃与金属碎片迸飞，插入动物的皮肤、羽毛、蹄爪和鳞甲。受伤的斑马撒蹄狂奔，身上带着条条血痕。惊恐万状的吼猴与猩猩尖叫着跃上树枝，或钻入丛林。蛇类蹿出了囚笼。鳄鱼撑起四肢步下生风。子弹扯烂了禽类馆的罗网，鹦鹉扑腾着翅膀螺旋式升空而去，就像阿兹特克人信拜的神灵，然后如铅锤般直线栽下。其他热带鸟类躲进了树丛，或者凄惶地乱飞，奋力扇动烧焦的翅膀。一些动物继续藏在本来的窝棚中，却被滚滚火浪吞噬。两只长颈鹿死在地上，四条腿被横向撕裂，看得人心惊肉跳。空气中烟尘浓浓，呼吸变得十分艰难。四处都是木头、稻草和皮肉烧焦时发出的刺鼻气味。猴子与鸟疯狂地尖叫，构成了一曲“异界”的大合唱，噼啪的枪声和隆隆的炮声，似是背景音乐的鼓点。所有这些喧嚣回荡在动物园里，听起来仿佛有千万个复仇女神张牙舞爪地杀出地狱，顷刻间世界就要毁灭。

安东尼娜带着五六名管理员搜遍了全园，努力营救和放生动物，一路上小心翼翼地东挪西闪。在园区奔忙时，她也在挂念和担忧丈夫。扬此刻身在前线，“他是一个勇敢的男人，一个有高度责任感的男人，可是既然连无辜的畜类都不能幸免于难，作为人类的他岂敢心存奢望？”如果他能回来，他面对的是一副怎样的惨状？此时另一个念头又冒出来：母象卡西娅在哪儿呢？他们最宠爱的宝贝之一。她终于赶到了卡西娅的围场，却发现这里已经被夷为平地，卡西娅不见踪影（安东尼娜后来才发现，它已经被一枚炮弹炸死），却听到两岁的小象图钦卡在远处吹奏着它的喇叭。许多猴子死在了猿猴馆的大火中，也有的被子弹击毙，剩下的疯狂地啸叫着在树丛中奔逃。

一些动物在这次大轰炸中神奇地得以幸存，其中许多逃出动物园，过了大桥，进入了正在燃烧的首都老城区。勇敢地站在窗内向外张望的人，不幸被大火拦在街上的人，看到了《圣经》中描述的末日一幕，他们简直怀疑自己产生了幻觉：动物园里的生灵们倾园而出，走上了华沙的街道，海豹沿着维斯瓦河摇摇摆摆地赶路，骆驼和无峰驼钻进了小巷，蹄子在小巷的鹅卵石街面不停地打滑，鸵鸟、羚羊与狐、狼并肩奔跑，食蚁兽一边跑一边不忘在砖缝间舔舐打劫。许多本地居民看到一团团影像模糊的毛皮在眼前闪过，经过了工厂、公寓楼，或奔向城外的燕麦地、荞麦田、亚麻林，或跌跌爬爬下了小河，或躲进了楼梯井、小棚屋。一头扎进水中的河马、水獭、海狸等，总算暂时捡回了性命，不少狗熊、野牛、骆驼、斑马、山猫、猴子、普氏野马，许多爬行动物，还有孔雀和其他禽类伙伴，都各显其能，在炮火中存活了下来。

安东尼娜写道，她叫住了小洋楼附近的一名士兵，问他："有没有看见一头个子很大的獾？"对方回答说："有一头獾到过小洋楼的门廊上，又是撞门又是挠门，闹了很长一段时间，我们没让它进来，它就钻进树丛里不见了。"

"可怜的小獾，"她一边悲叹着，一边想象这个全家人的宠儿惊恐万状，在门外苦苦求援的景象。过了片刻，她脑子里只剩下一个念头："希望它最终成功逃生了。"暑热又开始蒸腾，烟雾重新开始弥漫。她缓过神来，双腿又有了力气，于是奔跑着去查看那些长鬃毛的蒙古骏马。其他的马和驴子，包括儿子的小马驹"淘气鬼"，都已经倒毙在了外面的街道上，而那些稀有的蒙古野马竟然还站立在牧草地上，身子瑟瑟发抖。

安东尼娜最后还是离开了动物园，借道布拉斯基公园返回市中心那家她和儿子借以避难的灯罩店。她一路上看到公园林荫大道两侧的许多椴树的树冠在燃烧，仿佛戴着光环的圣徒。到了灯罩店后，她感觉全身无力，脑子里一片混沌，可还是竭力向大家描述那冲天的烟柱、连根拔起的大树、一片狼藉的草地、带着斑斑血污的房屋和尸身。稍后，她感觉自己镇定了一点，就前往蜂蜜街1号的一幢石头建筑，上楼进了一间小小的办公室，里面挤满了神不守舍的人和堆积如山的档案。这是抵抗组织的秘密巢穴之一，她来这里找老朋友亚当·恩格勒特。

“有什么消息？”

“很显然，我们的军队已经弹尽粮绝，正在讨论集体投降事宜。”他脸色阴郁地答道。

在回忆录中，她写道，他的声音钻进了她的耳朵，他说的话却飘飘荡荡，进不了她的脑子，因为这里面已经塞满了白天的恐怖，因而发出了“暂停工作”的命令，拒绝吸收更多。

她重重地跌坐在沙发上，身子动弹不得。在此以前，她一直不允许自己相信存在这样的可能，她的祖国真的会失去独立。噩梦重来！虽说历史上波兰曾被多次霸占蹂躏，可它也曾成功驱逐外敌。上一次与德国交战还是二十一年前的事，她的生命的大部分岁月是在和平中度过的。不测的前景让她不知所措。十年来，动物园在城里不啻一个独立的王国，维斯瓦河就是它的护城河，王国内每天的生活都像充满挑战和惊喜的七巧板游戏，非常适合她炙热丰盈的生命。

回到灯罩店，她向大家转述恩格勒特的悲观说法，但这个说法与市长的广播讲话中斗志昂扬的基调显然不符。在他的讲话中，斯塔日尼斯基市长谴责了德国纳粹，强调希望还在，呼吁人人上阵，不惜一切代价捍卫首都。

在一次的广播讲话中，他曾有言："就在我此刻向你们发表讲话之时，可以透过窗户看到它，就在那硝烟中，在红彤彤的火焰中，我看到它的伟大与光荣，看到那个光荣、不可战胜、英勇战斗的华沙！"

他们感到无比困惑，不知道该相信谁：发表公开演讲的市长，还是抵抗组织的成员？当然应该是后者。因为在另外一次广播演讲中，斯塔日尼斯基市长使用了一次过去时态，他说："我曾那么想让华沙成为一座伟大的城市。我曾相信它会成就其伟大。我的同事和我曾经拟订了城市规划，为未来的伟大华沙勾勒了蓝图。"这句话中的时态——是口误吗？安东尼娜的消息听来更为可信一点。大家的情绪一下子跌入低谷，此刻正逢黑夜将近，店主在餐桌间小心地穿行，拧亮一盏盏小灯。

几天后，安东尼娜听到了一个清脆的敲门声。当时她与大家正围坐在餐桌边，饥肠辘辘，却对着桌上那点可怜的食品毫无食欲。华沙已向德军投降，不再有人上门购买或者修理灯罩。店主人战战兢兢地开了一条门缝，门外赫然站着扬，安东尼娜喜出望外，眼前的丈夫神情疲惫，脸上却带着如释重负的表情。他们相拥亲吻，然后他坐在桌边，讲述他的经历。

数周前扬和战友们就已经离开华沙。九月七日傍晚，他们沿河步行前往布格河上的布热希奇镇，作为"幽灵部队"的一部分，他们寻找着波兰主力，期望早日归队。他们没有找到，最后只得解散分手。九月二十五日，扬在米艾尼的一个农场过了一夜。农场主正是他几年前在雷洋图夫卡乡间别墅度假时结识的。第二天一早，管家就把他唤醒，问他能否给自己充任一下翻译，因为有位德国军官夜里到了农场，而她根本听不懂德语。与纳粹的任何遭遇都意味着危险，扬一边穿衣，一边在脑子里针对可能发生的各类情况排练了一番，准备了种种预案。下楼时，他看到了客厅里站着的纳粹国防军军官正在与农场的主人讨论军需供应问题。心里虽然忐忑，他脸上已经佯装出从容的神情，说明自己不过就是这个家庭的一位合法客人而已。当这位纳粹军官转身面对他时，扬简直不敢相信，他怀疑自己是不是因为过度紧张而出现了幻觉。就在这同一时刻，这位军官的脸上也闪过诧异，继而冲他笑了。站在他面前的正是穆勒博士——国际动物园园长协会会员，他的动物园在克鲁雷维克（位于东普鲁士，战前叫作柯尼斯堡）。

穆勒笑着说道："全波兰我真正认识的只有一个人，就是你，我的朋友，却在这里恰恰碰到你！太不可思议了。"作为军需官，穆勒来这个农场的目的是为纳粹征集军粮。他告诉了扬华沙和华沙动物园所遭遇的劫难，听得扬想立刻回家去看看，穆勒主动表示愿意提供帮助，但警告说，扬这个年纪的波兰男子在路上会有危险，他建议说，最好的办法是他假装逮捕扬，然后扬作为战俘坐他的车回华沙。虽然战前两人关系融洽，但此情此景之下，扬不免担心穆勒是否可以信赖。但穆勒没有食言，华沙投降后，他又来到了农场，开车将扬送进了华沙城，到了他不敢再往前开的地方，才撂下了扬折返。扬偷偷摸摸地穿行在华沙的废墟中，不知道自己能否活着赶到卡普奇尼斯卡街，见到安东尼娜和瑞希——如果他们还活着的话。他终于找到了那座四层楼，敲了几下门，里面却一直没什么反应，他一下子“心惊肉跳，几乎瘫倒”。

此后的几天里，华沙狰狞的死寂让人越来越忐忑不安，于是扬和安东尼娜决定偷偷过河回动物园去看看。这一次，途中比较太平，没有炮弹的轰击，没有狙击手跟踪。几位老饲养员也已经回到了动物园，捡起了战前的日常工作。在这个奄奄一息的动物园里，他们就像一支幽灵部队，悄悄地奔走忙碌，努力为那少数幸存者续命。警卫室和宿舍楼都已经变成了烧焦的瓦砾场，工作间、大象馆等都已崩塌，许多动物的栖息地和大围场都已经烧毁。最让人感觉奇怪的，是许多笼子的铁栅栏，它们经过熔化变形，凝固成各种怪诞的形状，如先锋派焊接工们炮制出来的前卫作品。扬和安东尼娜走进了小洋楼，眼前一副更加超现实主义的景象让他们目瞪口呆：小洋楼并未倒下，一扇扇高窗却已被炸弹砸得稀巴烂，窗玻璃已经碎成无数细粒，像沙子一样铺满了地面，地上有一丛丛压烂的稻草，是空袭期间躲藏在这里的波兰军人们铺在身下睡觉用的。整幢楼千疮百孔，到处都要修补，尤其是窗户，又因为窗玻璃在此时已是稀有商品，两人决定用胶合板将就一阵子，尽管这等于把自己封闭隔绝在更加黑暗的世界里。

但此刻还无暇考虑房屋的修缮，他们先要搜索伤残的动物。他们仔细地梳理动物园的每一个角落，包括最不可能藏身的地方。每在废墟下发现一只神志不清的、饿得半死但一息尚存的动物，大家都会由衷欢呼。安东尼娜的书中回忆说，园中躺着不少死亡的军马，其中很多肚子肿胀，牙齿洞张，眼睛圆睁，死得惊恐万状。所有尸体都必须立即掩埋或者屠宰（羚羊肉、鹿肉、马肉等可以分发给城里正在挨饿的居民），但扬和安东尼娜下不了手，就把这些活儿留给了饲养员们。到了晚上，因为小洋楼还不能栖身，两人又疲惫不堪地回到了卡普奇尼斯卡街，心情非常沉重。

第二天，隆美尔将军发表广播讲话，敦促华沙军民体面地接受华沙投降的现实，在德军开进这座陷落城市时保持镇定。他的讲话以这样一段话收尾："我信赖华沙的居民，他们在守城战斗中英勇不屈，已经表现出伟大的爱国精神，我信赖他们将信守诺言，平静、沉着地接受德军的进驻。"

"也许这是个好消息，"安东尼娜对自己说，"也许和平总算到来了，终于可以开始重建了。"

阴雨连绵的上午过后，天上厚厚的云层渐渐散开，十月温暖的阳光透过缝隙射向大地，德军巡逻兵出现在每一个居民区，街道上回响着厚重的军靴声和叽里咕噜的外国腔。过了一会儿，七嘴八舌的说话声也传进灯罩店里面来，咝咝作响（波兰语多发 S 音），清脆悦耳：是一大群波兰人的说话声。安东尼娜看见"一大队人马从门前缓缓走过"，向着市中心方向而去，人们从建筑里三三两两地走出来，汇入人流。

"你说他们这是朝哪里去？"

收音机告诉了他们希特勒准备检阅部队的地点。她和扬感到一股渗透力在用力地拽着他们往外走。到了外面，无论安东尼娜将目光投向何处，看到的都是触目惊心的毁灭。在她留下的文字中，她描写道："附近一座院子里，矗立着一幢幢畸形的建筑，它们被战争砍了头——屋顶没有了。有些建筑，虽然头还在，却从头到脚伤痕累累，看起来面目全非。"这些建筑物让她联想到"腹部受伤的人，他们为自己洞开的伤口感到尴尬，绝望地寻找遮掩的方法"。

安东尼娜和扬又路过了许多幢被雨水浸泡过的建筑，外墙的涂层已经完全脱落，红色的砖块裸露在温暖的阳光中，蒸腾着热气。火还在烧，许多住宅的内部还在焖燃，冒出来的烟雾弥漫在空气中，熏得人眼睛流泪，嗓子发疼。不断壮大的人流，如被催眠了一般，木然地走到了市中心。在许多影像档案中，我们能看到他们林立在市中心大街两边，征服者——德国军人们——迈着整齐划一的步伐向前，像一股由无数铁灰色军服构成的汹涌洪流。他们的脚步像绳索一样规则地击打硬木地板，发出沉重有力的回响。

扬扭头看见身边的安东尼娜脸色苍白。

"我透不过气来，"她回忆当时说，"我感觉自己要淹死在这个灰色的海洋中了。他们正在淹没整个城市，冲走我们的传统、我们的人民，让我们的一切都从地球的表面消失。"

两人挤在人群中，看着亮闪闪的坦克和大炮缓缓开过，还有脸色红润的德军将士，其中一些以挑衅的目光瞪视着他们，逼得扬扭头避开。在波兰，傀儡戏历来是很受欢迎的艺术形式，它的观众不限于孩子，像古罗马木偶戏剧一样，它善于探讨政治、讽刺时事。老电影留下了一些场景，华沙人想必敏锐地发觉了其中的讽刺意味：嘹亮的铜管乐队开道，后面紧跟着一波波铮亮的装甲车和昂首阔步的士兵，大街远处的阅兵台上站着他们的主宰者——希特勒。他在检阅他的部队，一只手高举在空中，久久没有放下，就像有一个傀儡操控者在扯动着隐形的绳索。

波兰各大主要政党的代表此刻正在一家银行的保险库中开会，会议的宗旨是提升地下组织的战斗力。地下组织首次策划实施的大举动功亏一篑：放置在希特勒阅兵台下的炸药本可以把大魔王炸得粉身碎骨，却不料在最后一刻出现了一名德国官员，他命令这个爆破手离开了他选择的有利位置，使得他无法点燃引信。

华沙城在痉挛中很快就被德国人攥进了手心，银行关门，资金枯竭。安东尼娜与扬搬回了小洋楼，但没了资金来源，动物园的物资供应也断了流，两人只得从此前驻扎在此的波兰军队留下的东西中寻觅残留的食物，苦苦维持。德国的这个新殖民地——波兰——交由希特勒的私人律师汉斯·弗兰克统治，此人是纳粹的早期党员，曾积极参与德国法律的修订，是多个法律小组的领衔专家。他们根据纳粹哲学重新立法，尤其制定了种族歧视法律和针对反德抵抗运动的法规。在就任总督后的第一个月中，他就宣布“犹太人必须居留在规定城区，离开规定区域者”可处死，“有意为犹太逃亡者提供藏身地者”也可处死，“煽动者、协助者等与犯罪者同罪、同刑；未遂罪行与既遂罪行同刑”。

不久，他又颁布《打击暴力行为政令》，宣布任何不服从德国统治者、蓄意破坏者、纵火者、持有枪支或拥有其他武器者、攻击任何德国人者、违反宵禁法律者、拥有收音机者、黑市交易者、家中藏有地下组织宣传册页者、明知他人家中藏有此类宣传品而不及时举报者，都可处以死刑。违法与不举报与违法同罪，凡有违法行为，参与者与旁观者同罪。人性使然，大多数人都恪守多一事不如少一事的信条，因此很少有人主动告发某人，更少人告发某人的不告发……这个因为置身事外、不愿主动作恶而构成的“不告发”链条可以无限制地延伸下去，说来很有点荒诞派的味道。人人都在做与不做之间找到自己的良心线；大多数波兰人固然不愿意冒着生命危险庇护逃亡者，却也不愿意主动去告发逃亡者。

希特勒授权弗兰克“把波兰当作一个战区，一个战利品，可施以无情的压榨手段，彻底瓦解其经济、社会、文化、政治结构”。弗兰克的核心任务之一，就是杀光所有有影响力的人物，包括教师、牧师、地主、律师、艺术家、政界人士。然后他开始对大量的人口进行地理洗牌：在五年时间里，八十六万波兰人被驱离故土，异地安家，七万五千德国人接踵而至，占领了他们留下的土地；一百三十万波兰人被运往德国充任苦役；三十三万波兰人直接被枪杀。

波兰抵抗组织有勇有谋地展开斗争，损毁德军的设施，使火车脱轨，炸毁桥梁，他们还印刷一千一百多种刊物，发表广播讲话，开办秘密中学和大学(学生数量达十万)，帮助逃亡藏匿的犹太人，供应武器、制造炸弹，暗杀盖世太保特务，营救被囚人士，上演秘密戏剧，出版书籍，组织领导平民抵抗活动，开设自己的法庭问案审案，构建并维持本土与伦敦波兰流亡政府之间的交通线。它的一大军事派别为"救国军"，鼎盛时期拥有三十八万将士，其中就包括扬·扎宾斯基，他后来接受采访时说："从一开始起，我就与活动在动物园一带的'救国军'有联系。"占领期间，生活自然充满混乱与迷惘，但一个秘密的波兰国，一个由语言而不是地域团结起来的波兰国，从没有动摇过抵抗的决心，连续不断、不屈不挠地战斗了六年。

波兰地下抵抗组织的力量从未遭受重创的秘诀之一，是它的不向上联络政策，以及坚持使用假名、化名的策略。如果没有人知道自己的上级是谁，即使有人被捕，也不会伤及组织的内核；如果没人知道别人的真名，搜捕破坏分子就会变得无从下手。地下组织的最高指挥部并不固守一地，而是在全城流动，秘密学校会在多个教堂、多个公寓之间迁移，针对这样的流动性，地下组织专门组建了一批交通员和秘密印刷点负责信息传达。"地下农民运动"的口号是"扛、拖、搅"，德军征缴物资时，农民们千方百计抵制破坏，当了脚夫去运送物资时，半道常常把物资散发给城内的同胞，对同一批交运的粮食或牲畜进行反复申报，把收据上的数据改大，一有机会就假称物资发生遗失，然后将它们藏匿起来，对没办法"遗失"或者"藏匿"的物资就进行破坏。在纳粹德国秘密研制导弹的佩内明德基地上，从事苦役的波兰人甚至以尿液腐蚀电子元器件，让炮弹无法升空。抵抗组织内含各色各样的部门，任何人，不管其年龄、学历、性格，都可以在组织中找到适合自己的位置。扬性喜冒险。他在战后接受采访时曾告诉某记者说，他觉得冒险让他兴奋，他以一贯的轻描淡写的口气说，这是一种让人心跳加速的赌博，其实就像“下棋——要么我赢，要么我输”。

山鸡馆，摄于一九二九年。战时，有一条秘密的地下通道连接山鸡馆与小洋楼。“客人”们有时也从狮子馆潜入小洋楼。

The Pheasant House in 1929. During the war, a secret underground passage led from the Pheasant House to the villa. People were also smuggled in through the Lion's House.

A 1937 postcard of Tuzinka, the twelfth elephant ever born in captivity, hence her name from the Polish for "dozen."

一九三七年发行的小象“图钦卡”明信片，这是在圈禁状态下出生的第十二头象，因此取名 Tuzinka，因为波兰语中 Tuzin 有“一打”的意思。

Chapter 07
第七章

秋天来了，寒气无孔不入，门下的细缝、窗上的裂隙，都成了它们入侵小洋楼的通道。夜里，呼啸的寒风刮擦着小洋楼的平顶，仿佛有人在上面反复地冲刺奔跑，任何窗板，只要稍微走了形的，就会被吹得鼓胀绷紧，露台的围墙四周，风呼号得格外凄厉凶猛。尽管动物园内的建筑和草地都破烂不堪，但大家还是为剩下的这些为数不多的动物铺草为床，作了过冬的准备，只是一切都不可与战前同日而语，最让人怅然若失的，是再也看不见往年伴随季节更替而来的动物园生活场景的大变换。在以往，一旦动物园进入冬眠期，动物园的生活节奏就会发生戏剧性变化，夏天时摩肩接踵的林荫大道，一到深秋便几无人迹。虽然猿猴馆、大象馆、猛兽岛或者海豹池前面，还会有三三两两的游客，但排着长队等待骑羊驼、马驹、小脚踏车的小学生不见了踪影。红鹳、鹈鹕不耐寒，每天只出动一次，排成一队，在已经封冻的地面上小心翼翼走上一圈，动作僵硬。白天越来越短，树枝都变得光秃秃的，大多数动物都躲在内室不出来，动物园的主调从嘹亮的高歌变成了低沉的咕哝，行内把这段时间称为“淡季”，是休养生息的季节，人畜皆然。

战时的动物园虽然盛况不再，但依然作为一个复杂的生态机器而存在，一颗没有拧紧的螺丝，一块残损的齿轮，都足以引发灾难。动物园园长不敢漏过一颗生锈的螺栓、一只流鼻涕的猴子，不能忘锁一道门，不能忘了调节任何一个馆舍的室温，若有一头野牛的胡子乱糟糟的，绝对要查出个究竟。一旦遭遇风灾、暴雨、霜冻，所有这类问题的严重性就会提高一倍。

负责耙理落叶清扫地面的女工们不来了，负责给畜棚的屋顶和墙面覆盖稻草帮助动物御寒的男工们不来了，负责给玫瑰和装饰性灌木的枝条扎圈防冻的园丁们不来了。以往每逢秋季，动物园里会有许多穿蓝制服的工人在忙碌，将甜菜、洋葱、胡萝卜填窖，让里面堆满过冬的饲料，确保动物们在严寒天气里也能补充足量的维生素（这个词最初是由波兰生化学家卡西米尔·冯克于一九一二年创造出来的）。所有的谷仓里本该塞满甜美的干草，贮藏室、食品柜里本该满满当当的都是燕麦、面粉、荞麦、葵花籽、南瓜、禽蛋和其他紧要食料；一辆辆卡车时不时地开进动物园，运来煤炭、焦炭；到处有铁匠忙着修理工具，编织铁丝网，往每一把铁锁里面灌注润滑油；木工间里，有男人在修整木栅栏、桌子、凳子、架子，甚至制作门窗，因为春天到来时，大地一旦开冻，动物园内就要修建新的馆舍。

正常情况下，安东尼娜和扬此时已经开始制订来年的预算，准备新动物的入住，在办公室里阅读各类报告。办公室的朝向是精心设计过的，可以俯视外面的大河，一抬眼，可以看见老城区一幢幢建筑物陡峭的坡顶。动物园的新闻部此时本该忙着组织各类访谈、音乐会；实验人员忙着涂抹载玻片，进行各项测试。

“淡季”总是比较难熬，但是这个季节的动物园通常是一个层层加固的避难所，清静而自在。管理者从容淡定，因为动物们有充足的食料储备，他们自己有长期订单保证粮食供应，遇到任何情况，他们自信有能力高效应对。然而，战争，把所有这一切都颠覆了。

“这座受伤的城市没有忘了他们的动物朋友，”一天早晨，安东尼娜在给扬打气，因为她听到了踢踢踏踏的马蹄声。两辆四轮马车吱吱呀呀地停在了动物园的正门口，上面是厨余的水果和蔬菜，来自餐馆和家庭。“至少我们并不孤立无援。”

“是的，我们不孤立。华沙人民明白文化救亡的重要性，”扬回答道，“生活中一切提升、定义我们华沙人的元素构成我们的文化。幸运的是，动物园也被视为这样一个元素。”

但是，局面在继续恶化。安东尼娜写到，占领当局决定迁都克拉科夫市，她自己生命所赖以立足的大地即将消失，因为一旦华沙降格为外省城市，它就不再需要动物园。她现在能做的，只有等待了，等待“清盘”，她讨厌这个听来毛骨悚然的词，这个词冷酷地把他们全家珍视、亲近的所有这些个性独特的生命转化为几个数字，它暗示占领当局看到的只是几张皮、几对翅膀、几组蹄子，而且它们不久就会从这个世界消失。

小洋楼里只剩下了安东尼娜、扬和瑞希，食品紧缺（无论出什么价都很难买到），资金紧缺，又没有可以维持生计的工作可做。安东尼娜每天烘焙面包，在夏季菜园里找蔬菜，另外就靠腌制品（各种乌鸦、蘑菇、浆果）度日；家住城外村庄里的朋友亲戚周期性地送一些食物过来，有时还有培根和黄油，在一个遭战争重创几乎瘫痪的城市里，二者都是极难一见的奢侈品；战前负责向动物园供应马肉的男子现在只能偶尔搞到一点肉制品送过来。

九月末的一天，门口出现了一张熟悉的脸，穿着德军制服，原来是柏林动物园以前的一名门卫。

“我奉卢茨·赫克园长之命向二位致意，并传达他的一个口信，”他语气正式地说道，“先生希望能为你们提供帮助，他等待你们的电话。”

安东尼娜和扬相互对视了一眼，心生诧异，不太确定对此该做如何应对。他们是在国际动物园园长协会召开的会议上认识卢茨·赫克的，协会是一个小集团，成员有利他主义者，也有实用主义者，有狂热的福音派传教者，也不乏欺名盗世之徒。二十世纪早期，围绕动物园中外来动物的饲养方式，存在针锋相对的两个流派，一派坚信应该创造自然栖息地，即为这些动物提供在原生地已经熟悉、习惯的地貌环境和气候特征。这个观点的狂热倡导者就是柏林动物园的路德维希·赫克教授及其长子卢茨·赫克。另一派认为，假如动物园方面不予特殊照顾，外来动物就能调适自己，适应新的环境，不管这个动物园位处何种自然环境。这个阵营的领袖人物是路德维希·赫克教授的次子——慕尼黑动物园园长海因茨·赫克。扬受到了赫克父子三人的影响，因此华沙动物园的设计一方面引导动物们主动适应新环境，一方面努力提供有特殊针对性的人造栖息环境。它是波兰第一家不把动物们关在局促的小笼子里的动物园，而且，扬总是努力为动物们创造适当的大围场，尽量复制动物的野生环境。华沙动物园同时也以拥有良好的自然水源（自流井）、复杂的排水系统和一个训练有素、乐业敬业的动物管理班子为骄傲。

在国际动物园园长协会的年度会议上，理念之争有时不免沦为派系之争，但是毕竟都是动物园园长，都以自己的动物园为骄傲，有着相似的狂热与忧虑，因此，还是惺惺相惜的共济精神占了主导地位，相互间乐意分享智慧，共同关注动物的福祉。语言障碍不足以产生隔阂，很多动物园长不会说波兰语，扬的德语说得磕磕巴巴，安东尼娜会说波兰语，也能说一点俄语、法语和德语。他们之间形成了类似一种世界语（Esperanto，也是波兰人的发明）的通用语，其中以德语和英语为主，伴随以照片、当场徒手绘就的素描，以及对动物的叫声、表情、动作的模仿。年会的气氛很像家庭聚会，扬是协会中最年轻的成员，安东尼娜作为他的妻子，以她的聪慧伶俐和婀娜多姿迷住了各位园长。在大家的心目中，扬是一个精力充沛、意志坚定的园长，他的动物园享有得天独厚的条件，众多珍稀动物添丁加口，蒸蒸日上。

卢茨·赫克对他们夫妇一直非常友好，对安东尼娜尤其如此。但无论是在动物园管理中，还是现在在政治观念中，他都着迷于血统，包括雅利安血统。如果夫妇俩听到的传言不虚，赫克园长已经成为一名坚定忠诚、关系通天的纳粹分子，帝国元帅赫尔曼·戈林和宣传部长约瑟夫·戈培尔都是他府中的座上客，常与他相伴狩猎。

"对赫克教授的善意，我们深表感激，"安东尼娜以彬彬有礼的语气答复道，"请转达我们的感谢，并麻烦告诉他，我们不需要帮助，因为我们的动物园难逃被清盘的命运。"她清楚，希特勒政府中官衔最高的动物学家正是赫克，很可能他就是负责动物园清盘行动的纳粹官员。

第二天，出乎他们的意料，那位门卫又来了，他说赫克已经安排不日登门拜访。门卫走后，两人不知该做什么打算。他们信不过赫克，但是，多年来他对安东尼娜一直殷勤有礼，而且理论上说来，作为同行，他应该对他们的处境留着恻隐之心。在一个被占领国，能否活命常常取决于是否有位高权重的朋友，趋奉一下赫克不失为明智的选择。安东尼娜揣想赫克大概很乐意充任她的保护人，很享受扮演一个中世纪骑士，扮演一下帕西法尔（亚瑟王传奇中寻找圣杯的英雄人物），他愿意成为这样一种浪漫的传奇人物，既赢得她的倾心，同时证明自己的高贵。她反复思忖，不知他伸出的橄榄枝究竟是吉是凶，她的脑子里全让猫鼠论占据了：“我们所知道的是，也许他只是在玩弄我们。大猫总是需要小老鼠充当它的玩具。”

扬却提出，赫克的善意有可能并无做作：作为动物园园长，赫克热爱动物，一辈子以保护动物为己任，看到同行遭遇如此惨祸，萌发同情应是自然反应。于是，两人在希望与恐惧之间忐忑不安地熬了一夜，等待第二天卢茨·赫克的首次来访。

宵禁之后，波兰人就不能在星光璀璨的天空下漫步了。但是，他们依然可以倚着窗，或者坐在阳台上，观赏以八月流星雨闻名的英仙座，然后是秋季的另外几大流星雨：天龙座、猎户座和狮子座。但是，正是因为所有炮击和轰炸所激起的烟尘，大多数日子里，华沙的日落总是波谲云诡，黎明之前，又常飘着蒙蒙细雨。很有讽刺意味的是，上天入地的现代战争固然制造污染，制造了触目惊心的战场景象，却同时营造出绚烂壮丽的天空“特效”。现在，每当夜空中出现快速坠落的流星群，尽管它们拖着风筝一样的长尾，却在观者的脑海中激起对于炮火和炸弹的联想。那时候，流星的形象跟科学没有关系，它们是来自遥远浩渺的国度的风尘仆仆的旅行者，在那里，群星闪烁，犹如冰凌包裹的铁丝网。在很久以前，天主教会就将英仙座流星雨命名为“圣劳伦斯的眼泪”，因为流星雨的活跃期挨近圣徒纪念日。但是，在科学的描述中，它们更像是一个个挂在太阳系边缘的脏兮兮的雪球，在无形波浪的推动下，向着地球飞泻而下。这样一种形象，其实也能激发人们对其自身神奇魔力的想象。

Chapter 08
第八章

一九三一年，卢茨·赫克从他声名卓著的父亲手里接管了柏林动物园后，几乎可以说迫不及待地着手重构动物园的生态系统与意识形态系统。一九三六年柏林举办奥运会时，他的园中园——“德国动物园”——向游客开放，专门展示德国的野生动物，这个展览很像一个完整的动物园，其中心地带是“野狼岭”，四周分别是熊类、山猫、水獭以及其他德国原生物种的围场馆舍。这个标新立异的爱国主义展览，强调常见动物的重要意义，强调不必远走天涯海角、殚精竭虑地寻觅珍稀的外来品种，其理念值得称道。如果这个展览放在今天，他的动机不会引发质疑。但是在那个时代，考虑到他个人的信仰，鉴于他家庭的极端民族主义氛围，他的展览无疑是在刻意展示德国在各个物种中的优等血统以取悦他的纳粹朋友。一九三六年的一张照片中，有赫克与戈林相伴去绍夫海德狩猎的场景；第二年，赫克加入纳粹党。

赫克嗜好捕猎大型动物，他生命的巅峰时期都是在追求危险与刺激，每年都会数度“出征”，为他的动物园网罗动物，也是为在自家的墙壁上挂上一只新的长角羊头，更是为了获得机会与威猛、高大、疯狂的母灰熊来一场面对面的遭遇战。他享受你死我活、危险刺激的狩猎，特别是在非洲大草原上。他的书信中常常绘声绘色地叙述自己的亲身经历。这些信件大多是他在旷野中就着马灯、坐在简陋的凳子上写就的，旁边总有一堆熊熊燃烧的篝火，他的伙伴都已沉入梦乡，狮群就隐身在不远处的黑暗中，发出一声声低吼。“营火就在我的面前闪烁着，”他写道，“而在我的身后，从那无限的黑暗中，传来看不见的神秘野生动物的叫声。”四周看似空无一人，却分明有猛兽在窥视，在悄悄靠近。就在这种貌似孤身一人、实则被食肉动物环绕的环境中，他以笔墨再现白天的英勇行为，有些他写在日记中作为日后的纪念，有些他写在信中与朋友们分享，这些朋友此时正身处完全不同的现实世界中，他们所在的欧洲，似乎与他相隔几个星球。信中常夹着他的狩猎照片：或以绳圈套捕长颈鹿，或牵着犀牛幼崽漫步，或抓住一只土豚，或闪身躲避迎面冲来的大象。

赫克酷爱收藏战利品、纪念品，它们成了他只会在遥远的野生世界中一露狂野自我的记忆存储器——生擒的动物，留在动物园展示，死的制成标本，照片则装裱起来与朋友分享。在旅行生活的高峰期，他收藏的似乎是自己的生命历程本身：他写下了大量日记，抓拍许许多多照片，创作了多部描述自己荒野激情的书（例如《动物——我的奇遇》），书中详尽地再现了他非凡的勇敢、坚忍的意志和卓绝的身手。赫克知道自己的优点所在，很欣赏自己和别人身上的英雄气概，在动物园长年会上，他可以一边喝酒一边扣人心弦地讲故事。尽管他常常沉湎于自我神化，他的个性也确实适合——不少对探险上瘾、向往逃离循规蹈矩的家庭生活、渴望一次次遭遇死神却又能一次次成功脱险的人，最喜欢的就是动物园园长这个职业。如果没有他这样的人，地图上呈现的将会是一个扁平的地球，没有人会相信尼罗河的源头。赫克有时候也喜欢屠龙——准确地说是龙族的现实对等物——但他更喜欢抓捕它们、抓拍它们、展示它们，对此乐此不疲。他性情狂热而偏执，只要瞄上了一头动物，无论是野生世界的自由民，还是属于某个同行的私藏品，他都会渴望得到，他会尝试各种诱饵与诡计，无所不用其极，直至这头可怜的动物精疲力竭，或者他的主人举手投降。

数十年来，赫克兄弟都在追求一个近乎天方夜谭的目标："复活"三个已经灭绝的血统纯粹的物种——新石器时代的欧洲野马（森林动物）、欧洲原牛（其母牛是全部欧洲牛群的野生祖先）、欧洲野牛（也称森林野牛）。严格说来，森林野牛并未灭绝，但属于高度濒危物种。如果说他弟弟海因茨对这个复活计划乐在其中，那么卢茨则更是走火入魔。战争前夕，兄弟俩已经搞出了近乎于欧洲原牛和欧洲野马的品种，但是相关的波兰品种其实更接近于它们的原始祖先，是这两个品种的直系后裔。

只有史前动物，那些没有因为跨种杂交而玷污了血统的生灵，才是他们的目标。尽管卢茨有借此计划提升自己的名声和影响力的考虑，但他还有更加私人的目的：通过“复活”这些业已灭绝的近乎天神的动物，掌控它们的命运，进而以它们为对手狩猎取乐，能够给他带来热血沸腾的兴奋与快感。基因工程要到二十世纪七十年代才会出现，而他的计划所依据的是有着古老传统的优生学理念：严格选取具备某些关键特征的动物进行配种繁殖。赫克认为：一个动物从其父母身上各遗传百分之五十的基因，即使是灭绝了的动物，其基因也保留在现有的基因库中，因此，选取最接近某灭绝动物的现有品种进行交配，产出的动物在基因上就向该灭绝物种靠近了一步，经过如此反复配种，最后就能产出与它们的纯种祖先一样的品种。这次战争是天赐良机，他要趁机洗劫东欧的动物园和荒野，选取最优品种进行繁殖实验。

他选中的动物正巧在波兰都有强大的种群，栖息在比亚沃维耶扎原始森林这个著名的风景区内。波兰动物园地位崇高，如果获得这个动物园的认可，他的一系列行动就增强了合法性。德军入侵波兰的同时，赫克在波兰各地的农场搜寻最大程度保留了欧洲野马特征的母马，让它们与几个野生品种交配，其中包括设得兰群岛马、阿拉伯马和普氏野马，希望借此“复活”出他的理想品种，一种凶猛、刚烈、几乎不可能驾驭的野马——用赭石绘制在克努马努（旧石器时代晚期在欧洲的高加索人种）岩洞中的神马。他觉得应该不需要很多代的“复活”——也许只要六至八次——就可实现目标，因为欧洲野马灭绝未久，十八世纪时还在波兰东北部的森林中出没。

冰川纪时冰封北欧，烈风肆虐的冻原一直向南延伸到地中海的乡野，茂密的森林与肥沃的草原给庞大的欧洲野马群提供了避难之地。欧洲野马曾在中欧低地徜徉，在东欧草原觅食，在亚洲和美洲大陆上驰骋。公元前五世纪，希腊史学家希罗多德自述他迷恋成群的欧洲野马在那些沼泽地（位置属于今日波兰）上悠游自在地觅食嬉戏的美景。在漫长的岁月中，纯种的欧洲野马战胜了各类捕猎者，在欧洲存活了下来；但是，到十八世纪时，所存数量已经锐减。原因之一是它成了人类餐桌上的佳肴——肉质甜固然是一个因素，但更吸引人的是稀有；原因之二是大多数欧洲野马已经与农用马匹杂交，生产出繁殖力强盛的后代。一八八〇年，最后一匹野生欧洲野马因为人类的追猎掉进了乌克兰山间的一个石缝中殒命；七年后，最后一匹人类豢养的欧洲野马在慕尼黑动物园寿终正寝。至此，这个物种正式宣告灭绝，成为地球生命编年史上又一个章节而已。

人类在大约六千年前就已驯化野生马匹，并几乎同时开始了改良马种的过程：屠杀烈马以为食，同时留下最和顺的马匹交配繁殖，产出的后代越来越接受鞍犁加身的命运。在这个过程中，我们改写了马的天性，迫使它褪去狂躁、桀骜、孤僻的野性。但孤傲不羁的普氏野马保留了烈性，赫克因此计划将它们的好战禀赋编织进新欧洲野马的基因之中。这种野生的亚洲品种被波兰裔的俄罗斯探险家尼古拉依·普热瓦尔斯基上校于一八七九年“发现”，西方人于是给它取了这个名，但实际上蒙古人早就熟悉这种马，称它们为“大驹”。赫克把大驹的体力、性情和外貌纳入他的基因配方中，渴望复活出更为古老的品种，那种统治史前世界的神马。

真是令人心驰神往的理想！这种马性感、火爆，喜刨地挑衅，每只蹄子都在宣战。海因茨·赫克战后撰文坦陈，他和他哥哥之所以进行“复活”实验，一方面是好奇心使然，另一方面也是“想到既然人类无法停止疯狂的毁灭——既毁灭自己，也毁灭其他生灵——那么某些已经灭绝的动物如果能重现人间，也可算是一种安慰”。但是，如果世间没有了值得出征捕猎的对象，那么骑上欧洲野马又有什么意义呢？

卢茨·赫克不久开始侍弄起五六头森林野牛来，其中就包括他从华沙动物园窃取的几头，希望它们能像它们的祖先一样在比亚沃维耶扎这个神灵居所中繁衍生息，重新壮大。卢茨·赫克梦想着有一天欧洲的森林野牛能再一次奔腾在林间小路上，掠过一棵棵百英尺高的橡树，阳光如犀利的长矛，穿透橡树浓密的枝叶，光影之间不时有狼群、山猫、野猪等生灵出没，而且他还希望不久就有一群群远古品种的野马加入这个乐园。

赫克的“复活”梦想中还包括一种很有传奇色彩的公牛——欧洲原牛，一种松毛长角野牛，以性情残暴、身体强健闻名。大约一万二千年前，冰川消融之时，大多数大型哺乳动物消失，但是在北欧寒冷的森林里，极少量的欧洲原牛存活了下来，现代的家牛都是这些少数幸存者的后裔——它们的驯化在八千年前想必是极难的。因为这种野牛至十七世纪方才灭绝——以物种演化的尺度来衡量这并不算很遥远的历史事件，所以赫克自信满满地认为，他可以重构欧洲原牛的生命，逆转它“物种退化”的厄运。在他的梦想中，这个物种将与纳粹十字一起，成为纳粹主义的符号。从纳粹时代留下的一些图画中，我们看到绘画者把欧洲原牛与纳粹的万字纹组合在了一起，意识形态的委婉表达与赤裸狰狞的力量展示在其徽章设计中融为一体。

不少古代文化都崇拜欧洲原牛，尤以埃及、塞浦路斯、撒丁岛和克里特岛为甚。克里特的神话传说中，其“跨物种的主宰”就是一头神牛的后裔。希腊神话中，宙斯经常化身为公牛，似乎非如此不能如愿强暴美丽动人的凡间女子，不能留下天赋异禀的后代。他诱拐欧罗巴时，就装扮成了黑身子、短须、两根长角指向前方的野牛（与现代长角牛以及尼伯龙根英雄的头盔相似）。对于第三帝国[1]而言，还有比这更好的图腾动物吗？让赫克得意的是，纳粹领袖们对这个计划一样痴迷，充分说明不能把赫克的所作所为简单地理解为意在复活几个已经灭绝的物种。希特勒掌权以后，纳粹运动的生物学目标衍生出多个项目，它们的共同宗旨就是强调物种与血统纯粹的重要性，以此证明纳粹灭菌行动、安乐死政策和大规模杀戮的合理性。第三帝国的重要科学家之一欧根·费希尔——赫克的同事和密友——创立了“人类学、基因学和优生学研究所”，他重用约瑟夫·门格勒等一批纳粹党卫军医生，这批人都是施虐狂，在集中营里，他们把囚徒当作天竺鼠，直接在他们身上进行生物与医学试验。

欧根·费希尔迷恋暴力、血性、阳刚品格——与生俱来的勇猛、大胆、残酷、坚韧、冷静、豪迈、顽强——认为人的变异与家畜的变异一样，意味着毁灭，杂交已经让一些“美丽、优秀、英勇”的野生动物“去势”，也必将让人性之花枯萎，在其基因组合中失去强大的原力。纳粹之根的营养来源之一是一种在民间非常活跃的神秘主义，正是这种神秘主义催生了很多秘密社团，例如“遒力会”“日耳曼会”“人民运动”“泛日耳曼主义”等民族主义狂热组织。他们鼓吹雅利安民族亦神亦人的高贵性，强调人类迫切需要消灭所有劣等种族。他们膜拜超人祖先，认为是他们的诺斯替教派统治在史前时代给雅利安人带来了智慧、力量和繁荣，可惜后来被异族的敌对文化（即犹太文化、天主教和共济会）所取代。据说这些超人祖先以各种神秘形式（包括如尼文、神话、传说、传统、习俗）将他们的救世智慧编码留传了下来，最终将由他们的精神继承人破译公开。

“种族纯洁”这朵理想之花的盛开，还有待于康拉德·劳伦兹的浇灌，这位荣膺诺贝尔奖的科学家在纳粹圈子中受到敬仰。他认同奥斯瓦尔德·斯宾格勒在《西方的衰落》（1920年）一书中所宣扬的一个很流行的观点——文化的衰退不可避免——但他并不接受斯宾格勒的悲观主义。他借动物的驯化为例，证明强健的种群如果与孱弱的种群随意杂交，就会导致文化衰退，因此他主张一种生物学解决之道，即他所谓的种族卫生学，一种“审慎的以科学为基石的种族政策”，通过淘汰“堕落”的品种来避免毁灭。劳伦兹的文字中，物种、种族、人种是可以相互替换的同义词。他警告说，“健康的人种经常‘注意’不到自己正在遭受衰朽元素的渗透”。他把他所谓的“衰朽”描述为癌症，形貌丑陋的民族就是这种癌症。他论辩说，任何动物的目标都是物种的存续，他引以为证的伦理戒律是“你们必须爱你们人种的未来超过一切”，他还声称《圣经》支持这条伦理戒律。他呼吁将人类一分为二：“完全价值”的人和“低等价值”的人（其中包括很多种族以及先天有智力或身体缺陷的人）。他主张清除柔弱者，人畜皆然。

赫克对此举双手赞成，他立志清洗、改良、完善德国的自然世界，实现对它的全面重铸。纳粹主义刚刚萌芽，他就是它的忠实信徒，纳粹党卫军崛起后，他又刻意逢迎。他充分汲取了费希尔和劳伦兹两人鼓吹的种族纯洁信仰，受到希特勒的青睐，尤得戈林的欢心。对赫克来说，戈林是他最理想的保护伞。在纳粹主义“纯洁无菌的乌托邦计划”中，赫克的任务，就其实质言之，就是重塑自然，再造自然。为实现这个目标，戈林是不可或缺的金主。难得他财源深厚，又慷慨大方。作为回报，赫克一心要让戈林成为波兰最神奇的自然宝藏的主人。这个自然宝藏就是波兰、白俄罗斯两国边境上的比亚沃维耶扎自然保护区，一块遗留在时间之前的原始森林。赫克深谙主人的脾性，他知道，天上地下，唯有这个神奇魔幻的自然王国，可以成为呈献给主人的终极礼物，因为戈林最好古代贵族之风，名下的财物多半刻有自己的族徽，喜欢穿着“仿中世纪风格的服装——长长的皮坎肩、软皮的高筒靴、宽松的丝绸衬衫——肩扛长矛，绕着自己的住宅、庄园作行军状”。纳粹党内占据关键位置者有不少是贵族，最高层中，大多数拥有一座“猎宫”或庄园，因此，赫克工作中一个重要的部分，就是“猎获”上等的狩猎场，然后对这些猎场挖空心思地进行布置，在里面备好各种奇货（动物）。波兰全国分布着不少中世纪的城堡，欧洲仅有的原始森林也恰好在其境内，因此，这个国家拥有欧洲大陆最优良的狩猎场。戈林在战前拍摄的照片，有的就以他在柏林东北方向的豪华“猎宫”为背景。猎宫所在的庄园，一直延伸到波罗的海，其中包括一个面积一万六千英亩的私人自然保护区，他放养了不少鹿、麋、野猪、羚羊等。

从更广泛的角度来说，纳粹分子是热心的动物亲善者，也是环境保护主义者，掌权以后不遗余力地倡导健美操和健康生活，喜欢定期郊游，推广夸张的动物权利保护政策。戈林大力倡导开辟野生动物禁猎区（“绿肺”），将它们规划为人类休闲区和动物保护区，同时在主要公路两侧设计培育风景带。这种举动让卢茨·赫克倾倒，也打动了许多世界级科学家，例如物理学家维尔纳·海森堡，生物学家卡尔·冯·弗里希，火箭设计师维尔纳·冯·布劳恩等。在第三帝国的庇佑下，动物成了贵族，成了神物，几乎升格为天使，一起升格的当然也包括人类这种动物，但其中要排除斯拉夫人、吉普赛人、天主教徒和犹太人。在纳粹施虐狂门格勒医生眼中，这些人还不如天竺鼠，他在他们身上进行实验手术时，连镇痛药都不让对方服用一片，更遑论麻醉了。但是，某位顶尖生物学家却因为在某次实验过程没有给蚯蚓施行充分的麻醉而遭到惩罚。这个例子典型地反映了纳粹的恋兽癖。

1 1933 - 1945 年间纳粹统治下的德国。——译者注

Chapter 09
第九章

因为“灯火管制”的实施，也因为园中大多数动物的流失，黎明的到来变得静悄悄的，窗户上密封的夹板把晨曦挡在了外面，动物群的天外之音大合唱成了遥远的回忆。醒来时，周遭只有黑暗和沉寂。即使园中幸存下来的少数动物发出晨鸣，也是压抑低沉的。在如此浓厚的静谧中，身体的声音变得清晰可闻，听得见血液汩汩的涌动声，听得见双肺呼哧呼哧作响。在如此深邃的黑暗中，萤火虫翩跹舞过眼前，眼睛却只看到自己，洞穿了里面无边的黑暗。扬此刻正站在通向露台的门边穿衣服，安东尼娜也看不见他。她伸手去摸床的另一边，枕上枕下都扑了个空，她更乐意一直躺着，沉湎在对战前动物园生活的记忆中，在她撰写的童书中所展示的那种如梦一般的清澈中。但是今天安东尼娜有一大堆事情要忙，因为毕竟还有一些动物活着，需要喂养，瑞希要上学去，要给他穿衣服，屋子内外也要整理一下，以迎接赫克的到访。

安东尼娜写道，她觉得赫克是“一个地地道道的德国浪漫主义者”，政治观点固然天真，也许还有点自命不凡，但举止风度却很有宫廷气派，让人过目难忘。他献上的殷勤更让她多了几分喜欢。安东尼娜从他们的一位共同朋友处了解到，她让赫克想起了他的真正意义上的初恋，他发誓说这是真的。两人此前鲜有交集，不过她与扬确曾多次参观柏林动物园，赫克也曾给他们寄赠狩猎远征照片，每次总伴有亲切友好的信件，对他们的华沙动物园颇多称赞。

安东尼娜匆匆忙忙地穿上一条波尔卡圆点连衣裙，这是她在社交场合最喜欢的打扮，她有好几套，其中有几件带蕾丝领或者荷叶花边领。在照片中，她的裙子要么有山猫的小圆点斑纹，要么是淡色的波尔卡大圆点图案，映衬着黑色或者海军蓝背景，很衬她的一头浅色头发。

扬与安东尼娜站在门廊上，看着赫克的座驾驶入动物园的大门。待车辆停妥时，两人无疑已经满脸堆笑。

“哈罗，亲爱的朋友们，”赫克说着下了车。这是一个身材高大、肌肉发达的男子，头发向后梳，黑色的胡髭整洁有型。赫克穿着一身纳粹军官制服，尽管这也在意料之中，但还是让人觉得刺眼，因为他们习惯了这位同行身穿便服、狩猎装或者动物园工装的形象。

他和扬热烈握手，对安东尼娜则行了个吻手礼：双手捧着，轻轻一吻。对这个吻的发生是不必存疑的，因为这是当时的社交习俗，但这位“真正的德国浪漫主义者”究竟是怎么吻的？吻得漫不经心还是花里胡哨？双唇触及了皮肤，还是悬停在一丝之外？与握手一样，吻手之礼传达微妙的情感：有的表达对女性的敬意，有的传达战栗的心跳，有的反映不情不愿的臣服，有的则在片刻之间重申一位秘密党员的誓死忠诚。

他和扬一定讨论了珍稀动物的饲养问题，尤其是赫克特别感兴趣的那几个物种。赫克的一生使命——有人称为“致命情结”——与纳粹的欲望天衣无缝地连接在一起的，纳粹分子骑上纯种马追捕大型纯种猎物的梦想就是对他的梦想的呼应。

说到珍稀动物，扬与卢茨·赫克可谓知音，两人都很爱波兰的诸多原生品种，特别是体型庞大、厚毛型的森林野牛，它是北美野牛的长胡子表亲，还是欧洲体重最大的陆上动物。作为公认的牛科动物专家，扬在“欧洲野牛保护国际协会”中扮演着关键角色。该协会于一九二三年在柏林创立，确立的第一个工作计划就是排查各个动物园和所有私人藏家手中幸存的森林野牛情况。他们一共发现了五十四头，但大多数已经过了繁殖年龄。一九三二年，海因茨·赫克撰写了第一本《欧洲野牛种系》，追溯了这个物种的起源和历史。

安东尼娜后来写道：赫克与他们叙了旧，回忆了战前的多次交往，畅谈双方的共同之处，并再次称赞他们在年轻的华沙动物园中的卓越工作，听得她对这位同行充满希望。最后，谈话转向赫克此访的真意，安东尼娜是这样描述的：

“我向你们保证，”他严肃地说，“你们可以信任我。尽管我对德国高层并没有实际的影响力，但我还是会尽力说服他们善待你们的动物园。与此同时，我会将你们最重要的动物带到德国去，但是我发誓我一定会悉心照顾它们。亲爱的朋友，你们可以将此理解为租借，停战之后，我会立即奉还。”他微笑着安慰安东尼娜：“扎宾斯基夫人，对你最宠爱的山猫，我会直接过问。我确信，它们在我的绍夫海德动物园会有宾至如归的感觉。”

此后，交流转向敏感的政治话题，包括在大轰炸中饱受摧残的华沙的未来命运。

“有一点至少值得庆贺，”赫克说道，“华沙的九月噩梦已经过去，国防军没有进一步轰炸华沙的计划。”

“如果战火烧到德国，你那么多珍稀动物该怎么办？”

“我经常被问到这个问题，他们还问我：‘如果空袭中你的动物逃出来的话，你会怎么处理那些危险的猛兽？’诸如此类。这些情况想想就觉得很可怕。如果英国人轰炸柏林，轰炸我的动物园，那对我个人而言也是一个巨大的噩梦。我不愿意想象，如果欧洲的其他动物园遭遇轰炸，会是怎样一番景象。我想正是出于这个原因，看到你们，我的朋友，遭遇到如此巨大损失，我的心很痛，很悲哀。太可怕了，我愿意尽我所能提供一切帮助。”

“德国已经和苏联翻脸……”

“这是一个正确的选择，”赫克说道，“但是，没有英国的帮助，不可能让苏联屈服，而在目前的情况下，因为英国站在对立面，我们获胜的机会非常小。”

局势如此严峻，安东尼娜仔细观察赫克的表情。人脸是最敏感的雷达，转瞬即逝的情绪都能在上面得到反映，恐惧或者撒谎时的一丝愧疚，都会泄露出来。战争冻结了她对人的信任，但是对于华沙以及她的动物园所遭受的重创，赫克表现的悲戚很明显。另外，赫克对希特勒的几个决策显得比较淡漠，这让安东尼娜感到诧异。她发现，“尽管身为德意志第三帝国的公职人员，他竟然说出那样的话来，着实让人震惊”。战前的赫克极少表述政治立场，极少鼓吹“德意志一贯正确”。但这一切都不能否认一个事实，他不久就要把她的山猫和其他很多动物运到德国去了，他会善待它们——他这么承诺，只是租借——他如此定义。她除了接受别无选择，还得欣然接受，尽量往好处想。

Chapter 10
第十章

卢茨·赫克其人就像风向标一样摇摆不定：或温暖或冷血，视需要而定，有时如饿虎狰狞，有时如小猫一般柔媚，取决于他的目标。还有，让人惊讶的是，作为动物学家的他竟然置已成定论的杂交优势理论——即杂交可强化血统——于不顾。他不可能不知，杂种狗天生具有更完备的免疫系统，它们基因中藏有更多的“诡计”来对付生存挑战，而近亲繁殖的物种，不管其本身何等“完美”，都非常脆弱，因为某一疾病只要导致某一个体死亡，就可能灭绝其整个物种。正是基于这个认识，对于印度豹、森林野牛这类濒危动物，各动物园都会保存详细的血统传承记录，以便在繁殖季节到来时为它们选择有利于后代的交配对象。不管怎样，在远古时代，在根本没有所谓雅利安人种以前，我们的祖先是与各种不同风俗的原始人共享这个世界的，相邻族群之间的杂交屡见不鲜，养育出更强壮、更厉害的后代，生生不息。当今所有人类，都由那个粗野的、健谈的杂交人种进化而来，特别是其中突破了“基因瓶颈”的一百个人。二〇〇六年的一项线粒体 DNA 研究，将德系犹太人（一九三一年时这个群体占到全球犹太人的百分之九十二）溯源至公元二三世纪从近东迁徙到意大利的四名女性。全球人类都可以回溯至同一个人的基因库，有的说是一名男性，有的说是一位女性。很难想象人类的千钧命运曾经如此玄乎，但是，我们本来就是自然之奇迹。

也许，通过对野生动物的数十年观察，赫克得出自己的结论，认为只有种族清洗才能保障卫生，因此势在必行。他也许把种族清洗当作改良的引擎，为了改良，不妨消除一个血脉，代之以一个更适合生存的血脉。这很像动物王国中到处上演的大戏。对于这部长演不衰的大戏我们不妨以狮子为例：强悍者侵入相邻的一个狮群，杀死群中的男性领袖，屠杀所有幼崽，强行与女性交配，以此确立自己的血脉传承，同时攫取领地。人类天生善于掩饰和拒绝，但是又受到道德观念的搅扰，因此常常用“自卫、必要性、忠诚、群体福祉”等说辞进行自我包装。比如一九一五年，土耳其人在第一次世界大战期间对亚美尼亚人实施大屠杀时，就是这么干的；二十世纪九十年代中期，波斯尼亚境内信仰基督教的塞尔维亚人意在灭绝本国穆斯林人的行动；一九九四年，卢旺达的胡图族人与图西族人之间发生战争，有数十万人被屠杀，无数女性被强奸，也都属于此类行径。纳粹德国的大屠杀与以上这些案例不同，具有很强的预谋性，讲究方式方法有条不紊地推进，还使用了高科技手段，所有这些又伴随着另一个特征：更原始，更野蛮。生物学家勒孔特·杜诺伊在《人的尊严》(1944)一书中指出："德国的罪行是人类有史以来最大的罪行，它不只是影响了人类历史，它还影响了物种演化。"并不是说人类此前不曾插手物种演化，众所周知，人类曾导致许多动物灭绝，而人类很可能也曾将这种命运强加于所有其他物种。即使如此，所谓本能并不一定意味着必然，我们有时也拘束任性的本能，我们并不总是自然法则的奴隶。毫无疑问，在赫克之流看来，只要以古为鉴，希特勒的纯化血统与攫取土地这一对相伴相生的"天命"就无可指责，他们甚至可能认为这遵从了坦诚的恶魔法则：虽曰残酷，却是人类昌盛所必须。

赫克也信奉实用主义。德国人很快将重新规划波兰的国土，包括其境内的动物园。当赫克拜访被炸毁的华沙动物园时，他暗藏了一个冷酷的动机：掠夺这里最珍稀的动物，送到德国的动物园和自然生态保护区去，他还觊觎华沙动物园非常宝贵的配种记录。他和他的兄弟海因茨一起，有心为新生的日耳曼帝国奉献自己，恢复其自然环境的往日生机，以配合希特勒复兴人类种族的伟大目标。

赫克反复向扎宾斯基夫妇起誓说，他本人与关闭动物园的决策毫无关系，他对最高层的影响力趋于减弱，不足以左右将军们的意志。但是安东尼娜怀疑他在撒谎，认为他对高层影响力巨大，甚至他本人可能对华沙动物园以及他们夫妇俩的命运直接负责。想到自己的动物园就要走向灭亡，扎宾斯基夫妇心如刀绞，两人担心，这里的建筑都会被拆毁，花圃、围场都将被夷为平地，整个动物园会像所有的战争阵亡者一样,从这个世界完全消失。不管情况如何发展,也不管如何危险,扬必须留下，坚守阵地，因为动物园服务于地下抵抗组织，该组织后来在布拉格区有九十个排的建制,兵员数量达到六千,是华沙最大的突击队。

“救国军”是波兰军队的一个秘密分支，听命位于伦敦的流亡政府，具有完备坚固的组织结构，编织了一个抵抗网络，下辖单位分散在各处，其中包括多个武器库、手榴弹工厂、学校、隐蔽点、交通站、无线电接收站和负责制造炸药的实验室。作为“救国军”的一名中尉，扬力图让第三帝国保留动物园原状。德国侵略军也要吃饭，他们喜欢猪肉，于是他找卢茨·赫克商量，能否利用既有建筑——尽管它们在大轰炸中已经变得破败不堪——将动物园改造成一个养猪场。波兰秋冬的气候非常寒冷，如果德军同意他们养猪，动物园就会有状态良好的畜栏和场地，甚至会获得一些收入，贴补留下来的动物园部分老职工。在战后他向华沙“犹太历史研究所”提供的证言中,他说,他希望利用收集泔水养猪这个借口“获得粮票、腌肉和黄油，并为犹太隔都中的朋友传递消息”。安东尼娜曾写道：

> 我们知道赫克在撒谎，我们也悲哀地意识到，保留动物园的希望根本不存在。在这种处境下，我们决定与赫克谈谈退而求其次的计划：扬想利用动物园的既有建筑开办一个大型的养猪场。……但是关于园中所有的野生动物我们不敢奢望，德国人根本不愿意让它们活下去。

她说的一点没错。尽管赫克同意了养猪场计划，但所有野生动物，只要对他的繁殖试验不构成“重要意义”，他对它们的死活就根本不在乎。连续几天，一辆辆卡车喧嚣地开进了动物园，将动物们一批批运走。刚刚失去了父母的幼象图钦卡送去了柯尼斯堡；各种有峰和无峰的骆驼去了汉诺威；河马们去了纽伦堡；普氏野马去了赫克的弟弟海因茨在慕尼黑的动物园；山猫、斑马、野牛去了柏林动物园。安东尼娜为动物们如何经受、接受这种莫名其妙的折腾而深感担心，一旦到了新地方，不知它们将如何面对新的围场馆舍、新的饲养员，如何应对来自一种陌生语言的劝诱与训斥，如何适应新的日常程序、新的微气候、新的用餐时间。所有这些都需要一个习惯过程，如何与新的“舍友”、新的饲养员相处，尤其需要一个艰难的学习过程，突然间离开原有的同类，甚至骨肉分离，更是一种精神考验。它们刚刚承受了大轰炸的冲击，不少的亲友葬身火海，九死一生，现在又背井离乡，真是雪上加霜。写下这些文字时，她体验到了双重的痛苦——作为它们的人类朋友的痛苦，和这些困惑的受难者自身的痛苦。

劫走了有助于配种实验的动物以后，赫克决定举办一个除夕射击聚会。这原是北欧的一个新年习俗，基于一种异教的信仰，认为喧闹的声音能驱走邪灵。按照传统，年轻人会骑马驰骋在各个农场上，高叫呼啸，举枪射击，驱赶恶魔，直到主人恭请他们下马喝酒。有时候小伙子们会围着大树开枪，摇铃，敲击锅碗瓢盆。这种远古就有的习俗还有一个象征意义，即唤醒沉睡的自然，让树上结满果子，让田野长满庄稼。

赫克以继承传统之名，把他的党卫军朋友请了过来，让他们享受这千载难逢的款待：在动物园里进行一场私人捕猎聚会。与会者感受到的是特权的狂欢，供他们取乐的是众多凄凄惶惶的奇珍异兽，而且，即使没开过枪的人，或者是醉得稀里糊涂的人，都能自夸好猎手，没有动物能够逃过它们的枪口。尽管这听起来有些不可思议，在赫克身上，兼具无情猎手的本色与自然学家的修养，虽然身为动物园园长，但他并不介意在别人的动物园里屠杀动物，更何况这有助于他逢迎一帮有权有势的朋友。在一个阳光明媚的星期天，赫克和他的一帮猎友来到了动物园，他们都已经喝饱了酒，正情绪亢奋，德军最近在军事上的胜利更让他们谈笑风生。他们在动物园内闲逛，一路朝着笼舍内的动物开枪取乐。这个场景于赫克而言堪称完美，只可惜少了戈林和他的中世纪长矛——当时一种专门针对野猪的欧洲武器。

“就像一个康复期的病人，突然重新发起了高烧，”安东尼娜在她的日记中写道，“在这么一个美丽的冬天，他们如此冷血地杀戮我们园中的动物，我们惊呆了。”看到这帮人中有不少嘻嘻哈哈的佩枪醉鬼，她决定把儿子瑞希留在室内，不让他出去。

“求求你让我去骆驼馆上滑雪吧，”他恳求母亲。整天像动物一样被圈禁在室内的他抱怨说：“我太无聊了，没有人跟我玩。”

“我们到你的房间里一起读《鲁滨孙漂流记》怎么样？”她提议道。儿子不情不愿地随着她一起上了楼。两人蜷缩在床上，开了床头灯，她给他朗读起他最喜欢的这本书来。感觉到了母亲阴郁低落的心情后，儿子变得更加烦躁不安。即使在读到令人兴奋的段落时，他也提不起精神。突然，几声枪响，打破了冬天的寂静，每一声枪响后面都跟着反复的回声，响彻整个动物园，声音颤抖着穿过百叶窗，传进了他们的房间。

“妈妈，这是怎么回事？”儿子吓坏了，拽着母亲的衣袖，“谁在开枪？”

安东尼娜不抬头，目光盯着书一动不动，直到文字在眼前跳跃晃动起来。她说不出话，身子动弹不得，手捧着打开的书，僵在那里了。过去几个月中的灾变尽管目不暇接，她还是熬过来了，但是此刻，“无论政治还是战争都无法解释的无谓杀戮，为杀戮而进行的杀戮”让她痛彻骨髓。这种野蛮行径不是出于饥饿，不是因为迫不得已，不是出于政治策略，这些在劫难逃的动物不是因为过度繁殖而遭到猎杀。党卫军们不只无视这些个性独特的生灵的价值，他们甚至不承认动物也存在最基本的恐惧和痛苦情绪。这是一种无耻的对快感的追求，杀戮时产生的瞬间战栗，其快乐价值竟然超过了这些动物的生命价值。“多少人类也会在未来几个月中这样无谓地死去？”安东尼娜问自己。亲眼目睹和闻到杀戮的味道当然不可忍受，但是——她写道——听着枪声，想象惶恐的动物狂奔、倒下也是一种让她五内俱焚的折磨。赫克的背叛，她的震惊与无助，让她茫然。她呆呆地坐着，儿子拽着她的袖子。既然她都保护不了自己饲养的动物，她又怎能保护自己的儿子？她甚至都无法向儿子解释窗外的事实，因为真相足以让他惊吓到留下一生难以治愈的创伤。断断续续的枪声持续到了深夜，不时地摧残她的神经。每一声枪响传来，她都会全身哆嗦一下，完全无法控制自己的身体。

“一轮灿烂耀眼的淡紫色落日，预示着第二天会起风，”她后来写道，“大街、小巷、结霜的院子，都被不断加厚的雪层覆盖。雪下得很大，雪花一片片、一簇簇地飘下来。在傍晚寒冷的蓝光中，这一轮夕阳是沉默的丧钟，为我们刚刚下葬的那些动物致哀。我们看见我们的两只鹰和一只雕在菜园上空盘旋。子弹射穿了笼子，它们飞了出来，却不愿意离开它们唯一的家园。它们降落下来，停在了我们的门廊上，等着它们习惯的马肉晚餐。没过多久，它们也成了盖世太保新年狩猎盛会的战利品。”

Chapter 11
第十一章

动物园的存在戛然而止。此后几周，曾经洋溢着鼻息和叽里咕噜声的场馆内外回荡着一股寂寥与悲凉之气。葬礼般的沉默覆盖了园内的每一寸土地，安东尼娜的大脑拒绝接受这种悲哀的新现实，她试着告诉自己，“这不是长眠，而是一场冬眠”，是蝙蝠与北极熊式的休憩，经过几个月的沉寂后，待得春天一到，它们就会醒来，精神焕发，伸展脏兮兮的四肢，开始觅食和求偶的新旅程。这不过是冰震与极寒天气条件下的休养生息。在大地藏起所有食物之时，隐居于洞穴暗道之中，以夏天储存的脂肪暖身，不失为明智的选择。所谓冬眠，并不仅仅意味着睡觉，熊多半会在此时期产仔，母熊整个冬天都在喂奶、舔犊，等待春天，那个成熟的时节。安东尼娜心想，人类或许也可以这样来理解战争，把战时岁月想象成“一种精神的冬眠，把思想、知识、技艺、对工作的激情、理解、爱情慢慢积蓄于体内，谁也无法夺走”。

当然，她的家也切换到了“地下”模式，但是她和家人的地下世界并非一个可以高枕无忧的安逸之所，而是充满危险的权宜之地。安东尼娜发现，心灵的这种地下冬眠状态，属于心照不宣的“脑死亡反应”。实际上，在这种状态下，人们别无选择。恐怖成为每天的常态：街头光天化日之下的殴打与逮捕，遣送到德国做苦役的厄运，盖世太保与帕菲雅克监狱大院里的酷刑，时有所闻的集体枪决。每天面对这种恐惧和悲伤，人会变得非常迟钝。但是，至少对于安东尼娜来说，这种逃避、隐忍、麻木——不管我们究竟如何来定义它——从来没有真正消除内心深处汹涌的暗流，由“害怕、反抗和极度的悲哀”构成的暗流。

德军有计划地吞并波兰的城镇和街道。不久，在公共场所讲波兰语也成为禁忌，尤其在格但斯克，这成了死罪。纳粹争取更大“生存空间”的目标直接针对波兰：希特勒早就命令其军队“对波兰裔的或者讲波兰语的男女老幼进行无情杀戮，只有这样，我们才能获取所需的生存空间”。相貌上具备显著日耳曼特征（因此自然就具有这种基因）的孩童规定要送往德国，改名换姓，由德国人抚养。与赫克兄弟一样，纳粹生物学家都是“外貌主义者”，认为无论人和动物，只要与目标物种有强烈的相似度，就可以“复活”出他（它）们的纯种祖先。

纳粹的种族逻辑是：生物学上高人一等的雅利安人种曾分

布在全球各地，此后尽管一个个帝国先后倒下，但是，雅利安人种的痕迹还保留在高贵者中间，在冰岛、亚马孙流域和其他一些地区，可以找到保留这些痕迹的人，从这些雅利安人的苗裔身上，可以收获所需的种子。一九三九年，基于这一理论，党卫军帝国长官希姆莱发起了一次“探险远征”，目的地为“日耳曼之西藏”，以求找到雅利安人种之根。率队者是二十六岁的自然学家、狩猎者、探险家恩斯特·谢弗。“希姆莱与恩斯特·谢弗之间至少有一个共同的爱好，”克里斯托弗·黑尔在《希姆莱的十字军东征》一书中如此写道，他“迷恋东方，迷恋东方的宗教”，他甚至随身带着一个笔记本，“上面是他从印度‘薄伽梵歌’（‘神之歌’）中收录来的教义训诫。对盘踞在党卫军的毒蜘蛛网内的这个貌不惊人的小个子男人（指希姆莱）而言，恩斯特·谢弗是来自另一个神秘而令人兴奋的世界的信使”。此外，希姆莱内心一直酝酿着对基督教的仇恨之毒酒，而波兰人绝大多数虔信天主教，活该受到惩罚。

安东尼娜写道，她感觉自己的世界被“卐”这个标志剜去了五脏六腑，在慢慢地崩塌。每一场快速的闪电战之后，“都有一段漫长难熬的岁月”。粮票制进入了他们的生活，然后是昂贵的黑市食品。安东尼娜还算幸运的，秋季时她从亲戚那儿买到了一批谷子。

冬末，她和扬开始接收第一批母猪入园，到一九四〇年三月，养猪场正式开张，猪饲料以餐馆和医院的泔水为主，也有从犹太隔都搜集来的残羹剩饭。动物驯养高手们变成了猪倌，大材小用，令人啼笑皆非，但却是众猪之福，它们被养得膘肥体壮，到夏天就产了不少小猪仔，这样不但家里有了肉吃，而且有利于掩护扬实现他将动物园建成地下抵抗组织秘密仓库的目标。

春季的某一天，扬带回来一头新生的猪仔。它的母亲已经被屠宰，它成了孤儿，扬就将它带回来给瑞希当宠物养。在安东尼娜留下的文字中，这头小猪是长着一身硬毛的能量球，用奶瓶喂它时得使劲按着它的身子，体重增加后更是难弄。他们给它取名莫里斯，两周半大时，莫里斯很像"《小熊维尼》中的小猪……身子干净，光滑，粉嘟嘟的，像杏仁蛋白奶糖一般美丽"，她这样写道。（在波兰，孩子们每逢复活节常常收到粉红色的杏仁蛋白软糖一般的小猪仔做礼物。）

莫里斯住在小洋楼的所谓"阁楼"里，其实是一个狭长的小壁橱，与楼上的几个卧室相邻，也通向那个露台。每天早晨，安东尼娜都会看到它静候在瑞希卧室的门外，门一开，它就"冲进去，一路哼叫着，然后开始拱瑞希的手或者脚，等瑞希醒来，他会伸出一只手给莫里斯挠背，挠得它像猫一样弓起身子，直至弓成字母 C 的模样，然后它发出一阵非常满意的哼哼声"，那是一种轻微的介于喷鼻与门吱吱作响的声音。

在极少数情况下，莫里斯也会冒险下楼去，进入那个各种气味和声响混杂的奇怪的由人腿和家具腿搭建的迷宫世界。布置餐台时刀叉与杯盘的撞击声通常能诱惑它走到楼梯口的平台上，然后止步，"眨巴着他谄媚的蓝眼睛，又长又白的睫毛扑闪着，一副认真观察与谛听的模样。"安东尼娜写道。如果有人叫它，它就小心翼翼缓步下楼，木梯很光滑，它的蹄子不时打滑，下到平地后，它就健步如飞，进入餐厅绕着餐桌转圈，乞求施舍。大多数情况下，难得有残羹剩饭供它享用。

每顿晚餐之后，莫里斯与瑞希会去菜园给住在山鸡馆里的兔子们打草，莫里斯乘机在里面寻觅可吃的块茎与绿叶。那个场景在安东尼娜的记忆中散发着炽热的光芒，小男孩与他的猪仔在淡紫色的暮色中玩耍的画面让她心醉："瑞希和莫里斯漫步在一片绿地上的场景让我们所有人着迷，看着他们，我们甚至可以长时间地忘记战争带来的一幕幕悲剧。"战争让儿子失去了太多的童年、太多的宠物，包括一只狗、一只獾、一匹马驹、一头黑猩猩和一只土狼幼崽，安东尼娜为他心痛。在她眼中，这个菜园成了儿子逃离残酷现实的微型伊甸园，她无比珍视这个无忧无虑的时刻。

小洋楼里的日常生活中有个谜：**身处一个杀气腾腾的、疯狂的和无常的世界中，一个人如何才能不让爱和幽默泯灭？**动物园内每天都有荷枪实弹的杀人凶手在游荡；地下抵抗活动固然危险，做顺民良民也不是免死金牌；大街小巷中，死神随机挑选着他的猎物。安全的概念缩小成了粒子——舒适片刻，然后等待下一个舒适片刻。与此同时，脑子里一直吹奏着焦虑赋格曲，轮番上演着悲剧与喜剧的舞台剧。因为很不幸的是，对死亡的恐惧着实可以调动心智的全部力量，激发创造性，提高感官的敏锐度。信赖自己的直觉似乎纯属赌博——如果还有时间琢磨是否"似乎"的话；不能依赖直觉时，大脑就切入自动驾驶状态，放弃审慎周密的分析，从"危险档案"与"锦囊妙计"中快速抓取漂浮起来的第一根稻草。

Chapter 12

第十二章

“如此野蛮行径，怎么会发生在二十世纪？！！！！！！”安东尼娜不禁问自己，巨大的问号后面跟着整整六个惊叹号。“就在不久以前，人类还对中世纪黑暗时代投以轻蔑的目光，鄙视它的残暴。时至今日，残暴却完全蔑视法度，史无前例地再次现身，赤裸裸地撕开了宗教和文明的面纱。”

她坐在餐桌边，为陷身隔都的犹太朋友们准备着一小袋一小袋的食品。感谢老天，扬每次进入隔都为魏玛帝国的养猪场收集厨房泔水时，没人撩开他的外衣，没人揭开他的桶盖。他以收集猪食之名进入隔都，行的是从养猪场向隔都输送食品之实，这其中的名实之辩毫无疑问让他觉得有几分好笑。当然，给犹太人送猪肉这事本身说来就有些尴尬，犹太律法忌食猪肉，但战事起来不久，这样的饮食法则就顾不得了，能有一点蛋白质补充，就感谢上帝吧：无论隔都内外，蛋白质都已经变得非常稀罕。

无论犹太人还是波兰人，一开始都没有完全把听来有些荒谬的长篇累牍的种族主义法律条文当回事，听到种种关于纳粹围捕灭杀犹太人的传言时，因为毛骨悚然，干脆选择了不信。“只要我们没有亲眼见证，亲身经历，”安东尼娜后来回忆说，“我们就一笑了之，只把它们当作冷酷的八卦或者病态的笑话给打发了。当占领当局的‘种族纯洁工作部’着手详细地调查统计华沙城的犹太人口时，大家似乎仍然有理由将它归结于德国人的风格，他们做事喜欢这样一本正经，有条不紊。”这不过是走形式而已。但事实是，德国人、波兰人、犹太人领取面包的队伍都分开，每天的配给量精确到了卡路里，德国人每天 2613 卡，波兰人 669 卡，犹太人则只有 184 卡。德国派驻波兰的总督弗兰克唯恐人们不能领会德国人的狼子野心，公开宣称说：“我对犹太人别无他求，就是要他们消失。”

Verboten!（德语“禁止”）成为了一个家喻户晓的让听者心惊肉跳的德语词。冷不防就有德军士兵吼出一声：“Verboten!”在标语牌和《前锋》之类的反犹报纸上，它也是个常见词，字体格外大，后面总跟着那个惊叹号，像一个晃动的表示“禁止”的手指。对这三个音节的任何轻忽都可招致杀身之祸。当这个词如犬吠一般冲口而出时，先以唇齿摩擦音 v（同英语字母

f 的音）开头，继之以爆破音 b，完成了从瘪嘴表达厌恶到爆发性地喷射出毒液的过程。

针对犹太人的警告与羞辱与日俱增，饭店、公园、公共厕所都成了他们的禁地，甚至街边的长椅也不允许他们坐。他们必须戴着印有蓝色大卫星的白色臂章[1]，这个神圣的符号标示着他们的罪恶和贱民身份，意味着他们不可以乘坐火车、电车，可以被公开地侮辱、殴打、诋毁、强奸和杀戮。当局堂而皇之地发布命令，禁止犹太人演奏或者吟唱非犹太人音乐家创作的乐曲，犹太律师纷纷被剥夺从业资格，犹太公务员被直接革除公职，剥夺年金，犹太教师与旅游经纪人被解雇。犹太人与雅利安人之间的婚姻或者性关系被宣布违法，犹太人被禁止艺术创作，禁止参加文化活动，犹太人开办的医院、诊所被下令关门（隔都内保留了少量诊所）。街道名字如果听来有犹太嫌疑，必须改名，犹太人的教名如果听来有雅利安味道，必须改成“以色列”或者“撒拉”。波兰人申领结婚证必须出具“适婚”证明。犹太人不得雇佣雅利安人为仆役。母牛不得受精于犹太人拥有的公牛，犹太人不可饲养信鸽。《毒蘑菇》之类一大批童书纷纷出笼，它们宣传纳粹意识形态，内文插图均为反犹漫画。

为了取乐，德军会把正统派犹太教徒扛到桶上，然后剪掉他们虔诚的胡子。他们戏弄年长的犹太男女，有时候命令他们跳舞，抗命者当场枪毙。影像档案中，可以看到相互陌生的犹太人在大街上跳华尔兹，互相笨拙地搂着，脸上的表情因恐惧而酸涩，旁边有纳粹士兵拍手大笑。任何犹太人，从德国人身边经过时必须鞠躬、脱帽，否则就招来一顿毒打。纳粹没收了他们所有的现金和存款，偷走他们的家具、珠宝、书籍、钢琴、玩具、衣服、药品、医疗器械、收音机等任何值钱的东西。超过十万人被赶出家门，无偿地和长年累月地为德国人服苦役。为了最大程度地羞辱犹太女性，还强迫她们用自己的内衣做抹布擦拭地板和马桶。

一九四〇年十月十二日，纳粹命令华沙城的所有犹太人搬离自己的住房，将他们驱赶到城北的一个区域集中居住，这个地域的选择并非随机，它位于铁路大站萨克逊花园站与格但斯克火车站之间。德军的典型做法是：由一队军人将一个街区团团围住，然后给区内的所有犹太人半个小时的时间撤离自己的公寓，只能带几件随身物品。加上从农村安置到这里来的犹太人，该法令将四十万人限制居住在华沙城百分之五的面积上，内有十五到二十个街区，大小相当于纽约中央公园，其拥挤程度可想而知。按其中一位居民的说法，单单隔都内的噪声——一种“持续的高强度的嘈杂”——就足以让人神经错乱。这是一个由两万七千套公寓构成的大旋涡，平均每六人住一个小房间，非常有利于纳粹实现其消磨敌人士气，弱化、羞辱、瓦解抵抗力量的目标。

犹太人隔都历来在欧洲社会享有盛名。尽管它们都地处偏远地区，或者普遍被瞧不起，但总是充满生机。隔都不隔，旅行者、商人、文化都能流进流出。而华沙隔都却完全不同，正如幸存者迈克尔·梅泽尔所述，“在华沙，隔都变成了一个组织化的死亡形式，按守卫隔都的一名德国哨兵的说法，是一个‘小小的死亡匣子’……德国人将它视同墓地。”只有机敏警觉者才能存活下来。任何人出门前，先要查看一下“危险预报”。街上行人相互及时更新资讯，“一听说存在什么危险，或者看到某个最细微的手势，成千上万的人会不约而同地作出同一反应：掉头奔回室内，熙熙攘攘的街头瞬间变得空无一人”。

但生活的荒原不会轻易枯寂，在华沙隔都，它终究还会开出鲜花来——在任何可能的地方，以任何不可思议的方式。诺曼·戴维斯有一段简单的文字介绍，让我们可以看到隔都早期的勃勃生机：“有两三年时间，这里人潮汹涌，摩肩接踵。有人力车，有隔都的电车，车身上挂着一个蓝色的大卫之星。也有餐馆，有路边咖啡馆，40号有一个‘作家施粥场’。还有多个娱乐场所。雷茨诺街27号有一个人气很旺的照相馆，里面陈列了许多来自埃及、中国、美国加州的外国照片。一个红鼻子小丑站在人行道上，连哄带骗地兜售六格罗希（波兰辅币）一张的门票。雷茨诺街2号的艺术咖啡馆里日日上演着卡巴莱歌舞和各种音乐会，主打歌星中包括薇拉·G.、玛丽斯塔·A.（人称‘隔都夜莺’），登台的音乐家还有拉迪斯拉斯·S.与亚瑟·G.等。雷茨诺街35号的‘费米娜音乐厅’上演的作品更有来头，剧目选自波兰全国，包括时事讽刺剧《恰尔达什舞公主》，还有一部喜剧，剧名别具一格，且意味深长，叫作《寻找房子的爱情》。所有这些音乐、戏剧，都是逃避现实的绝望形式，诚如有人所说，‘幽默是隔都仅有的自卫形式’。”隔都的许多街名都表达了人们对于天堂、富足、冒险的幻想：花园街、孔雀街、清凉街、外野街、新菩提街、龙族街、盐巴街、鹅街、勇敢街、温暖街、甘露街、快乐街等。

最初，在隔都尚没有被围得密不透风之时，扎宾斯基夫妇的犹太朋友们都以为，这里不过是暂时的贱民区，希特勒很快就会垮台，正义必将获胜。他们相信自己能够经受住这次磨难的考验，认为希特勒的“终极解决方案”最多就是将犹太人从德国和波兰逐出，没有人会想到，等待他们的将是种族灭绝的命运。

在流血反抗现实与默默地接受不可知的未来之间，大多数人选择了后者，遵命迁居隔都。也有人反其道而行之，在雅利安人居住的这一带城区找地方隐身，选择了充满变数的东躲西藏的生活。据安东尼娜所述，她的许多朋友属于混血后代，拥有部分犹太血统，也有不少处于跨种族的婚姻状态。这些朋友一碰面，一个无法回避的冷血话题，就是一九三五年九月十五日颁布的纽伦堡种族主义法案，其中明文规定身上的犹太血统在多少比例以下可以被视为“未受玷污”。著名的丝绸之路探险家、纳粹主义的鼓吹者斯文·赫定，其曾祖父曾是犹太拉比，希特勒的核心圈内肯定有人知道这一点，但是他显然获得了豁免，一九三六年的慕尼黑奥运会上，他就紧靠着希特勒站在了主席台上。

鲜有人预见到这些种族主义法律意味着杀戮，但还是有不少人很快皈依了基督教，更有人购买了假证件。安东尼娜的朋友亚当·恩格勒特与芳达·恩格勒特夫妇，妻子芳达有部分犹太血统。因为担心被查出，两人办了假离婚，继而上演了一出名为“芳达失踪”的假戏。但在失踪之前，她决定搞个告别聚会，邀请了家人和亲友参加，地点就在市中心以前的军械库里，时间特意选在夏至那天。

夏至是个神圣的日子。夏至前夕，操演厅里想必按传统习俗做了许多装饰，其中尤其少不了艾蒿枝，这种植物属于苦艾科大家庭中的高个子，茎部呈紫色，叶子是灰绿色的，开小黄花，这种古老的草本植物有破咒驱魔之功，能挫败巫师的做法，因此常被请入家门辟邪，尤其在六月二十三日，即仲夏日前夕。这一天与圣约翰有关，传说圣约翰的头被砍下后，滚入一片艾蒿丛。迷信的波兰农夫常在畜棚的廊檐下挂艾蒿，以免巫婆夜里溜进来挤干奶牛的乳房。华沙的女孩子喜欢在发间插艾蒿花环，母亲们会在门口、窗台等处挂艾蒿驱魔。德占期间，看得见的魔鬼到处张牙舞爪。选择在仲夏日前夜搞聚会，绝非偶然。

六月二十二日，扬与安东尼娜出发去参加聚会。他们计划穿过吉尔贝基大桥，然后在明媚的天空下悠然地散着步去，也可以坐电车。在老照片中，我们可以看到这是一座桁架桥，其钢制桁架很像一排订书钉，阳光穿过鸟笼一般的桁架，在桥面上撒下一块块光斑。每每有风吹过，桥身震颤，发出一种类似音乐的声音，一种你的骨头能感觉到耳朵却听不到的低音。这种类似的低音大象能发出来，它们可以以次声波交流，动物园的饲养员只要挨得近，就能感觉到大象之间的对话，尽管他们的耳朵听不见。

扬与安东尼娜通常会抄近路穿越布拉斯基公园，这个城市绿洲的面积曾经达七十五英亩，范围越过了古老的拿破仑要塞。一九二七年，新建的动物园占了半个公园，但园中的老树基本上都保留原样。这样一来，凡是坐电车来动物园的游客，首先会穿过一座密林，进入动物园后，展现在面前的景象与他们刚刚看到的公园非常相合，同样品种的洋槐、枫叶梧桐、铁线蕨、甜栗树，它们既是参观动物园的序曲，也是正戏的一部分。但这一天下午，恰巧因为身边没了香烟，两人就绕了一条远道，走公园外缘的卢卡辛斯基街，钻进了一个街边小店铺，里面飘着浓烈的、甜腻腻的波兰烟草香。两人刚出店门，点上烟，就听得轰隆一声巨响，千钧气浪把他们撞倒在路边的篱笆上，顷刻之间头顶沙雾笼罩，如乌云密布，接着碎石穿“云”而下，空气顿时凝结变黑。一秒钟以后，他们听到了飞机引擎的轰鸣声，抬头看见一道粉红色的细线划过天空。两人终于缓过神来，踉跄着站直了身子，嘴唇动了一下，却都没发出什么音来——爆炸震聋了耳朵，震昏了脑子。狼嗥一样的标志警情解除的汽笛响过后，两人推断并没有飞机成群出动，刚才飞过的应该是一架独狼式轰炸机，目标是吉尔贝基大桥，可是这座桥毫发无损，布拉斯基公园也没遭什么殃，挨炸的是一辆电车，车身被炸毁了，一股黑烟从车里冒出，飏向空中。

“要不是抄了近道，我们就可能也坐上了这辆车。”扬恨恨地说道。

两人正感到后怕时，另一个恐惧又攫住了安东尼娜。她突然意识到了这是儿子放学的时间：“可是瑞希有时放学后就坐这辆车。"

两人冲了过去。电车还在冒着火花，抽搐着。爆炸将它震离了路轨，掀翻在天主教堂前面，车身热气蒸腾，像一头猛犸象，车子的钢架已经扭曲，电缆线趿拉着，车内车外有五十人左右倒在地上。"泪水从我眼中滚落下来。我挨个儿辨认着死伤者的脸，寻找我的瑞希。"安东尼娜后来回忆道。他们在黑烟和发烫的铁皮中寻觅了很久，没有看到儿子，便又往学校奔去，但孩子们都已经离校。他们又调头往家奔。路上又经过了那辆还在冒烟的电车，车的周围已经聚集了一大群人。两人奔跑着穿过了布拉斯基公园，经过一个又一个兽棚鸟舍，终于到了小洋楼，噔噔噔上了后门的台阶，冲进厨房，搜遍了整个房子，一边呼唤着瑞希的名字。

"他不在，"扬终于停下脚步，瘫坐在一把椅子里。过了片刻，他们终于听到了后门台阶上的脚步声。

扬把瑞希拉到一把椅子前。"坐下，"他声音很轻，但非常严厉，"你上哪儿去了，坏小子？你已经忘记了我们说的话吗？放学立即回家是你的头等大事。"

瑞希解释说，大家刚出校门，就有炸弹砸下来，附近有一个陌生人担心他们的安全，就把他们带到了他家里面，直到警报解除才把他们放出来。

不用说，安东尼娜和扬两人错过了芳达的聚会，但他们很快就见到了芳达，因为按照原定计划，芳达"失踪"进了动物园，她在这里的身份是瑞希的家庭教师，非犹太人。

1 纳粹规定从1941年9月6日开始在所有德国占领区内六岁以上的犹太人必须佩戴一个印有黄色大卫星，中间写有“Jude”（德语：犹太人）的袖章。在被占国波兰犹太人必须带一个白色的，印有蓝色大卫星的袖章，此外他们衣服的前部和后部也必须带有类似的标志。在集中营被关押的犹太人也必须佩带类似的标志。——译者注

Chapter 13
第十三章

扬与安东尼娜对纳粹种族主义感到费解，自灵魂深处感到反感。尽管他们已经在帮助困在隔都内的朋友，但还是发誓要冒着生命危险向更多的犹太人伸出援手。在扬的童年记忆和情谊中，犹太人扮演着重要角色。

“犹太人在精神上于我有恩，”扬曾对一名采访他的记者说，“我父亲是一个坚定的无神论者，因此，一九〇五年那年，他让我上了克莱茨莫特学校，整个华沙城内当时唯有这学校没有把基督教教义学习列为必修课程，尽管我母亲竭力反对，因为她自己是一个格外虔诚的天主教信徒。我的学校里百分之八十是犹太人，我交了很多犹太朋友，他们中不少后来在科学与艺术领域内都功成名就。……高中毕业后，我就在洛兹克尔学校教起了书。”在这里犹太人也占了绝大多数。这样一来，他在犹太知识分子阶层有了不少亲密朋友。战祸一起，很多当年读书时的小伙伴都困在隔都里。尽管扬在公开场合没有过多地谈及他的父亲，但他曾经告诉一名记者说，他当年之所以选择动物学，就是成心“恶心我父亲，因为他讨厌动物，特别不待见它们，不允许它们踏进家里一步——不过飞蛾、苍蝇除外，它们上门可不需要打招呼！”

父子俩有一点很相似，都与犹太人结下了深情厚谊：

> 我父亲和我都是在犹太人居住区长大的。他是律师，尽管他娶了一个地主的女儿，凭借婚姻进入了一个豪门，但是他完全是依靠自己的奋斗上升到中产阶层的。我们居住在华沙城内贫穷的犹太社区，但这纯属偶然。从少年时代起，我父亲就和犹太孩子一起在街头玩，把他们视为平等的朋友。我受到了他的影响。

动物园绝非犹太避难者理想的藏身之地。小洋楼靠近拉图索瓦街，四周很开阔，像一座高高的灯塔，围绕它的是众多低矮的畜棚、围场。五百米开外就是员工宿舍和动物园的办公楼，它们位处动物园中央地带。小洋楼四周是几英亩面积的空地、树林和草坪，外加一块块菜田，南边就是沿着维斯瓦河的铁道，紧挨着动物园的篱笆墙，北边是重兵把守的德军军事区，区域内分布着不少小木屋。华沙投降以后，德军在动物园的中心地带也就是原先的狮子岛上，建了一个仓库，用以存放从波兰军队收缴来的枪支弹药。其他单位的德军士兵也经常上动物园来，为的是享受一下这里的绿色和安静。你根本无法预测他们什么时间来，有多少人一起来，时间上他们根本没有什么规律可言，不过有一点倒是可以肯定的，他们都是带着放松的心情上这里来的，不是来巡逻的。毕竟，布拉斯基公园相对而言挨炸的程度较轻，环境比较适合散步。

不可思议的是，扬有一个秘密，安东尼娜却从没有发现过任何蛛丝马迹："救国军"的一个弹药库就藏在动物园内，埋在大象馆外围的壕沟附近（战后在那里发现了一个木板搭建的地下室）。他深知其中的危险：把枪支就埋在动物园的中心地带，离德军的军用仓库只有几步路，这甚至是有点蛮干。但再危险，他也不能告诉妻子，怕吓坏了她，也怕她央求他把家庭的安全放在首位。幸运的是，正如扬所料，德军做梦也没想到竟有波兰人像他那样胆大包天，因为在他们眼中，斯拉夫人都懦弱无能愚蠢透顶，只配干点体力活。

"我了解德国人的心理，"他推断，"他们绝不会想到，在光天化日之下，还会有人从事地下活动。"

战后，扬总是逃避种种赞美，人们口中的"英勇行为"，在他看来"不值一提"，他说："我不明白大家为何如此小题大做。眼瞧着任何生命，无论是人是兽，只要处于危险，谁都该出手相救。"从有关的访谈报道、他自己留下的文字以及安东尼娜的记述中，我们可以看出，他是一个寡言少语，却又擅长结交朋友的人，做事严谨，律己甚严，对家人有时不免严苛，为俗称的“冷静型”男人，稳重，不动声色，属于有“大心脏”“钢铁神经”的人。波兰的地下抵抗组织每天都在上演胆大包天、千钧一发的险活绝活，在这个组织中，扬的化名是“弗朗西斯”，源自“阿西斯的圣弗朗西斯”（1182–1226），这位基督教圣徒被视为动物的保护神，以勇敢、沉着、喜欢冒险著称。扬竟然在纳粹营地的心脏地带、在众目睽睽之下藏匿武器与犹太人，不愧弗朗西斯之名。这固然说明他善于揣摩对手心理，但我以为，这也因为他有一颗好斗之心，在偷偷地开着嘲弄对手的玩笑，可惜他只能把这种得意的嘲笑藏在自己的心里。一旦发现，结果绝对非常无情，他和家人会被当场枪决，另外不知道会殃及多少人。扬把动物园建成了一个中转站，“一个供逃出隔都来的犹太人短期藏身的驿站，一旦去向决定后，他们就从这里动身上路，再次出发，前往新的藏身之地”。扬发现，尽管自己是一个无神论者，却还是有一种强烈的宿命感和命运感。

Chapter 14

第十四章

一九四〇年夏天，地下组织陆续将秘密“客人”送进动物园来：一个电话，一张便条，一声低语，就能让扎宾斯基夫妇心领神会，准备迎客。“客人”多是东躲西藏、正在逃亡途中的犹太人，他们“流浪”到此，做简短停留，休息“加油”，然后继续上路，前往某个未明的目的地。有些犹太人能讲德语，五官有雅利安特征，他们就能持伪造的身份证件，公开上门，经由此地转运他处；不能蒙混过关的，就会在动物园藏身达几年时间。其中有些就住在小洋楼里面，有些隐藏在动物园空的棚舍里面，最多时曾同时有五十人之多。不少“客人”，如芳达·恩格勒特，原来就是老朋友、老相识，在安东尼娜眼中，他们都属同一个两栖类家庭。藏匿他们并不是一件轻而易举的事情，但有谁能比动物园长夫妇更深谙伪装欺骗之道呢？

野生世界中，动物们令人叫绝的伪装隐身诡计代代相传。例如，企鹅的身子背部为黑，腹部为白，在高空巡游的贼鸥眼中，它们就是波动的洋面，水下仰望的南极海豹则会将它们误以为朵朵白云。人的最佳伪装隐身地就是人群，扎宾斯基夫妇因此经常邀请一拨拨合法的客人——叔叔、婶婶、侄子、朋友——上门，逗留时间有长有短，建立起一种“有规律的不可预期性”，让外人习惯于看到陌生的面孔，听到不同的口音。其中，扬的母亲是一位常客。

“大家都喜欢扬的母亲，”安东尼娜在她的回忆录中写道，“她心地善良，天性悲悯，思维敏捷，记忆力超强，待人彬彬有礼，敏感体贴。笑声非常爽朗，又有很强的幽默感。”可是安东尼娜还是很担心她，因为“她像一朵娇弱的温室花朵，我们有责任保护她不受任何恐惧或痛苦的侵扰，否则很容易让她精神受到打击，陷入抑郁的泥淖”。

扬把这些无形的难题都留给了安东尼娜。再“难弄的动物”，她都能应付自如，现在面对自己的婆婆，她自然更乐意使出浑身解数表现自己，逗她开怀，不让她消沉厌世。扬则喜欢承担将军、特工、军师的角色，尤其享受以计谋迷惑、挫败、羞辱对手的感觉。

如果说，在德军的其他占领国，藏匿犹太人会导致你身陷囹圄，那么在波兰，则可让你和家人甚至邻居，当场殒命。在疯狂杀戮的氛围中，你的家庭和邻居都要承担所谓的“集体责任”。尽管如此，不少医院让成年犹太人打扮成护士混出隔都，同时施药麻醉幼童，把他们装在背囊中偷偷带出去。他们甚至会把犹太人藏在灵车中的一堆尸体下面。很多信仰基督教的波兰人在整个战争期间都让自己的犹太朋友藏在家中，这不但意味着要把有限的口粮让出一部分给朋友，更意味着每时每刻提心吊胆，丝毫不敢放松警惕，一有情况，就要随机应变，使出浑身解数化险为夷。有额外食品进了家门，出现一个陌生的身影，地窖或者壁橱中发出一声最轻微的低语，都可能让恰巧上门的邻居起疑，导致他向警方告发，或者向敲诈勒索者提供线索。很多逃亡者长年蜷缩于黑暗中，几乎不能动弹，终于等来得见天日、舒展四肢的时刻后，却肌肉绵软无力，得有人抬着才能出去，就像口技表演者操控的傀儡。

对于“客人”，尤其是从隔都逃出来的那些“客人”，动物园并不总是逃亡途中的第一个驿站。他们首先可能在市中心的伊娃·布茹斯卡的店里躲上一两个夜晚。这是一个脸色红润、身材矮壮、年逾六十的女人，人都称她“老奶奶”。她在山兹奥夫斯凯街上有一个小小的食品杂货店，十六英尺长，三英尺宽。她把一桶桶泡菜、腌菜，一篮篮西红柿、绿叶蔬菜都搬到了店铺前面的人行道上卖。邻居们也常上门购物、聊天。路对面就是德军的一个汽车修理站，每天都有男性犹太人从隔都被押送到这里修车，“老奶奶”会偷偷替他们寄信，在他们与家人交谈时替他们望风警戒。高高的土豆麻袋堆放在四周，从隔都出来的偷运者会在这些袋子后面藏身。一九四二年，店铺的后间成了地下组织某个分支机构的办公室。泡菜桶和酱瓜坛下面，是她藏匿身份证、出生证、钞票和面包券的地方，反对占领当局的宣传出版物则会放置在储藏间的隐秘处。逃亡途中的犹太人经常在这里过上一夜，对于其中有些人而言，动物园无疑就是他们的下一站。

安东尼娜一般不知道何时会有“客人”上门，也不知道他们来自哪里。扬负责线路与时间安排，负责与地下组织的联络。即使是藏在小洋楼的客人，也没有一个人搞得清楚他参与地下活动的全部技巧。例如，厨房取暖器上方的一个架子上，时不时会出现一个雀巢的盒子或者阿华田罐头，他们根本不知道里面究竟藏了什么。

据安东尼娜回忆，某日扬以漫不经心的口气说：“这个盒子里我放了一些微型弹簧，这是我的实验仪器上的零件，请务必不要碰它。我随时可能要用到的。”

没人在意这番话，因为扬平日里就好收藏金属小玩意，螺丝钉、垫圈、小线框啥的，只是通常他会把它们收在自己的工作室里。即使是熟悉他的人，也只觉得他的爱好有些好笑，不过，有一类人痴迷五金配件，就是以这种破收藏自娱自乐，消遣时日的。连安东尼娜都没有意识到，他这次收藏的是引信，造炸弹用的。

一天，动物学研究所一名年轻的研究员来到了动物园，带了一桶肥料，扬把它藏到了小洋楼附近的动物医院里，此后他会时不时以很随意的口吻提到某人会来取走一些肥料，因为他的菜园要用。直到战后安东尼娜才明白桶里装的实际上是 C13F，一种水溶性炸药，而且扬正是地下组织辖下某个单位的负责人，这个单位专门从事破坏德军列车的行动，具体做法是将炸药塞进车轮的轴承里面，只要火车开动，炸药就会被点燃引爆。一九四三年的某一个月中，他们就以这种办法炸翻了十七辆列车，损毁了一百台火车机车。另有一件事，安东尼娜当时也是毫不知情的：战争期间，扬曾有意让某些猪感染了寄生虫，屠宰以后，把有毒猪肉做成了肉丸，又让在德军某食堂工作的一位十八岁的工友把这些肉丸偷偷塞进了德军士兵们的三明治里面。

他还帮助修建"沙坑"——逃亡者赖以生存的地下巢穴。在战时的波兰，"沙坑"这个词不像今天一样让人以为只是简单的壕沟，它实际上是潮湿的地下掩体，联通精心伪装的通风井和出气孔——一般开在菜园或者公园里面。伊曼纽尔·林格尔布卢姆的"沙坑"在格鲁耶卡街 81 号，位处一个菜农的温室下面，面积有九十二平方英尺，里面竟然挤下了十四个床位，住了三十八个人。林格尔布卢姆在这里一直住到一九四四年被发现为止。他的"坑友"之一奥尔纳·亚古尔离开较早，她在文字中回忆了第一次呼吸到"沙坑生活"的气味的情景：

> 一波热烘烘的霉味扑面而来。从下面源源不断地喷发出一股恶臭，那是霉菌的味道，夹杂着汗液的臭味，衣服的馊味，腐烂食物的酸味。
>
> 掩体中有些居住者躺在铺位上，陷在黑暗中，看不清楚脸，其他人围桌而坐。因为很热，男人都半裸着，

只穿裤衩。他们脸色苍白、疲倦，眼神中闪烁着恐惧和不安，嗓音紧张、焦灼。

在知情人眼中，这是一个修建得不错的沙坑，地面负责照料的是一个很有爱心的家庭，一直提供足可下咽的食物。在无数藏身地点中，此处堪称上佳。

相比而言，动物园里的生活很敞亮，且有牧歌情调，尽管有时不免滑稽可笑，以至于地下组织给这个“据点”取了一个代号叫“疯狂星球之屋”，在他们眼中，小洋楼更像是一个超大型的奇珍异兽的陈列柜，犹太难民幸运地在一群畸人怪兽混处的世界隐身。来自城区的访客们很喜欢这幢未来主义风格的洋楼，它处于大型公园的怀抱之中，大约四十英亩的绿景能让他们暂时忘记战争的存在，权当自己在这里度假消闲。所谓“天堂”其实只存在于比较之中，从隔都逃亡到此的“客人”眼中，小洋楼就是一个小小的伊甸园，具备天堂的所有要素：有花园，有动物，有一个母爱满满的面包师——paradise(天堂)一词，其词源学语义就是breadmaker(面包师)。

天一黑，扎宾斯基一家就按占领当局的规定，用黑纸遮住窗户；白天的时候，这个表面上仅居住一个家庭的二层小洋楼闹腾得像个蜂巢。鉴于合法寄宿者甚众，有管家、保姆、家庭教师、姻亲、朋友、宠物等，玻璃窗后面人头攒动的景象也就不足为奇，传出再怪诞的动静也可视作当然。虽然小洋楼周围有几丛低矮的灌木，也有几棵大树，但它标志性的高窗，赋予了它令人惊讶的高透明度，使得它很像一个玻璃展览柜，里面的内容几可一览无遗。这种效果出自扬的刻意安排，它符合那条箴言：越公开，越无可疑。

为什么小洋楼有这么多的玻璃？因为它是一座具有“国际建筑风格”的典型建筑。所谓“国际”，就是刻意忽视所在地的历史、文化、地理与气象特征，表达对机器时代和未来主义的敬意。它努力营造一种极简风格，以玻璃、钢筋、水泥土为主要建筑材料，摒弃雕饰，追求光滑。建筑设计界的未来主义领军人物，如瓦尔特·格鲁皮乌斯、路德维希·密斯·凡·德·罗、马塞尔·布劳耶、勒·柯布西耶、菲利普·约翰逊等，希望通过创造一种开放、无遮挡的风格，表达以诚实、直率、健康为核心的价值观。他们的口号说得很明白：“装饰有罪”“形式追随功能”“（建造）有助于生活的机器”。未来主义与纳粹美学南辕北辙，因为后者崇拜古典建筑。建造这么一幢现代主义风格小楼，并居住其中，此行为本身就是对纳粹“国家社会主义”的一个挑衅。扬与安东尼娜又巧妙地利用了这种风格的暗示：透明、简单、正大光明。

在那样的流通中，“客人们”来了又走了，他们没名没姓，不期而至，主人不动声色，若无其事。很难认出哪位“客人”是谁，更难发现何人何时不在了。但是，这种隐秘的清白意味着生活在危险的边缘，意味着对每一个大动静都要悄悄地进行“消音”处理，或者确保它和谐地融入这里变奏丰富的生活乐章，对每一个影子都要探个究竟——疑神疑鬼。杯弓蛇影，是对无时不在的危险唯一正常的应对方式。“客人们”学会了秘密生活所必需的种种隐形的艺术：踮脚尖、扮木头人、利用环境隐身、声东击西，以哑剧动作发信号。有些“客人”深藏不露，有些则昼伏夜出，只有在黑夜降临后，才在小洋楼内自由地游荡。

家里“客人”一多，安东尼娜的家务负担增加了不少，她有一个大家庭需要照看，有一大群家畜、家禽和兔子需要管理，菜园里有西红柿和蔓生菜豆需要搭棚，面包天天都要烘焙，还有大量的腌肉、泡菜和糖渍水果需要她装罐。

德军枪口下的波兰人慢慢习惯了随时随地与恐惧劈面相逢。前一刻的脉搏还平静和缓，下一刻就可能如惊马狂奔。战争重新设定了他们的生理节奏，尤其是对休息的需求。他们每天早晨在黑暗中醒来时，不知道这一天将是何种命运：也许见证种种不幸，也许遭到逮捕。德国人会随机选择一辆电车、一个教堂，封住出口，将里面的人统统杀光，借口是因为受到了某个真实的或者臆想的侮辱而实施报复。安东尼娜心下疑惑，自己有一天是否也会这样惨死。

家务劳动固然单调乏味，却有安神之功，因为动作熟悉，无害，不必用脑，想必安东尼娜可能喜欢在家务中找到放松的感觉，因为时时刻刻警觉戒备实在让人精疲力竭，各个感觉器官得不到休息，脑中的哨兵来来回回地在各个“风险码头”巡逻，看见一个影子就要紧盯不放，探个究竟，耳朵竖起，辨听最轻微的危险“消息”，时间一长，大脑就成为了自己的囚徒。而在波兰这个被宣判了死刑的国度里，醒来看不到晨光，夜里看不见星光，时间改变了形状，失去了熟悉的弹性，安东尼娜写道，日子变得虚幻，“脆弱，就像肥皂泡”。

不久，芬兰和罗马尼亚站到了德国一边，南斯拉夫、希腊也投降了德国。德国开始攻击它此前的盟友苏联，引发了一系列谣言和预测。列宁格勒之战让安东尼娜变得特别沮丧，因为战争机器此前已经放低了转速，她以为慢慢就会完全停转，没想到战火重新燃起，烧得更旺。各种消息真假莫辨，不时传到耳朵里，有的说柏林遭到了轰炸，有的说某个喀尔巴阡旅击垮了德军，有的甚至说德国军队已经投降。但她和扬真正依赖的消息来源是地下报纸和新闻传单。整个战争期间，地下组织一直没有停止印刷各类日报、周刊、新闻简讯，及时向游击队员传递消息。编辑们同时也不忘向盖世太保的大本营递送自己的报纸，"只求有助于你们的研究，有助于你了解我们对你们的看法……"

阵容庞大的乌鸦群常常盘旋在空中，密密麻麻，然后齐刷刷地落向树梢，像坠落的烟灰。德国兵在动物园里的一个娱乐项目就是射杀乌鸦。待德国兵一走，安东尼娜就偷偷捡回一只只死乌鸦，将它们洗净，煮烂，做成腌肉酱，用餐者吃得津津有味，以为是野鸡肉——波兰菜中，野鸡肉酱是一道美味。某次，女士们齐声夸赞腌肉酱肉质鲜美，安东尼娜心下窃笑，但只能装得若无其事："何必败了她们的胃口呢？对动物的命名没必要过于较真。"

小洋楼里情绪气氛有点走极端：上一刻还是气定神闲、风平浪静，下一刻就焦虑不安、波涛汹涌；田园牧歌般的轻言细语之后，紧随而来的可能就是一条让人意气消沉的噩耗。有时候，愉快的交谈或者弹钢琴可以让生活有点光彩，使得安东尼娜能够忘却周遭的战争，甚至感到快乐。尤其是在浓雾弥漫、中心城区消失的早晨，她想象着自己身处另一个时代，在异国他乡。她在日记中写道，她为此心存感激，因为从卡普奇尼斯卡街上灯罩店里的那些日子开始，她的心头就一直绵绵地飘洒着悲哀的细雨。

地下组织的成员经常光顾，来去匆匆，其中有不少十二至十六岁的童子军。童子军在战前的华沙生活中是一个高调的存在，德军占领后，即宣布他们为非法组织，但是在“救国军”的领导下，这些少男少女们继续活跃，支持抵抗活动，有些直接参战，更多的担任交通员、社会工作者、消防员、救护车司机和破坏者。年纪小一点的搞一点小破坏，比如在墙上刷点标语、口号，“波兰必胜！”或者“希特勒是个偷狗贼！”（用希特勒的名字来搞笑），把戏虽小，却都是杀头大罪；他们还担任秘密的送信员。年纪大一点的甚至参与了暗杀纳粹官员、从盖世太保那儿营救囚徒的工作。在动物园里逗留期间，他们劈柴、运煤、生火，什么都干。有的童子军帮着把菜园里的土豆等蔬菜送往地下组织的藏匿点，常用的交通工具是人力车，德军占领期间，出租车基本消失，所有的汽车都被德国人收缴。

时间一长，瑞希难免听到童子军们谈及一些诱人的秘密。他感到沮丧：周围所有人似乎都是紧张刺激的秘密生活的一部分，而他却无法参与。几乎从他出生起，他的周边总是存在着危险，大人们时时都在告诉他，这些都是真实的危险，不是故事，不是游戏。父母早就警告过他，关于家里的“客人”，他不能对外泄露一个字。他也知道一旦说漏嘴，他自己、父母以及家里的所有人都会被砍头。对于一个小孩来说，这是不能承受的重负。他的世界充满着秘密，紧张而刺激，家里这么多怪人怪事，他却不能和任何人提起。难怪他变得越来越焦虑，越来越不安。对儿子当年的这种命运，安东尼娜在回忆录中表达了“哀悼”。尽管她对儿子遭受的这种折磨感同身受，却无能为力，毕竟所有的成年人也都处于焦虑与不安之中。不可避免地，瑞希成了他自己的噩梦：如果在与伙伴嬉闹时，嘴里滑出某个“客人”的名字，或者地下组织的某个秘密，母亲和父亲就会被枪毙，即使他自己活下来了，也会变成一个孤儿，而这一切将都是他自己的过错。因为他不敢相信自己，他自然而然地变得孤僻，回避所有陌生人，特别是同龄的孩子。安东尼娜注意到，他甚至不喜欢在学校里结交朋友，每天都是一放学就匆匆赶回家来和莫里斯玩，因为只有和他的小猪在一起，他才放松下来，想说什么就说什么，绝不会遭到背叛。

莫里斯喜欢玩的一种游戏叫“吓死宝宝了！”只要听到某个小小的声响，例如瑞希合上一本书，或者在桌子上移动某个小东西，它就会装出极度害怕的样子，夺路狂奔而去，蹄子还要在木地板上打滑几次，几秒钟以后它就会幸福地哼唧着回到瑞希的椅子边上，精神抖擞，随时准备着玩第二次。

虽然安东尼娜一心希望儿子能有一个正常的童年，但风云突变的现实已经撕裂了他的世界，日常生活的残酷现象更是一次次侵蚀着他的童真。一天傍晚，瑞希正与莫里斯在菜园中玩耍，几个德国兵慢悠悠地走过来想看个究竟。从来不怕人类的莫里斯一路小跑奔向他们，只为冲他们哼哼几声，博得背上一挠，却不料他们一把将它拽住，直接拿去宰了，瑞希惊恐地看着这残酷的一幕，听着莫里斯凄厉的惨叫，毫无办法。瑞希的世界一下子崩塌了，他接连哭了好几天，谁也劝解不了。此后几个月中，他都不愿意再去菜园，甚至不愿意进去给鸡、兔子和火鸡摘点青菜。终于有一天，他重新鼓起勇气进入了菜园，但脸上再也没有那种欢乐无忧的神情。

1941

Chapter 15

第十五章

一九四一年

养猪场只开到了冬至。有些猪舍以前是住大象、河马的，有中央空调，但是即使是住在这里的猪，也需要住得更暖和一点。不可思议的是，慷慨资助了动物园的“屠宰场场长”虽然和蔼亲切地听取了扬的请求，却断然拒绝了他申请资金购买稻草的要求。

“这显然说不通嘛，”扬事后对安东尼娜说，“他怎么会这么白痴！”安东尼娜感到惊讶，因为战时的华沙食品供应极度稀缺，猪就是会走路的黄金，而买稻草又能花掉多少钱？

扬告诉她："我把能想到的都说了，他就是不松口。我真想不通。他可一直是我们的朋友。"

安东尼娜断言道："他就是一个懒惰、固执的傻瓜！"

黑夜在严寒中劈啪作响，霜花给窗玻璃布满了羽饰，风如利刃般刺穿了棚舍的木板，夺走了小猪们脆弱的生命。一场痢疾又紧随而至，让大部分剩下的牲畜在劫难逃。屠宰场场长索性关闭了养猪场。大家怒不可遏。对小洋楼而言，这个举动断了它的肉食品来源，对扬而言，他从此少了为收集泔水而进入隔都的借口。

几个月后，扬才获知了内情，原来屠宰场场长与一个低级军官达成了一笔交易，合谋将动物园的场地出租给了一家德国的花草培植企业。

三月的一天，一帮工人带着斧子、锯子进了动物园，开始清场。他们砍削树枝，捣毁了花圃、装饰性灌木丛和动物园正门口一直备受呵护的玫瑰园。扎宾斯基夫妇用尽了各种手段要阻止他们，怒吼、恳求、贿赂、威胁，都无济于事。看来，纳粹方面就是要将整个动物园连根拔起，不留一花一草，因为所有这些毕竟都是斯拉夫货，只配给健康的日耳曼植物当当肥料。移民通常都有一个习惯，都会挖空心思在新家园中再造故园的某个部分（最常见的做法是烹制家乡菜）。看来纳粹所谓的生存空间所针对的不只是人，安东尼娜忽然意识到，它也适用于日耳曼动物和植物；纳粹有心以优生学之道，将波兰的所有基因从这个星球上抹去，拔除其根茎，碾碎其花果，用他们自己的种子取代波兰的种子。一年前华沙刚投降时她曾担心的一幕终于上演了。也许，德国人觉得，既然他们是高等战士，就需要高等级的食品，而根据纳粹生物学的论证，高等级的食品只能发芽于“纯种”的种子。如果纳粹主义渴望构建自己的神话世界，自己的植物和生物系统，那么一切动植物都必须是未受到亚洲、中东血统玷污的远古“纯种”，那就意味着彻底推倒重来，将成千上万的波兰农场主赶出故土，换上日耳曼的种植者，把所谓的波兰货和犹太货，包括庄稼和牲畜，统统换成日耳曼品种。

恰巧，周末时华沙占领区的德国长官唐格鲁·莱斯特带着妻子和女儿到访动物园。他是一个狂热的动物园爱好者，他要求原先的动物园园长做导游，帮助他们想象一下这里的战前盛景。扬一路走，一路比较着华沙动物园的微气候与柏林、蒙海姆、汉堡、哈根贝克以及其他城市动物园的异同，让莱斯特听得格外满意。接着，扬就带着客人来到正门口附近这个被捣烂的玫瑰园，只见一丛丛美丽的花枝已被连根拔起，乱七八糟地堆放在一起，就像战场上的一堆尸体。莱斯特的妻子和女儿看了非常心痛，大声谴责这种毁灭人间尤物的残酷行径，莱斯特也怒形于色。

“这究竟是怎么回事？”他厉声喝问。

“这可不是我干的。”扬平静地答道，语气中心痛与义愤的分寸拿捏得恰到好处。他向他们讲述了那个倒霉夭折的养猪场，告诉他们说，那家德国花草公司已经从屠宰场场长手中把整个动物园租下。

“你怎么不阻止他们这么干？”莱斯特冲着扬怒吼道。

“太可怕了，太可惜了，”他的妻子哀叹道，“我太爱这些玫瑰花了。”

“没人来问过我的意见。”扬带着几分歉意向莱斯特的妻子说道，暗示她：既然这不是他的责任，那么她的长官丈夫肯定有轻忽草率之过。

她狠狠地瞪了丈夫一眼，莱斯特又气又恼，抗议道：“这事我可毫不知情。”

离开动物园之前，他命令扬第二天上午十点钟到他办公室来，与华沙占领区副长官波兰人尤里安·库尔斯基对质，届时尤里安·库尔斯基必须对这起恶劣事件作出一个解释。第二天，三人进行了沟通，发现库尔斯基对相关的租赁计划也是一无所知，莱斯特长官当场宣布这个租赁协议作废，许诺一定会惩处作恶者，然后征询库尔斯基的意见，问他如何在保护好动物园的前提下用好动物园的空地。莱斯特是蒙在鼓里的，但扬却知道库尔斯基与地下组织早就暗通款曲。库尔斯基建议把动物园改造成一个公共菜园，按现有空间格局将空地划分成多个地块。扬听了微笑点头，心生佩服，因为这个方案可谓一箭双雕：既能让本地人吃上廉价的蔬菜，又有助于把纳粹占领当局塑造成富有同情心的统治者形象。分割成小面积的地块，能够确保不破坏动物园的心脏，同时又能增加库尔斯基的影响力。莱斯特同意了这个设想，于是，扬的职业生涯再次发生变化——此前他已从动物园园长摇身一变成养猪场场长，现在又变成了菜园子管理人。这份工作让扬与华沙市政府的“公园与园林管理部”产生了雇佣关系，这个关系又让他获得了一张新的进入隔都的通行证，以便于他检查其中的植物群和花园、菜园等。实际上，隔都内的植被少得可怜，只在雷茨诺街的教堂旁边长了几棵树，公园、花园、菜园之类肯定是没有的，但他寻找一切借口进去访友，“偷偷递送食物和消息，鼓舞他们的斗志”。

安东尼娜此前曾跟着扬拜访过昆虫学家西蒙·特南鲍姆博士、他的牙医妻子罗尼娅和女儿伊蕾娜。扬与西蒙小时候上的是同一所学校，两人喜欢一起爬沟渠，翻石头找昆虫，两小无猜。那时候的西蒙就已经是一个昆虫迷。古埃及太阳神符号模样的圣甲虫成了他的太阳神、他的专业和他一生的热恋。成年后，一有时间他就远游海外，搜集甲虫。他专门研究了西班牙东部巴利阿里群岛上的甲虫，以此为基础出版了一部五卷本的学术专著，从此跻身顶尖昆虫学家的行列。他在一所犹太中学担任校长职务，一到暑假，他就一头扎入比亚沃维耶扎原始森林。这里各类昆虫熙来攘往，好不热闹，任何一块蛀空的木头里面，都可能藏着一个微型的庞贝古城，他在这里搜集了不少稀有的品种。扬也喜欢甲虫，曾经进行过一项规模不小的蟑螂研究。

身陷隔都之后，西蒙仍然撰写论文，搜集昆虫，把他的一个个“猎物”小心翼翼地钉在玻璃面的褐色木匣里面。纳粹下令将犹太人圈禁在隔都内之初，西蒙就开始为如何保护自己庞大而珍贵的收藏而发愁，便问扬是否愿意让它们到他的小洋楼里避难。

值得庆幸的是，一九三九年党卫军洗劫动物园时，曾经掠走了两百多本珍贵的图书、许多显微镜以及其他一些设备，却独独放过了特南鲍姆收藏的五十万件昆虫标本。

扎宾斯基夫妇与特南鲍姆夫妇的友谊在战争期间加深了，生活的噩梦让他们相互挨得更近。安东尼娜在回忆录中有这么一段思考：战争不仅仅撕裂人群，也可能强化友情，点燃浪漫，每一次握手都可能打开一扇门，或者改变一个命运。机缘巧合，因为与特南鲍姆一家的友情，他们认识了另外一个人，无意间巩固了扬与隔都之间的联系。

一九四一年夏，某个星期天的上午，安东尼娜看见一辆豪华轿车停在了小洋楼前，车上下来一位体格魁伟的德国人，穿着便装。在他按响门铃之前，安东尼娜冲到客厅里的钢琴前坐下，手指重重地锤击键盘，弹出一段喧闹、跳跃的音乐。是雅克·奥芬巴赫（1819—1880）《美人海伦》中的"滚，滚，滚到克里特岛去！"的一段，这是一个信号，要求客人们各自悄悄躲起来。安东尼娜选择这段音乐，很能反映她个人的性格，也反映小洋楼里的气氛。

犹太裔德籍法国作曲家雅克·奥芬巴赫是家中的第七个孩子，父亲是一个犹太教堂唱诗班的领唱人，原名艾萨克·朱达·厄贝斯特，突然有一天，他莫名其妙地把出生地奥芬巴赫改成了自己的姓。艾萨克有六个女儿、两个儿子，音乐让这个家庭的生活充满生机与欢乐。雅克成为了一名大提琴高手、作曲家，常应邀在咖啡馆、餐馆、时髦沙龙中演奏。他天生爱热闹，喜讽刺，若有恶作剧的机会——无论是在音乐中，还是在生活中——他绝对不会放过，恶心权威是他最喜欢的消遣方式，早在严肃的巴黎音乐学院任职时，他就经常因为玩得太出格而被罚款，有几周，他竟因此没领到一文钱的薪水，都给扣光了。他喜欢创作通俗舞曲，其中包括一首以犹太教会堂音乐为基础的华尔兹，把他父亲气得七窍生烟。一八五五年，他开办了自己的音乐剧院，“因为越来越难找到舞台上演我的作品了，”他一脸坏笑地说，然后补充了一句，“要真正嬉闹、欢快、机智的音乐，也就是包含生命的音乐，这个理念正渐渐被世界忘却。”

他创作的滑稽剧、讽刺剧、轻歌剧等风靡欧洲，既征服了精英阶层，也在巴黎街头传唱。他的作品曲风俏皮、风骚、闹腾，戏仿各种做派和权威，对崇古派的一厢情愿，极尽嘲讽之能事。他给自己塑造了一个引人注目的形象，戴夹鼻眼镜，蓄络腮胡子，服装花里胡哨。他的音乐之所以能迷倒一大片，原因之一，恰如音乐批评家弥尔顿·克洛斯所分析的那样，与他的时代有关，因为“这个时期政治压抑，作品常遭审查，侵犯个人自由的现象屡见不鲜”，在“秘密警察已经侵入市民的私生活领域之时，戏剧选择了快乐、轻薄、含沙射影、欲言又止的嘲讽风格”。

歌剧《美人海伦》像香槟酒般冒着嬉闹的气泡，旋律优美，富于机智与活力，演绎的是美丽的海伦被诱拐，其令人生厌的丈夫墨涅拉俄斯向特洛伊人开战复仇的故事。作品把好战的统治者滑稽化，质疑道德戒条，赞美爱情，表达了冒天下之大不韪私奔的爱侣海伦与帕里斯寻找美好世界的愿望。第一幕的结尾处，阿波罗神庙的预言家告诉墨涅拉俄斯，他必须去希腊，然后就是一曲大合唱，海伦、帕里斯与全剧的大多数角色齐声高唱“滚，滚，滚到克里特岛去！”音乐冲动而闹腾，气势雄壮，如众马竞奔，主旨很有颠覆性，讥笑了高高在上自以为是的大人物，倡导和平与爱情。对于“私奔”到小洋楼里躲避迫害的“海伦与帕里斯们”来说，以这段音乐来提示他们危险降临，是一个再恰当不过的选择。更妙的是，这段音乐出自犹太作曲家之手，而在当时，演奏犹太音乐本身足可获罪。

扬开了门。

门外是个陌生人，他问：“以前的动物园长住这里吗？”

片刻之后，这个男子进了屋。

“我的名字叫齐格勒。”他说，继而介绍自己是华沙隔都劳工局的局长。这个劳工局的职责，理论上是给隔都内外的失业者寻找工作机会，实际上，就是组织劳工队，并负责将技能最出众的劳动力遣送到兵工厂，例如埃森市的克虏伯钢铁厂。对于纳粹统治下绝大多数处于饥饿和半失业状态、经常生病的工人们来说，劳工局并没有带来实质性帮助。

“我冒昧地想见识一下动物园里那些了不起的昆虫标本收藏，就是西蒙·特南鲍姆博士捐献的那些。”齐格勒说。听到安东尼娜欢快的钢琴曲，他满面笑容，说了一声：“多么欢快的气氛！”

扬领着他进了客厅。“是啊，我家里人都喜欢音乐，”扬说道，“我们非常喜欢奥芬巴赫。”

齐格勒听罢他的话，脸上显示出几分踌躇，似乎不知该如何回话。“哦，这个，奥芬巴赫是一个浅薄的作曲家。不过我们得承认，犹太人是一个总体上很有才华的民族。”

扬与安东尼娜交换了一下焦虑的眼神。齐格勒怎么会知道昆虫标本的事的？扬后来回忆说，他当时心下感到一阵绝望：“哇，看来都完了，末日到了。”

看到他们脸上困惑的表情，齐格勒说道：“你们有点惊讶。允许我解释一下，我有特南鲍姆博士的授权，他允许我欣赏一下他的收藏，这些标本目前应该保管在你们手中，就在这幢楼里。”

扬和安东尼娜不动声色地听着，心下快速盘算着。诊断险情类似于拆弹，不能有纤毫疏忽，嗓音中的一丝颤抖，一个小小错误判断，就可以让世界爆炸。

齐格勒有何企图？只要他想，他可以直接把藏品全部带走，没人能阻止他。因此，否认是无谓的，而且，他们必须回答得干脆利索，以免引起疑心。

“哦，一点没错，”扬故作轻松地说道，“特南鲍姆博士搬进隔都以前，把他的收藏交给了我们。我们这里比较干燥，有中央空调。要是在潮湿寒冷的房间里，他的这些藏品很容易就被糟蹋了。”

齐格勒会意地摇了摇头。“是，你说得对，”他说道，然后告诉他们说他也是一位昆虫学家，业余的，但对昆虫迷得欲罢不能，最初也是因为这个缘故结识了特南鲍姆博士，凑巧的是特南鲍姆太太罗尼娅也是他的牙医。

“我和西蒙·特南鲍姆经常见面，”他开始滔滔不绝，“有时我们开着我的车一起去华沙的远郊，他经常在涵洞、壕沟里面找昆虫。他绝对是卓越的科学家。”

夫妇俩带着齐格勒去了行政楼的地窖，一个个浅浅的长方形木盒整齐地竖立排放在架子上，像一套卷帙浩繁的旧书，每一本都套在褐色的漆木盒子里，盒子都是以鸢尾榫精致地拼接起来的，有一个玻璃盖面，带着小小的金属插销。匣脊上没有名称，只有一个个编号。

齐格勒把匣子一个接一个从架子上抽出来，举着放在光线下。地球上的鞘翅目动物世界的全景在他眼前一点点地展开：宝石般发出彩虹光效的绿甲虫，是在巴勒斯坦找到的；金属蓝的虎甲虫，腿上有簇状绒毛；红绿双色的花金龟甲虫，生长在乌干达，甲壳似有一个薄薄的涂层，像绸缎面子；细瘦的豹纹甲虫来自匈牙利；火甲虫个子小，呈棕褐色，照明效果超过萤火虫，南美原住民曾经习惯于抓几只放在灯笼里，用于室内照明，走夜路时，还会绑几只在脚踝上；羽翅类甲虫是已知甲壳虫中体型最小的，所谓翅膀只是细杆，但是上面长着细毛；橄榄绿的怪力圣甲虫产自亚马孙流域（那里的原住民把它们串成项链，挂在脖子上），雌雄间有很大差异，雄性体长八英寸，常常如中世纪马战中的骑士一样挥舞它们的长矛——头顶巨大的弯刀型触角，向前伸出，呈弧线状，下面长着另一个触角，比上面的弯刀要小，上有锯齿凹口，向上弯曲，可托住上面的触角，雌性体型也很大，但无角，鞘翅上有串珠图案；埃及蜣螂与那些雕刻在墓室石碑上的很像；锹甲虫像牡鹿一样，犄角丛生，粗壮；有些甲虫的触须长得如绳环，掼弹到头顶时很像一个闭合的套索，也像电车上面的线缆；粽叶甲虫外壳有酒窝般的凹陷，身体蓝得像氰化物，足底的六千根油乎乎的小黄毛使得它足以牢牢粘住蜡叶；粽叶甲虫的幼虫佩戴以自己的粪便编织的草帽，尾部肛囊就是一个炮塔，身子一紧，就可以喷出金灿灿的一缕来；来自亚利桑那的网翼甲虫，鞘翅是橘黄色的，翅顶则变成了黑色，翅脉中空，构成了似乎装饰有蕾丝边的脊纹，脊线交叉处布满毒血，分泌出来可以击退敌人；椭圆形的豉甲虫最难捕捉，能趴在近岸的水面，水的张力面足以支撑其不会陷落，一有天敌靠近，就会分泌出恶心透顶的白色液体；背面光闪闪的棕褐色芫菁甲虫，是斑蝥的一种，斑蝥这个名字按西文的字面意义讲就是"水疱甲虫"，身上有粉，如"西班牙苍蝇"[1]，"水疱"里面都是剧毒的斑蝥素，小小剂量就可以造成勃起，用量稍稍大一点就可致命（罗马诗人、哲学家卢克莱修据说就死于斑蝥毒素）；棕褐色的墨西哥豆瓢虫的膝关节处能分泌生物碱血液，以此挫败进攻者；甲虫触须的顶端构造也是千姿百态，有的像梳子，有的像旋钮，有的像毛刷，有的像蹄子，有的像穗子，有的像长柄勺，当然都是迷你款的；有的甲虫长着凸牙脸，像万圣节的南瓜鬼面；有的荧光甲虫呈现戴夫特精制迷你陶器式的蓝色。

每一只大甲虫独占一个圆头钉，小体格的就会两只或者三只串在一起。钉子底端有一个白色的小纸片，上面以蓝色墨水写着各个甲虫的谱系，字母 f 和 d 总是写得特别妖娆，如六翼天使，字迹很小，很清晰，出自一只无比稳健却又下笔非常精细的手。很显然，收藏只是特南鲍姆心力和时间付出中的一小部分，他还非常享受将精神投注在其他相关事务上的时光，把无数个钟点耗费在了摆弄显微镜、镊子、钢笔、标签、标本制作上，他不厌其烦地制作适合放入博物馆抽屉和适于挂在客厅墙壁上的陈列匣，后者与同时代超现实主义艺术家约瑟夫·康奈尔的作品有些相似。小心翼翼地设计摆放圣甲虫们的腿、触须、口器，以求最佳的展示效果，就是他个人独有的微型宗教仪式。想象一下，他这样俯身弓背全神贯注地度过了多少个生命的钟点？与卢茨·赫克一样，特南鲍姆也会远游狩猎，归来时带着的是放在玻璃盖下的甲虫，而不是可以挂在墙上的鹿头，这些小小的木头匣子就是他的客厅，这里的墙面可以挂起的狩猎战利品数量远远超过了任何专用收藏室或者动物博物馆。单单花在编目分类、毒杀猎物、制作标本、下针定位的时间，足可以让心灵变得谦卑。

在其中一个玻璃“航空站”内，排列着一排排“炮兵圣甲虫”，它们擅长快速袭击，能从腹腔顶端的炮塔中喷射出滚烫的化学品。这种“弹药”本身无毒，但有自燃性，一旦混入一种特殊的腺体，就会形成一种如神经毒气一般易挥发的毒烟。“炮兵圣甲虫”是防守大师，它的武器精良，“炮塔”能够灵活转向，以利于快速对准目标，能喷射灼伤性刺激物，喷射速度为每小时二十六英里，“炮弹”不是一股连续的汁液，而是多弹齐发，触及目标后发生微型爆炸。好在查尔斯·达尔文先生当年吃过它的苦头，特南鲍姆早就知道“炮兵圣甲虫”能够喷射一种滚烫的液体（大师达尔文无知无畏，竟然把一个圣甲虫含在口中，然后腾出手来去抓另外两个虫子）。不过，即使是特南鲍姆们等后来者也并不知道“炮兵圣甲虫”这个绝招的底细，第二次世界大战以后才由托马斯·埃斯纳发现了它腹腔内的秘密化学武器制造库。托马斯的父亲是一位化学家（希特勒令他从海水中提炼黄金），母亲是犹太表现主义画家。全家逃到了西班牙、乌拉圭，最后终于在美利坚落脚生根，托马斯在那儿成长为一位昆虫学家，发现圣甲虫的脉冲式喷嘴与韦纳·冯·布劳恩与瓦尔特·多恩贝格尔在佩内明德基地创造的推进系统奇怪地相似。这种推进系统用在了两万九千枚德国 V-1 喷射推进式蜂鸣弹上。圣甲虫开火时是悄无声息的，而 V-1 的脉冲喷气推进炸弹即使以每小时三百五十英里飞在三千英尺高空，发出的嗡嗡声也足以让下方的城市居民色变胆寒。一旦喧嚣的嗡嗡声停止，就意味着死亡，因为抵达目标上空后，炸弹的引擎就立即停止工作，在随后令人毛骨悚然地等待的沉寂中，它带着一千八百七十磅重的弹头向着地面直线坠落。英国人叫它“虎甲虫”——绕了一圈我们又回来了，因为它与炮兵圣甲虫之间在武器性能上的相似性。

齐格勒看了一个又一个标本盒，盒中盛景让他脸上浮现出惊叹、陶醉、忘我的神情。这让安东尼娜消除了对他动机的怀疑，因为“当他看着这些美丽的甲虫和蝴蝶时，他忘记了这个世界”。他一排排地看，时不时用目光亲昵地抚弄一下某个标本。看着这阵容浩大的甲虫兵团，欣赏着它们的武器和铠甲，他如着魔了一般。

“不可思议！不可思议！”他一再低声自语道，“了不起的收藏！不知花费了多少心力！”

他终于回到了现实中，想起了扎宾斯基夫妇，想起了他的“正经事”，脸上却依然泛着潮红。他吞吞吐吐地开口道：“那个……博士让我问问你们是否愿意去看他一次。也许我可以帮上忙，只是……”

齐格勒没把话说完，而是陷入危险的沉默，期待着他们的反应。尽管他没有冒险把话说完整，安东尼娜和扬当然都明白了他的意思，但这意思太敏感，不能挑明。扬立刻回答说，如果能够乘坐齐格勒的车进隔都看望特南鲍姆博士，他就太感谢齐格勒先生了，因为他这是提供了极大的方便。

“我迫切需要当面请教特南鲍姆先生，”他换了一种非常职业的口气解释道，“我要问问他怎样防止这些昆虫标本盒子发生霉变。”

为了打消对方可能有的疑心，扬给齐格勒看了一下他作为“公园与园林管理部”公职人员所拥有的进入隔都的通行证，暗示对方，他在意的好处是能够乘坐他的豪华轿车，不涉及到合不合法的风险。齐格勒此时还迷醉在刚才欣赏的美轮美奂的昆虫世界中，一心要让它传之后世，所以他同意了扬的要求。于是，两人驱车前往隔都。

安东尼娜知道扬之所以要坐齐格勒的车，是因为隔都的大多数出入口把守很严，外面有德国哨兵，里面是犹太警察。偶尔有人因公事要进入隔都，他们也会放行。但是通行证很稀有，也很难搞到，一般来说需要关系，需要行贿。正巧，劳工局的办公楼就在雷茨诺街与耶拉兹纳街的交叉点上，构成了恶名昭彰的隔都围墙的一部分。

围困犹太人的隔都围墙是无偿征用犹太人的劳力砌就的，上面插着玻璃残片，或者安着铁丝网。围墙最高处达二十英尺，长十英里，曲折延伸，将有些街道横截为二，有些道路纵切为两半，造成了许多死胡同。“隔都的创建、存在与毁灭，体现了一种变态的城市规划，”菲利普·波尔姆在《在我们身后继续存在的文字：华沙隔都亲历者实录》一书中写道：

> 它将一份灭绝计划落实在一个由学校、幼儿园、基督教堂、犹太教会堂、医院、餐馆、旅店、剧场、咖啡店、汽车站等城市生活核心场域构成的真实世界。……居民区的街道变成了行刑场；医院成为了死亡的便道捷径；坟场墓地反而成为了生命救护的林荫道。……德国占领当局的统治之下，华沙人个个都成了地形学家。尤其是犹太人，不管身处隔都内外，都需要知道哪个街区“很安静”，意味着纳粹正在围捕其中的犹太人，必须绕开；需要学会在下水道中找到正确的通道，到达隔都外的雅利安人的一侧。

透过隔都围墙上的裂缝，可以瞥见外面的世界，那儿有儿童在游戏，有主妇拎着生活必需品悠然地步行往家去。身陷禁地，偷窥隔都外面生气勃勃的世界，成了一种欲罢不能的精神折磨。受此启发华沙起义博物馆（二〇〇五年正式开放）有个神来之笔：他们在馆中修建了一道砖墙，墙上有洞，访客透过这些洞孔,可以进行反向窥视——窥视隔都里面的日常生活。当然,他们所能看到的只是留存下来的影像档案。

隔都最初有二十二个大门,后来缩减到十三个,最终变成了四个,门的设置很像畜栏,面貌狰狞,与华沙城典型的以雕饰讲究著称的铸铁大门完全不同。隔都的有些区域之间有旱桥连通,因为要跨越下方的雅利安街道。有些歹毒的德国兵专门在隔都外围巡逻,猎杀那些胆敢钻墙洞到雅利安一侧来乞讨或者购买食物的小孩。因为只有孩子的体型才可能钻这些墙洞,他们成长为一个勇敢的群落,干着"走私"与"非法交易"的勾当,成为家中的顶梁柱,为此每天冒着死亡的危险。雅克·克拉伊曼就是这样一个打不死的隔都少年,靠着贩卖、偷运熬过了战争。他回忆过一个恶毒的德军少校,孩子们给他取的绰号叫"弗兰肯斯坦"[2]:

> 弗兰肯斯坦是个矮壮的公牛腿男人,脸相阴险。他喜欢狩猎,但我想他一定厌倦了猎杀动物,于是认定射杀犹太儿童可能是更好玩的消遣方式。孩子越小,他越喜欢开枪射杀他。
>
> 他躲在吉普车里监视这个区域,车上架着一挺机枪。孩子们一爬墙,弗兰肯斯坦和他的同伙就突然不知从哪里冒了出来,出现在了他们的杀人机器后面。另一个男子总是负责开车,所以弗兰肯斯坦可以第一时间趴到他的机枪上。
>
> 没有爬墙者可杀时,只要一有隔都小孩出现在他的视线中,即使小孩离墙还有很长一段距离,也没想着

要爬墙什么的，他就喊他走过来……于是，一个生命就这么结束了……他会拔出枪来，对准后脑勺射击，一枪致命。

孩子们在墙上挖洞，德军忙着补洞，于是孩子们找个容易下手的地方再挖新洞。极少数情况下，孩子们也会躲在劳工队或者天主教牧师的腿之间混出大门。隔都的围墙正好把一个教堂——万圣教堂——围在了里面，教堂的神父高德雷夫斯基不但把已故教民的出生证偷偷提供给地下组织冒用，有时候还会在自己的长袍下面藏个小孩偷运出去。

对于勇敢者而言，如果在隔都外面有朋友，又有钱寄宿，有钱行贿，逃亡通道确实没有完全堵死，最关键的是要有扎宾斯基夫妇这样的“寄宿人家”或者“守护天使”，因为逃亡就意味着要有一个藏身地，有食物供应，还要有一系列假证件，还有——取决于你出去后是住“在面上”还是住“在面下”——一整套无懈可击的身世故事，必须与相关证人相互串供，确保故事的天衣无缝。如果逃亡者住“在面上”，一旦遇到警察盘问，即使出示了假证件，警察还会盘问邻居、家人、朋友的名字，然后打电话或者当面对质。

有五条电车线路穿越隔都，均会在大门内外短暂停靠。车辆急转放慢车速时，人可以跳下来，下面的人也可以把袋子抛给车上的人。但得给驾驶员和随车的波兰警察行贿，“行价”是两兹罗提，同时要祈祷同车的波兰乘客缄口不言。隔都内的犹太人坟场毗邻两个基督教墓地，中间有篱笆墙隔开，有人会选择僻静的角落在这里翻越过去。劳工队白天离开隔都出去做工，晚上回到隔都过夜，有人会主动加入劳工队，然后一去不回，当然，这时他需要劳工队给看门人行贿，让他在计点劳工队的人数时行个方便。不少守门的德国兵和波兰警察都很合作，有的是看中可以到手的贿金，有的完全出自善心，提供免费帮助。

隔都下面存在一个真正的地下世界，由藏身窝点和走廊构成，有些有电力照明，甚至还有厕所。人们在这里打造了纵横交错的地下通道，联通地上的建筑。循着这些通道可以抵达别的逃生道，例如在砖墙上凿出来的洞，或者通向排污管道，迷宫般的排污管道网络最终会通向雅利安一侧地面的某个检修孔（排污管道中的污水只有三四英尺深，成人可以蹚着过去，但其恶臭可以把人熏死）。有些人是把身子紧贴在运垃圾的马车下面逃出去的，垃圾车定期进隔都，车夫经常偷偷夹带食品进来，离开时有时会把一匹老马留下。有钱的犹太人可以躲在私人急救车或者号称已经皈依基督教的犹太死者的灵车中逃出去，只要看门人收了钱，懒得上车查验。每一位逃生者必须备齐至少五六份证件，更换七八次住处，因此，在一九四二和一九四三两年中，地下组织伪造的证件数量高达五万份也就毫不奇怪了。

隔都围墙蜿蜒曲折，有些地方连着原有的建筑物。齐格勒的办公楼，其正面就是雅利安一侧，而从其很少使用的后门进去，就是隔都内部。与它相邻的楼里是隔离伤寒病人用的。街对面是一幢昏暗的三层楼校舍，用作了儿童医院。劳工局办公楼外的大门与隔都的其他出入口不同，没有纳粹国防军或者盖世太保守卫，甚至连波兰警察都没有，只有一个门房负责为出入办公楼的职员开门。扬在这里看到了希望，因为这有可能成为一个难得的守卫不那么森严的出入口。劳工局的这幢一面通向雅利安、一面通向隔都的办公楼并非孤例。例如，雷茨诺街上的地区法院也是方便一个犹太人与波兰人碰头的场所，它的后门外就是一条狭窄的通道，通向属于雅利安一侧的米洛夫斯基广场大楼。人们在法院的楼道里交汇、低语、买卖珠宝、约见朋友、偷运食品、传递消息，但表面上都是来法院办事的。收了贿赂的门卫和警察，对有些逃跑的犹太人，特别是孩子，会视而不见。这个情况一直持续到了一九四二年八月，占领当局对华沙市进行了重新划区，把法院划到了隔都外面。

德乌格街上有个药店的前后门分别通向隔都内外，店内乐意助人的“药剂师允许任何人从这里进出，只要给出一个说得过去的理由”。类似的还有几幢市政办公大楼，有的时候，只要支付几个兹罗提，大楼的门卫就能让人逃出去。

他们的豪华轿车到了雷茨诺街 80 号的劳工局大楼，驾驶员按响了喇叭，门卫出来拉开了大门。车子开进楼前的庭院停下，两人下了车。这是一幢貌不惊人的建筑，却内含一个生命救护机构，因为只有拥有劳工卡、获准在纳粹国防军的工厂里做工的那批犹太人，最终避免了被遣送的命运。

扬在大楼的前门口停下了脚步，高声发表了一篇苦心孤诣地构思出来的长篇致谢词。看到对方突然变得如此客套，齐格勒吃了一惊，但还是礼貌地耐心等待扬滔滔不绝地把话说完。他的话引起了看门人的注意，他仔细地打量着他们。扬刻意拉长这个场景的表演时间，说的主要是德语，又夹杂着波兰话，最后他又客气地询问此时已经有了几分不耐烦的齐格勒，将来如果在那些昆虫藏品方面遇到了麻烦，需要咨询专业意见，他自己能否从这个门进来，于是齐格勒对着门卫说，任何时候，只要扬想进来，就请放行。两人终于进了大楼，齐格勒又带着扬进了他楼上的办公室，后来又带着他参观了整幢大楼，给他指示了通向隔都一侧的后门的楼梯。扬却没有立即前往隔都拜访特南鲍姆，他觉得最好在这里逗留一段时间。在积了不少灰尘的办公室里、楼道里，他东拉西扯，故意和每一个照面的人打声招呼。然后他又重新下楼，以命令的口气，要求门卫开门。他推想，自己已经给门卫留下了深刻的印象，对方从此一定会记住这个说话夸张、自命不凡的政府公职人员。

两天后，扬又来了，还是用他蛮横的口气命令门卫给他开门，对方顺从地照办，做出欢迎光临的手势。这一次，扬去了后楼梯，从大楼的后门进入了隔都，拜访了里面的几位朋友，其中就包括特南鲍姆，向他讲述了与齐格勒的一系列奇遇。

特南鲍姆解释说齐格勒患有复杂的牙科病，经常在罗尼娅医生这里诊治。齐格勒对罗尼娅的医术赞不绝口。对于这些复杂昂贵的治疗，罗尼娅分文不取（也许她即使想收费也不敢，也许她想以免费治疗获得对方的好感）。两人讨论后一致认为可以尽量利用齐格勒对昆虫的这份迷恋，并商量了地下抵抗组织的一些事务。特南鲍姆目前担任一所地下犹太学校的校长，尽管扬主动提议帮助他逃出去，但他婉言谢绝了，他觉得他和家人在隔都内有较好的幸存机会。

于是扬刻意与齐格勒交上了朋友，经常去他的办公室拜访，有几次还与他一起进入隔都看望特南鲍姆，谈谈虫子的事。几次下来，大家都视他为齐格勒的党羽，一个与劳工局局长关系很铁的人，这给他铺平了一条穿越隔都大门的路径，他经常从这里独自进入隔都，给困在里面的许多朋友偷偷地夹带食物。隔三岔五地，他会给看门人施点小恩小惠，因为这是波兰文化中的习惯做法，但绝不给得太多，也不能给得太频繁，否则反而让他起疑。

终于有一天，扬觉得时机成熟，可以执行他打从一开始就在酝酿的计划了——他带着一位衣着高贵、教养良好的男子一起走向大门。与往常一样，扬让门卫开门，然后，他和他的"同事"就这么走向了自由。

成功让他壮了胆。扬此后又帮助五个人逃出了隔都。终于有一次，门卫起了疑心。根据安东尼娜的回忆，门卫对扬说道：

"我认识你，可是这位先生又是谁呢？"

扬做出了受辱的表情，"眼睛里雷霆万钧"，厉声说："我跟你说了他是跟我一起的！"

门卫顿时吓得矮了半截，怯生生地回答道：

"我知道你可以随时进出，可我又不知道这位的身份呀。"

危险伴随着每一个细微的表情变化。一丝胆怯，说错一个词，过分地盛气凌人，都可能让门卫起疑，还不只是他的自尊心受伤这么简单，而是从此这条弥足珍贵的连接隔都与雅利安城的生命运河会被关闭。扬漫不经心地对看门人说道：

“哦，原来因为这个。这位当然有通行证。”

说罢他出示了公园管理部给他自己进入隔都的通行证，这种黄色的通行许可证只颁发给德国公民、德裔侨民和非犹太裔波兰人。既然扬本人的身份不是争执焦点，他也就不需要出示两张证件。门卫看到证件有点惊讶，随即尴尬地沉默了，扬立刻热情地与他握手，微笑着对他很郑重其事地说道：“别担心，我从不违法。”

从那次以后，扬护送雅利安长相的犹太人走向自由就更没问题了。但是，事实上，威胁并不只是来自门卫，若有劳工局的职员恰巧经过，扬和他所谓的同事就会露馅，就可能被揭穿。如何让逃亡者避开驻扎在动物园的德国军队的注意，也是一道难题。但是扎宾斯基夫妇设计了两个应对方案，整个战争期间，一直没出什么差池——他们把“客人”要么藏在小洋楼内的各个“洞穴”里，要么藏在动物的棚舍里面。

小洋楼厨房里釉亮的白色木工装配中，有一扇带着按柄的白门毫不起眼，它通向狭长的地下室。地下室里面有几个简陋的房间，其中一个房间的里端，扬在一九三九年给它建了一个应急出口——一条十英尺长的过道，从地下直通山鸡馆（这个禽类区是露天的，但中央有一座小房子），山鸡馆毗连厨房的菜园，它成了客人进入小洋楼藏身的通道，也是给地下室送餐的方便路径。扬在地下室内安装了自来水管道和厕所，楼上的壁炉有管子直通地下室，可以让地下室保持相对的温暖。因为地板的隔音效果不是很好，住在地下的人们可以听到上面的说话声，他们自己则只能生活在耳语中。

另一条地道高度有限，在里面只能蹲着身子，是由锈迹斑斑的铁条围起来的。它通向狮子馆，有些客人就住在狮子馆里面，尽管它离德军的武器仓库非常近，只有一声吆喝的距离。这个结构很像一副鲸鱼骨架的地道，原先是保护进出狮虎笼子引导“大猫”配种的饲养员用的。

齐格勒后来又曾几次前来动物园，拜访扎宾斯基夫妇，欣赏那个精彩纷呈的昆虫世界。有时他甚至带上特南鲍姆，借口这些藏品的保护需要收藏者的直接督导。每次，特南鲍姆都会在他个人的这个天堂里流连几个小时，有时他也进菜园，双膝跪在地上，寻猎新的昆虫。

有一天，齐格勒牵着特南鲍姆的金色达克斯犬扎尔卡，出现在了动物园。

“可怜的狗，”他说，“在动物园里它的日子会好过很多。”

“当然，欢迎它住下来，”安东尼娜提议说。

齐格勒一手伸进了口袋，摸出几片香肠给扎尔卡，然后把它放下地就离开了。扎尔卡在他身后追着，挠了一会儿门，然后在门边躺了下来，流连在那个它还算熟悉的人留下的气味里，久久不愿离开。

接下来的几天里，安东尼娜经常看到它待在那个地方，巴巴地等待它的家人重新出现，把它带回家，带回那个由熟悉的形状和气味构成的欢乐世界。安东尼娜看得出来，对于扎尔卡来说，喧闹的小洋楼里有太多的房间，太多的黑暗角落，太多的台阶、迷宫和忙乱。尽管四条小弯腿很短，但扎尔卡老是踱来踱去，安顿不下来，它嗅着、拱着穿行于无数的陌生人和家具之间，努力熟悉这个让它迷糊的森林。过了一些日子以后，它终于习惯了小洋楼的生活，但还是很容易受惊，只要有脚步声或者敲门声突然打破寂静，她瘦弱的身体就会紧张得发抖，她典型的达克斯犬的闪亮毛皮一颤一颤的，似乎寻思着要找个地方藏起来。

动物园的地面对于狗来说，就是一页页永远读不完的报纸。可是，冬天带着漫天大雪呼啸而至，报纸变成了无字可读的一张白纸，所有的气味几乎都消失了。齐格勒又一次出现，还是玫瑰色的、胖乎乎的圆脸，还是戴着那副眼镜，他亲热地招呼扎尔卡，扎尔卡一下子认出了他，跳到了他的膝上，拱他的口袋，寻找属于自己的火腿或者香肠。这一次齐格勒没给扎尔卡准备什么礼物，也没有心思跟它玩闹，他只是心不在焉地拍着它的身体。

“特南鲍姆死了，”他悲伤地说道，“想象一下，两天前我才跟他说过话。他给我讲了很多有趣的故事……昨天他出现了内出血……就这么完了。胃溃疡发作……你们知道他病得这么重吗？”

他们不知道。知道这个惊人的消息，大家表达沉痛的心情之后，就找不出别的话来说了。在震惊和悲痛之中，齐格勒突然站起身来离开了，猝不及防的扎尔卡从他膝上滚落到地上。西蒙死后很长一段时期内，小洋楼一直笼罩在悲悼的气氛中，安东尼娜挂念他依旧困在隔都里的未亡人，担心她也支撑不了多久了。扬为她设计了一个逃生方案，可是，逃出来后让她藏在哪里呢？尽管他们希望小洋楼之舟载着它的“客人”安全地驶过漫长的战争险滩，但对于大多数“客人”来说，它毕竟只能提供临时庇护，即使是儿时朋友的妻子。

1　实际也是芫菁科甲虫，常意译为“西班牙芫菁”。——译者注
2　科学怪物。——译者注

安东尼娜曾在小洋楼里亲自瓶饲养育鬣狗幼崽。失去双亲的动物，受伤的动物，常常成为小洋楼的居民。小洋楼的居民除了扎宾斯基一家外，还包括仓鼠、猪仔、幼獾、北极野兔、麝鼠、凤头鹦鹉、山猫等畜友，当然也包括数百名先后在此藏匿的犹太人。

At one point, Antonina hand-raised hyena pups indoors. Orphaned or injured animals quickly became a normal part of the household, which included hamster, piglet, baby badger, arctic hare, muskrat, cockatoo, lynxes, and many other animal companions, as well as hundreds of hidden Jews.

Chapter 16

第十六章

动物界到处都是欺骗和反欺骗的高手。变色龙和狮子鱼令人叹为观止的隐身术只能算小伎俩，高踞骗子王座的还是哺乳动物。猕猴如果独自发现了一个甜瓜，它不需要一套“心理理论”来决定是否告知同伴，它能够立即追溯自己的撒谎历史，重温这些谎言带来的幸福。如果它的伙伴最终发现了实情，它自然免不了鼻青脸肿的结局，而这也许就能改变它自私的行为方式。但是，对于很多动物而言，它们在这方面没多少选择，它们会本能地呼叫同伴前来一同进餐。至少一千两百万年来，类人猿（包括我们）都在不停地上演种种聪明的骗术，有时故意行骗，有时纯粹是一种竞赛——为了练习，或者为了竞争。训练有素的审问者能够从提高的嗓音、扩张的瞳孔、闪避的眼神、夸张的抱怨中发现线索，判断“坦白”中试图隐藏的真相。

动物学家扬曾研究动物行为的种种细节多年，了解求偶、威胁、虚张声势等行为的复杂表征，熟悉表达爱情、忠诚、亲昵的种种“方言”，知道何种举止属于求和，何种行为旨在抖威风。对于这位勤勉的动物学家来说，由动物及人，推断掌握人的行为特征，特别是人的诈术，自然不在话下。他拥有可以瞬间变脸的能力，这对他在地下抵抗活动中的影子生活很有帮助，也很适合他的天性和后天的训练。

为了生存，不但扎宾斯基一家，动物园里来来往往的“客人”也都养成了风声鹤唳、草木皆兵的警惕性，严格遵循这个小王国的种种纪律。对于瑞希和寄居在此的小孩来说，所谓“诚实”是一个非常复杂的事情。成长不只是语言能力的发展，还意味着“学会装样”，学会忠诚、自我牺牲，学会煞有介事地撒谎、创造性地欺骗。如何建构表面的正常？要让家里上上下下的一切都让人熟视无睹。这有时就意味着要刻意设置一种规律性，假装一切正常。从谁的视角看到的正常？巡逻的德军士兵。要让他们看到这里的一切一如他们想象中战前波兰动物园园长家庭里的日常景象。德国人知道，波兰人性喜社会交往，常常几代同堂，亲友上门频繁。因此，适量的混乱与喧闹合情合理，但如果寄宿者太多，就会引发猜疑。

华沙动物园的现任园长扬·马契依·伦比斯泽夫斯基少年时曾经在扬的动物园中担任志愿者（还对扬说他长大了要做

一名动物园管理员)。他回忆说扬是一个严厉的老板，一个完美主义者。在安东尼娜笔下，扬是一位非常严苛的大家长，工作中不能容忍任何马虎与将就。从她那里，我们知道了扬的座右铭："能确保行动正确推进的战略方为好战略。任何行动必须摒除冲动鲁莽，必须与所有的可能后果结合在一起分析。任何一份过硬的计划都应该包含诸多'备援'和替代方案。"

西蒙死后，扬上门看望他的遗孀罗尼娅，向她详细讲述了逃亡计划，并告诉她，地下组织正在仔细地为她安排沿途要经过的每一块落脚点，确保她在动物园短期栖身以后消失到国内某个更安全的地方去，甚至也许可以继续从事牙医工作。

扬带着罗尼娅走向隔都的劳工局大门时，他决定用他屡试不爽的花招，说她是自己的雅利安同事，是陪着他来拜访齐格勒的，因为门卫现在已经习惯了他的进进出出，有时候一个人，有时候带着"同事"，都见怪不怪了。他们来到门口，扬正准备带着罗尼娅出去时，他突然停下脚步，心凉了半截：那个门卫不在，替岗的是个女人——后来才知道是门卫的妻子。怎么办？楼上那些忙着办公的德国人离他们只有一嗓子的距离。她脸上露出认得他的神情，也许她就住在附近，经常从自己公寓的窗口朝着丈夫值班的地方看，也有可能她丈夫向她描述过他的相貌和他粗鲁的说话方式。但罗尼娅的出现令她有些惊讶，一下子显得有点慌张不安，不知道该如何应付。但她显然决定按规则行事，拒绝开门。

"我们刚才是来看齐格勒先生的，"扬以不容置疑的口吻解释说。

她说：“行，只要齐格勒先生下来，亲自授权你们离开，我就开门。”

言语恫吓在她丈夫身上是很管用的，可是这招对她好使吗？扬犹豫着，可能不会太灵，他判断。他决定继续扮演她丈夫已经习惯了的那个态度傲慢、言语粗鲁的角色，咄咄逼人地说道：

“你干什么呢？我每天来这儿，你丈夫对我非常熟悉。现在你倒命令我回到楼上去，打扰齐格勒先生。这事会让你……！”

她有了一点点动摇，可还是犹豫着。她看扬的脸涨得通红，似乎已怒不可遏，他哇哇叫嚷的口气确实像有权有势能报复人的样子。她终于默默地开了门，给他们放行。可是，接下来发生的事让扬和罗尼娅两人都吓得不轻：他们一抬头，看见街对面站着两名抽烟的德国警察，正关注地朝他们这边看。

在安东尼娜的记载中，罗尼娅事后向她描述这个场景时用的词汇全是“恐惧和逃跑的念头”：

> 我想对扬说：“咱们逃吧。”我只想快点离开这个地方。我只求老天不要让他们叫住我们！可是扬不知道我的这种感受，他没有跑，反而停下了步子，还弯腰从地上捡起了一个烟蒂，大概就是这两个警察扔在人行道上的。然后他慢悠悠地挽起我的胳膊，带着我向着沃尔斯卡街走去。这一刻漫长得像一个世纪。

那天夜里，安东尼娜经过楼上的卧室时，看见罗尼娅正把头埋入枕头低声啜泣，扎尔卡用湿乎乎的鼻子充满同情地贴着她的脸庞。罗尼娅是亲眼看着西蒙咽下最后一口气离开人世的，她的女儿也已经在克拉科夫市被盖世太保发现并枪杀，她在这个世界上的家人只剩下了这头达克斯犬。

几个星期后，地下组织在乡村给她找到了一个比较安全的栖身之处。罗尼娅告别的那一刻，扎尔卡口衔一条狗链奔了过来。

“你乖乖留下，我不能带上你，我们还没有一个家呢。”罗尼娅对它说。

安东尼娜在回忆录中提到，她当时一阵心酸，心头生起对人世的绝望畏缩之感。她还写到，罗尼娅倒是熬过了战争，扎尔卡却没有。这条达克斯犬某日在德军仓库里误食了老鼠药。它硬是拖着身子回到了小洋楼里，死在了安东尼娜膝上。

华沙起义前三周，西蒙的昆虫标本被扬运到了自然历史博物馆，因而得以保全。战后，罗尼娅又将标本捐献给了国立动物学博物馆。今天，这批半个多世纪前共计二十五万件的昆虫标本还保存在博物馆的一栋卫星建筑之中。该建筑位于华沙城北的一个村庄，距离华沙一个小时的车程。

要看到特南鲍姆的这批收藏，得步行通过一条狭窄的碎石路，经过一家动物宾馆（基于从美国人那里借来的一个新概念），再经过一个圣诞树农场，里面密密地矗立着一排排高大挺拔的云杉，再往下就走到了尽头，这里也有很多树林，林间有两幢平房，业主是波兰科学院，其中较小的那幢房子里面有多个办公间，另外一间陈列着动物学博物馆藏不下而移出来的多种馆藏。

进入这座巨大的藏宝阁，眼前是由数百万标本构成的神妙无比的混沌世界，一个个千姿百态、形象怪诞的生灵呼唤着你，惊艳你的目光：美洲虎、山猫、原生禽类，栩栩如生；数不清的架子上放满了玻璃罐，里面是蛇、青蛙和爬行动物。长方形的木柜、木橱在房间里隔出几条通道来，成箱成匣地存放着种种宝贝。特南鲍姆的昆虫标本匣子占据两个柜子，每个柜子有五层，每一层有二十个匣子，像书本一样竖立排放。这些应该占到特南鲍姆全部收藏的一半左右，因为扬曾经告诉某位记者说，当年共有将近四百个匣子。而在安东尼娜的记忆中，那些标本曾经有八百盒之多。博物馆方面的记录则说："西蒙·特南鲍姆的遗孀战后捐献了……约二十五万件标本。"目前为止，这些标本还以原样保存，但在博物馆方面已经制定的存档方案中，他们将把他的这些藏品与其他一些人的藏品做归并处理，重新按目、亚目、科、属、种进行整理陈列，也就是说，要把所有的炮兵圣甲虫放到单独一个柜子去，所有的羽翅类甲虫会出现在另一个柜子中。这将意味着特南鲍姆的甲虫王国会被拆得七零八落。这样做有利于科学研究，却活生生抹去了收藏者个人的视角与匠心。这样的收藏者属于晚期智人（即知道且知道其知道的一类动物）中的一个珍稀亚目。

在充满喧哗与骚动的世界中，昆虫收藏就是一个寂静的绿洲，它把种种奇异之物与外面的世界隔绝开来，以便欣赏者向它们投去专注的目光。在这个意义上，收藏的不是这些虫子本身，而是收藏者的深切关注。这种深切关注非常稀罕，是一个集美的画廊，是让心灵一进来就悄然荡起阵阵涟漪的所在。其中蕴藏的真正珍宝，是一种力量，它让灵魂虽然身处社会与个人恩怨的大旋涡之中，却始终高昂着头，永远睁着欣赏的眼睛。“收藏”一词的英文 collection 真是一个妙词，它暗合收藏的精神效用——整全、从容、镇定自若（collected 的常用义）；收藏意味着好奇心的一点点集合（collect），与雨水集合（collect）成流是一个方式。每一个匣子的玻璃面下，展示的是一个独特收藏者仰望的身姿和心灵。正因为如此，人们乐此不疲地观赏这些标本，尽管其中有些人对昆虫全身的各个器官早就了然于心。

因此，这些匣子究竟放在哪里其实并不要紧。但就西蒙而言，他应该喜欢这个穷乡僻壤，四周农田围绕，树林茂密——昆虫和小甲虫跳跃其间；他的金毛狗扎尔卡可以在这里追逐鸟禽和鼹鼠——这是它作为达克斯犬的特权。我们常常有一些后见之明，某个巧合或者某个最不足道的东西却能改变命运。谁能想到，正是一个有点痴劲的教授和他的这些卑微的虫子，为这么多人打开了隔都的生门？

Chapter 17
第十七章

齐格勒对昆虫的迷恋，明显有别于纳粹的生态信条。第三帝国历来对虫害非常警惕，战前和战争期间都资助了大量的项目，研发杀虫剂、毒鼠药，发明了各种聪明的办法来对付以木为食的甲虫、衣蛾、白蚁等“害虫”。希姆莱早年在慕尼黑学习过农业，对卡尔·弗里德利茨这类昆虫学家非常欣赏。弗里德利茨一直研究如何阻止云杉叶蜂锯蝇以及类似昆虫的危害，同时为纳粹种族主义意识形态辩护，认为它是一种生态学思想，是“血与土的信条”。从这个角度出发来理解，在被占领国杀戮亡国之人，代之以日耳曼人种，既符合政治目标，也符合生态目标，当然最好在物（人）种更替前，先种植森林，以改变气候条件——这是纳粹生物学家欧根·费希尔的建议。

通过电子显微镜（一九三九年首先在德国发明），虱子看起来很像是一个胖墩墩的头顶长角的魔鬼，眼睛胀鼓，六臂孔武有力，善于拿住猎物。早在一八一二年，它就是一场军事灾难的元凶：正是这种虫子将拿破仑远征莫斯科的“大军”在中途就打得七零八落。虱子在这场灾难中的角色此前一直属于嫌疑犯，但近年来科学家们已经证实了它的罪行。“我们相信是虱子携带的疾病导致了拿破仑军队的大量死亡，”马赛市地中海大学的迪德尔·拉奥尔特在二〇〇五年一月的《传染病学刊》上发文给出了这个结论，依据是二〇〇一年由一群建筑工人在立陶宛的维尔纽斯发现的一个万人坑中的士兵遗骸。科学家们对这些遗骸的牙髓进行了分析。发现寄生于人体的虱子在拿破仑军中传播的病菌导致了回归热、战壕热、传染性伤寒。“大军”从五十万人锐减至三千人，主要原因就是瘟疫。弗里德里希·普雷辛格一九一六年的《战争导致的流行病》一书中，讲述了一个相同的故事，指出美国内战期间死于虱子所传播病毒的军人，其数量超过了阵亡者的数量。到一九四四年时，德国已经有了可以治疗伤寒的对症之药，但是还没有获得可靠的疫苗。美国军队的情况也差不多，他们只能反复地给士兵接种伤寒疫苗，每次接种的有效期只有几个月时间。

隔都里拥挤不堪的公寓楼很快就成为结核病、痢疾和饥馑肆虐的魔窟。因为伤寒的流行，高烧、寒战、虚弱、疼痛、头痛、谵幻之症随处可见。所谓伤寒，实际上是由立克次氏体细菌引起的多种近似病症的总称，这个词的英文 typhus 源于希腊词 typhos，意为“朦胧”“模糊”，因为患者会出现意识模糊的症状。患病几天后，身上会不停地发疹子，最后体无完肤。这种病症通过虱子传播，在隔都拥挤的空间里，它的流行就变得不可避免，时间一长，瘟疫大面积肆虐，导致了恐慌。走在街上时，大家刻意保持距离，唯恐有虱子从他人身上跳到自己身上。隔都仅有的几名医生束手无策，因为缺少医药和营养，只能代以同情与关心，让患者完全依靠自己的年龄和总体健康状况来抵抗。

这自然会导致外界的误会，只要一提到犹太人，脑海中就会浮现病毒缠身、虱子爬满的形象。“灭犹，就是灭虱，”一九四三年四月二十四日，希姆莱对他的党卫军军官们如此说，“灭虱与意识形态无关。它是一个国民卫生问题……我们很快就会将虱子灭绝。我们现在只剩下两万只虱子了。不久以后，这个问题就能在德国全境得到解决。”

早在一九四一年一月，德国派驻华沙的总督路德维希·费希尔就报告说他以“犹太——虱子——伤寒”为标语制作了三千幅大型海报、七千张招贴和五十万份宣传手册，并宣称“（德军控制下的）波兰出版机构与电台都在共同努力，广泛传播这一知识”。此外，波兰的学校里，每天都在警告学生提防这一危险。

一旦将犹太人、吉卜赛人和斯拉夫人划入非人类物种，纳粹自身的猎手形象就自然而然地形成了，他们因此在乡间庄园和山间度假地举办各种狩猎聚会，通过这些嗜血的竞技项目，为纳粹精英们此后更宏伟的“狩猎行动”热身。他们当然也可以选择其他形象，例如骑士、医生，但是猎手这个形象让人联想到的是远海独钓、深山诱捕、旷野围猎、无情毒杀、剖腹掏心，够豪迈，够男人。

纳粹显然最怕的就是传染病这个幽灵。他们经常在海报宣传中将犹太人漫画为鼠脸一族（鼠蚤是鼠疫病菌的主要携带者），而这种妖魔化的形象甚至悄悄嵌入了一部分犹太人自己的心灵结构之中。隔都起义领袖之一马雷克·埃德尔曼回忆说，某次他在前往参加地下组织会议的途中，忽然有“一个念头攫住了内心：幻想自己是一个无脸人”，这样就没人认出自己的犹太身份，告发自己。他进而说，他感觉自己：

> 长了一副恶心、阴险的面孔，那张“犹太——虱子——伤寒”海报上的面孔。而别的人……都有一张漂亮的脸。他们英俊，轻松洒脱。他们之所以这么轻松洒脱，是因为他们知道自己没有瑕疵，只有美丽。

在隔都社会的钟形罩政治格局中，充满着社会差异。罪犯与奸细活得风生水起，其他人则濒于饿死，一个以索贿行贿、敲诈勒索为主的无良群体悄然崛起。德国兵常常施行暴力，抢夺财物，肆意抓丁，强迫从事苦役脏活。隔都的某个居民曾写道：“侵略者召来了《圣经·启示录》中的三个末日骑兵——瘟疫、饥馑、寒冷，却发现他们也不是华沙隔都中犹太人的对手，于是党卫军骑士亲自登场，完成末日骑兵未完成的任务。”来自德国方面的数据说，一九四二年初至一九四三年一月，他们共将三十一万六千八百二十二人从华沙送进了集中营。鉴于他们在隔都内直接枪杀了不少人，实际的死亡人数要高得多。

在雅利安一侧众多友人的策应下，数万犹太人在战争结束前逃出了隔都，但也有一些人英勇地选择了坚守，其中就有卡隆内姆斯·卡尔曼·夏皮拉——隔都的哈西德派拉比。夏皮拉藏匿的布道文和日记在战后得见天日，其中揭示了他身陷宗教教义与历史现实之间的矛盾而经受的煎熬，以及绝境中他和他的信仰所进行的殊死挣扎。哈西德主义是一种舞蹈的宗教，主张慈爱、欢乐与庆颂。谁能解释、弥合这样的教义理想与纳粹大屠杀现实之间的水火差异？然而，作为一个哈西德派拉比，他的宗教职责要求他治愈信徒共同体的苦难，维持同类的信仰。面对如此水深火热，且一切借以表达虔诚信仰的仪式与装束都属违法，这使命谈何容易？曾有一些哈西德学者聚集在一个修鞋铺里，一边裁剪皮革、敲着鞋钉，一边讨论经文。“为上帝之名”（Kiddush ha-Shem）这一原则在隔都之中获得了新的定义，变成了“直面毁灭，为上帝之名而活，活下去”。在德语中，有一个相似词也相应而生——überleben（生存）——意思是“不屈不挠，保存性命”。它的非及物动词性质凸显了它藐视一切的内心。

夏皮拉信奉的哈西德主义主张超验的冥想，注重想象力的培养，强调引导自己的情绪而获得神秘的幻象。夏皮拉教导说，理想的方式，就是“检视自己的念头，纠正消极的习惯和负面的人格特点”。一个念头，特别是消极的念头，只要加以反思地观察，就会弱化。他忠告学生说，凡是消极的思虑，不要轻易陷入，而要冷静地解剖它。对于自己的思维之洪流，也要坐在岸上默默地看着它流过，不要被它裹挟，这样就能进入一种称为“默神”（hashkatah）的冥想形式，它能让有意识的心智沉默下来。他还宣扬“敏求圣心”，即在自己身心内部发现、求取神圣的品质。哈西德传统主张：日常生活中要活得处处用“心”。十八世纪的亚历山大·苏斯金德教导说：“在你饮食之时，你体验到了来自饮料和食品的快感与享乐。时刻提醒你自己以向往、钦佩之心求解：‘这种快感与享乐是什么？我正在品尝的这是什么？’”

哈西德神秘主义教派中最能言善辩的拉比当属作家亚伯拉罕·约书亚·赫谢尔。一九三九年他离开华沙，后来成为纽约犹太神学院声望最高的教授（二十世纪六十年代时，他是一个非常活跃和高调的“融合派”活动家）。他的非韵文作品中，有不少诗化的类似佛教“公案”式的格言警句（如“人类是传信人，却忘了要传的口信”“异教徒赞美圣物，先知者称扬圣行”“理性的搜求止于已知之岸”“石碑已碎，碑文依旧活着”“在世为人就是一个难题，这个难题以万千焦虑折磨世人”）。他自觉“忠诚于寻常中的终极存在”“在自身的有限之为中可得观无限”。他写道，“我有一个异能，那就是能须臾不失惊奇之心，对生命、思想种种，总能由衷地啧啧称奇，感悟其神妙。对我来说哈西德主义的终极律令就是：不要老去，不要朽腐变味。”

大多数人都知道，第二次世界大战期间全球百分之三十到百分之四十的犹太人遭到杀害，却不知道二战灭绝了百分之八十到百分之九十的犹太教正统派群体，这些人维持着古代的神秘主义传统和冥想实践，它们的源头是《圣经》旧约中记载的先知时代。“青少年时期，我成长于一个犹太教氛围中，”赫谢尔回忆他的华沙童年时写道，“有一个东西在我们身边是无处不在的，那就是：赞美。无数人教导我们说，每一个时刻都是了不起的，每一个时刻都是独特的。”

希伯来语中“先知”一词的词源 navi 综合了三个过程：叫出来（navach），涌出来（nava），空出来（navuv）。哈西德冥想的效用，就是“打开心门，疏浚无限与凡人之间的河道”，上升到一种狂喜状态，名之曰“大心灵态”（mochin gadlut）。“只有一个上帝，”哈西德派经师艾福兰·戴维斯写道，

> 这指的是包含且覆盖一切范畴的“一性”。这个“一性”，我们不妨称之为现实之海洋，以及在其中游弋的一切，它符合“十诫”中的第一诫。只有一个 *zot*，即“此一性”。*Zot* 是此一（this），*zot* 本身是 God（上帝）的诸名之一，上帝就是存在的此一性（God-the thisness of what is）。

弱者、病者、饥饿者、精疲力竭者、饱受折磨者、神智丧失者都来夏皮拉拉比这里求取精神的滋养。他给予精神导引，也组织施粥，成为了一个出色的领导者。他是如何做到全身心地进入这些焦灼燃烧的灵魂深处，同时保证自己神智不丧失、创造性不泯灭的呢？他靠的是清凉自心，与自然交流融合：

人能听见世界（教导）的声音，在鸟雀啁啾、牛羊哞咩和人类的话语与动静中，人能听见（教导）；从所有这一切声音中，人能听见上帝的声音……

感官为大脑的营养之源。如果大脑主要以残暴和苦难之景之声为食，还怎能保持健康？须用心改变这种饮食，训练感官重新聚焦，聚焦于能给大脑提供良性营养的食源。夏皮拉拉比认为，并非只是僧侣、苦行者、拉比，即使是身陷隔都的普通人也能以这种方式淬炼缓解痛苦。尤其让人体验到他的深刻悟性的是他投向自然的如炬目光，他选择了自然之美作为冥想修炼的蒲团，因为对于困在隔都中的人来说，自然只活跃在他们的记忆中——隔都没有公园、鸟雀和绿地。他们受罪于自然之丧失，这种痛苦类似于"幻肢痛"：被剥夺了自然之后，就像截了肢一样，它搅乱了身体的节奏，让感官陷入无可纾解的饥饿。对孩子们来说，关于世界的一些基本概念也变得缥缈难解。一位隔都居民曾写道：

隔都中的一位母亲绕了一大圈都很难给孩子解释清楚"遥远"这个概念。她说，遥远"不只是雷茨诺街，遥远是一片开阔的原野，原野是一个巨大的面积，里面长着青草，或者麦穗，人如果站在中央，就看不到它的边际。遥远很大，很开阔，很空旷，遥远就是天空与大地相遇……（遥远）就是坐汽车、火车甚至飞机，旅行好几个小时甚至好几天好几夜……火车呼哧呼哧的，会吸气会喷气，要吃很多煤炭，就像你书里画的那个，可是它是真的；海洋是一个巨大的真正的浴缸，海浪涌起来，拍下去，连续不断。这些森林呢就是树，就像卡梅里喀街和诺沃利皮埃街那边的树，树太多了，根本数不过来。它们很坚强，笔直的，树顶有绿叶，叫树冠，森林里全是这样的树，一眼看不到边际，全是树，很多叶子，很多花丛，还有鸟雀的歌唱声”。

这位隔都的拉比教导说：被逐出自然以后，人才可能被毁灭；遭遇自然放逐的流亡者只能通过追问和超验，才能在日复一日的生活中避免心理的渐进性瓦解。

1941 —————— 1945 ——————————

Polar bears at the zoo, 1938.

华沙动物园中的北极熊，摄于一九三八年。

Chapter 18
第十八章

一九四一年

夏去秋来，红腹灰雀、红色的交喙鸟、连雀等从西伯利亚、北欧出发，成群结队浩浩荡荡地飞向南方，它们以V字形编队的形态，飞越人类头顶上方遥远的云霄，沿途所经的天空走廊比丝绸之路还要古老。波兰处于多条天路——从西伯利亚出发的南向线路，以非洲为开端的北向线路，起自中国的西向线路——的交叉点，一到秋天，天空中常常出现迷人的美景，迁徙的鸣鸟构成一幅幅刺绣图，大雁排成一个个“人”字，唱着嘹亮的歌。捕食昆虫的鸟类会深入非洲腹地，例如斑点京燕，迁徙距离可达数千英里，能一口气连续飞行大约六十小时，穿越撒哈拉沙漠。有些不用飞这么远，例如身形巨大的苍鹭，它和许多水禽会在地中海、大西洋、里海、尼罗河落脚安家。候鸟们不一定严格遵守传统线路，第二次世界大战期间，有的向东或向西偏离，完全避开蒸腾着炸弹气味的华沙，尽管欧洲其他许多地方的天空一样凶险。

小洋楼里的“客人们”一到秋末也要迁徙，换到暖和一点的房间里，或者离开这个临时藏身地，迁往比较长久的住所。扎宾斯基迎来战时的第三个冬天时，囤聚的煤炭非常有限，只能保证客厅的温度——前提是他们必须先将散热器中的水排空，封闭楼道和二楼。这就将小洋楼分割成了三个气候带：地下阴湿带、一楼的赤道带和卧室的极寒带。大家从狮子馆搬来了一架陈旧的美国木架火炉，虽然它发出呛人的烟雾，众人还是围坐在边上，透过它小小的玻璃门，盯着里面红蓝两色火焰舔舐着一块块煤炭——每隔一会儿，就会把一整块煤炭吞噬。他们一边听着烟囱吹奏“温暖颂”，一边享受着在彻骨寒冷的冬天制造的魔术般的温暖。扬和瑞希裹着羊毛和法兰绒衣服睡觉，身上还要盖上几层毯子和羽绒被。到了上学或者工作时间，他们会猛地弹起身子，飞快地穿上衣服，否则就会冻得衣服都不会穿了。厨房就像一个冷冻柜，窗户内外的玻璃上都会“绣”上冰花，做饭、洗碗、洗衣服（最可怕）——任何需要把手浸渍到水里的家务——对安东尼娜都是折磨，常常导致她皮肤皲裂以致流血。她琢磨，“光皮肤的人类根本不适应刺骨的寒冷”，只能依靠才智，套上兽皮，再想办法把烟火圈起来。

每天，在扬和瑞希出门以后，她会套上一个雪橇，把一桶泔水从屠宰场拖到鸡棚，然后用干草和夏季菜园里收获的胡萝卜给兔子喂食。瑞希所上的学校有地下抵抗组织在背后支持，离家只有几个街区；扬的工作地点在市中心的一个小型实验室，主要负责城市楼宇的防疫检查和处理。这是一份微不足道的工作，但能带来许多有用的福利：粮票、每天一份肉汤、一张工作许可证、一点微薄的薪资，还有一点对于地下组织来说是无价的——他可以合法进入华沙的各个角落。

因为缺乏燃料，无法为动物的馆棚笼舍以及三层的小洋楼供暖，所有的客人都被秘密运送到其他可以过冬的安全地点去了，有的在城内，有的在郊区。

地下组织把有些犹太人藏到了乡村庄园里，这些农庄之所以没有被德军没收，还留在原主的手中，是因为德国军队要它们生产军粮。在那些农庄，女性潜逃者可以担任家庭教师、女仆、保姆、厨娘、裁缝的角色，男性可以下田做农活，或者进磨坊做工。也有的和雇工混在一起，或者在庄上的学校做教员。墨里西·赫林-格鲁金斯基的庄园就是其中之一，它在华沙城西大约五英里的地方，庄上接纳的避难者人数曾高达五百名左右。

即使客人和亲戚们纷纷离开，冬天的小洋楼里还是有两名古怪的房客留了下来。按照安东尼娜的记载，先来的维切克（相当于英语的常见名“文森特”）属于一个贵族家庭，血统高贵到无可挑剔，“它的母亲来自银兔类中的名门望族”，人称北极野兔。这个品种的野兔幼时黑亮，进入青春期后，毛皮颜色变淡，渐渐变成了银色。在十月潮湿的大风中，维切克在菜园的兔箱里冻得瑟瑟发抖，于是安东尼娜把它搬进了小洋楼里，白天放在相对暖和的餐厅里，夜里躲在瑞希厚厚的毛毯下。每天早上，瑞希穿衣服准备上学时，维切克从被窝里溜出来，蹦跶着穿过走廊，来到楼梯间，然后小心翼翼地迈步走下狭窄的台阶，用鼻子顶开隔门，一跃进入餐厅，在火炉的玻璃门边趴下身来，长耳朵平伏在后背上——为的是保暖，一条后腿舒展地往后伸出，其他三条腿紧紧地内收。它黑色的眼眶中天生一双琥珀色眼睛，像极了古埃及的象形文字。这家伙生就三层毛皮，四只大大的雪鞋脚，门齿超长，适合咬啮苔藓、地衣。它很快养成了一些在兔类动物中从未听说过的习惯和口味，造就了“狮身鹫首式”的怪兽兔格。

最初，只要瑞希坐下来吃饭，维切克就趴到瑞希的脚边，像一只毛茸茸的黑拖鞋，它本能地屈膝跪着，就像北极极地风暴中的野兔一样。渐渐长大，体格强壮以后，维切克喜欢满屋子蹦跶，像一个硬胶皮球，一到用餐时间，它就一步跳到瑞希膝上，前爪伸到桌上，抢夺瑞希的食物。北极兔是天生的素食主义者，有时甚至以树皮和松果为食，但维切克常常会突然出爪，抢走一片马肉或者牛肉，然后跳到一个阴暗的角落里，三下五下吞进肚子里。据安东尼娜的描述，只要一听到她拿着嫩肉小木槌在厨房里嗒嗒嗒地敲肉，它就会闪电一般冲进来，跳到一张凳子上，再一跃而上，抢走一片生肉，然后叼着战利品冲出去，躲在一边大快朵颐，活像一头小豹。

节日到了，有朋友送来熏肠，维切克就更成了一条尖牙害虫，老是巴巴地绕着你讨吃不说，只要看到谁在吃香肠，就会不分对象公然抢劫。经过一段时间的观察，它发现紧挨着厨房的扬办公室里的钢琴上面是一个藏冷肉的地方。理论上说来，钢琴腿滑溜溜的，可以防止饿坏了的老鼠爬上来，但难不住饿坏了的野兔。如此盗窃成性的维切克很快长成了一个胖墩墩、毛乎乎的小暴徒，平常大家只要离开小洋楼，就会把它关押在一个小碗橱里，因为它已经喜欢上啃啮大家的衣服了。有一次它把扬挂在卧室椅子上的外套的衣领嚼烂了，另一次它把一顶毡帽咬出了一个扇贝图案，还给一位访客的大衣镶了一道摺边。大家开玩笑说它是一头攻击兔，但安东尼娜对此并不只是感到好笑或者好气，她严肃地写道，无论是人的世界，还是动物的世界，在每一个转角处，都可以看到“令人惊骇的、不可预测的行为”。

一只病怏怏的小公鸡进入这个家庭后，在安东尼娜的悉心照顾下恢复了健康，瑞希于是把它认领为自己的又一个宠物，给它取名库巴（相当于英语常用名雅克布）。战前的小洋楼里曾住过不少稀罕的外国动物，其中包括一对很淘气的水獭幼崽，现在尽管盛况不再，扎宾斯基一家还是保持了人畜同居的传统，一而再再而三地将流浪的动物迎进小洋楼，迎进这个已经有些窘迫的大家庭来。作为动物园的管理人，他们是因为秉性，而不是因为命运，才选择了动物的。即使在战时食品稀缺的情况下，他们都必须活在动物中间，否则生命就变得虚幻，扬也就不能继续他的动物心理研究。扬有言：“动物会因饲养、培训、教育方式的差异而形成不同的性格特征，每个个体都不一样，不能概而言之。养狗养猫的人也会告诉你，没有两只猫狗是完全一模一样的。谁能相信有兔子竟然学会了亲吻一个人类，学会了开门，甚至学会了提醒我们用餐的时间到了呢？”

维切克的性格特征也迷住了安东尼娜，她说它“无礼无耻至极”，超自然地狡猾，有时甚至让人害怕。但一个会亲吻的、掠食性的肉食兔——这真是童话中才有的角色——也确实成为了她日后创作的一部童书的好题材。她记录了它不少恶行，细细观察它蹲伏守候时的样子：耳朵警觉地转向探测，像雷达一样追踪每一个响声的来龙去脉，努力解码每一个动静。

这个室内动物园变成了一个让人陶醉忘忧的马戏团，它的节目就是各种动物的不同气味、不同声音、不同的生活仪式，有时它们甚至屈尊和观众一起游戏，带来满屋的笑声，这对所有人来说，都是精神的慰藉，对瑞希则尤其如此。安东尼娜认为，动物有助于他心中放下对战争的纠结，因此，无论是扁毛的、四条腿的、长爪的还是长蹄子的，无论是麝獾这类气味熏人的，还是幼鹿这样无味无臭的，都纷纷进入了瑞希的动物园，这个动物园外面套着小洋楼这个动物园，再外面又套着原先的华沙动物园——称得上是一个动物园套娃。

在小洋楼中，安东尼娜的有些部落成员习惯于挨着桌椅腿撒尿，有的喜欢撕扯衣物，有的喜欢啃啮皮具，有的喜欢往家具上乱跳乱扑，但她从不生气，她把它们看作享有特殊豁免权的孩子或者病人。

小洋楼法则规定瑞希有责任照顾所有宠物，他成为了一个迷你动物园的园长，管辖着一个“小精灵王国”，这里的“小精灵”比他自己更累人，让他一直忙于他能胜任的种种杂务。在其他成年人都背负着沉重的秘密和责任之时，他的忙碌应是好事。

这么小的一个小孩不可能理解战时华沙由社交、关系、报偿、交换、交互利他主义、小恩小惠、黑市、封口费、纯粹理想主义交织而成的一个错综复杂的网状世界。一幢“疯狂星球之屋”帮助所有人暂时——短则几分钟，长则几小时——忘却了那个更为疯狂的世界。这个“暂时”有时是一场畅快的嬉闹，有时是聚精会神的家务劳作，有时是七嘴八舌的交流，有时只是转瞬即逝却感染人心的一声、一景、一味、一嗅。在危机四伏的岁月里，形成这种全身心活在当下的心理状态非常自然，却也是安东尼娜为自己和她的家庭有心打造的节奏，有救治心灵之效。虽然有危机、恐怖、无常、虎视眈眈，但小洋楼里依然有游戏，有动物，有冥想，有好奇，有惊叹，有天真之火熊熊燃烧。这并非偶然，而是出于安东尼娜的刻意营造。这正是她非凡处之一。在战时这需要一种特殊的勇气，一种最珍贵最难得的勇气。

夏皮拉拉比鼓励人们通过对美丽、神圣和自然的冥想来超越苦难，守护神智；而安东尼娜的做法则是让小洋楼里充满让人忘我、忘忧的生灵——麝鼠、公鸡、野兔、狗、鹰、仓鼠、猫和幼狐，它们诱导人类进入那个永恒的自然世界——这里既有人类习惯的自然，也有让人惊异的自然。全身心地融入小洋楼独特的生态系统和日常生活之中时，自我消失在了不同物种的需求与节奏的交响之中，心灵得到休憩。动物园的树还在，鸟还在，花园还在；鲜花盛开的日子里，椴树上依然挂满香袋一样的花，气味又甜又香；夜晚来临后，钢琴演奏为一天的快乐与喧闹画上完美的句号。

这种由生命的色香味声所调制出来的精神滋养，在严酷的环境中显得尤其珍贵。又有数十名“客人”来到了小洋楼，他们讲述了纳粹令人发指的诸多暴行。扎宾斯基一家对他们张开了怀抱。善良的他们并不孤单，他们背后有“秘密团体和关系人”的支持，“有些关系人诚可谓另类”，伊蕾娜·森德勒（化名“约兰塔”）对他们曾有如此评述。伊蕾娜·森德勒是一名基督徒大夫的女儿，结交了很多犹太朋友。她在占领当局政府的社会福利部工作，却偷偷地“另搞一套”，招募了十名志同道合者，干起了伪造签名、颁发假证的勾当。她还骗取了一张进入隔都的通行证，帮她搞到这个证件的是“卫生防疫站”，这个机构表面的合法职责是处理传染病问题，实际上却向隔都“走私食品、医药、衣服、钞票，想方设法帮助犹太人特别是犹太儿童逃出隔都”，这意味着她首先必须说服犹太家长信赖她，把孩子交到她手中，然后她把幼儿们装进尸袋、箱子、棺材，通过旧法院大楼或者万圣教堂运出去，最后把他们交托给天主教家庭或者孤儿院。她在一个菜园里埋了一个罐子，里面装着这些孩子的真实姓名，以便他们的父母战后认领。天主教修女们常常把孩子们藏在华沙市内或者近郊的孤儿院中，有些修女精于“易容术”，给犹太相貌特征非常明显的男孩子缠上绷带，搞得像伤兵一样。

若有“客人”要来动物园短期栖身，扎宾斯基夫妇会预先接到电话或者口信。伊蕾娜经常上门来，有时传个消息，有时只为聊天，有时则来避风头——如果她的办公室受到了监视的话。她后来被盖世太保抓住，在帕菲雅克监狱受了酷刑，所幸在地下组织的帮助下成功逃出。她成为了动物园里最受欢迎的“客人”之一。

伦敦的波兰流亡政府在华沙组建了一个无线信号接收站，策划了许多行动，在执行过程中借用了英国的飞机、特工和资金。行动之一是由特工从空中跳伞走私现金，他们绑在身上的“金皮带”里最多时藏有十万美元的资金，附有收款人的地址（用暗语写就）。波兰特工，人称“奇克梢木尼”，意思是“黑色的沉默者”，他们也以跳伞方式向华沙地下组织运送武器、武器制造工具和图纸等。根据一位“黑色的沉默者”的描述，为确保特工们落地位置尽量集中，他们把跳伞高度定在三百英尺，跳伞目标为“林中一个开阔的空地，中央有红白两色花朵组成的一个十字图案，由耀眼的灯光照亮”。他的降落伞在松树间呼啸落下，待他双脚着地时，一位头戴钢盔的男子迎了上来，双方快速地对了一下口令，然后握手。紧接着就有几位波兰青年农民上来搬运箱子，收拾降落伞。这些降落伞会被华沙妇女们用来缝制衬衫和内衣。向“救国军”司令传达了总司令的加密指示之后，他吞下了小剂量的埃克塞德林止痛药，借其中的咖啡因保持头脑警醒，再把一粒氰化物药片放进裤子上的暗袋中，然后就被领着去了一个校舍。身材丰满的女校长招待他吃了腌肉和西红柿煎蛋卷，黎明时又打发他上了路。有些跳伞特工加入了地下组织的当地单位，其中不少参加了一九四四年的华沙起义。在全部三百六十五名跳伞特工中，有十一人死亡，运送他们的英国飞机中有六十三架被击落；在八百五十八次空投中，只有大约一半顺利达成目标。但这些空投保障了物资供应，有效支持了永不气馁的地下组织。无论是盟友还是敌人，都将波兰地下抵抗组织视为全欧洲组织中最为严密的地下反纳粹组织。他们必须严密，因为第三帝国把波兰人列为实施特别惩罚的对象。

此时,扬已经进一步“下潜”,更加深入地参与地下活动。他在华沙“飞行大学”的制药与牙科医学院教授普通生物学和寄生虫病学。班级规模很小,为不让敌人发现,教学地点流动不定,常常从华沙的一端换到另一端,有时在私人公寓里,有时在一个技工学校里,教堂、企业、修道院等都做过教室,隔都内外都有这所“飞行大学”的踪迹。几年下来,有很多人完成了学业,获得了医学以及其他专业的中学、本科和研究生学位,尽管图书馆、实验室、教室资源严重匮乏。有一个事实让隔都的医生们感到悲哀且反讽(或者也许反让他们感到了乐观主义的力量):他们面对的许多垂死病人,其实只要给一点点食品和普通的药品就能治愈,但他们却无能为力,而另一方面,却正是这些“无能”的医生在给未来一代的医生们传授最前沿的医学技术。战争爆发之初,纳粹对波兰进行精神斩首:搜捕枪杀了波兰大部分的知识精英,将教育与新闻出版列为违法活动。但这项政策却适得其反,因为它给学习赋予了颠覆性,增加了学习的魅力,它也让幸存下来的知识分子无路可走，一心一意地将他们的智慧用于抵抗和破坏。地下报纸在隔都内外都有大量的读者，他们常将这些秘密报纸一沓沓地投放到犹太厕所里面（这是德国人避之唯恐不及的地方）。同时，在这个极度匮乏的岁月里，图书馆、大学、剧场、音乐厅等场所人气反而挺旺，连秘密举办的全城足球冠军赛也搞得声势浩大。

一九四二年春天，“客人”再次大量进入动物园，藏身于动物馆舍、衣柜等处。虽然危机四伏，大家内心惶恐，却都努力适应这种非常生活，在非常中构建自己的日常，做好了长期抗战的心理准备。因为对小洋楼内外的格局了然于心，他们不用看，就知道谁的脚步声太吵人，哪里有小孩在奔跑，哪里有蹄子或爪子掠过，哪扇门关得太大声。尽管遥远，电话铃声却听得很清晰。忽然有凄厉的叫声传来，再一细听，就知道是两只宠物在打架。至少，他们毕竟是收音机时代的人了，已经学会了用耳朵搜集新闻，然后在脑中给听到的声音配上形象。

安东尼娜很担心她的朋友、雕塑家玛格达蕾娜·格罗斯，动物园被炸以后，她的生活与艺术都被倾覆了，因为动物园不仅是她的露天工作室，还是她双重意义上的罗盘：她艺术的想象王国，她的生命的方向。安东尼娜在她的日记中写到过格罗斯的艺术疯魔之症：一旦迷上了某个或者某群动物，她会连续几个小时沉浸于忘我之境，专注于对象的独特韵味，眼中完全看不见身边一声不响地观察她的神经兮兮举动的游客。扬一辈子深爱他所谓的这门“造型艺术”，也对她的艺术作品毫无保留地倾倒。

格罗斯的专长是小型雕塑，她塑造过二十多个动物，个个栩栩如生，且诙谐有趣。她所表现的动物姿态有时是某个熟悉动作的打开瞬间或中间状态，有时呈现出清晰的人类特征：某骆驼仰头依靠着背上的驼峰，四肢外张，仿佛一个懒腰伸到一半的人；一头年幼的无峰驼竖直了耳朵，仔细打量着美食；一只神色戒备的日本鹅，长嘴向天，眼睛却在打量着你，像一个"漂亮却无脑的女人"——格罗斯曾如此解释；一只火烈鸟，右脚跟离地，步态像中期的卓别林；一只威武强悍的野鸡正对着一众妻妾卖弄色相；一只相貌稀奇的外国母鸡压低身子快步小跑，"活像一个主妇，脑子只想着哪里才能买到鲱鱼"；一头鹿高伸着脖子，扭头向后张望，是因某个莫名的声音而受惊了的反应；一只目光炯炯的苍鹭，长喙粗犷有力，双肩呈优美光滑的弧线，下颏深深陷入蓬松的胸部——玛格达蕾娜曾言之凿凿，说这个苍鹭就是她自己；一头秃鹳，头部紧紧缩在双肩之间；一头麋鹿嗅着空气，想着近处能否找到一个佳偶；一只神气活现的公鸡，随时准备约架的模样，眼珠翻着，眼神狂野。

格罗斯寻找各个动物最独特的、最细微的体态特征：臀与肩保持怎样的角度关系来维持平衡？它们如何威慑对手？如何表达情绪？她偏爱细微的凹凸、弯曲与变化，常常为模仿对象的姿态而将自己的四肢拗出各种造型，以体会动物肌肉与骨骼的受力情况。扬充当了玛格达蕾娜·格罗斯的顾问，也非常着迷于动物形体的核心结构、重力中心和几何中心，琢磨过许多相关问题，例如，禽类两根细枝一样的腿是如何支撑起那么一大坨肉身的？相反，哺乳动物的形态与纹理结构为什么要复杂得多？为什么它们需要四根粗壮的腿来支撑？在大学里，他学的是农业工程学、动物学和美术，很有可能他曾深受达西·文特沃斯·汤普森那部写得非常有趣的名著——《论生长与形式》（1917）——的影响。这是一部研究生物工程学的经典著作，研究主题包括脊柱的建筑学特征，骨盆如何演化出骨翅来避免躯干的疼痛。格罗斯的每一件雕塑作品的诞生，都要耗时几个月，她要从动物的无限姿态中挑出包罗万象的一个来。这不但需要时间，更需要一种痴迷，一种放纵的想象，而想象的狂喜，正是格罗斯的最爱。这种狂喜表现在每件雕塑作品上。

安东尼娜经常赞美玛格达蕾娜的艺术，琢磨过她在动物艺术表现的历史画廊中究竟属于一个什么角色。人类对动物的描摹可以上溯至旧石器世代：幽暗的岩洞中，人们举着火把，在岩壁上绘画马、驯鹿、羚羊、水牛和猛犸象。用“绘画”这个词不尽确切，因为有时他们是“喷”的，小心地把颜料喷涂到凹凸不平的岩壁上（为保护拉斯科岩洞里的原始壁画，法国人搞了许多高仿复制岩洞，用的就是这种喷涂技术）。原始部落用鹿角和动物骨头雕刻出来的动物偶像，常被视为圣器，供众人膜拜，也是猎人在洞穴中举行神圣仪式时的必备道具。倚着石灰岩壁胀鼓的自然轮廓绘就的动物，仿佛要从墙上奔跃而出，参与古人的成人仪式。在闪烁的光影中，岩洞中的参观者很容易在自己的心跳中听到马蹄奔腾的节奏。

二十世纪初，两次世界大战之间曾是达达主义和超现实主义的高峰(两种主义的核心主旨都是艺术在生命中的角色和生命的艺术本质),波兰艺术中动物雕塑风靡一时,二战期间及战后,仍然非常流行。在安东尼娜看来,玛格达蕾娜属于一个亘古流传的魔幻动物传统,古巴比伦、亚述、埃及、远东、墨西哥、秘鲁,印度、波兰艺术中,从来不缺这些神性动物的身影。

在作品落实到青铜之前,玛格达蕾娜先用黏土做模型。在黏土这个柔软、宽容的阶段,她经常请扬给她作品的解剖学细节进行挑刺,但据扬告诉安东尼娜说,她的作品极少有刺可挑。每件雕塑要花费几个月时间才能最终打磨完成。玛格达蕾娜平均一年只出产一件青铜作品,因为她对模特的一纤一毫都要仔细考究,草图出来后必有一番反复,黏土模型捏就后基本没有片刻消停。曾有人问她是否满意自己已经完成的作品,她回答说:“过三年我能给你答复。”濒危动物她只雕过两种,欧洲麋鹿和野牛,她为后者奉献了两年时间,这是专门赠送给扬的一件特殊礼物。动物园里的动物当然是不甘于当模特、摆造型的,它们会突然拍拍翅膀走了,或者蹒跚着扬长而去,或者就是躲着她不出来,而且,野生动物一般只在进食、交配、决斗等危险时刻才会与你保留眼神交流,以防遭到突袭。但是,如此兴致勃勃地反复观察动物让她彻底放松自己,反过来又让观察对象完全松弛下来,久而久之,它们允许她盯着自己的时限放宽了不少。

虽然格罗斯名声显赫(她的作品《野牛》与《食蜂鸟》在一九三七年巴黎国际艺术展上获得金奖),但安东尼娜观察发现，这位雕塑家出人意料地谦虚，乐观得让人怜爱，对动物和艺术的迷恋非常纯粹。安东尼娜的记忆中，格罗斯迷住了所有生灵：她的动物模特们，动物园的游客和警卫们。“人人都喜欢看到这个一身阳光的小个子女人，昵称她‘玛琪娅夫人’，看着她笑意盈盈的黑眼睛，欣赏她揉捏黏土模型，手法时而精细入微，时而大开大阖。”

纳粹驱赶所有犹太人进入隔都时，格罗斯没有就范。但她的选择意味着同样艰难多舛的命运。因为，所有留在隔都外面并且继续活“在面上”的犹太人必须伪装成雅利安人，生活变成了一场没完没了的化装舞会，必须一点点学说街头波兰语，培养足可蒙混过关的口音和腔调。相关数据之间差异很大，但是阿道夫·贝尔曼（他为犹太人提供帮助，并留下了长期的相关记录）的估算最可靠：迟至一九四四年时，仍有一万五千到两万犹太人过着地下生活，而且他判断此前的数据要高得多。有一部名为《秘密城市》的专著，研究对象是生活在雅利安一侧的犹太人。作者贡纳尔·鲍尔森给出的数字接近两万八千。正如他所指出的，数字如此庞大，自然构成了一个社会夹层，一个社会学意义上的城中城，一个由潜伏者构成的五脏俱全的“秘密城市”，其中有坏蛋（敲诈者、勒索者、大盗小偷、黑心警察、贪心房东），也有无私的热心人，有文化生活，有出版物，有偏爱的饭店，有自己的隐语。在这个隐语系统中，躲藏的犹太人叫“猫”，他们的藏身地叫“梅里娜”（melina，源于波兰语中的“贼窝”），如果有“贼窝”被端了，人们会说它被烧了。鲍尔森的书中说：“两万八千犹太人，加上大约七万至九万名救助者，三千至四千名揩油党（szmalcowniks 敲诈勒索者，源于波兰语中“猪油”一词）以及其他无良之辈，总人口有十万之众，规模也许超过了华沙市的地下抵抗组织，后者在一九四四年时有七万名战士。”

最细小的疏忽都可能让“猫”露馅——不知道电车票的价格，神情比较孤僻，上门的访客太少，收不到什么信件，不参加区域内典型的社交生活。埃里克娅·卡奇尼斯卡曾举过这样一个例子：

> 房客们相互串门……交流时局消息，玩玩桥牌……傍晚回家时，我会在我家大楼门厅里的小祭坛前逗留片刻。整个华沙城中，所有的门厅里都有这样的祭坛，整个城市都在吟唱：“请您垂听，耶稣，垂听您的子民的吁求 / 请您垂听，垂听，止息纷争。”每逢有这样的祈祷时，我们楼里的租客们会聚集到一起……

鲍尔森的书中讲述过海伦娜·塞雷赛夫斯卡的女儿玛丽西娅的故事。“玛丽西娅自以为已经完全同化，融入了非犹太人群，出行很大胆，什么地方都敢去”。她“有一次在市场的一个摊位上看到几个柠檬（战时几乎看不到的稀缺货），一时好奇，就问摊主价格几何，听到一个天文数字后，她惊呼了一声：‘哦，耶稣！玛利亚！’像极了波兰天主教徒。却不料摊主坏坏地说道：‘您认识他俩没多少时间，小姐，怎么就直呼其名，姓都不带？’”

格罗斯与一位老年女性住在一起，找了一份给几家烘焙店运送蛋糕点心的活计，收入仅够勉强糊口，有时还会冒险离家去一家“猫”友咖啡馆会会朋友。蜂蜜街24号的咖啡馆是潜藏在隔都外的犹太人会面的地方。塞维林乌夫街也有这样的一个咖啡馆，去了那里他们可以在圣约瑟夫天主教社区中心就餐，因为这个中心有一家生意很旺的餐馆。它地处街道比较冷僻的一侧，修女们的服务又让人非常舒心，因此有很多犹太人被吸引了过来。……躲藏在华沙的犹太人几乎都知道这个地方，来到这里可以获得一个小时的“缓刑”，暂时远离外面残酷的世界。

只要格罗斯走出家门，就存在被人认出和告发的可能性。华沙空气越发紧张，每天都有人在街头被处决，上门搜捕随处发生，安东尼娜进而听说纳粹在玛格达蕾娜所住的街区开始了地毯式检查，时间上毫无规律可言，他们常常进入阁楼或者地下室虚张声势一番，企图把可能隐藏在里面的犹太人吓出来。

扬抱着一只山猫。

Jan holding a lynx.

普氏野马在战前各国的动物园中可都是稀罕物，扬自然因自己动物园中出生了这头普氏野马小马驹感到无比自豪。

Przywalski horses, a rarity in prewar zoos. Jan was understandably proud of the foal.

Chapter 19

第十九章

安东尼娜站在厨房里揉面团，这是她小洋楼每日生活仪式中的一部分。突然，她听到后门口传来瑞希兴奋的声音：

“快来吧，欧八哥！到这里来！”

显然，儿子又结交了一个新的动物朋友。她喜欢儿子的这个选择，欧八哥“有长长的黑色鸟喙，弹跳有力，叫声爽脆连绵，让人快乐”。她喜欢看它们在地面上表演弹簧跳，吭吭吭地挖虫子。如果欧八哥能接二连三地从地里挖出虫子，饱餐一顿，那就说明冬天已近尾声，“大地放松了它绷紧的肚子，准备迎接春天的到来”。群飞的欧八哥在天空盘旋时会形成很奇妙的图案——腰子形、鸡心螺形态、三驾马车的缰绳状。它们行动统一，整体转向时纹丝不乱，一眨眼集体消失，一会儿又重现高空，密密麻麻的黑点点，像从瓶子里撒落的黑胡椒粉。在日记中，安东尼娜曾写道，它们在地上蹦蹦跳跳，振抖一身羽毛时，让她联想到“身上插着羽毛的弄臣”。她为瑞希高兴，他竟然抓了一只欧八哥，还与它交了朋友。当时她正站在水槽边，双手插在黏糊糊的面团中，她扭头对儿子说自己暂时脱不开手来欢迎他的新宝贝，过会儿再来。就在此时，厨房门开了，她猛然明白了瑞希的真实意思。门口赫然站着玛格达蕾娜·格罗斯，身穿一件夏日外套，脚上鞋子破烂。

小洋楼所有的客人与躲避盖世太保追踪的朋友都有一个动物化名，他们给玛格达蕾娜取名欧八哥，一是因为安东尼娜偏爱这种鸟，二是因为她曾说因为一个又一个“贼窝”被“烧”，自己“从一个鸟巢飞到另一个鸟巢”，逃避党卫军的抓捕。采用动物化名有一个好处：即使有人正巧路过听到，不会觉得有什么奇怪，因为动物园里谈论动物是再正常不过的事情。另外，我们可以感觉到，对于扬和安东尼娜来说，嘴里念叨念叨这些常见的动物名字，多少有助于修复他们的生活常态。

在占领军的阴影下，在乾坤颠倒的波兰，玛格达蕾娜战前的名声成了危险之源。万一有当年的熟人认出了她，有意无意地说起她的行踪，后果不堪设想。谣言有一双长耳朵。吉卜赛人还有一句老话：恐惧长着一对大眼睛。玛格达蕾娜加入以后，小洋楼里的其他客人不得不双倍小心，而玛格达蕾娜本人则根本不敢露脸，因为在某些波兰人圈子里，她的脸实在是太熟悉了。“玛琪娅往日快乐的脸上，蒙着悲哀的阴影，”安东尼娜在日记中写道。安东尼娜和扬有时亲热地称呼她为“玛琪娅”，这个爱称把她原名中硬邦邦的 g 音软化成 j 音，传达出一种柔情。“她想念自由，想念战前那种热情似火的生活方式”，那时她在艺术界有一大群朋友。例如布鲁诺·舒尔茨，一个夏加尔那样的画家，同时从事写作，文字魔幻。一九三四年，玛格达蕾娜为他的第一本书《肉桂店》找到了出版商。这是一部短篇小说集，以作者自己怪诞的家庭为题材。她把舒尔茨的手稿交到了另一位朋友、小说家苏菲娅·纳乌科夫斯卡的手中，她读后认为这些小说风格新颖，文采斐然，大加赞赏。在她的努力推荐及后期的督促下，该书终于出版。

玛格达蕾娜白天藏在室内，不可能再像往日那样在动物园里漫步闲逛，寻找模特，于是她决定让瑞希给自己做雕塑模特。

“他是一只山猫，”她开玩笑说，“我这件雕塑一定很不错。”

一天，安东尼娜正在揉面团准备烤面包呢，忽然听到玛格达蕾娜说：“我现在可以帮你了。我学会了烤羊角面包，非常美味。既然现在不能用黏土玩雕塑，我还是可以用面粉来玩的。”她一掌拍向面团，盆中飞起一朵小小的白云。

“如此才华出众的艺术家，现在竟然只能在厨房里干活了！”安东尼娜哀叹。

“这是暂时的。”玛格达蕾娜安慰她道，一边用手肘将她从盆边推开，以她强劲有力的手揉捏起面团来了。

“有的人也许以为像我这样的小个子做不了一个好的面包

师。哈哈，他们不知道雕塑家都是大力士！”

雕塑中捏土制模首先是个力气活，久而久之，她的双手和肩部的肌肉都非常发达；当然，千锤百炼之后，她的手已经可以随心所欲。在她的艺术家圈子中——包括拉荷尔·奥尔巴赫和意第绪语诗人德博拉·沃格尔等——其中一些艺术家如布鲁诺·舒吕所谓的材料之“独特的神秘的恒定性”是非常重要的，操弄材料的手的这种“恒定性”也很重要。他们之间洋洋洒洒、闪烁着思想与语言光华的通信经常讨论这一话题。信在他们手中本来就是艺术形式之一种，可惜这些信件得以留存的数量极少。幸运的是，舒尔茨在他的短篇小说中引用了不少他自己写过的信。

战前在巴黎时，玛格达蕾娜无疑研究过罗丹以手为题材的生气勃勃的雕塑作品，它们陈列在罗丹博物馆中。博物馆外观像个音乐盒，四周有很多玫瑰花丛，有不少线条强悍的雕塑作品。她有一万个理由为她这双强劲且灵敏的手感到骄傲，无论是养育婴儿，建造城市，种植蔬菜，抚摸爱人，都是一流“好手”。这双手引导我们的眼睛把握事物的形态感觉——何谓珠圆玉润，何谓粗砂砾石——在孤寂的心灵之间搭设桥梁，建立我们与世界的关系，描摹自我与他者的差异。它们与美如影随形，它们表达生死忠诚，它们把谷物变成美食……

玛格达蕾娜激活了小洋楼的生活，为它带来了“阳光、能量和生气”，安东尼娜写道，“她从没有丧失这种气场，即使身处危局。这辈子她直面过许多常人难以想象的可怕危机，可是没人见过她消沉抑郁的样子”。安东尼娜有时候不禁迷惑，迄今为止没有她的这些日子里，他们是怎么熬过来的？她一来就成了小洋楼部落里一股振奋人心的力量，她参与他们的生活，承担家务，分担每日的纠结、艰难和焦虑。每逢“客人”太多时，她就爽快地让出床位，自己睡在面粉箱子上，或者用两把扶手椅拼成一个小床。“她的绰号是欧八哥，她的性格也很像欧八哥，再大的困难她也会一笑而过，其他人如果处于她的境地，多半早已陷入绝望而不能自拔，”安东尼娜在回忆录中写道。如果有陌生访客要来，玛格达蕾娜就会躲起来，如果访客似乎并非善茬，或者——更糟的情况——这位访客因为什么缘故要上楼去，安东尼娜会以约定的钢琴声向她报警提醒，如果一时不便，不能去弹钢琴，她会突然放声唱歌。在她看来，玛格达蕾娜身上有那么点“无赖气”，对于爱玩爱闹不知疲倦的她来说，奥芬巴赫闹腾疯狂的合唱曲《滚，滚，滚到克里特岛去！》无疑是一个完美的“逃跑曲子”。

玛格达蕾娜一听到这首曲子，就会立即冲向某个藏身点，阁楼、浴室或者某个衣帽间，视她当时的心情而定。她曾偷偷告诉安东尼娜说，她常常一边躲，一边偷笑，没声音但很放肆地笑，因为感觉很荒诞。

她有时开玩笑说：“我很好奇，战后再听到这段音乐时我会有什么感觉？如果电台里正好在播放这个曲子，我会一个箭步蹿出去，找地方躲起来吗？我会不会再也受不了这首赶墨涅拉俄斯去克里特岛的曲子？”

这首曲子生气勃勃的旋律曾是她的最爱，但是战争的暴虐总是无情地蹂躏感觉记忆，因为某一个片刻令人战栗的紧张、肾上腺素的激荡、脉搏的狂跳，会把记忆推挤到心灵深处，让每一个细节牢牢嵌入身体的各个角落，使得相关事件变得刻骨铭心，永难淡忘。这种体验虽可以加固友谊或者爱情，却也能玷污感官的珍藏——例如音乐。某首曲子与危险之间一旦建立起了联想关系，每一次听到它时，肾上腺素就会自动地奔涌，记忆就会重击意识，恐惧重新攫住身体，让人不由自主地再次体验震骇。因此，她的担心确有其理由。正如她所言："这是毁掉伟大的音乐作品的好办法。"

Chapter 20

第二十章

一九四二年风雪交加的秋天来得无比猛烈。寒风如鞭，把动物园的木屋抽打得发出阵阵呻吟；寒风也如雕刻刀，把雪堆塑造得玲珑剔透。因为此前的大轰炸，动物园的地面千疮百孔，路标失效，厚厚的积雪盖住了一切，新开辟的车道、倒伏的篱笆、崎岖不平的路面、金属条片的尖牙利爪，都消失了。温柔的雪景下面，到处潜伏着金属蛇怪，出行只能走别人踩踏过的草地，以及新铲出来的曲曲弯弯如迷宫似的路径。

安东尼娜的活动范围受限更加严重，因为她腿瘸了，不能走路了。她的病症可能是静脉炎（她对此语焉不详），这是血管感染之症，一走路就会疼得钻心。从一九四二年秋到一九四三年春之间的几个月中，她不得不卧床养病。但她属于完全闲不住的人，又才三十五岁，卧床养病实为受罪，而且还得穿着厚衣，盖着一层又一层的毛毯、被子（“我感觉好尴尬，好没用”，她在文字中叹道），而且这么一个大家庭也不可一日无主。毕竟她是这个三层套娃结构中最外面最大的那个。而且，此时的她已经是另外一个意义上的套娃：她怀孕了。很难判断究竟为什么她的腿部静脉中会出现血凝块，怀孕？抽烟？静脉曲张？遗传？但可以肯定不是因为活动过少，也不会是因为肥胖。静脉炎有时候很危险。最严重的静脉炎会产生重度血栓症，一旦血栓流动到心脏或者肺部，就可能导致死亡。中度静脉炎，或者风湿性关节炎（她患的也可能是此症），都可能造成腿部肿胀，患者必须卧床休息。无可奈何之下，她也只得在卧室里理事，家人、朋友、员工，都上她床边来，问安听令。

一九四二年，波兰地下组织收到一封用暗语写的信，警告他们注意小镇特雷布林卡的犹太人屠杀营，该镇距离华沙不远。信的部分内容如下：

> 大伯正计划（愿上帝保佑我们）为他的孩子们在你处也举办一场婚礼（愿上帝不要让他遂了心愿）……他已经在靠近你处租了一个地方，离你们真的很近，而你们可能还一无所知，为此我特地写这封信，并派专人送过来，以便你们及时了解情况。我说的千真万确，你们必须给自己，给我们所有的兄弟，给以色列的子孙们，

> 在城外租一个新房子……我们非常肯定，大伯差不多已经把地方准备妥当了，很快就要把你们给请过去。你们必须明白情况的严重性，认真对待，找个办法脱身……大伯计划尽快举办这场婚礼……快藏起来……记住，我们是神圣的祭品，“第二天早晨若有剩余……”

历史学家伊曼纽尔·林格尔布卢姆（他曾藏身华沙的一个沙坑，并在此期间撰写了《二战期间的波犹关系》）等地下组织的成员一看此信，就明白其中的暗语所指。信中最后那句神秘的句子源于《圣经·出埃及记》12:10中的逾越节指令：献祭的羊羔到第二天早上若还有剩余的都要烧掉。切乌姆诺那边很快有消息传来，说有犹太人被封闭在车厢里用毒气杀害，立陶宛维尔纽斯过来的难民也讲述了在其他村镇发生的大屠杀事件。尽管如此，人们对如此暴行还是将信将疑，直到有一位幸存的受害者亲自现身说法。这位男子从毒气室中逃了出来，躲在一辆货车中一路到了华沙，向隔都中的犹太人讲述了他亲眼见证的毒气屠杀事件。尽管地下组织此后大力传播特雷布林卡毒杀营的消息，仍有人认为纳粹不会在华沙这么一个重要的城市兽性大发。

一九四二年七月二十二日，隔都的“清盘”行动从斯塔夫基街开始了，七千人被驱赶到火车站，塞进了用氯气消毒过的运送牲口的红色车厢，发往马伊达内克灭绝营的毒气室。纳粹骗犹太人说，这是要把他们“向东重新安置”，允许他们带上够吃三天的食物、所有的贵重物品以及三十三磅重的个人行李。一九四二年七月到九月，纳粹一共从华沙向特雷布林卡运去了二十六万五千名犹太人，隔都中只剩下五万五千人。隔都内成立了一个准备为生存而战的“犹太战斗组织”（Z˙ydowska Organizacja Bojowa），简称 ZOB。为防止被蒙在鼓里抵达毒杀营的犹太人起疑，纳粹在特雷布林卡火车站还贴出了各班列车的抵达与出发时间，尽管这里已经是他们生命的终点。“他们踩着无比精准的步伐，开始向这个丧心病狂的目标迈进，”安东尼娜写道，“最初看起来只是个别人的吸血本能在发疯，很快却呈现出精心设计、按部就班的特征，目的是灭绝整个民族。”

他们的另一位“邻人”，也像西蒙·特南鲍姆和夏皮拉拉比一样拒绝了他们的逃亡建议，选择留守隔都。他就是小儿科医师亨里克·格尔特希密特（笔名雅奴斯·科奇亚克），出版有多部自传体小说和面向家长与教师的专著，例如《如何爱孩子》《尊重孩子》等。令他的一帮朋友、信徒、学生惊讶的是，一九一二年，科奇亚克放弃了他的文学与医学生涯，创办了一家新型的孤儿院，收容七至十四岁的孩子，地址在克洛西马尔纳街 92 号。

一九四〇年，犹太人被迫迁入隔都，孤儿院搬进了一家废弃的商人俱乐部中，地址就在这个“不幸者之区”内——科奇亚克在日记中曾如此称呼隔都。他的日记写在蓝颜色的卷烟纸上。日记本中既有孤儿院的诸多日常细节，也有不少诗性的想象、哲学的沉思、灵魂的探索。这些日记就是一个圣骨匣，见证了一个不可思议的人类困境，揭示了“在最黑暗的人类历史时期之一”——纳粹时期，“一个有灵魂有道德的男子如何竭力保护无辜的孩子们免遭成人世界的暴虐”。据传他在与成人打交道时非常害羞，举止笨拙，却和他的孤儿们一起创立了一个理想的民主“政体”。孤儿们称呼他为“潘神医生”。

在那个“政体”中，言语诙谐、想象丰富、习惯于自嘲式幽默的科奇亚克，致力于构建一个有自己的议会、报纸、法庭系统的“儿童共和国”。孩子们一旦起了冲突，他们不会挥拳相向，而是高叫：“我会起诉你！”共和国的法庭每周六上午开庭判案，法官由本周未受到起诉的五位孩子担任。所有的判决都必须依据科奇亚克的“法典”，其中前一百条法律都在阐述仁恕之道。他曾向一位朋友坦承：“学校把我培养成了医生，机缘让我当了教师，激情驱使我干起了写作，因为情势所需，我又成了心理学家。”

夜里，科奇亚克躺在医务室的简易床上（床下藏着残余的黑面包和伏特加），会逃往他自己的秘密星球——若，在那里他有一个虚构的天文学家朋友——慈。慈已经发明建造了一台可以将阳光转化为道德和精神力量的机器。慈用它向整个宇宙吹送和平之气，发现这个“和平大法”虽然在整个寰宇中无往而不胜，却单单在“那个躁动不安的光点——叫作‘地球’的行星”——上屡屡受挫。他们争论是否要让慈毁灭血腥、好战的地球，“潘神医生”恳求他为了地球上的青少年，宽恕这个行星。

科奇亚克在这些蓝色的页面上记录了他各种各样的感受、想象和匪夷所思的念头，却从不记载隔都内发生的邪恶事件，例如，对于以死亡营为目标的“大遣送”，他只字未提。大遣送开始于七月二十二日，正是他六十四岁的生日那天。他没写那天隔都内的喧闹和混乱，只写到“一个奇异的大月亮”，映照着这个“不幸和疯狂的角落”。

从照片上看，那时的科奇亚克，胡子已经灰白，炽热的黑眼睛下眼袋肿胀。他忍受着各种病痛，“粘连、疼痛、撕裂、旧伤”，却谢绝了雅利安一侧许多追随者的帮助。他不愿逃亡，不愿把孩子们抛在身后。他在日记中写道，听到挨饿、痛苦的孩子们把他们自己比作“疗养院里的老家伙”，他笑得一脸皱纹。他必须引导他们超越痛苦，于是鼓励他们正确地祈祷，他教导的祈祷词中有这样一段：“感谢你，仁慈的主，感谢你妙法无边，让花有香，萤火虫有光，让星星们在空中闪耀。”他身体力行地教育他们干活时用心投入，对碗碟盘匙轻拿轻放，因为用心和细致的态度，就是抚慰心灵的药膏。

> 餐后我收拾的时候，看到了开裂的盘子，折弯的调羹，擦伤的碗盆……我看到有些用餐者很随意地把杯子、勺子、刀叉、盐瓶扔来扔去，也许是出于一种假贵族的漫不经心，也许是因为缺乏教养……有时我会观察多出来的食物是如何分配的，谁坐在谁的旁边。于是我想了几个主意。如果我要做什么事，我从来不会不假思索。

科奇亚克发明了不少游戏，有些简单得让人觉得很傻，有些“门槛”很高，玩得“较深”。一天，他决定给孩子们排戏，灵感来自他对东方宗教的喜爱，戏名叫《邮局》，作者是印度的泰戈尔。回头去看，我们能感受这次演出强大的象征意义。

戏开演于七月十八日，距离这些孩子们被送往特雷布林卡死亡营只有三周时间。戏中有一个因病卧床的小孩，叫阿马尔，幽闭的孤独让他身陷恐惧，于是他梦想着飞到一个陌生的国度，那里的国王有个医生可以治好他的病。戏剧接近尾声时，这位御医出现了，治好了他的病，推开了房间的门和窗，阿马尔于是看到了一个璀璨的星空。科奇亚克说，他之所以选择这部戏，就是要帮助这些身困陷阱中恐惧忧虑的孩子们平静地接受死亡。

遣送日（一九四二年八月六日）到来了，预感到灾变和恐惧的科奇亚克与孩子们一起登上了开往特雷布林卡的火车。因为，他说，他知道他的在场能让孩子们平静——"你不会把一个生病的孩子独自留在黑夜中。在这样一个时刻你也不能离开孩子们。"拍摄于转运广场上的一张照片中，他穿着军靴，没戴帽子，与几个孩子手挽手迈步走着，后面跟着其他一百九十二名孤儿和孤儿院职工，四人一排，旁边有德国兵押送。科奇亚克和孩子们上了几节红色车厢，比鸡舍大不了多少，每节通常可以塞进七十五名站立的成人，孩子们在里面应该还是觉得比较宽敞的。约书亚·佩尔勒在《华沙隔都的毁灭》一书中记载了他亲眼目睹的一幕："奇迹：两百名纯洁的灵魂，面对死亡在劫难逃，却没有哭泣。没有一个人逃跑。没有一个人企图躲藏。他们像受伤的燕子，紧紧依偎着他们的老师和朋友、父亲和兄长——雅奴斯·科奇亚克。"

一九七一年，苏联人以他的名字命名了一个新发现的小行星：编号 2163，名字科奇亚克。但也许，他们应该将这颗星星命名为“若”，那颗他梦想中的行星。波兰人宣布科奇亚克为波兰的殉道圣徒，以色列人敬他为“三十六义士”之一。因为这三十六名义士的纯洁灵魂，世界的获救才得以可能。在犹太人的古老传说中，正是这些少数人，通过他们的善心与善行，使得这个过于邪恶的世界避免了毁灭。只因他们的缘故，全人类才获得了赦免。传说中还说，他们都是普通人，并非白璧无瑕，也并不神通广大，而且其中多数人一辈子籍籍无名，**但他们选择了让善永恒，即使身处地狱。**

Chapter 21
第二十一章

一九四二年七月的“大遣送”之后，隔都的形态与性质都发生了改变，拥挤不堪的城市变成了一个苦役营，到处是德军的工厂，由党卫军直接管控。其南部街区，人口所剩无几，人称“隔都荒地”，德军派出一支“打捞队”，忙着搜罗犹太人丢下的财物，并改建废弃的住宅以作他用。剩下的大约三万五千名犹太人被重新安置到那些工场附近的居住区，每日由德军押送着上下班。实际上另有两万到三万名犹太“野人”藏匿在隔都里面，东躲西藏，穿行于连接各个楼宇、纵横交错的地下管网，作为这个迷宫世界的一部分幸存下来。

一九四二年秋，一个新的团体加入到地下组织中来，给扎宾斯基一家的救援努力带来了巨大帮助。该团体代号耶哥塔，真名为“救助犹太人委员会”，创建人是苏菲娅·哥萨克与芳达·克拉赫尔斯卡-菲利普维奇，以救助藏在波兰人家中的犹太人为使命。它正式的对外名称为“康拉德·耶哥塔委员会”，实际上并无康拉德·耶哥塔其人。苏菲娅·哥萨克（代号维罗妮卡）是一个知名作家，一名保守的民族主义者，与波兰上层阶级特别是地主乡绅关系密切，在天主教神职人员中有很多密友。艺术杂志《拱廊》的主编克拉赫尔斯卡–菲利普维奇则是一位社会主义活动家，也是前波兰驻美大使的妻子，与地下组织的军事和政治领导人交往频繁。两人把此类社会关系加起来，就有数十人之多。她们另外又招募了不少在社交界、职业界和政界人脉广泛的成员，因为该团体的工作思路，就是将社会各个角落的人士联系起来，构建一个“人网”。这个“人网”中有亚历山大·卡敏斯基，战前在广受爱戴的“波兰侦察兵协会”中很有人望；有亨里克·沃林斯基，他属于波兰律师协会；有左翼的犹太复国运动党成员、心理学家阿道夫·贝尔曼，他是隔都儿童福利组织“圣托斯”的领袖。作家联合会、地下记者协会、民主派医生委员会、多家劳工联合会（铁路、电车、卫生行业的工会）都是耶哥塔的外围支持组织。正如伊蕾·托马斯泽夫斯基与特契亚·韦伯斯基在《耶哥塔：战时波兰对犹太人的营救》一书中所述：“耶哥塔人不仅是理想主义者，更是活动家。所谓活动家，自然是认识很多人的人。”

耶哥塔通过将天主教团体与政治团体捏合到一起，构建了一个强大的联合体，把救助犹太人作为组织的唯一宗旨，不参与破坏活动，不参与武装对抗活动。这类性质的团体在二战期间所有被占领国中独此一家。根据历史学家们的考证，它在华沙救下了两万八千名犹太人。它的总部在若拉威亚街24号，由尤根尼娅·方苏夫斯卡（书籍装订商和印刷商）和雅尼娜·拉贝律师主持，每周两次开门办公，这个地方还为逃亡途中的人士提供临时庇护。该组织与波兰地下抵抗组织一起向“小洋楼”提供资金支持，按他们的需要伪造证件，在外围小镇查找房源，为暂避小洋楼里的客人寻找、提供更长久的藏身地，帮助他们熬到战争结束。为救活一人，常常要让许许多多人冒险。而这种冒险是一个持续不断的心理考验，因为他们不但面临死亡威胁，而且要抵抗德军宣传所构成的持续的心理压力。尽管如此，华沙及其郊区有七万到九万人（约占全部人口的十二分之一）冒着个人的生命危险帮助他们的“邻人”逃离死亡的魔爪。除了直接出手救助者和地下组织的众多义士外，许多女仆、邮差、送奶工等，看到陌生的脸不多问，对口粮的陡然增加也不多嘴。

著名律师、活动家马策理·雷米-莱布考斯基也来到了动物园，他身负“重要的秘密使命”，带着地下组织提供的假证件。他和家人假称是来自东部的难民，希望在小洋楼租两间房，一间给他患病的妻子，一间给他的两个女儿诺尼娅和伊娃。马策理本人只能在别处的一个安全地点寄住，时不时地上门来探访，因为小洋楼里如果增添了一名陌生男性会比较难以解释，而让一位患病的母亲和她的两个女儿住进来则不容易引起怀疑。她们的租金正好可以用来购买焦炭为楼上的卧室供暖，这就意味着可以有更多客人借小洋楼度过寒冬，其中就包括地下抵抗部队青年破坏组织的两个少年马雷克与兹乌希，他们曾在德军经常用以枪杀波兰人的行刑点偷偷摆放鲜花，悼念遇难同胞，在墙上涂写“希特勒必将失败！德国必将灭亡！”之类的标语，这些都属于杀头之罪。

那年冬天，小洋楼里也有少量可靠的合法租户，他们支付租金。但是小洋楼接待的大多数客人是夹在两个世界之间缝隙里的人，是逃避盖世太保迫害的流亡者。其中包括：伊蕾娜·梅泽尔，克拉姆斯提克夫妇（卡奇欧与路德维尼娅），路德维希·赫希菲尔德医生（传染病专家），国家卫生研究所的露莎·安泽鲁夫纳医生，雷米-莱布考斯基一家，波茨南斯卡太太，罗尼娅·特南鲍姆医生，维斯太太（一位律师的妻子），凯勒一家，玛丽西亚·艾歇尔，记者玛利亚·艾谢卢夫纳，拉赫拉·奥尔巴赫，柯尼斯韦恩一家，安泽尔姆·医生和金谢尔鲍姆医生，尤吉艾尼娅·希尔科斯（吉尼娅），玛格达蕾娜·格罗斯，墨里西·弗兰克尔，伊蕾娜·森德勒，等等，还有很多很多，按照扬的统计，总数约为三百人。

动物园里的犹太人和波兰逃亡者血管里流淌的似乎是隐形墨水：他们只在天黑关门之后出现，活动范围严格限制在室内。小洋楼里人丁越来越兴旺，这一大家子人的存在，意味着安东尼娜的家务负担陡增，不过她同时也多了不少家务帮手，她很喜欢让雷米-莱布考斯卡家的两个小女孩打下手，但很快发现她们在家务劳动方面几乎一无所知，于是对她们进行了

“严苛”的“家务”专业训练。

纳粹方面觉得，没有动物的动物园就是在浪费土地资源，于是决定利用动物园的场地建一个裘皮农场。这些裘皮不但可以帮助在东线作战的德军士兵御寒（为此目的他们早就把犹太隔都居民的所有毛皮服装悉数收缴），还可以出售多余的毛皮，增加对战争的财政支持。出于效率考虑，他们指派了一名波兰人负责毛皮农场的工作，这位波兰人名叫维托尔德·乌布雷斯基，一个上了年纪的单身汉，习惯与毛皮动物们同吃同住。与玛丽·雪莱的科幻小说《弗兰肯斯坦》中的畸零人一样，他嫉妒地想象着温暖舒适的小洋楼里其乐融融的景象。“里面是个光明世界，飘荡着烤面包的香味，”他日后如此对安东尼娜说。有一天，他做出了一个惊人举动，让扬与安东尼娜大惊失色：他敲开了小洋楼的门，没有任何客套，不容任何讨论，就宣布他决定搬进来住。

老天对扎宾斯基夫妇是眷顾的，因为他们很快发现“狐狸君”（不知从那天起他们就给他取了这个诨名）是一个在德国长大的波兰人，对夫妇俩的义举心怀同情，人品值得信任。小洋楼里不乏奇人怪物，与“狐狸君”一比，大家都属于正常人了。这位奇葩男人入住时带来了一只母猫，名字叫巴尔碧娜，还有“几只形影不离的长尾小鹦鹉”（安东尼娜语），别无任何个人财物。因此，他们没费什么力气就把他安置到了扬的旧书房里。他以焦炭、煤炭支付房租，这些正是小洋楼最紧缺的供暖资源。“狐狸君”虽是生意人，对日期、钟点、街名、数字最受不了，脑子拒绝这类信息。有时他会在书桌与床铺之间的地板上睡觉，仿佛累到再挪一步爬上床的力气都已经没了。小洋楼里的居民发现他在战前是个职业钢琴演奏家后，他就进入了扎宾斯基部落的核心圈，因为，诚如玛格达蕾娜经常说的那样，“疯狂之屋最崇敬艺术家”。他们一次次缠着“狐狸君”，要他露一手，他一次次拒绝，然而，突然有一天，半夜一点整，他从自己的卧室冒出来，轻手轻脚地走到钢琴前面，坐下，敛神静气，然后弹奏起来，一直弹到天明。从那以后，玛格达蕾娜每天晚上在宵禁开始后就组织钢琴演奏会，他演奏的肖邦与拉赫玛尼诺夫作品，与那首疯狂的《滚，滚，滚到克里特岛去！》大异其趣，极受欢迎。

安东尼娜留下的文字中经常写到“狐狸君”的灰色母猫巴尔碧娜，把它描述为一个迷人的小荡妇（“与正常的好猫一样，老是在结婚”），但是只要它一产仔，“狐狸君”就会把猫宝宝们从猫篮里拿走，替换成新生的狐狸，让这位母猫抚养喂奶。安东尼娜没告诉我们，那些猫仔们下场如何，很有可能被“狐狸君”送去做了毛皮兽养殖场上众貉的美食（貉的英文名为 raccoon dogs，意为“浣熊狗”，毛皮灰色，间有浣熊一样的斑纹）。动物饲养专家说，母狐一次喂养的幼崽数量有限，以保证存活下来的幼崽都能长出一身厚实健康的毛皮来。“狐狸君”用巴尔碧娜做奶妈，喂养那些被狐狸妈弃养的幼崽，在他自己看来不失为一条妙计，尽管有些恶毒。安东尼娜注意到：“遭受无妄之灾的母猫，第一天的日子是最难过的，因为它可以对天发誓自己生的本来是猫。到了第二天，它明白过来这纯属自己的幻觉。”

我们可以理解猫妈的困惑，因为这些小东西的气味和叫声很奇怪，胃口又超强，吸起奶来穷凶极恶。几天的舔舐和喂养之后，它们终于和猫妈妈一个气味了。巴尔碧娜又不严其烦地传授它们种种猫艺，但基本上以失败告终。它经常在它们周围“以一种非常独特的嗓音喵喵个不停……企图教会它们使用正确的猫语”，这些狐心狐肺的家伙却从不“喵呜”作答，相反，它们常常高吠一声，把猫妈吓得全身一哆嗦。“它的一颗猫心脏中，对孩子的吠叫深以为耻。”安东尼娜如此推断。她还说，这些小东西嗓门大，“脾气躁烈”。它们倒确实掌握了敏捷的“猫跳”技术，能一步蹿上餐桌、橱柜、书架。小洋楼里的居民常常在钢琴上或者橱柜的抽屉里，赫然巧遇一只幼狐，身子蜷缩，宛如巴伐利亚风格的大盖碗。

偏爱活食的巴尔碧娜每天都出门捕猎，为子女觅食，常常把鸟、兔、鼠拖进家来，真是个尽职的母亲。只是，无论它怎么勤勉，都无法对付子女们没完没了的饿劲。它带着它们在楼外寻猎的阵容真是一番奇景：一只身材瘦小的猫走在最前列，后面的子女，身量有她三倍大，鼻子长长，尾巴蓬松，尾尖如一朵盛开的白花。它教它们如何伏低了身子——作斯芬克斯状——悄悄靠近猎物，如何猛然一跃扑向敌人，如果有谁掉队，它会厉声喵呜，直到对方乖乖地一路小跑归队。只要看到有鸡出现，小狐们就会悄声跟上，腹部贴地爬行，然后一扑而上，尖牙插入，撕裂鸡喉，然后一边大快朵颐，一边嗷嗷直叫。每逢此刻，巴尔碧娜总待在一边看着，保持一定距离。

在“养”了几窝狐狸，身体与智商遭受几番严重挑战之后，巴尔碧娜终于习惯了子女们外星般的举止和外貌。它们都成了半猫半狐的动物，它则也有了一身狐气。巴尔碧娜从不攻击楼里的居民，安东尼娜称赞它很有公民素养，她写道："它似乎有它自己的道德准则。" 它对"狐狸君"的长尾小鹦鹉——即使看到它们出了笼子，它也——没有起过杀念；兔子维切克和公鸡库巴都没让它犯浑；偶尔有田鼠入侵，它也懒得搭理；若有迷途之鸟闯进门来（波兰人视为不祥之兆），它只会冷冷地打量一番。但一个新客人的上门，却生生地点燃了它的熊熊野性。

春天的时候，邻居向瑞希已经颇为壮观的"皇家动物园"进贡了一个孤儿——一头肚子圆滚滚的麝鼠幼崽，褐色毛皮油光锃亮，腹部呈米黄色，长长的尾巴有鳞甲覆盖，一双黑眼奇小。麝鼠前爪有蹼，爪指灵活，善于做窝、取食、挖洞。后爪有翼边，利于它在水中强力划行。最怪模怪样的，也许要数四只凿子一般尖利的前突在嘴唇之外的龅牙，这种装备使它在陆上能以根茎为食，在水下可以啃食芦苇与香蒲——根本不用张开嘴巴。

安东尼娜觉得这个小家伙太有趣了，让它在门廊上安家，赏了它一只大大的笼子，里面放了一个原本用来冲洗照片的盘子，里面盛上水，权且让它过过水瘾，因为麝鼠是天生的游泳健将。瑞希赐名"小老鼠"，没过多久它也明白了"小老鼠"叫的是自己，适应了三环结构的小洋楼生活，白天总在睡觉、吃饭、打滚。野生麝鼠不容易驯化，但几周以后"小老鼠"就不怵瑞希了，他打开它的笼子，带着它到处转悠，拍拍它的身子，或者给它挠痒痒。“小老鼠”睡觉时，巴尔碧娜像一头美洲狮一样围着它的笼子转圈，只可惜不得其门而入。醒着时，它也一直折磨巴尔碧娜：在浴缸中一刻不停地玩水，溅猫一身水，让猫恨得咬牙切齿。谁也说不清巴尔碧娜为何对麝鼠这般心痒，但不管谁给“小老鼠”喂食或者清理笼子，都必须记得事后用铁丝把笼子锁好。

安东尼娜喜欢看着麝鼠“精心考究地梳洗打扮”。每天早晨，它会把脸浸泡在水盘中，舒服地喷着鼻息，鼻子里喷出一道道小水柱，然后又把水拍到脸上洗脸，动作像一个准备刮脸的男人。洗上很长时间的脸以后，它爬进浴缸，俯卧着伸展四肢，再翻身仰卧，如是反复多次。最后它爬出浴缸，像狗一样猛抖身子，一时水花四溅，声势浩大。非常奇怪的是，它经常会爬到笼子里的栖木上坐着，就像这个笼子此前的房客凤头鹦鹉科科一样。坐在栖木上时，它会用爪子梳理皮毛，擦干水。访客们看到一个麝鼠竟然像鸟儿一样坐在栖木上，又像鸟儿一样梳理毛发，大呼怪哉。不过，小洋楼历来就有一大帮子怪人怪物，即使在它最安静的时期也是如此。“小老鼠”也因其怪而成了瑞希的新宠。每天细致虔诚的晨浴之后，便到了“小老鼠”的用膳时间，食品中有胡萝卜、土豆、蒲公英、面包、谷子，但它想必非常渴望树枝、树皮、水草，这些才最对野生麝鼠的胃口。

“小老鼠”渐渐长大，小浴缸装不下它了，安东尼娜给它换了一个大罐子，是扬原先进行蟑螂研究时用过的容器。水罐一放进笼子，“小老鼠”就跳了进去，玩命一样地扑腾，溅出许多水来，安东尼娜只好把笼子搬到厨房里，那里的地面是瓷砖铺的，另外清水就在手边，很方便给它换水。

瑞希某日说道："你知道吗，妈妈，'小老鼠'正在学习怎么解锁开笼子。它绝对不蠢！"

"它没有这么聪明吧，"安东尼娜回答他。

"小老鼠"花了几个小时捣鼓锁笼子的铁丝。它用爪子捏住铁丝的两端，企图把它们解开。它的两手非常敏捷灵巧，经过一夜的捣鼓，它最后成功地解开了铁丝锁，顶开滑门溜了出来，沿着一条椅子腿顺利抵达地面，然后扭着西米舞爬上水管，滑落进它的"湿地"——厨房水槽。它又从那里跃上了火炉架顶，爬到一个暖和的散热器上，然后呼呼睡去。第二天一早瑞希就是在那里找到它的。瑞希把它送回了笼子，关上门，把铁丝拧得比以前更紧了一些。

第二天一早，瑞希一路狂奔，进了安东尼娜的卧室，惊慌地叫嚷："妈妈！妈妈！'小老鼠'去哪儿了？它的笼子是空的！什么地方都找不到它！说不定巴尔碧娜把它给吃了？我要上学去了。爸爸在上班！帮帮我！"

对于这个黎明危机，仍然卧床养病的安东尼娜也帮不了多少忙，她授权"狐狸君"和管家彼得拉西娅组建了一支搜索队。他们认真地侦查了所有的壁橱、沙发、躺椅、角落、靴子，任何可以容得下一只麝鼠的犄角旮旯，都没看见它的影子。

安东尼娜不相信它会"像樟脑一样从人间蒸发"，怀疑是巴尔碧娜或者扎尔卡作了恶，她令人将这一猫一狗带到她床前接受搜身检查，她仔细地摸了它们的肚子，摸不到任何可疑的胀鼓现象，如果它们吃了这么一个个子不小的动物——几乎有兔子那么大——它们的肚子一定会露馅。没有！摸起来还是细细瘦瘦的，于是她宣布这两个在押犯无罪，当庭予以释放。

彼得拉西娅突然冲进了她的卧室，高声叫道："你快来！快来厨房，'小老鼠'在火炉的烟囱里面！我跟往常一样生了火，然后就听到了一声惨叫！"

安东尼娜慢慢地下了床，拄着拐杖，挪动两条浮肿的腿，小心翼翼地下楼，一瘸一拐进了厨房。

"'小老鼠'，'小老鼠'，"她亲热地叫唤着。

墙壁里传来扭动爬挠的声音。一个满是烟灰的头从烟囱里透了出来，她一把抓住了这个逃犯的后背，把它拽了出来。只见它腮须尽黑，前爪上有烧焦的痕迹。

她怜爱、轻柔地用温水和肥皂给它洗身子，一遍又一遍，尽量把沾在它毛皮上的油污清除，然后给烫伤处涂了软膏，再把它放回了笼子。

她大笑着解释说，麝鼠习惯于用水草和泥土堆成一个小土包，然后从水下往上挖出一条地道进入土包，在里面掏出一个窝来。这只麝鼠也想要这么一个地堡，而不是笼子。它只是想为自己创造一个近乎梦想之窝才爬进烟囱去的，谁能责怪它呢？它甚至掰弯了炉膛里的金属条，以便比较容易进入烟道。

瑞希下午放学回家，看到重回笼子的"小老鼠"，简直高兴坏了。晚饭时候，大家正把食品往桌子上端的时候，瑞希兴奋地跟大家讲述"小老鼠"历险记，讲述它和烟囱的故事。一个小女孩听得乐不可支，乐极生悲，从厨房出来走近餐桌时脚下绊了一下，把一满盆的热汤泼到了“狐狸君”的头上和坐在他膝上的巴尔碧娜的身上。“狐狸君”“腾”地蹦起身，冲进了他的卧室，后面紧跟着他的猫。他们一进去就把门关上了，瑞希奔了过去，从锁眼中偷窥他们的动静，不时向大家汇报他的所见所闻。

“他把外套脱了！”

“他在用毛巾擦外套！”

“现在他在给巴尔碧娜擦！”

“他在擦自己的脸！”

“哦哦哦！不会吧！他打开了鹦鹉笼子！”

再也憋不住好奇心的玛格达蕾娜冲上前去，一把拉开了门，面前站着小洋楼的钢琴大师“狐狸君”，他像立柱一般矗在房间中央，长尾小鹦鹉们绕着他的头像旋转木马在飞行，片刻以后，它们落到他的头上，开始啄他头发，拽出一根根面条，吞下肚子。“狐狸君”终于注意到了门口聚集的人群，他们目瞪口呆，充满好奇地等待着他的解释。

“浪费掉这么好的食品太可惜了。”他面对这个怪诞的场面解释道，神情淡定，就好像他这做法是最明智、也是唯一的选择。

WINTER 1942

Chapter 22

第二十二章

一九四二年冬季

时间通常是不经意地悄悄溜过去的，但是，小洋楼里的时间会随着宵禁时间的临近突然加快步子。宵禁开始的一刻，时间抵达一个极限，此时，太阳停留在地平线上，几乎一动不动，每一分钟都像哑剧演员的动作，无声而漫长，是抻长的静默。任何人，如果不能在宵禁前赶回家，都有遭受逮捕、殴打甚至杀头的危险。这个钟点成了异教国度的君王，人人必须匍匐在它脚下。相关的恐怖故事在所有人心中烙下了阴影：玛格达蕾娜的朋友，画家兼作家布鲁诺·舒尔茨就是宵禁的牺牲品。一九四二年十一月十九日，他在德鲁霍贝奇被一个恶毒的盖世太保军官当场击毙。舒尔茨画风阴森，有时甚至暗示施虐受虐的人性癖好。盖世太保军官菲利克斯·兰道对他非常崇拜，给了他一张出入隔都的通行证，请他在自己儿子卧室里创作童话题材的壁画。有一天，兰道杀了与另一名纳粹军官君特交好的牙医。为了报复，君特一看到宵禁期间还在雅利安人区挟着一块面包往家赶的画家，就一枪将他撂倒。

如果大家都平安到家，安东尼娜会庆祝又一个太平的日子结束了，感谢又一个没有被出没在城市迷宫中的恶魔侵扰的平安夜。宵禁将世界割裂成阴阳两界，这对瑞希是个永恒的折磨，所以母亲并不催促儿子上床，允许他等待家人的归来，这样他可以带着依然完整的世界安心地睡去。几年过去了，战争和宵禁还在继续，儿子还会每日焦灼地等待父亲的归来，如同等待月亮的必然升起一样。扬深知儿子的习惯，他一回家就会径直上到儿子的房间，卸下背包，坐下来和他交谈一下一天的情况，还经常从口袋里摸出个小宝贝来。有一个晚上，他的背包鼓鼓囊囊的，好像里面有个铁笼子，把背包撑得很紧。

“里面有什么呀，爸爸？”瑞希问。

“一只老虎。”扬说罢，脸上装出害怕的表情。

“别逗了，到底是什么？”

“我说了，一只危险的动物。”父亲严肃地说道。

安东尼娜和瑞希看着扬取出一只铁笼子，里面是个毛茸茸的家伙，像一只矮种天竺鼠，身子主要是栗色的，白面颊，肚子两侧有斑点，像印第安苏族马一样。

“你若想要，它就是你的了，”扬说道，“卫生研究所的一对仓鼠生的小宝宝……不过，如果我给了你，你可不能拿去喂巴尔碧娜，你会不会？”扬逗儿子。

“爸爸，为什么你把我当作小小孩？”瑞希听了父亲的话有些不受用，抗议道。他声辩说，他曾经有过各式各样的宠物，自己可从来没有亏待过它们。

“非常对不起，”扬说道，“好好照顾它，一点不要马虎，它可是七个兄弟姐妹中唯一活下来的。很可惜，这个母仓鼠把其他儿女都杀死了，我迟了一步没救下它们。”

“这么恐怖的妈妈！为什么你们养着这种家伙？”

“所有的仓鼠都有这种残酷的本能，它们的妈妈不算特别坏，”扬解释说，“仓鼠爸爸有时会杀死自己的老婆。仓鼠妈妈会把小仓鼠从自己的地道里赶出去，不顾它们的死活。小仓鼠刚生下来要喝母奶，我想让它们多吸几天奶，可惜我算错了断奶的最佳时间点，最后只来得及救下一只小仓鼠。我在实验室里忙得没时间照顾它，我想你能出色地完成这项工作。”

安东尼娜曾留下文字说，她和丈夫觉得很为难的一点是，关于自然界超道德、无情残酷的一面，他们究竟应该给一个小孩讲到什么程度？一方面不要吓坏儿子（战争已经留下了足够的阴影），一方面又有必要让儿子了解世界的真相，知道动物的本来面貌，它们有时候非常狠毒，却狠毒得合情合理，有时候非常仁慈，仁慈得有情无理。

“我读过这么多仓鼠的故事，”他失望地说道，“我肯定它们都很和蔼，很勤劳，为了过冬，它们会收藏谷子……”

“说得一点没错，”扬安慰儿子道，“它们冬眠，和獾一样；

但是，如果冬天还没过去的时候它们提前醒来，感到肚子饿，它们就去吃谷子，吃了继续睡，直到春天到来。”

“现在是冬天，为什么这只仓鼠不冬眠？”

“家养的和野生状态下的动物，表现不一样。家养的，它们跟着我们的时间作息，这样我们干活比较容易，不过这种作息规律对它们来说是不自然的，干扰了它们的睡眠节奏。而且，虽说这只仓鼠现在醒着，它的脉搏和呼吸频率比夏天的时候要慢好多。你可以自己验证一下。如果你把这个笼子罩黑了，它几乎立即就会睡着。”

瑞希把一条毯子覆盖在笼子上，仓鼠爬入一个角落，撅着屁股俯卧躺下，头埋在胸部下面，前爪遮住了脸，掉入了深度睡眠。经过一段时间以后，安东尼娜认定它是一个“非常以自我为中心”的小家伙，吃相难看、“吃饭时动静很大的贪吃鬼”“喜欢独处，贪图安逸”。在这么一个人来畜往的大家庭里，动物的时间与人类的时间交叉纠缠在一起，因此，人们很自然地不以季节或者年份的流逝来标示时间，而是以某个重要访客——无论是两条腿的还是四条腿——的居留来纪年，对于安东尼娜来说，仓鼠的到来“开启了我们这个诺亚方舟上的一个新纪元，我们后来称其为‘仓鼠时代’”。

Chapter 23
第二十三章

一九四三年的新年到了，安东尼娜基本上还只能卧床养病。卧床三个月下来，因为“幽闭烦躁症”和严重缺乏运动，她的身体与精神都已经被掏空了。她通常都让自己卧室的门开着，远远地“参与”到小洋楼的动静之中，呼吸它混杂的气味与声音。一月九日，海因里希·希姆莱访问华沙，下令再对八千名犹太人做“再安置”安排。此时，没人不明白“再安置”意味着死亡，他们不再乖乖地听命排队，很多人躲了起来，也有人伏击上门的德国兵，翻墙冒死逃命，这种反抗使得遣送拖延了几个月。令人惊讶的是，最基本的电话服务当时竟然还在维持，电话甚至能打到某些地堡里。很难推测德国人为什么会放任这种局面的存在，除非他们认为自己精明的电气专家能够捕捉非法的电话联系，或者也有可能是因为在电话系统内部有地下组织的人。

有一天天还没有亮，扎宾斯基夫妇醒来了，他们听到的不是当年那熟悉的长臂猿、金刚鹦鹉大合唱，而是刺耳的电话铃声。拎起听筒，说话声似乎来自月亮的背面。是墨里西·弗兰克尔，一位依然困在隔都的律师朋友。他问能否来小洋楼“拜访”。

尽管很长时间没有联系了，但是扬在他的隔都之旅中至少去看过他一次。他是作为玛格达蕾娜“最亲爱的朋友”而结识扎宾斯基夫妇的。他们因此立即接受了他的拜访计划。安东尼娜留下的文字中提到，在此后的几个小时里，玛格达蕾娜如坐针毡，受尽煎熬，她嘴唇发紫，脸色发白，通常几乎看不见的雀斑纷纷变得十分明显。她那双强有力的永远忙碌的双手甚至在颤抖，眼中光彩全无，脸上思虑重重：“他能逃出来，逃到这里来吗？”

逃是逃出来了，但出现在大家面前的，就像一个扭曲的标本，弯腰驼背，像个来自“另界”的怪兽。人们有时称隔都为“另界”，这原是意第绪语中的一个词（sitre akhre），指的是一个幽冥世界，那里住着魔族和僵尸，僵尸们“长着一具皮囊，里面有一点圣火，皮囊遮蔽了圣火的光亮”。

隔都生活的无法承受之重，严重地摧残了墨里西的身体：他的头总是低垂在拱起的双肩之间，下巴都贴到了胸口上，喘气声很重。鼻子被冻得红肿，在苍白病态的脸上闪耀夺目。他进入新卧室的动作像在梦游：他将一把扶手椅从衣柜边拖到房间中最暗的角落里，弯腰驼背地坐了进去，然后把自己缩得更小了，似乎要隐身一般。

“你们同意我在这里吗？”他轻声问，“你们会有危险……这里这么安静。我不明白……”他嗫嚅着说不下去了，声音越来越低，最后完全听不见了。

安东尼娜想，他的神经系统已经习惯了隔都生活的喧闹，一下子掉进久违的安静中，让他心慌焦虑。她担心，这种心慌是不是比隔都世界中的苦难更能榨干他生命的汁液？

出生在利沃夫市的墨里西·保罗·弗兰克尔酷爱古典音乐，朋友圈中有很多作曲家、指挥家，自己也经常组织小型私人音乐会。他年轻时攻读法律，来到华沙居住后认识了玛格达蕾娜·格罗斯，对她的艺术天赋非常倾心，先是经常买她的雕塑作品，后来就成了亲密朋友，最后成了恋人。战前，她曾把他带来过动物园，他立即喜欢上了这个地方，还曾帮着扎宾斯基夫妇买了几车皮的水泥，用以动物园的翻新与修缮。

隔都与动物园之间有一条河，逃离隔都来到动物园，就像跨越了冥河。来自人间地狱的墨里西不久适应了河这边的生活，敢于走出角落和阴影，而且——安东尼娜写道——脊柱看起来也扳直了一点，尽管从来没有完全挺直。他有一种偏于辛辣的幽默感，从不放声大笑，但笑容灿烂，一笑起来整张脸放光，眼睛眯紧，躲在厚厚的镜片后面闪烁着。安东尼娜觉得他性格安静，心地善良，脾气温和，言行文雅，他没有攻击性，从不咄咄逼人，凡事唯恐让别人为难，也正因为如此，他当年就乖乖地搬进了隔都。在隔都中，他把人生的悲惨体验遍了，走投无路之时，他尝试过自杀，可惜吞下的毒药过期太久失效了。既然没有死成，他就觉得不妨冒险逃跑。

没有证件，墨里西无处可以登记身份，便沦为了“黑人”，从官方的意义上来说，这个人已经不再存在。在很长一段时间里，他隐身在朋友们中间，形销骨立，宛如鬼魅，属于“失踪人口”。消失的不仅是他的身份、户口，还有他的声音，他作为一个律师的声音，作为一个音乐出品人的声音，作为一个爱人的声音。久而久之，发现自己说话都困难了，即便开口也前言不搭后语。

安东尼娜卧病在床时，墨里西常连续几个小时坐在她床边。他在一点一点地恢复说话的力气，一点一点地恢复精神平衡——安东尼娜想。压在他心头最重的负担，也是他所带来的巨大风险：他经常提到弗兰克总督一九四一年十月十五日发出的威胁，即任何波兰人如果藏匿犹太人都将遭到枪毙。在任何受助的犹太人心头，这都是一个痛苦的结。当时藏在小洋楼里的十几个人以及躲在动物馆舍中的其他人，心头也都有这个结，但墨里西心地太善良，他尤其难过这个坎，他为自己给扎宾斯基夫妇生活增加的负担而歉疚不已。他告诉安东尼娜说，自己暴露在危险中是一回事，一想到自己可能把恐惧的传染病扩散到了整个动物园——这么多生命的避风港——完全是另外一回事。他的内疚越积越重，让他难以承受。

安东尼娜卧室的白墙上嵌有不少架子和抽屉，床的一部分也是嵌入一个较浅的壁龛里的，伸出的部分就像一个装了软垫的水上突堤。卧室里所有的家具都是用银桦树木做的，这种木材在波兰很多，材质坚硬，耐久性又好，颜色偏淡，纹理有多种多样，有的很简单，有的则有火焰一般的图案，散布着棕色的结节痕迹，还有褐色的虫斑——曾有昆虫在这些树还活着的时候入侵了树皮下面的新生层。

在房间的南端，高窗旁边有一扇玻璃门通向一个贯通的露台；北端有三道白色的门，分别通向走廊、“阁楼”和“步入式衣帽间”。衣帽间里常有“客人”藏身。小洋楼的门都有一个按柄，唯独衣帽间的门没有，但有一个开得较高的锁眼，衣帽间虽然狭小，但是“客人”可以蜷缩在层层柔软的织物和安东尼娜抚慰人心的香气之中。衣帽间两边都有门，像魔术师的箱子。打开门往里看，无论怎么瞧，都不会发现对面遮蔽在衣服后面的那另一道门。它是一个很好的安全舱，特别是因为它开向过道的门离地有一英尺左右，让人觉得门后面不过是一个浅浅的壁橱，只要放上一只洗衣篮或者一张小桌子，就可以把它遮住。

一天，墨里西正安坐在床边的一把椅子里，忽然听到管家彼得拉西娅上楼来的声音，他就躲进了衣帽间里，蜷缩在安东尼娜的波尔卡圆点裙中间。彼得拉西娅离开房间后，墨里西又悄悄地现身坐下，但是，安东尼娜刚要开口说话时，彼得拉西娅推开门冲了进来，因为她突然想起刚才忘了问女主人一个问题。看见房间里的陌生人，她吃了一惊，刹住了脚，喘着粗气，猛画十字。

“这样看来，你要继续服用水杨酸，”墨里西装出大夫的口气对安东尼娜说道。他轻巧地抓住她的手腕说：“我给你诊个脉。”安东尼娜事后写道，她的焦虑一搭脉搏就可以感觉出来，而他自己的脉搏也像铁匠的重锤，异常猛烈地一直传到他的指尖。

彼得拉西娅疑惑地仔细观察两人的脸，却发现他们平静如常，于是困惑地大摇其头，嘟哝着说自己可能产生了视觉障碍或者间隙性失明。她离开房间，用手抹抹额头，下楼梯时禁不住又摇头不已。

安东尼娜将瑞希叫了进来，对他说：“把医生的大褂、帽子拿进来，领他从厨房门走，让彼得拉西娅看见他出去。然后叫她去看看鸡棚里的鸡怎么样了。明白吗？”

瑞希眨巴眨巴眼睛，想了一会儿，微笑爬上了他的脸。“我就跟她说早上我不小心把一只鸡放出去了，让她跟我去找回来。这个时间里，医生可以再从菜园的门溜回来。这样行。”

“谢谢你，这么聪明，”安东尼娜说道，“快去吧！”

从那以后，墨里西只在夜里出来荡悠。此时，管家已经下班回家，他可以安全地跑到楼下去，脚步很轻，像一只潜近猎物的豹子，小心翼翼地像走在滑溜的冻土带。每天晚上，安东尼娜发现他一次次地在从客厅的一头走到另一头，步履很慢，很虔诚，这样他就“不会忘记怎么走路了”，他解释说。有时他会停下脚步，看看仓鼠——他已经和仓鼠交上了朋友。他后来还与其他客人一起，参加了“狐狸君”的钢琴音乐会。

某日，在演奏拉赫玛尼诺夫几个前奏曲之间的间隙，“狐狸君”把墨里西拉到一旁，对他说：“博士，我在案头工作方面很不在行，有些文件还是用德语写的，这门语言我根本不会说。我的毛皮生意目前在扩大，我真的需要一个秘书……也许你能帮帮我？”

墨里西此前曾悄悄告诉安东尼娜说，这样躲着过日子，而且还用一个不熟悉的假名字，感觉自己像一个鬼。“狐狸君”的提议意味着墨里西可以重回阳间，获得有效的身份，可以大摇大摆地在人间走动，而且，最重要的是，他可以获得在小洋楼的合法居住身份，因为他是兽皮农场的合法雇员。由假返真，重回人间，实在是非同小可的命运改变。德军对波兰的占领，催生了“证件产业”的繁荣，而在这片欣欣向荣不断扩张的“证件林”里面，也长着一丛丛“灌木”——各种各样的伪造证件：工作证、出生证、护照、登记卡、食品券、通行证。他的新证件上赫然写着他的新名字：保罗·西林斯基，身份是兽皮农场的专任秘书。于是他以寄宿者的身份重新加入了这个大家庭，从此再也不需要躲在楼上的衣帽间里了，同时也意味着衣帽间可以腾出空来，以备新的“客人”入住。变回真人也带来了心理上的变化。他睡在楼下餐厅边上一个狭窄的小房间里的沙发上，和他最偏爱的仓鼠同室。听着仓鼠窸窸窣窣的声音，他睡得很幸福。安东尼娜注意到，他的整个情绪都开始发生变化。

墨里西告诉安东尼娜，每天晚上他上床前的准备“仪式”总是进行得很慢很慢，带着一种德占以来就从未体验过的幸福感。每一个简单的动作，他都慢慢地从中汲取源源不断的快乐：细心地折叠他仅有的套装——尽管已经严重磨损，将它安放到他椅子上——椅子靠近他自己的书架，上面放着他从以前的生活中抢救出来的五六本书；环视自己的房间，想想可以在小洋楼地享受无扰的睡眠，身边还围绕着一个“代理家庭”，他们是自己存在的基础。

对很多人来说，隔都生活抹去了日常生活中微妙的神秘。人的私密性，生活的能动性，特别是那种让你在夜里安心地躺下、毫无保留地拥抱睡眠的信念没有被剥夺前，人是意识不到它们巨大的抚慰力量的，因为它们只悄悄地、神秘地作用于我们的深层意识。在仓鼠纯洁的气息中，墨里西靠近自己的书本睡着，身边的证件赋予了他重返人间的资格，最妙不可言的是，同一屋顶下睡着他心爱的玛格达蕾娜。安东尼娜揣想，发现爱情没有被战火烧毁，还有足够的存在空间，而且自己的心依然柔软，他心中升起了希望，甚至破天荒地“时不时感到愉悦、快乐，那是他在隔都生活中已经遗失的感觉”。

一九四三年二月二日，德国第六集团军在斯大林格勒投降，这是纳粹国防军遭遇的首次重大失利。但就在三周以后，柏林兵工厂的犹太工人被送进了奥斯维辛集中营，到三月中旬，克拉科夫市的隔都被“清盘”。与此同时，地下组织继续发动各类攻击，自一月一日起共计五百一十四次；一月十八日，华沙隔都爆发第一次武装抵抗。

在这海啸般的混乱中，越来越多的隔都居民被冲上了小洋楼这条方舟的甲板，一个个衣衫褴褛，失魂落魄，“像遭了海难的灵魂，”安东尼娜在日记中写道，“我们感觉我们的房子不是一条在波涛汹涌的海面上飘摇的小船，而是尼莫船长的潜水艇，潜航在深海中，驶向一个安全港。"但是，战争的风暴依然疯狂，让所有人胆寒，""客人"们的生活蒙上一层阴影，他们刚刚逃脱火葬场，逃脱毒气室"，他们现在需要的不只是一个藏身的地方。"他们绝望地呼唤希望，他们需要这样一个信念——这个世上存在一个避难天堂，战争的恐怖终有一天会结束"，现在他们住进了这幢怪诞的小洋楼，甚至楼主自己也称呼它为方舟。客人们乘着这条方舟，在波涛中漂流。

以精神受损为代价求得身体的苟活，并不是安东尼娜信奉的生命之道。扬认为生命离不开策略和诡计，安东尼娜则认为生命必须快乐，当然，快乐并不意味着不顾环境，放松警觉。因此，一方面，扬和安东尼娜两人随身一直备着氰化物，另一方面，他们鼓励幽默、音乐和欢宴。小洋楼里"客人们"的地下生活，在尽可能的范围内，还是基本"过得去"的，有时候甚至还挺愉快。当然，因为生存空间的局促，沮丧与摩擦在所难免，每当此时，可以听到"客人们"嘴里吐出意第绪语中全套的诅咒，甚至谩骂，有的人骂得很有画面感，很形象（"愿你尿出绿虫子来！"或者"应该让一个营房压塌在你身上！"），有的非常华丽夸张：

愿你有一千幢楼，
每个楼里有一千个房间，
每个房间里有一千张床，
每一个夜晚睡觉，
你都要换楼换房换床，

每天早晨起床以后，
你必须下一道不同的楼梯，
进一辆不同的小车，
开车的都是不同的司机，
他带你去看不同的医生，
——这医生还是搞不清楚你究竟生的什么毛病！

虽说如此，“我必须承认我们楼里的气氛挺愉快的，”安东尼娜在日记中写道，“有时甚至堪称快乐。”这是非常难得的，就生活的质感与情绪而言，小洋楼即使与华沙内外其他最好的藏匿点相比，也有云泥之别。举例来说，安东尼娜和扬对阿道夫·贝尔曼非常熟悉，很有可能读过一九四三年十一月他收到的一封信，信的作者是尤迪特·林格尔布卢姆（伊曼纽尔的妻子），信中提到了化名“科瑞西亚”的某个地堡中的气氛：

> 这里人人都患上了可怕的抑郁症——一个刑期不定的刑罚。可怕的绝望。给我们一些大局面上的消息吧，也许能提振一下我们的精神。另外，也许可以安排我们的亲属，任何亲属，跟我们住到一起。

共处一室的仓鼠与墨里西似乎很能互相取乐。安东尼娜注意到，他们很快成了玩伴。某日墨里西说道：“我太喜欢这个小动物了。另外，既然我的新名字是保罗，我觉得它的名字应该叫彼得。这样我俩就是一对信徒了！”

每天晚餐之后，墨里西就把彼得放到餐桌上，这头仓鼠就从一个盘子奔到另一个盘子，把剩菜残渣打扫干净，直到它的腮帮子都嚼不动了。然后墨里西再抓起它，带着它回笼子里去。时间一长，彼得对墨里西信赖有加，把他的手掌当成了自己可以在小洋楼飞行的魔毯。他们渐渐变得形影不离，小洋楼上下都把保罗与彼得合称为“那一对仓鼠”。

欧洲原牛图。纳粹分子们一心"再造"这种已经灭绝的动物,这样战后他们就可有纯种的雅利安动物可以狩猎。

A drawing of the aurochs, one of the extinct animals the Nazis hoped to re-create so that they would have pure Aryan game to hunt after the war.

Chapter 24
第二十四章

一九四三年春，海因里希·希姆莱希望给希特勒送上一份超级生日礼物，借此提升他的地位，成为希特勒的首宠。希姆莱，一个经常与希特勒的照片进行亲密对话的人，他的最高目标就是成为希特勒最优秀、最忠实的仆人。如果可能的话，他愿意把天上的月亮钩下来，包装好了送给希特勒做礼物。他曾经对一个朋友说："为了他，我什么都愿意做。相信我，如果希特勒要我枪毙我母亲，我会毫不犹豫，而且会对他的信任由衷地感到自豪。"他挖空心思想出来要送给希特勒的生日礼物，是将华沙隔都中剩下的犹太人赶尽杀绝，时间选在四月十九日，犹太教重要节日逾越节的第一天，也就是希特勒生日的前一天。

凌晨四点，德军的小股巡警队和攻击队悄悄进入隔都，抓捕了几位走在上班途中的犹太人，但是这几个犹太人挣脱了他们的魔爪，于是这些德国兵撤了出去。七点，党卫军旅长于尔根·斯特鲁普少将率领三十六名军官和两千零五十四名士兵杀了回来，带着坦克和机关枪，以雷霆万钧的气势直扑隔都中心地带，没想到遭遇了路障，路障后面有犹太人把守，还击德军的火力中有手枪、几杆来复枪、一挺机枪和不少“莫洛托夫鸡尾酒”。所谓“莫洛托夫鸡尾酒”就是灌满汽油的酒瓶，瓶塞子是燃烧的破布。这是不久前芬兰人从西班牙佛朗哥民族主义者那里学来的。一九三六年至一九三九年的西班牙内战期间，佛朗哥分子发明了这种酒瓶手榴弹，又恰逢餐前鸡尾酒正在时髦一族中悄然流行，苏联入侵芬兰时，芬兰人就很讽刺地以苏联外交部长维亚切斯拉夫·米哈伊洛维奇·莫洛托夫来命名这种手榴弹。无论是人员数量，还是装备质量，犹太抵抗者根本不能与德军对抗，但是纳粹推进的步伐还是被拖慢了下来。夜幕降临，德军停止进攻。第二天早晨，德军带着火焰喷射器、警犬、毒气再次杀来。在此后的日子里，一千五百名左右犹太抵抗者抓住每一个机会袭击德军。

希姆莱准备的礼物是大屠杀，却不料它演变成了一场围城战，久围不下将近一个月，恼羞成怒的德国人决定用火攻，他们往各个大楼、地堡、下水道里放火，很多人葬身火海，有些人受不了只能投降，有些人则选择了自杀，少数人幸运逃生，向后人讲述了这一场世界末日之战。地下组织的报纸呼吁波兰基督教徒帮助逃亡的犹太人寻找栖身之所，扎宾斯基夫妇毫不犹豫地响应号召。

“不远处，就在墙外，生活如常，一如昨日，一如它亘古不变的模样，”一位隔都幸存者写道，“人们——这个首都的公民们——继续享受生活。他们白天看得见墙那边浓烟滚滚，夜里看见有火光冲天。隔都旁边有一个旋转木马不停地转啊转，孩子们围成一圈跳着舞，景象温馨，他们都很快活。来首都观光的乡村姑娘们乘坐着旋转木马，眺望隔都内的一处处火焰。”她们大笑着，伸手去抓空中飘过来的飞灰。喧腾的嘉年华音乐在播放。

最终，五月十六日，斯特鲁普少将向希特勒发送了一份报告，骄傲地宣称：“华沙隔都已经不在。”根据一九四三年五月十六日的《地下组织经济简讯》的记载，共有十万套公寓、两千处劳动场所、三千家店铺、二十家工厂被烧毁。德国人最终缴获的武器只有九支来复枪、五十九支手枪、数百颗各式各样的土制炸弹。七千犹太人被枪杀在隔都内，两万两千人被押解至特雷布林卡和马伊达内克的“死亡工厂”，另有数千人去了劳改集中营。为取得如此辉煌的战果，德军付出的代价微不足道：死十六人，伤八十五人。

小洋楼中的“客人们”密切关注着隔都起义的进展，安东尼娜记录了他们的情绪反应：“惊撼、震骇、无助、骄傲。”最初，夫妇俩听说隔都上空升起了波兰和犹太的旗帜，后来，随着德军开始使用重炮火力，他们从朋友斯蒂芬·考尔波尼斯基（地下组织的一位高级领导人）了解到“犹太战斗组织”和“犹太战斗联盟”——只有男女成员七百名——正在英勇地战斗，但是“德国人抓捕、杀害或者活活烧死的犹太人数量已经高达数万。三百万波兰犹太人中，所剩下的已不足十分之一”。

随后某一天出现了一个可怕的景象：动物园上空下起了一场灰雨——西风把正在燃烧的犹太区内的烟灰送过了河，它们弥漫在动物园上空，遮天蔽日，然后慢慢地、纷纷扬扬地落到了地面上。这场意在灭绝四十五万华沙犹太人的灾变已经进入最后阶段，隔都的灭亡倒计时开始，而小洋楼里的每一个人此时都还有朋友困在那个死亡之地。

十一月十日，宵禁开始之前，扬已经安全地到家，管家彼得拉西娅已经离开，安东尼娜把全家人以及“狐狸君”、玛格达蕾娜、墨里西、芳达等人召集到餐桌边就餐。晚餐是罗宋汤，一种油亮亮的红色甜菜汤反射着烛光。这汤舀在大号银匙里看着有点像红葡萄酒。屋外寒风呼啸，雪片飞舞，在路灯下看起来像阿拉伯传说中的小精灵。屋内暖意融融，因为这年冬天小洋楼搞到了充足的煤炭，所有人的保暖都不成问题。晚餐后，瑞希正在厨房里给“小老鼠”的浴缸换水，忽然听到轻轻的敲门声。他疑惑地悄悄开了门。紧接着他兴奋地奔进了餐厅，向父母报告消息。

“妈妈，黑貂的女儿一家来了！”他说道。

听得一头雾水的“狐狸君”扔下了手中的报纸。他的毛皮农场不养黑貂这种小型貂类动物。

“这地方整个儿疯了！”他说道，“给人用畜生的名字，给畜生用人的名字！我从来搞不清楚你们究竟是在说人呢还是说畜生。这个黑貂究竟是什么人，或者什么东西？我不知道这是名字呢，还是代号，究竟是人名呢，还是动物名字。太费脑子了！”然后他很夸张地“腾”地一下站了起来，回自己的房间去了。

安东尼娜急忙赶到厨房，欢迎小洋楼里新到的一群“黑貂”：瑞吉娜·柯尼斯韦恩，她丈夫塞缪尔以及他们的两个儿子——五岁的米艾乔和三岁大的斯蒂夫乔。他们最小的儿子斯塔斯还不到一岁，已经送去了博杜恩神父的孤儿院，因为他们担心他会哭闹，在途中增添风险。按当地的一个说法，瑞吉娜“心下还藏着一个婴儿”——她正怀着她的第四个孩子。

一九四二年夏，纳粹将大批犹太人圈禁至集中营期间，曾被用作逃生通道的那幢法院大楼被封闭，迷宫般的下水道逃生线路还未开发出来，塞缪尔此前就曾向他的天主教朋友兹格芒特·毕安塔克求助，希望在华沙城的雅利安一侧为全家找到避难栖身之地。对于绝大多数逃离隔都的行动而言，成功与否取决于很多因素，朋友、熟人、运气一个都不能少。在这个复杂的网络上，任何环节出了纰漏，都是性命攸关。柯尼斯韦恩一家的逃亡也是如此。塞缪尔和朋友斯查普斯·罗托尔克此前参加了隔都警察部队，利用机会很快交了不少朋友——富有同情心的或者贪财的德国守卫以及从事偷运活动的波兰人。一天晚上，柯尼斯韦恩给孩子们服了镇静剂，把他们装进麻布袋，然后买通守卫，翻过了隔都的围墙。全家安身在毕安塔克为他们租赁的房子里，直到一九四三年冬天。在此期间，全家与外界完全隔绝，毕安塔克是他们与外界的唯一联络人，经常带着食品和生活必需品去看望他们。资金枯竭之后，他们被房东赶出了家门。毕安塔克转向扬求助，希望能安排柯尼斯韦恩一家临时借宿：地下组织已经在为他们另找藏身地，一旦找到，就可将柯尼斯韦恩一家送走。

安东尼娜认识瑞吉娜，她父亲“黑貂先生”（波兰语中他的姓与黑貂正好相同）在战前为动物园的动物供应水果，是一个心地善良的男子，肩膀有点斜，总是穿着同一件褪色旧背心，扛着沉重的果篮、蔬菜篮，步履缓慢。尽管每次要运不少东西，他总不忘在自己的身上腾出空间来放些糖果、礼物之类，例如甜樱桃，是给猴子们的，或者一只黄苹果，是给瑞希的。但真正在“黑貂”与扎宾斯基两个家庭之间搭起桥来的是“黑貂先生”的儿子，他在隔都的劳工队干活，有时他会偷偷溜到动物园来，从扎宾斯基夫妇这里偷偷搞些土豆或者其他蔬菜回家。某日他说他已被重新安排，要到隔都里面的另一个劳工队干活，恳求安东尼娜替他向他的德国头目求情，允许这小伙子留在原先的劳工队。安东尼娜答应了这个请求，并留下了下面一段相关文字：

> 也许这位帝国的劳工长官本来就是一个好人，也许他听到我说如果“黑貂先生”没有我送给他的这些食品，全家就会活活饿死时，心里受了震撼。他操着一口还不错的波兰语警告我应该“小心一点”，但是结果还不错，“小黑貂先生”被允许留在隔都外面干活。在此后一个多月的时间里，他继续经常偷带食物回家。

瑞吉娜还是个姑娘时，扎宾斯基夫妇就认识她，后来她结婚时，还参加了她的婚礼，而她的丈夫塞缪尔更是扬的战友，两人曾一起修建地堡。塞缪尔·柯尼斯韦恩战前是著名拳击手，经常在华沙马加比明星体育俱乐部比赛。他也是一个手艺不错的木匠，帮助耶哥塔设计、改造了不少藏匿点。战争期间，耶哥塔的核心人物之一建筑师艾米丽娅·希若娃，发明了一按键就可滑行开启的假墙，耶哥塔的工人在全华沙各处的许多公寓里都修建了这种假墙，并要求房主注意不用家具把它们堵住。这个诡计很成功，因为这些无遮挡的墙面给人以诚实坦白的面目，没有人会注意它们。

柯尼斯韦恩一家进门时，模样狼狈凄惨至极，安东尼娜看了非常心痛："我看着他们，眼中饱含泪水。小孩们眼中充满了恐惧，回望我的眼神悲哀凄凉。"瑞吉娜的眼神尤其让她心疼不安，因为"这是一位年纪轻轻就判了死刑的母亲呆滞的眼睛"。

安东尼娜写道，她感觉一阵揪心似的痛苦，内心有两股力量在拔河，一股是同情，一股是自保意识。她还感到有点不安，因为要确保不危及自己一家，她能为对方做的非常有限。而且，小洋楼的实际条件也有限，让他们睡哪里呢？在最初的几天里，柯尼斯韦恩一家藏在了狮子馆里面。后来，瑞吉娜和孩子们借由山鸡馆下面的地下通道搬进了小洋楼居住。安东尼娜给塞缪尔找了一双靴子和一件很大很厚实的山羊皮大衣，每天夜幕降临前，他会偷偷溜进山鸡馆的小木屋，然后让他们从外面把它锁上。第二天一早，管家上门以前，瑞吉娜带着孩子们悄悄地溜进二楼的一间卧室里。他们就这样藏了两个月。安东尼娜惊叹孩子们如此配合，总能把动静压得很轻。他们告诉她说，他们曾在隔都的一个秘密学校里上学，老师教会了他们如何在一个狭小的空间里玩游戏，移动时如何做到悄无声息，以及如何最“流利简捷”地躺下身子。

狐狸农场上雇用了不少陌生人，经常有不认识的男孩子跑进厨房来讨些吃的。警察也经常光顾。而且，夫妇俩对那位管家总觉得不敢完全信任，不敢直言相告为什么家里人的胃口这几天会突然膨胀。他们如果偷偷溜进厨房搞点食物出来，必然会被管家察觉，他们因此只能公开地取食，于是，在管家眼里，大家都变成了怎么也吃不饱的饿死鬼，吃了一份又公开地去讨第二份、第三份、第四份。作为一个仆人，她当然无权对主人胃口的戏剧性变化说三道四，但是安东尼娜听到她嘟囔说：“真不敢相信他们这么能吃！这种事情真是一辈子没见过。”瑞希会趁她不注意把盘子碗勺在楼上楼下之间搬来搬去，分批分次。扬或者安东尼娜有时候会对他说：“狮子要喂食了。”今天是狮子，明天就是山鸡或者孔雀等。瑞希就会遵命送些食物给那些锁在馆舍笼棚里面的客人。最终，出于安全考虑，安东尼娜解雇了这位管家，换用一位名叫弗朗西斯卡的妇女，她是扬一位旧友的嫂子，是可以信赖的人，但即使是她，也并不清楚小洋楼内外的多维象棋游戏中，究竟有多少个层面的生存与抵抗。

Chapter 25

第二十五章

一九四三年

十一月中旬，扬给柯尼斯韦恩一家在工程师、退伍职业军官菲利克斯·茨温斯基家里找到了新的藏身地。第一次世界大战时，菲利克斯曾与扬并肩战斗，而现在在地下组织中与他也有紧密合作。菲利克斯已婚，有两个孩子，他位于沙比艾因斯卡街19号、21号的公寓里曾经藏过很多人。不仅如此，他还把人藏到他姐姐的公寓、他父母亲的公寓以及他一个朋友的家居装饰材料店铺里（这家店铺曾经短时间关闭，对外宣称要翻新）。他曾为多达十七名避难者每天同时供应餐饮，对于那些始终遵守犹太教饮食禁忌者，他不厌其烦地另外准备菜式。有人生病时，他不但置办药品回来，还把地下组织的一名医生请上门看病。一九四〇年成立的秘密组织“民主派与社会主义派医生协调委员会”中有五十多名医生为这类伤病者秘密诊治，他们还出版了一份自己的月刊，发文驳斥纳粹的种族纯洁宣传，戳破了纳粹散布的关于种族疾病的种种谣言。菲利克斯每月中会安排藏在他家里的犹太人离开一次，去动物园或者其他安全的地方，这样他就可以邀请邻居朋友上门聚会，以自证清白。时间一长，菲利克斯陷入财务困境，只得举债度日。他转而卖掉了自己的房子，用这笔钱又另外租赁装修了四套公寓，以便藏匿更多犹太难民。躲在他羽翼下的人很多与柯尼斯韦恩的情况类似，他们常常是从动物园转运来的，在这里待上一两天，等待地下组织准备好他们的假证件，然后再转去别的住所。

把柯尼斯韦恩一大家子转移出去是个问题，因为要确保不引起德军注意。安东尼娜决定将他们的黑头发染成金黄色，因为很多德国人和波兰人都误认为凡是长着一头金发的都是斯堪的纳维亚人，所有的犹太人都是黑头发。这种误会一直存在，甚至有人开始拿着希特勒的非雅利安式胡须和深色头发讲笑话，而且这种笑话的传播面还挺广。从留存下来的照片和扬说过的一句话可以判断，棕褐色头发的安东尼娜自己也染过头发，但只是漂淡了几个色度，并不是把头发从深黑直接变成了柠檬黄。为了给柯尼斯韦恩一家染发，她特地请教了一名理发师朋友，对方给了几瓶过氧化氢纯液和一个调制配方。这个配方很关键，因为正如伊曼纽尔·林格尔布卢姆曾经强调过的那样，“实践证明，亮闪闪的铂金色头发比黑头发更让人起疑”。

一天，她把柯尼斯韦恩一家带进了楼上的一个卫生间，锁上门，派瑞希在门外望风。她把棉球浸泡在经过稀释的过氧化氢溶液中，然后用棉球往他们的黑头发上反复抹拭，烫伤了不少面积的头皮，留下一块块红斑，连自己的手指头也都起了水疱，可就是没办法营造出她想要的金黄色效果来，她甚至后来加强了这种腐蚀性溶液的浓度，还是无济于事。最后，她打开门，把她的受害者释放了出来，他们的头发都变成了紫铜色。

“妈妈，你干了什么呀？”瑞希惊愕地问道，“他们看起来像几只小松鼠。”从那天开始，“松鼠”变成了柯尼斯韦恩一家人的集体代号。

深夜，扬护送柯尼斯韦恩一家从小洋楼地下室的暗道进入山鸡馆，从那里朝着城区出发，到了位于沙比艾因斯卡街上的菲利克斯家。在这里，每逢遭遇险情，避难者会爬入一个地堡躲避，地堡的入口在浴室里面，藏在浴缸后面的一个壁龛中。菲利克斯一直不知道瑞吉娜有孕在身。某日她突然临产时，菲利克斯慌得不知所措，因为已是宵禁时分，没办法请医生上门，接生婆的工作就落到了他手上。战后有一次接受采访时，他坦言：“我最幸福的时刻，就是平生第一次有一个小孩真正诞生到我手中的那一刻。当时已是华沙隔都走向毁灭的最后时刻，气氛非常紧张，恐怖的暴政如火如荼，到了它最丑陋的阶段，德国宪兵和敲诈勒索者渗透了各个角落，大肆搜捕逃亡的犹太人。”菲利克斯一直庇护着柯尼斯韦恩一家。一九四四年华沙起义爆发时，一战老兵塞缪尔·柯尼斯韦恩带领一个营冲上了战场。

华沙的其他地方，也有别的人使用化妆易容术帮助掩盖犹太人的相貌特征，有些发廊专门培训更为复杂的伪装诡计。例如玛塔·沃尔特医生和她的丈夫开办了一家名声在外的“美容院”，在马夏乌考斯卡街上。沃尔特太太在这里给她的犹太女客户们传授“隐身技巧”——怎样的形容举止才能看起来像雅利安人，不会引起注意。

“我在那里看见了十几个没穿外衣的女士，”波兰作家、耶哥塔成员瓦迪斯瓦夫·斯穆尔斯基在战后曾经作证说，“有些人坐着，身上有各种各样的灯光照射着，有些人脸上涂抹着面油，她们正在接受一种神秘的化妆处理。沃尔特太太进来时，大家聚拢在她周围坐下，打开书本。然后开始她们之间苏格拉底式的问答训练！”

尽管这些女性容貌上有鲜明的犹太特征，却每个人都在脖子上挂着一个十字架或者圆形天主教圣章。沃尔特太太向她们传授重要的基督教祈祷词，告诉她们身处基督教教堂里或者在其他典仪性场合如何举手投足，以便隐藏自己。她们学会了煮食猪肉、烹调波兰菜式的方法，懂得了在餐馆里如何点要一种叫作“槟波”的“月光伏特加”（即私下非法酿制的伏特加）。一般情况下，如果警察在街上截住某个有犹太身份嫌疑的男子，会要求解开裤子查验是否接受过包皮切割；如果是女子，会要求背诵“天主经”和“万福玛利亚”。

最小的细节都可能让她们露馅。沃尔特太太的美容院就像一所“魔法学校”，教导犹太女性如何施展“魔法”，不让周围人察觉自己的犹太存在。这种“魔法”其实就是“相”“行”“知”三者的正确混合：相——化妆要入流时髦，行——手势要克制低调，知——对波兰民间习俗要烂熟于心。具体说来，要摒弃一切犹太式表达，例如，不能问：“你来自哪个区？”而要问：“你来自哪条街？”日常习惯和动作要特别小心：在公共场合要注意行走、打手势、做事的方式，不能露出犹太痕迹。男子在教堂里要摘帽（在犹太会堂里是不用脱帽的）。每逢自己、朋友和家人的天主教保护神节日要举行庆祝活动。

额前不该有头发，要把头发全部整齐地收束起来，往上往后梳，梳出雅利安人的那股味道来。刘海和卷发比较容易激发疑心。黑头发要进行漂淡处理，不要有那种黑亮的光泽，但也不能把头发漂染得太淡，反而不可信。选择衣服时，沃尔特太太的忠告是：“回避红、黄、绿甚至黑。最好的颜色是灰色，或者也可以是几种暗色调的搭配。不要佩戴现在正好流行的眼镜样式，因为它衬托出了你们鼻子的犹太族特征。”有些犹太民族特征过于明显的鼻子需要“手术介入”。幸运的是，她的合作者中有波兰外科医生（包括著名的安德烈·特罗亚诺斯基医生和他的几位同事），他们会对犹太鼻子做整形手术，对犹太男子做手术恢复包皮。这种秘密操作的手术历来很有争议，但是有着古老、悠久的传统。

历史上，“复皮术”（古罗马人对包皮修复手术的称呼）一直被用来帮助被迫害的犹太人隐藏自己的身份，《圣经》中的记载表明，至少公元前一六八年前就有这个做法，当时正是安提奥克四世统治时期，希腊罗马式的裸体竞技体育与群体共浴的风俗在朱迪亚刚刚兴起，对自己的血统隐而不宣的犹太人面临两个选择：一、竭力避开裸体的场合；二、“整形”——以一个时称“朱迪亚挂坠”的铜箍拉伸包皮，直到它能覆盖龟头。牵拉能在表皮细胞间造成小裂口，新生细胞能填补这些裂口，慢慢地，包皮就能得以抻长。这个整形术过程无疑很漫长，很痛苦，容易被人察觉异样，还好那时的衣服都比较宽松。二战期间，人们直接使用外科手术来实现类似的整形效果，不过，毋庸置疑的是，纳粹时期的医学文献记载中绝不会出现关于这种手术的详细描述。

扬属于地下组织的核心人物，无疑认识沃尔特夫妇，安东尼娜所获取的漂染配方很有可能就来自他们的发廊。沃尔特太太和她已经年迈的丈夫一度曾在家中同时藏匿了五名犹太人，整个战时，他们在自己的美容院中向无数犹太人教授过“美容”的课程。战后，沃尔特太太曾写道：“凡是来过我们战时巢穴的人，哪怕只是露了一下面，都躲过了灾难。这是事实，但纯属偶然，却催生了一个很有迷信色彩的传言，结果我们的客流量越来越大。”她解释说，事实上，要说她行了什么巫术，这个巫术很简单，就是同情和悲悯：“苦难像魔咒一样占据我的全部身心，让我从此消除了分别心，无论朋友还是陌生人，在我眼中都是一样的。”

Chapter 26

第二十六章

春，猫着腰，侧着身，一步步悄悄挨近。大自然还在冬春两季间徘徊犹豫。雪融了，白天的时候，薄薄的一层绿影会在菜地里冒出来，一到夜里，大地重新封冻，路面在月光照耀下泛着光，闪闪烁烁的，像银色的溜冰道。冬眠的动物们还蜷缩在地下，迟疑地等待着。小洋楼里的人与动物已经感觉到了日光的延长；每有一阵大风吹进门来，就能嗅到醒来的土壤间升腾起来的甜香的苔藓味。树冠上隐隐地泛起一层极淡极淡的红晕，预告胚芽纷纷绽放的日子已经不远。这是一个确定无疑的信号，表明春天已经加快了步伐，即将如约到来，动物世界已经作好了准备，要迎接它们的狂欢：求偶与交配、决斗与舞蹈、哺乳喂养与掘土觅虫、编织新衣与蜕皮换装——总之，生命之毛茸茸、热乎乎、乱糟糟、闹哄哄的回归。

但是，在时间连绵的表皮上，战争已经无情地剜出一个小小的创口，面对这个创口，春天犹豫不进。对于与自然的季节变换早已调谐一致的人们，特别是农夫和动物饲养员而言，战争是阻滞时间的尖利礁石，迫使他们按照机械的分秒度日，无法回归真实的时间——麦子的时间，狼和水獭的时间。

安东尼娜被囚禁在厚实的病床上，偶尔也会下床，忍痛跛行几步到露台，从那里她可以重温久违的开阔的视野，甚至听到维斯瓦河上冰裂的声音，它们像一个个定音鼓点，预示着冬天的结束。卧床不起的日子让世界放慢了运转的速度，让她有时间慢悠悠地翻阅记忆，从而对一些事物产生了新的看法，而有些则已经不可企及，或者无从评判。瑞希有了比较多的时间脱离她的监管，但她揣想儿子“已经变得能干、冷静，超出了他这个年龄的孩子的正常水平”。

年龄大一点的孩子有不少参加了地下组织的外围团体，他们经常出其不意地来到动物园，让安东尼娜和瑞希都有点措手不及。地下组织当然会预先给扬打个招呼，可是他总是在外面工作，无法及时通知他们母子。于是，在母子俩的眼中，这些少年像一朵云一样突然飘进来，又像一阵风一样突然消失。他们通常会在山鸡馆中藏上一两夜，然后消失在华沙的矮树林中。其中就有茨比谢克，这个少年曾上了盖世太保的通缉名单，排名还挺靠前，他因而在动物园逗留了几个星期。给他送餐的任务就落在了瑞希肩上，毕竟，在小洋楼上下各式人物中，他的动静最不容易引人注意。

安东尼娜和扬从来不曾当着瑞希的面谈论童子军在抵抗运动中的作为，尽管其中一些人不期而至，又神秘消失，就像巡展上的珍稀动物一样留下惊鸿一瞥。让她非常困惑的是，瑞希对他们似乎从不在意，这和他好奇的性格相互矛盾。也许在他心里他已经虚构想象了不少关于这些少年的故事？为了摸摸底细，她问儿子对这些少年访客有何想法，比如茨比谢克。

“哦，妈妈，”瑞希说话的语调像一个把痛苦憋在心里许多日子，终于向蒙在鼓里的父母袒露想法的孩子，“我全知道！一个男人天生就会明白这些事情。我从来没有向你打听，那是因为我知道你和茨比谢克之间有着不想让我知道的秘密。我不在乎。我根本不在乎茨比谢克！我现在有了我自己的朋友。要是你真想知道我对茨比谢克是怎么看的，那我告诉你，我认为他是一个又傻又蠢的小毛孩。”说罢，他像子弹一样冲出了房间。

安东尼娜不惊讶，他的嫉妒反应看起来绝对正常，但是瑞希最近的行为变得有些神秘兮兮，她还发现他的话少了很多。她判断有什么事占据了他的注意力，但不知道他究竟在搞什么勾当。反复琢磨之下，她想到了他的新朋友耶瑞克·托博，这孩子的父亲是个木匠，最近他们全家搬进了动物园的员工宿舍。在安东尼娜眼中，耶瑞克讲礼貌，懂规矩。他比瑞希大几岁，手很巧，使起木匠工具来像模像样，俨然要子承父业。瑞希很佩服他的木工手艺，两个人又都喜欢搭搭建建。因为住得近，两个孩子每天都在一起玩。从二楼的瞭望塔上，安东尼娜有时可以瞥见两人在搭建一个形状神秘的什么东西，两人言来语去地交流得很热烈。做母亲的很感欣慰，因为儿子终于找到了一个新玩伴。

此后的某日，孩子们都去上学以后，耶瑞克的母亲紧张地来到小洋楼，神情焦灼地要求见安东尼娜，说有事必须和她私下谈谈。安东尼娜领她进入自己的卧室，关上了门。根据安东尼娜的叙述，托博太太一进门立即说道：

"这两个孩子不知道我到你这里来。别告诉他们！我不知道这事该从何说起……"

安东尼娜心头一震：儿子干了什么啦？

托博太太然后像机关枪似的迸出一串话来："我一直在偷听他们说话——我肯定他们没看见我。我当然知道偷听这事做得不地道，可是我不能不偷听，我忍不住，因为我已经捉摸到一点点苗头，猜到他们在动什么脑筋。我要搞清楚他们究竟在搞什么勾当。我屏住呼吸听，听得我吓死了！我不知道应该笑还是哭。他们走了以后，我不知道该怎么办，想想还是先来找你谈谈。说不定我们两个一起可以想出个什么法子来。"

安东尼娜听得心惊肉跳，希望托博太太只是反应过度。也许孩子们只是在搞点无毒无害的小淘气？怀着这样的希望，她说："你儿子是很懂事的一个孩子。他绝对不会做什么事害你。而我儿子瑞希还这么小……好吧，我会盯他盯得紧一点……你快告诉我，两个孩子究竟干了什么了不得的事？"

"他们还没干什么坏事，不过他们想着要干一票大的。"

托博解释说，她偷听到两个孩子一本正经地订盟发誓，要把德国人赶出波兰，他们坚信这是他们的爱国责任所在。两人决定先把一颗炸弹放到一个高高的干草垛里面，因为它靠近动物园篱笆墙附近的德军武器仓库。

"而且，在耶瑞克的床垫下面，"托博太太继续说道，"我发现了你们的一条毛巾，上面写着一串红字：'希特勒灭亡！'他们准备把那条毛巾挂到动物园正门的上面，因为他们觉得这里进进出出的德国兵特别多，自然看得见！我们怎么办？是不是让你丈夫跟他们谈谈，就说他们年纪还小，不能战斗，如果他们真按他们谋划的去做了，会让我们所有人都有危险……可是你说我们该怎么办啊？"

安东尼娜静静地听着，心里吓得不轻。终于听明白了怎么回事后，她开始分析孩子们何以冒出这个又傻气又高贵的念头。她推想是瑞希先琢磨出这个想法来的，他肯定曾经偷听过童子军们的私下交流，他们的抵抗活动主要也是采取这类破坏形式。迄今为止，为了让这个人来人往的动物园不引起外界的疑心，大家都提心吊胆，每天都像睡在炸药桶上面。只要有人真的在外面挂上一面红旗，就能引爆这个苦心孤诣维持的局面。

她非常自责，何以自己竟然没看出来瑞希的这个"阴谋"？何以自己误判了瑞希的心智，忘了孩子毕竟是孩子，不懂得在成人的世界里，后果两字是多么可怕？她还一直觉得守口如瓶的儿子足可信赖，觉得自己对儿子心智成熟度的判断很可靠。

她生儿子的气，更生自己的气，但一转念气愤变成了悲哀，因为她意识到：

> 儿子的勇敢与主动本该是值得称道的品质，现在他反而要受到训斥。本该告诉做妈妈的为这样的儿子骄傲，却反过来要惩罚他，并且向他父亲告发他偷了他的炸药。这样做还有可能让儿子在他朋友面前丢了面子。我知道扬一定会大发雷霆。

她对托博太太说道："好的，我会让扬跟孩子们谈谈。另外，最好把那条毛巾烧掉。"

那天傍晚，她偷听了家中两位男子汉——父与子——之间的交谈，语气平静，很正式，很军方。

扬说："我希望你明白，我现在不是把你当作一个小孩，而是作为一个战士在训话。"他这是诉诸儿子内心的一个自然愿望，即希望被当作一个成人得到严肃的对待。"在这个家里，我是长官，是你的首长。凡是涉及军事行动的，你必须听从我的命令，不能自作主张，无论何时何地。如果你想保持和我之间的这种关系，你就必须宣誓，你绝不会采取任何未经我预先批准的行动。你和耶瑞克策划的行动，犯了'无政府主义'和'主观盲动主义'的错误，你因此必须接受惩罚，就像在正规的军队中一样。"

可是，以军队首长自命的父亲该如何责罚一个被摆在战士位置的年幼的儿子呢？风险的概念在孩子眼中是不一样的，他们对后果的认识也非常有限。而惩罚，要让它真正产生作用，就必须确保双方都觉得公平，公平是童年时代的黄金法则。

于是做父亲的说："你可以自己说，我应该怎么来惩罚你？"

瑞希很严肃地思考了一会儿。"……你可以打我屁股，"他最后主动提议说。

我们推想扬接受了儿子的建议，因为安东尼娜在日记中描写了以上场景后简单地总结道："于是，我们家庭内部的地下抵抗组织就以这样波澜不惊的方式土崩瓦解了。"

A resident of the Warsaw Zoo with two tall friends, sometime in the 1930s.

小洋楼中的一位“居民”与它的两位高个子朋友，摄于 1930 年代。

Chapter 27

第二十七章

一九四三年春，安东尼娜终于下床，与旱獭、蝙蝠、刺猬、臭鼬、睡鼠步调一致，从“冬眠”中醒来了。战前，她最爱春天里吵嚷喧闹沸反盈天的动物园，动物们相互大声地吆喝“来吧”或者“滚蛋！”，也有的齐声高唱“哈利路亚”。特别是夜深人静华沙城正在酣睡之际，时不时会突然爆出一声凶猛的吼叫，整个动物园就像一个巨大的自动点唱机。动物节拍与城市节拍之间的冲突，产生了一种令她喜之不尽的独特节奏，她在书中经常会写到的下面这个类似于动物狂想曲风格的选段就是一例，选自她以山猫为主角的童书《小山猫》：

春夜把华沙包裹在一件黑大衣里，静静闪烁的霓虹灯在黑暗的街道上投下欢快的光影，偶尔有一辆晚归的小车按响喇叭，把静悄悄沉睡的城市撕开一个小口，但又瞬间弥合，一切复归寂静——此时，在维斯瓦河的左岸，在古老的垂柳与杨树之间，传出荒野神秘的低吟，传出丛林激荡的喧嚣。一支舞蹈乐队在表演，其中有狼，有豺，有鬣狗，有澳大利亚野犬。被吵醒的一头狮子发出一声怒吼，附近的猴群闻之胆寒，水塘中受惊的众鸟虚张声势，发出凄厉的回应。而笼子里的托菲与图法（两头山猫幼崽）继续自顾自伤感地唱着思乡的小夜曲，它们尖细、富有穿透力的音符蹿得很高，飘荡在动物园中其他夜声之上。隐居于原生态的世界角落里，我们思考着自然母亲的法则，想象着她秘而不宣的天机。我们生活在动物中间，它们是我们在尘世的伴侣。

春寒陡峭，闲置已久的肌肉依然无力，安东尼娜穿着羊毛内衣、厚重的毛衫和暖和的长袜，把自己裹得像一只蚕茧。她拄着拐杖开始在小洋楼内重新学习走路，一步三摇，膝盖发颤，东西常常从无力的手指间滑落。这么多年过去了，她又变回蹒跚学步的幼儿，成了玛格达蕾娜等人娇宠的孩子，她们惯着她，像对待一个生病的小女孩。丈夫和儿子把她放到了老人的位置，每日嘘寒问暖，时刻小心伺候，唯恐有半点闪失。她不免深深自责，“感觉很不安，恨自己如此没用”。三个月来，她的活儿都让别人代劳了，不仅如此，她还得让人照顾。现在虽然病愈下床，她也急于回归在这个忙碌大家庭中的原有角色，却还是做不了家务。“我这算个什么女人？”

她又气又急，一听到她如此数落自己，玛格达蕾娜、诺尼娅、墨里西都会反驳道：

“快别瞎说，我们这样帮衬你都是为了我们自己。没有你我们什么都干不了。你的任务就是快快康复，还有就是向我们发号施令！我们怀念生龙活虎、尖牙利嘴的你。好吧，我们也怀念那个时不时犯傻闹笑话的你。快点好起来，犯傻胡缠，让我们有点笑料乐和乐和！”

安东尼娜听得哈哈大笑，满脸放光。慢慢地她又重新给这个疯狂的大家庭上起了发条，让这台古老的钟恢复它的正确节奏。她留下的文字说，众人对她实施严密监控，常常小题大做，“唯恐我受了累、着了凉、挨了饿、伤了神”，她对她们表达了真诚的感激：“你们把我宠坏了，一辈子都没人这么宠过我。” 这是她唯一触及她凄凉的孤儿身世的一句话。她对自己的孤儿岁月一直避而不谈。她死去的父母以他们的缺场而永远地在场，父母是她心中永远在灼痛的伤口，那年她才九岁，是一个孩子无法想象却又无法忘怀的惨剧。也许父母在她的记忆中一直萦回不去，但是她的回忆录对他们只字不提。

安东尼娜的朋友们总是给她穿得暖暖的，坚持让她静养恢复。在如此亲密的爱护中，她感觉精神慢慢健旺起来，有时“甚至忘却了德军侵占”，忘却了她“从未间断的对战争早日结束的强烈渴望”。

扬依旧早出晚归，总是要到宵禁前的最后一刻才回来。小洋楼众人对他的工作状态一无所知，对他在家中的暴躁与不安却都耳闻目睹。为了维护大家的生命安全，他对每日的生活仪式和日常细节反复查验，不敢有一丝疏忽。沉重的责任磨蚀着他的身心，因为最细微的混乱、轻忽或者冲动，都可能让他们暴露。弦绷得太紧了，难怪他变得有些“僵硬”，语气间把大家当作了自己的“士兵”，把安东尼娜当作了“副手”。扬是小洋楼的“君王”，客人们必须唯唯诺诺，于是气氛开始变味。尽管安东尼娜非常努力地想让他开心，但这个喜怒无常的独裁者却常对她大叫大嚷，弄得大家噤若寒蝉。在日记中，安东尼娜写道：“他一刻都不松懈，把所有的责任都扛在肩上，竭力预防任何意外发生，为此他事无巨细，反复查验。有时候，他说话的口气明显把我们当成了他的士兵……他总是冷冷的，对我期望太多，多于他对这个大家庭所有其他人的期望……家中快乐的气氛一去不复返了。”

她又写道，她无论做什么事，丈夫都不满意，没有一件事让他为妻子感到骄傲。如此总是让丈夫失望，让她难受至极。时间一长，扬犯了众怒，“客人们”拒绝与扬说话，看见他也是避过脸去，只装没看见。他们恨他待妻子不好，又敢怒不敢言，只能当他不存在。这种无声的抗议让扬怒不可遏，却又无可奈何，他嘟囔着说，这种非暴力不合作的阴谋不会得逞，而且，他们究竟有什么理由责怪他、排斥他？

“嘿，各位！你们不理睬我，就因为我稍微批评了普尼娅一下吗？”普尼娅是他对妻子的爱称之一，意思是“小野猫”，或者“丛林小猫”，“我太冤枉了。我难道在这家里都没个说话的权利？普尼娅不是什么事都对的！”

“你整天不在家，”墨里西心平气和地说道，“我知道你在外面不容易，有各种各样的危险，各种各样的陷阱，可是日子至少没有那么单调。托拉的苦是另外一种苦，”托拉是安东尼娜的另一个昵称，“她就像一个在前线昼夜值勤没人换班的哨兵，一刻不敢大意。这个你怎么会不懂？就因为她偶尔走走神，你就劈头盖脸地骂她？”

三月的一个下午，管家突然在厨房里叫嚷起来：“天哪！火！起火了！”安东尼娜朝窗外望去，看见火焰冲天，烟雾翻滚，像一朵巨大的蘑菇，方位应在德军的仓库那儿。火势非常凶猛，一阵大风刮过，火焰瞬间遍及库房的整个屋顶，就像在面包上涂满了金色的蜂蜜。安东尼娜抓起貂皮大衣，冲出小洋楼，检查动物园里的各处窝棚和狐狸农场是否也有危险，它们离大火只有一阵风的距离。

一个德国兵骑着车风风火火地来到小洋楼，下了车，怒气冲冲地吼道：

“你们放的这火！这里都有谁住着？”

安东尼娜看着他紧绷的脸，微微一笑。“你不知道？”她和颜悦色地说道，“华沙动物园以前的园长住这儿。而且，我们都是很有责任心的人，怎么可能干出纵火这种无法无天的事情？”

温柔似水的回答，必然浇灭怒火，德国兵的语气和缓了下来。

“好吧，可是那边的那些房子里面——”

“哦，那里是两间小公寓，住的是我们以前的雇员。他们都是规矩人，我很熟悉，很信任。我肯定不是他们干的。再说，他们干嘛要冒着杀头的危险去烧一个啥都不是的干草堆？”

“可是，起火总有原因吧，”士兵说道，“又没打雷闪电。肯定是人为的。”

安东尼娜抬眼看着他，一脸无辜。“你不知道是谁干的？我几乎可以肯定是谁放的火。”

德国人一脸愕然，等着她给自己解开这个谜题。

安东尼娜用亲切友好的语气继续跟他聊天，一个个早已忘记的德语词从记忆的沼泽中翻浮起来。“你们的士兵经常把女朋友往那边带，毕竟现在天气还比较冷，坐在干草上比较惬意。很有可能哪对小情侣今天又去了那里，他们抽烟，扔下一个烟蒂……接下来的事不用我说了。”尽管她的德语储备非常可怜有限，但德国兵完全听明白了，还听得哈哈笑。

两人一起往小洋楼里走，一边把话题岔了开去。

“动物园的动物都怎么样啦？圈养环境下诞生的第十二头大象产在你们动物园，我在报纸上读到过新闻。它现在在哪儿？”

安东尼娜解释说，图钦卡熬过了初期的大轰炸，后来卢茨·赫克把它和其他一些动物运到柯尼斯堡去了。两人走近门廊时，两个德国警察开着一辆三轮跨斗摩托车过来了，她的这位德国新朋友随即把安东尼娜的说法传达给了他们，三人哈哈放肆地大笑一通，然后进屋写调查报告。

他们离开不久，电话铃响了。听筒里传来严厉的德语：“这里是盖世太保，”接下去的德语说得太快了，她基本听不懂，但她听见了“火”这个词，以及一句“请问你是哪位”？

“干草垛着火了，”她尽量说德语，“房子烧塌了，救火车来了。现在没事了。德国警察刚才在这儿，他们写了一份报告。”

"你是说他们做了调查？现在没事啦？那好。非常感谢。"

她的手抖得太厉害了，都没法把听筒好好地放回去。刚才一小时中发生的一切如潮涌般淹没了她，她一次次地在脑海中回放所有细节，确定她的言行并无破绽。险情解除以后，"客人们"一个个从"洞穴"中爬了出来，拥抱她，称赞她的勇敢。在日记中，她特别写道，她焦急地"等待扬回来，把一切都告诉他"。

晚餐桌上，扬听完了整个故事，却没有给出大家满心期待的表扬，而是沉默不语，若有所思。

然后他说道："大家都知道咱们的普尼娅是非凡的普尼娅，但我很惊讶各位竟然这么激动。她的表现与我对她的期待毫无二致。大家且听我从心理学的角度解释一下我的想法。

"大家听我们讲过动物园战前发生的不少故事。只要我碰到哪个动物出了什么棘手的问题，生病了，或者不肯吃奶了，或者闹腾得太凶了等，我都会把问题交给普尼娅去处理，每次她都能妙手化解，没有人比她更能对付动物。为什么要告诉你们这些？不是给她做广告，不是要证明她多非凡或者我有多爱她，也不是奉承她。我们都知道，普尼娅小时候就跟很多动物生活在一起，她和它们有心灵感应。

"她能像海绵吸水一样吸收所有的信息，她几乎可以说懂得读心术。她轻而易举就能发现她的动物朋友究竟有什么不快。也许就因为她把动物都当人一样对待。这个你们都见识过的。她几乎不用努力就能退去人类的特性，化身为一头豹子，一只獾，或者一只麝鼠！"

"哈哈，作为一个跟动物打交道的艺术家，"玛格达蕾娜笑着说道，"我对这些事情是最有眼光的，我一直说，她就是一头年轻的母狮子。"

扬继续说道："她有一种很奇妙很特别的天赋，她观察理解动物的方式是非常少见的。对于一个没有受过正规训练的女性自然学家，这是一个非典型案例。是一种独特的第六感。"

安东尼娜骄傲地听着丈夫这一番出乎意料的长篇大论，如此隆重的赞美太难得了，后来她几乎等不及晚餐结束，就在日记中逐字逐句地记录下扬的说辞，后面加了一句："他讨论了我的才华，当着别人的面赞美我，这是从来没有过的。……他是认真的吗？他以前总是说我傻，以至于我一听到'傻'字就以为他是在叫我的代号。"

扬还说："我说这些都是为了解释一下动物在不同处境中的反应方式。我们都知道野生动物有时候非常谨慎，很容易产生戒备心理，这时候本能立即告诉它们要准备自卫。一旦感觉到有陌生的东西穿越它们的领地，它们就会变得非常有侵略性，这都是为了自我保护。普尼娅的不同在于，她身上似乎没有这种本能，无论是对两条腿的还是四条腿的动物，她不会产生'害怕'这种自然反应。她不害怕，也不会传播'害怕'情绪。这种组合可以化解对方的攻击意图，无论对方是人还是动物。特别是动物，它们比人更善于心灵感应，能够互相读懂脑电波。

"当我们的普尼娅身上发射出平静、友好的兴趣波时……她就像一根避雷针，能够吸掉对方的恐惧，中和这种恐惧，把对方的恐惧电能释放掉。她的语调听来让人舒坦，她的动作很轻柔，她跟对方目光交接的方式很安全，让对方产生一种信任感，信任她能够保护它们，给它们治好病，给它们带来健康。

“你们现在明白我的意思了吧。普尼娅能够发出一种镇定和谅解的情绪波。对这种情绪波信号，人不如动物敏感。不过无论什么人多少都保留了一点这方面的能力，都能切入对方的隐形波流中，具体要看个人的神经系统的敏感度。我觉得有的人很擅长捕捉这样的信号。也许可以说，越是原始的生物，接收性能越强。如果用科学术语来说，我们不妨这样来表述我们的好奇：普尼娅属于什么类型的心灵发报机？她发出的是什么类型的信号？”

扬似乎深受弗里德里希·本哈德·马尔比（1882-1966）的影响。这是一位神秘主义者、占星家、反纳粹分子，他把北欧如尼文化的玄奥传统和他那个时代的科学原则结合在了一起：

> 人类是宇宙波和宇宙射线敏感的接收器和发射器。正是这些波和射线激活了整个宇宙，它们的具体性质和性能取决于行星的“形势”、地球的磁场和地貌的物理形态。

如果扬活到今天，他会了解到另一种解释：大脑中有一种镜像反射细胞，一种分布在前运动皮层的特殊细胞，它们一旦活动，人就会做出伸手去抓石子、大步往前跨、转身、微笑等动作。非常神奇的是，无论是做这些动作，还是看着别人做这些动作，身体产生的感觉是类似的。因此，人会从别人的不幸中获得教训，这是比较安全的成长方式，它帮助我们解码这个

"意图世界"，也能推动社交涡流的不断形成。大脑进化出了聪明的办法帮助我们快速偷窥或者窃听风险，测量别人的快乐或痛苦。这个过程中不用诉诸语言，我们获得的是一种详细丰富、微妙入幽的感觉。我们看到即能"感"到，因此，看着别人，我们能代入自己，亲自体验别人的体验。

扬继续说："这事很有趣。她不是小孩，智商又不低，可是她跟别人之间的关系一般都比较天真单纯，她相信人人都是诚实善良的。普尼娅当然知道周围也有坏人，她远远瞧上一眼就能看出来。但是她无法真正相信对方会伤害她。

"普尼娅的另一个优势是她观察周围情况的方式，她能注意到最小的细节。她看到德国兵在干草垛那边约会，也知道德国人粗鄙的幽默感，在这次的紧急情况下，她很好地利用了她看到的细节和她掌握的知识。她不怕自己的德国话说得蹩脚，她知道自己的嗓音和语调非常有音乐性，可以镇定人心。她的本能和直觉能给她发出准确具体的指令。另外，当然，她的外貌也是她的王牌。她个子高挑、苗条、金发，理想的德国女性形象，典型的北欧日耳曼人。我肯定这个也给她加分了。

"不过我还有一句真话，如果你们想听的话。这一出悲喜剧的结果之所以有惊无险，其实是因为德国人感到普尼娅的解释正中下怀。他们这样就可以有借口不去调查围绕这个仓库发生的很多偷窃案件。纵火是掩盖犯罪的好办法。如果他们有心要惩罚什么人，普尼娅没那么容易过这一关。

"我不想批评你们的英雄，普尼娅也确实表现得很出色。她很机智，我也很高兴我能信任她。不过我观察事物的方式与众不同，结论总是比较令人扫兴。”她噩梦一般的遭遇经他这样一说，就有点稀松平常了。她当时冷静与滴水不漏的反应也许在他的想象中，设身处地的话，他的反应也不过如此。尽管安东尼娜天资聪颖，各方面的能力都非常出众，但她对扬总是态度敬畏，甚至可以说恭顺，她总是觉得自己配不上他，永远在努力达到他的期望，博得他的赞许。有的时候，瑞希竟然也会学着他父亲的样，大言不惭地说自己虽然年幼，但是作为一名男性，他对事物的领悟能力超过了没头脑的女人。不过，从安东尼娜的日记中呈现出来的自己，是一个深刻享受到扬、瑞希和众多“客人”之爱的人，她和丈夫构成了一个很好的互补关系。在她看来，丈夫对所有人都偏于严苛，但他最苛求的，还是他自己。她也同意丈夫关于动物表情达意方式的说法，她也认为它们的方式很微妙，难以言传。听了扬关于她的读心术的小型演讲以后，夜里她难以入眠。这样当着她的这么多朋友夸奖她！太难得了，就像波兰冬天的阳光！

“扬一点没错。德国兵对我的心灵感应波的反应方式，与动物园的动物很相似，”安东尼娜在她的日记中反思道。她的生活经历中曾经多次出现过神秘难解的一幕，让她觉得自己和动物之间似乎可以建立起一座隐形的桥梁，使得它们愿意听从她的要求，控制恐惧，对她报以信任。据安东尼娜称，她最初的这类体验发生在她的孩提时代，那时她有很多时间在马厩中玩耍，里面都是斗志昂扬的纯种马，但在她的记忆中，动物一到她身边总是安静温顺，乖得像个小女孩。也许，她身上这种超乎寻常的机警和移情能力属于一种更为原生的生物灵性，有些人刚出生时也都遗传到了这种灵性，但是童年的经历将它侵染扭曲了。而且，安东尼娜的案例有一个重要的特殊情况，因为我们知道，与父母之间的感情联系不够牢固安稳的孩子，有的会在自己与自然之间锻造出一根坚固的纽带。

那天夜里，她躺在床上，思考着人与动物之间那层薄纱，久久不能入眠。那是一道模糊的分界线，但在人们的心中，却把它画成了“一道具有象征意义的中国长城”。在她眼中，这只是一道依稀可辨的近乎隐形的细线。“若不是这样，为何我们常把动物比拟成人，把人比拟成动物？”

有好几个小时的时间，安东尼娜一直躺在床上，琢磨着人类和动物的事情，慨叹相对化学、物理等其他科学而言，动物心理学至今还是那么粗疏。“人类至今依然闭着眼睛行走在心理的迷宫中，”她认为，“可是，谁知道呢？也许有一天，我们会发现动物行为的秘密，也许有一天，我们能掌控我们天性中卑劣不堪的成分。”

在整个战争期间，可以说安东尼娜和扬一直未中断他们对人与动物行为的非正式研究，如此亲密地与哺乳动物、爬行动物、昆虫、鸟类，以及千奇百怪的一群人生活在一起，便是这种研究的一部分。她问自己，为什么“只要经过几个月的时间，有的动物就能克制自己的掠夺杀戮本性，而人类，虽然经过了一个又一个世纪的修炼，却能如此快速地变得比野兽还要野蛮残暴”？

1943

Chapter 28

第二十八章

一九四三年

战时的安全就像潮汐一样起落不定。即使是毫不经意的一声低语,都可能引发灾难。有话传到安东尼娜和扬的耳朵里,说动物园的某位波兰门卫曾经偶然瞥见了玛格达蕾娜,在外面嘀咕那个著名的雕塑家就藏在他们的小洋楼里。安东尼娜判断,这是一个“正派,甚至心地善良的人——毕竟,他没去报告盖世太保”,尽管如此,她还是担心,言者无心,但只要有一个听者生了歹意,小洋楼这个纸牌屋就会瞬间垮塌。“盖世太保是不是已经知道了?”她问自己,“也许不消几天就要大祸临头?”

大大小小的敲诈勒索事业在华沙城里发展得风生水起，也带来了严重的后果。波兰战前就黑市盛行，人们习惯于以小费和贿赂铺路，大多数人干起这个事来驾轻就熟，它的恶果之一，就是让华沙快速变成一个各种掠夺者与猎物云集的天堂，有的掠夺者比较体面，可以被收买，有的则属油盐不进的地痞流氓，有的人是罪恶阶层的核心，有的人成了见风使舵的苟且者，有的人因恐惧而缩手缩脚。纳粹同情者和冒险家玩弄自己和别人的生命，就像杂耍者抛接燃烧的火把。为安全起见，最明智的选择还是帮客人另外找地方安置。德维特佐娃太太战前曾与扬同校任教，她挺身而出，主动提议让玛格达蕾娜和墨里西躲到她在郊区的家里，可是，仅仅过了几个星期，她就怕得不行，把两人送了回来，宣称有可疑的陌生人已经开始监视她的住地。安东尼娜觉得不太可信。“郊区能比华沙城里还危险吗？”她疑惑。也许是真的，但她更怀疑这里存在着比较隐晦难言的因素，生活在恐惧与不确定性中的人们，常常出现这种心理病症，风声鹤唳，草木皆兵。

伊曼纽尔·林格尔布卢姆曾经撰文描述过一种“恐惧精神病”，逃亡到雅利安一侧的犹太人很多都会出现这种病症：

> 正是这种对危险的过度想象构成了主要的危险：总觉得到处都有人在观察自己，邻居、门房、物业经理人或者街上的行人，似乎都在怀疑自己。犹太人……经常东张西望，想看看有没有人正盯着自己，脸上紧张的表情，那种猎物逃亡时的恐惧，那种到处都能嗅出某种危险的警惕——出卖他们的正是这种戒备。

在别人眼中，安东尼娜总是显得从容镇定，但在她自己的文字中，她是一个经常忧心忡忡与惶惶不安的女人。她知道自己塑造出来的那种形象，知道自己成了小洋楼的定海神针。但她的文字明白无误地表明，她认为小洋楼里这种“温暖、友好、几乎能够疗治人心”的气氛所赖以支撑的安全感不过是一种幻觉。诚然，小洋楼给“客人们”提供了敞亮的空间，他们不必躲在假墙的后面，或者蜷缩在拥挤潮湿的地下，生活完全瘫痪，但是，随着纳粹的铁拳扼得越来越紧，这种障眼法与“大变活人”的游戏开始变成了异想天开的巫术，人人都在寻觅着预示灾变的神启。波兰的民间传说中有云：

> 墙上若有照片掉落，窗下如有嘎吱作响，扫帚假如没来由地倒下，没有钟，却听得钟声滴答，桌子如果发出崩裂的声音，房门如果自己开了——所有这些都预告死神已经走得很近。

要想安全，就不能马虎。一丝不苟地伪装会带来诸多不便，例如，购物频次必须增加，因为一次购物不能太多，否则就会引人注意；有些衣物必须在室内晾干，因为它们一看就不可能属于这里任何一位合法公开的居住者。恐惧不可避免地侵扰着所有人的情绪，但是作为资深的动物园管理人，扎宾斯基夫妇不但懂得警戒之道，也深谙捕食者的心理。在毒蛇游走的沼泽中，每一步都必须谋划在先。战争扭曲了一切，不再泾渭分明，判断内与外、忠与奸、草食性与肉食性变得更加困难。

最初，外界无人知道动物园隐藏了这么多见不得人的人，夫妇俩孤军奋战，苦苦维持。额外的粮源，必须自己设法寻找；“客人”的逃跑线路，他们必须完全靠自己设计。幸运的是，他们发现老朋友、心理学家兼艺术爱好者雅尼娜·布克霍尔茨是耶哥塔的关键成员。德占期间，雅尼娜属于政府公证处一个正式注册的档案员。一九三九年大轰炸初期，安东尼娜去看了自己被炸得翻天覆地的动物园后，回来途中就曾经顺道去公证处打听过消息。雅尼娜·布克霍尔茨每天要处理大量的档案、申请、诉求，文件搁满了办公桌上，书架上也是堆积如山，地上一摞一摞的，像一根根石笋，却远没有石笋稳固，而是摇摇欲坠，随时可能倾泻而下。这样的场景对于任何公务员来说，都是一种噩梦，但这种混乱巧妙地掩盖了这个办公室的真实面目——华沙地下组织的神经中枢。这里伪造雅利安档案，寻觅安全公寓，派遣交通员，分发救助或者活动资金,策划反德破坏活动,向华沙以外的犹太隔都居民递送信件。关系人接受指令后会来她的办公室提交种种申请，意味着这里是一个人来人往的热闹场所，但和扎宾斯基夫妇一样，她精通堂而皇之的隐藏术，区别在于，她蓄意营造混乱景象，让前来窥探的纳粹望而生畏，根本不愿意把他们干净的手插进积满灰尘、摇摇晃晃的纸堆中去寻找可疑的线索。一位幸存者回忆说，纳粹“企图通过一系列交叉链接的政令，逐步创建一个报告与存档制度，堵住任何漏洞，防止一切阴谋，同时把每一个华沙居民精确定位”。针对这种精密的统治网络，要让犹太藏匿者获得公开身份，就要制造一系列相互印证的文件、档案、证件，名目非常繁多。具体来说，如果是波兰天主教徒，就应住在城市的住宅区，备有战前就由教会与市政府颁发的相关证件，例如出生证、洗礼记录、结婚证、完税证明、死亡证、财产继承文件。这里新办出来的证件、文件，有的是很"扎实"的，经得住盖世太保的深挖、查证；有的很"薄弱"的（华沙人用的是 lipne 一词，源于"椴树"——linden，后来这个词进一步演化，有了"善意的谎言"之义），经不住仔细考究。贡纳尔·鲍尔森讲述了办证的复杂程序：

> 要重做"新人"，不但要创造一个新的身份，还要斩断全部旧关系。那么你首先要搬家，这样你的"旧我"就可以消失，"新我"可在新的居住区以正常方式登记注册。……但你必须在旧区的户籍管理处注销自己，管理处同时会给你发张食品券，然后你在新地方的物业经理人那里报备自己的身份，同时又获得一张食品券。在规定期限内，你必须带着这两份食品券去当地户籍管理办公室登记，缺一不可。……要打破这个证据链，就必须伪造注销身份时才可获得的食品券，同时要让这份食品券在户籍管理处的档案中有据可查。

幸运的是，雅尼娜在户籍管理处工作，可以在那里伪造证件，往档案中塞伪造的备案记录，让档案与假证相互印证。有些人假称自己出生在苏联，或者是波兰穆斯林人的后裔，或者在一九三九年的一次教堂火灾中丢失了文件；有些人冒用已故波兰公民或者目前身在国外的波兰公民的身份。无论哪种情况，都必须在长长的证据链中动各种手脚：伪造、偷换、篡改、加塞、无中生有。她办公室中的文件之所以堆得像阿尔卑斯山脉一样，就完全可以理解了。一九四一年，汉斯·弗兰克发布政令，规定全民发放身份证，每证必须有系列编号和指纹。波兰文员们实施拖延战术，一直拖到一九四三年才开始执行这项规定，并在执行时趁机大肆伪造身份证。一下子成群结队的人前来报失身份文件、档案。贪婪的机会主义者和地下组织的专家们同时上阵，都借此机会制作大量护照，炮制许多其他文件，以至于到一九四三年夏季时，连齐格勒的劳工局都估计说，全部身份证中有百分之十五是伪造的，全部工作证件中，冒牌货占到百分之二十五。单耶哥塔下属的某个单位，就日产五十至一百份证件，种类齐全，从出生证、死亡证到党卫军和盖世太保低级别官员证件，不一而足，居功至伟。雅尼娜形象地表示，她的客户都是“行走在流沙上”的人。

“我很幸运……我能制造奇迹。”某日，在一家咖啡馆中，她一边曲起一根手指敲击桌面驱赶坏运，一边骄傲地微笑着对她的朋友和战友芭芭拉·特姆金-贝尔曼（芭西娅）说道。

上了年纪的雅尼娜体格粗壮，总是穿着一件袍子一样的黑裙，像一个女修道院院长，还戴一顶奇怪的挂着小块面纱的帽子，帽绳系在脖子下面，手持一只暖手筒。她细长瘦削的鼻子上架着眼镜，双眼中洋溢着温暖，认识她的人多半称她为“我见过的最亲切的人”或者“下层可怜人永远的保护者”。

在她瞒天过海的非法活动中，“反抗德军”和“帮助犹太人”两者是合二为一的。她的紧密合作者是芭西娅，这位战前的心理学家外观上与她正好相反：体型娇小、瘦削、紧张、情绪不稳，总是穿着酒红色旧外套，戴贝雷帽，脸上遮面纱，以掩盖她具有鲜明犹太族特征的五官。

雅尼娜与芭西娅每日碰头交流，见面地点在蜂蜜街上的办公室，或者在蜂蜜街24号的一家“友猫”咖啡店。两人合力发展了很多联络人，其中有电车驾驶员、市场小摊贩、铁路工人、店铺经理、农场主、美容师、工程师、教授、修女、神父、女仆、文员和秘书（他们从政府档案中消除某些人的记录，或者颁发假证明），此外当然还要加上一位动物园园长和他的妻子。一天，雅尼娜向地下组织领导人汇报了玛格达蕾娜在动物园内藏身但可能面临危险这一情况，地下组织反馈来的命令听来让人有些难受，但是安东尼娜和扬觉得也不无道理。他们要求让墨里西继续留在小洋楼，而玛格达蕾娜则须转移到雅尼娜的一位工程师朋友处居住。这位工程师住在萨斯卡康帕，这个小区位于大河东侧，属于一个美丽的旧式教区，里面有一个公园，园内立着几尊雕像：“舞者”、“韵律”和全身裸露、妖娆丰满的“浴者”。区内有很多新古典主义的公共建筑，有新建的现代主义住宅，住宅前后分布着不少灌木丛，还有很多水泥与玻璃结构的先锋派别墅，都是在两次世界大战的间歇期设计建造的。

最初，动物园只充当一个临时庇护所，在地下组织精密复杂的“地下铁道”网络中，它只是一个小站，扬与安东尼娜只接纳朋友和熟人，但是后来，与雅尼娜建立合作后，“事情变得更有组织性了”。事实上，扬的这个说法过于低调了，在地下组织的帮助之下，他大大增加了救助活动，常常瞒天过海，不惮奇险。

安东尼娜说，在所有即将离开小洋楼的客人中，她最舍不得“情绪高昂、精力充沛、笑声爽朗”的玛格达蕾娜。她们之间的友谊非同寻常，既有闺蜜间的投缘，也有成熟女性间的默契，既有个人情感上的亲密无间，又有事业上的惺惺相惜。扬和安东尼娜固然仰视玛格达蕾娜的艺术成就，可他们同样珍视她的个性，总是这么生气勃勃、幽默诙谐、心胸宽广。安东尼娜留下的文字中说，失去玛格达蕾娜不只是一种精神痛苦，还是在身体上能够真切地感到的一种疼痛反应，当然她也明白，朋友的离开意味着为未来某位新客人腾出了空间，意味着多挽救一条生命。扬与安东尼娜许诺一定会经常去萨斯卡康帕看望玛格达蕾娜。墨里西是不能在市区露面的人，离开动物园就可能遭遇危险，因此，他担心这一次的再见可能意味着几个月、几年甚至一辈子的不见，“心里特别难受”。

一九四三年六月下旬，扬和安东尼娜判断并没有人把他们告到盖世太保那儿，于是战战兢兢地开始重新开始接纳新的“客人”。雅尼娜给他们送来她的一位年轻朋友阿尼艾拉·多布鲁卡，用华沙人的话来说，她长着“一副善相”，意思是说她的相貌有鲜明的雅利安特征，因此，她白天一直上街贩卖面包糊口，夜里和一位脾气古怪的老年女性同宿。安东尼娜喜欢这个一身活力、蹦蹦跳跳的年轻女性，她长着黑头发和海蓝色的眼睛，性情“可亲又有点淘气”。她从一个穷困的农业村庄来到华沙，挣钱供自己在利沃夫大学读完了学士课程。拉谢拉·奥尔巴赫是她的真名，却早已埋葬在她的地下生活中了，因为身处“地下”，必须让自己的身份消失，换个新的名字，穿上新的装束，完成新的任务。

名字就是心灵的皮囊，被迫换名恰如蜕皮，会引发精神地震。波兰移民艾娃·霍夫曼的相关叙述让人动容：“也没发生什么大事，就是爆发了一场小小的地震，引发精神板块的断裂与位移。我们名字中的这种别扭的变化，让它们和我们之间产生了细小的缝隙——抽象这个幽灵钻进来，让它变成了空白。”突然之间，她和妹妹的名字消失了，尽管“它们与我们的眼睛或者双手一样，曾是一种真切的存在”。新名字是“身份的标签，是没有肉身的虚空的符号，它们之所以指向我和妹妹，纯属偶然。我们走向我们的位置，走进一房间陌生的脸中间，我们是带着名字走进去的，可是这些名字把我们变成了我们的陌生人”。阿尼艾拉幸运地及早出逃，没有遭遇隔都的最黑暗时期。脱险后的她致力于千方百计为挨饿人群发掘食品来源，并在一家医院和一座图书馆中工作。她是极少数了解搅乳器秘密的精英之一。隔都的一个区域集中了很多工场，OBW（Ostdeutsche Bauwerkstütte，意为“东日耳曼建筑工场”）木工工场由德国人管理，但他们允许工场原先的犹太所有者继续负责日常经营。场主兄弟之一亚历山大·兰道参加了地下组织，雇用了不少地下组织成员，假称他们都是训练有素的木匠，事实上他们连基本的一些木工活都不会，明眼人很容易甄别。诺沃利普基街68号的哈尔曼木工铺雇用了另一批情况类似的工人，分配给他们的房子，变成了“犹太战斗组织”的中心。两家工场通过雇用大量人员，帮助他们逃过了遣送至死亡营的厄运，还给一些逃亡者提供了临时藏匿点。工场曾多次给秘密学校提供上课的教室，也是不少地下活动的枢纽。

德军攻占波兰仅仅过了一周，历史学家林格尔布卢姆就起意建档，因为他觉得当下发生的一切史无前例，必须有人准确地记录史实，给那些难以言传的苦难和暴行留下亲历者的证言。阿尼艾拉成为了林格尔布卢姆的建档助手，不过，最初阅读这些文档然后将它们藏匿起来的是雅尼娜。有一段时间她把这些文件藏在她办公室里一张大沙发的包裹层里面。后来形成了一个代号为“安息日之福”（因为他们约定在每周六碰头开会）的地下建档组织，秘密档案师们把档案藏在哈尔曼木工铺下面地下室中的盒子、箱子和搅乳器里面。一九四六年，幸存者梳理隔都废墟时找回了这些搅乳器，其中只有一台遍寻无着。这些档案留下了生动翔实的记述，所用语言包括意第绪语、波兰语和希伯来语。目前这批档案保存于华沙犹太研究所。

过了一段时间后，阿尼艾拉把她的朋友吉尼娅（尤吉艾尼娅·希尔科斯）带进了小洋楼。吉尼娅是隔都秘密学校的组织者，曾参加地下抵抗军的战斗，帮助策划了隔都起义。她被逮捕后被押上了前往特雷布林卡死亡营的火车。驶近奥托克时，为了给另一辆车让行，火车低速开上一条旁轨，她和丈夫趁机跳车逃跑（有些车厢的小窗上装的铁丝网可以被剪断，有些车厢的门可以用蛮力强行打开）。战后在伦敦《白鹰-美人鱼》的访谈节目中，吉尼娅回忆了跳车后的经历：

> 我累到两腿发软，饿得头晕目眩，可是不敢靠近任何建筑物。……我找不到我丈夫，只好独自慢慢地朝卢布林走。两天以后，我决定返回华沙。我和一些蓝领工人一起走，大清早走到了老城区。我的表妹，她嫁了一个波兰丈夫，当时正藏在一个名叫科瓦尔斯卡的太太家。我去了那里，她们张开双臂欢迎我这个来自冥界的幽灵。我吃了东西，洗了澡，然后睡觉。过了几天，我终于可以下床了，她们给我换了一身衣服，然后我就去了蜂蜜街1号，找耶哥塔的雅尼娜·布克霍尔茨。我在那里搞到了证件和钱。后来我表妹的丈夫给我在西沃德纳街找到了一个房间，在一个波兰警察的公寓里。每次说起所有这些帮助过我的人，我内心总是充满了最深挚的感动和最崇高的敬意。

这位警察的公寓后来出现了安全问题，雅尼娜于是把她安排到了动物园。她在这里的对外身份是安东尼娜雇用的裁缝，主要负责缝补衣服，后来安东尼娜怀孕后，她的工作变成了缝制尿布和婴儿衣服。她个子高挑，雅利安长相，天生短短的狮子鼻，本来完全可以混充波兰人，但可惜她几乎不会说波兰话，一到公开场合，她就装哑巴，有时候也装爱沙尼亚人（她的假证件上的身份）。像她这样假装哑巴者并非孤例，华沙城里游荡着好几个这样口音过重的人，他们都因为那“不可说的语言”而沉默，变成了幽灵。

Chapter 29

第二十九章

春天，蓝色风铃草渐渐褪色以后，老树潮湿的绿荫下，一簇簇野蒜开始生长，白色的小花悄悄释放出甜香，黄昏时分，香气飘进打开的窗户；它们的叶子可以窜到两英尺高，只为争夺稀有的阳光。有些农场主有意在野蒜地带牧羊，这样羊肉可以自带一股异香；而有些农场主则避之唯恐不及，因为如果他们的奶牛误入蒜丛进食，牛奶中就会发出一种异味。当地人将野蒜入药，做成康复性药水药膏，可祛热退烧，提神醒脑，收敛粉刺，调节心率，纾解哮喘。很多人还会拍碎捣烂了它的球茎，炖出一道野蒜汤。

“动物园浸没在温暖的五月夜中，”安东尼娜在日记中勾勒出小洋楼外的春景，“高树和灌木，小楼和露台，都蒙上了一层淡淡的绿影和清凉超然的月光。丁香的细枝压得很低，挂满了沉甸甸的、快枯萎的花朵。人行道上投射着一道道长长的黑影，将其线条凌厉的几何轮廓衬托得非常清晰。夜莺一遍遍吟唱它们的春曲，陶醉在自己的嗓音中。”

小洋楼中，众人安坐，静听“狐狸君”的钢琴音乐会。烛光摇曳，音符如隐形的群星，悬浮在夜空。在这个由烛光与音乐照亮的别样世界里，时间和现实被屏蔽在了外面。“在肖邦《C小调练习曲》不安的韵律中，这个安静的浪漫之夜鼓胀起来。音乐向我们诉说着哀愁、紧张和恐惧，在房间里盘旋漂浮，通过一扇打开的窗户传出来。”安东尼娜回忆道。

突然，她听到一种轻轻的奇怪的窸窣声从窗户旁边高高的蜀葵花丛里传出来，这声音似乎只有她从音符之间捕捉到了。一只猫头鹰发出了一声刺耳的尖叫，在警告某人或者某物远离它的一巢幼鸟。安东尼娜听懂了这个信号，立刻心生警惕，告诉了扬。扬起身出去探个究竟。一会儿他重新出现在了门口，向她做了个手势，让她出来。

“山鸡馆的钥匙。”他低声说道。作为家里的主妇，她负责钥匙的保管。她保管的钥匙还真不少，有的是开小洋楼的各道门的，有的是管动物园建筑的，还有的钥匙虽在，门已不在，有的则并无什么纪念价值却依然不能抛弃。扬要的这把应该很容易拿到，因为他们经常要用到——开山鸡馆的门通常意味着一位新的客人的到来。

安东尼娜没说话，只一边以眼神询问扬，一边递给他钥匙。两人一起走到外面，只见两个少年猫在灌木丛的后面。扬压低声音说，他们是地下组织反德破坏活动部门的成员，不久前点火烧了德寇的油罐车，目前急需藏身，避避风头。他们接到指示直奔动物园。这事安东尼娜是不知道的，但是扬整个晚上却一直在等着他们，越等越心焦。确定他们就是自己未来几周的东家后，两人立即从藏身处站了起来。

“我们在房子旁边的小树林里藏了几个小时了，因为听见里面有人在讲德国话。”其中一个少年说道。

扬解释说，因为今天天气格外好，动物园来了一队军事警察，他们逛了很长时间，其中有几个二十分钟前才离开。趁着现在一切正常，他们必须赶快进山鸡馆藏起来。因为山鸡属于美味，一听说是去山鸡馆，两个少年觉得一定是个什么舒服豪华的地方，戏言道：“我们好好配合，把自己当成珍稀品种的山鸡。我说得对吗，中尉先生？”

“不是什么好地方！”扬警告道，“绝对不是什么豪华的房子。现在里面就住着几只兔子。山鸡馆的位置离我们的住房很近，方便我们照应你俩，给你们送饭。但我必须提醒你们：从天亮开始，你们就必须一直像坟墓一样保持沉默！”他又严厉地说道：“不准说话，不准抽烟。我可不想从那里听到有任何声音传出！听明白没有？”

“明白，长官！”两人回答。

寂静笼罩着整座山鸡馆，这是在无风无月的夜晚才会遭遇的那种厚重的寂静。安东尼娜听到的唯一声音是钥匙开锁时的“咔哒”一声。这把锁藏在山鸡馆外野葡萄藤的下面。

第二天上午，瑞希带维切克进入菜园，漫步走向禽类区。安东尼娜看见他停下了脚步，抚弄了一下维切克的长耳朵，说道：“打起精神，做好准备，你这匹老马！我们现在前往山鸡馆！记住，声音一定要轻！”他在唇前竖起一根手指表示噤声。然后他们一起走向那间小木屋，维切克紧贴着瑞希的脚后跟。

在山鸡馆里面，瑞希看到了以干草作床睡得正香的两个少年，周围环绕着一群大大小小的兔子，像北欧神话中淘气而好奇的洞中侏儒小仙，对闯入洞中酣睡的人类看了又看，闻了又闻。瑞希锁好门，轻轻地把一只马利筋草篮子搁下，撒了几把青草和豆荚，款待这些兔子。然后他拿出一个牛奶罐，里面盛的是面条，一大块面包和两把勺子。

对于一个对人和动物都非常好奇的男孩来说，观察研究两个睡着的人是一种不可抵抗的诱惑。于是他把自己的脸凑近了他们的脸，琢磨着采取什么样的最佳方式唤醒他们，因为他知道自己既不能跺脚，也不能拍手，更不能叫嚷。他蹲下身子，扯了扯其中一个少年的衣袖，但是对这个极度疲劳的熟睡者没产生什么效果。于是他扯得越来越用力了，可对方仍然不醒。既然动手不管用，他就尝试更有技术含量的招数：他猛吸一口气，然后对着少年的脸喷气。终于，少年抬起了一只手，驱赶他想象中的虫子。终于，他睁开了眼睛。

半梦半醒之中的他露出惊慌的神色，瑞希觉得应该介绍一下自己，就把脸凑得更近一些，低声但清晰地说道：

“我是瑞希！”

“幸会，”那个少年低声答应道，然后一字一顿地说：“我是山鸡！”

这个误会是可以理解的，因为波兰语中“瑞希”正是山猫的意思，躲藏在动物园里的人，也总以藏匿点原先居住的动物为代号。

“好吧，可是我说的是真话，”瑞希强调说，“我真的叫瑞希，我不是跟你们开玩笑。我是说我是一个叫瑞希的男孩，不是耳朵上面长着小肉冠、尾巴长得像猎狐犬的那种山猫！”

“对，我看出来了，”这个男孩说道，“我今天是只山鸡，以前以后都不是。再说，如果你是一只真的山猫，我真的长一身羽毛，你早已经把我吃了，对不对？”

“也许不会，”瑞希严肃地说道，“请不要开玩笑……我给你们带来了早饭、一支铅笔，还有——”人行道上突然传来了脚步声，至少可以听出有两个德国人在说话。瑞希和那个少年立刻变得如“树枝一般静默”。

说话声远去之后，瑞希说：“可能就是几个去莱地的人。”此时，另一个“破坏分子”也醒了，他伸展了一下四肢，然后用手按摩僵硬发麻的双腿，他的同志给他看了一下汤盆，递给他一把勺子。瑞希继续蹲着，看着他们吃，等他们吃完后才轻声说道：“再见。别怕无聊。我会给你们送晚饭来，再带点书给你们读……上面有个小天窗，太阳晒得进来。”

离开时，瑞希听得一个孩子对另一个说道：“这孩子不错，是不是？而且这有点太好玩了，竟然让一头山猫守卫山鸡。可以写童话故事了，是不是？”

瑞希回到小洋楼，详细地跟母亲讲述了他的这次奇遇。这两位少年在山鸡馆里一共藏了三周时间，在此期间瑞希一直以照料他们为己任。德军后来放弃了对他们的严密搜捕，他们的新身份也办理好了，地下组织也已为他们另外找到了一个藏身地。一天早上，瑞希进入山鸡馆，看见这里只剩下了兔子，意识到那两个少年已经转移上路，他心里特别不能接受，感觉遭到了朋友无情无义的抛弃。

“妈妈，他们去哪里了？”他问，“他们为什么要走？他们不喜欢待在这里吗？”

她解释说，他们不得不走，战争不是游戏，会有别的客人填补他们留下的空位。

“你还有你的动物可以继续照顾啊，”她竭力安慰他。

“可我喜欢照顾山鸡，”他哼唧道，“你不懂吗？这完全不同的！他们都叫我‘朋友’了，他们不把我当小孩，而是当作他们的保卫者。”

安东尼娜爱抚着他的金发，说道：“你说得对，这一次你是个大男孩了，你的帮助可重要了。你也明白这是一个秘密，你绝对不能告诉任何人，是不是？”

她看见儿子的眼睛里冒出了怒火。“这个我比你懂，”他不耐烦地嚷道，“这种事女人不懂。”他说着脸上露出轻蔑的神情，打了个唿哨呼唤维切克过来。她无奈而伤心地看着他们俩消失在一片灌木丛中，她知道儿子将再一次舔舐伤口，承受被抛弃的痛苦，承受一个他永远不可以说出的秘密。“如果我对我的秘密保持沉默，这个秘密就是我的囚徒，”出生于格但斯克的十九世纪哲学家亚瑟·叔本华曾经写道，“但是，如果它借我的舌头溜了出去，我就成了它的囚徒。”安东尼娜在当天的日记中记录了发生的种种事情，她像玩杂耍般维持着保密与泄密之间的平衡。所谓保密与泄密，其实就像水，是同一个物质的不同形态。

Polish horses descended from the extinct tarpan, another nearly mythic animal the Nazis hoped to re-create. Tarpans, aurochsen, and European bison are the animals Neolithic hunters once painted in ochre on cave walls.

波兰马的祖先是已经灭绝的欧洲野马——纳粹分子们一心“再造”的另一种近乎神话生灵的灭绝动物。新石器时代的猎人们曾在岩洞的石壁上用赭石颜料画下了欧洲野马、欧洲原牛、欧洲野牛（森林野牛）的模样。

1943

Chapter 30

第三十章

一九四三年

夏季是蚊子的狂欢节。成群结队的蚊子如往年一样把动物园上下折磨得死去活来，落日时分还在户外的人都不顾炎热，穿着长袖长裤。小洋楼内，银兔维切克正悄无声息地出猎，搜寻可吃的东西，它忽然听到吱吱声响，立刻蹦跶着冲向厨房，只见小鸡库巴正在享受美味。晚餐时间，库巴有时会围着餐桌打转，一边啄食散落在各处的残渣，维切克则默默远观，突然一个箭步蹿上前，出现在一块面包或一盆土豆旁边，然后小嘴大动，径自啃咬起来，把小鸡吓得魂飞魄散，把人们逗得乐不可支。

若是过了宵禁时分，床上的瑞希还睁着眼睛等待父亲回家，兔子和小鸡就伏在被子边缘，陪他一起守夜。在安东尼娜的笔下，一听到门铃声，三个家伙会一起进入亢奋状态，屏息等待扬的脚步声。扬一踩上过道的楼梯，脚步声就会发出空空的回声，因为这些木头阶梯下方就是连接厨房和地下室的几级台阶，上下两道阶梯之间的空间所产生的回响，很像低沉的鼓声。

瑞希会在父亲的脸上搜寻疲惫或者焦虑的迹象。有时扬冰凉的手会拆开他白天用粮票买来的食品，有时他会带回来一个有趣的故事，有时他也会从他的魔术背包中变出一只动物来。瑞希睡着以后，扬就轻手轻脚地下楼，兔子随即跳下床，小鸡从被子上滑落到地面，两只动物一起跟着扬走到餐厅的饭桌那儿，陪他吃饭。据安东尼娜的描写，兔子是必须要跳到扬的膝盖上去的，小鸡会沿着他的胳膊一步步往上挪，然后爬到他的脖子上，身子蜷缩在他的外套衣领中，接着闭眼睡去。哪怕安东尼娜已经撤下了扬的餐具，递上了报纸和书本，两个家伙依然赖着，拒绝离开他温暖的大腿和衣领。

一九四三年冬天，华沙冷得可怕。瑞希患上了严重的下呼吸道感染，进而发展成肺炎，在医院里待了几个星期才慢慢恢复，但并不是借助于抗生素的重拳出击：盘尼西林是一九三九年才在英国发现的，战争阴影笼罩下的英国把科学家们都投入了战事的准备中，让他们无暇去寻找繁殖力最强的霉菌用于人体试验。到了一九四一年七月九日，才有霍华德·弗洛里与诺曼·希特雷两人飞往美国，一路上飞机舷窗全程遮黑，保护机上价值连城的一盒子盘尼西林。两人加入了伊利诺伊州皮奥瑞亚城的一个实验室，在这里他们研究了来自世界各地的丰富霉菌，惊喜地发现，来自某菜场的一只发霉的罗马香瓜中的一株盘尼西林浸没于一只深桶中充分发酵后，产生的盘尼西林数量是其他竞争性霉菌产量的十倍。这一试验结果意义重大，因为它终极性确认了这一药品的价值，证明它是当时最出色的抗菌药。但是战场上的伤者要在诺曼底登陆日（一九四四年六月六日）后才真正获益于这一医学新发现，而平民百姓则要等到二战结束以后才能用上。

待瑞希病愈回家时，春天的菜园里，冰雪已经开始消融，他可以除草、挖土、植树了。无论干什么，维切克（这个冬天它的皮毛已经从黑色变成了银灰色）总在旁边亦步亦趋，像一只训练有素的猎犬。羽毛几乎已经丰满的小鸡啄击新翻起来的泥土，拽出一条条肥硕的粉红色虫子来。安东尼娜注意到，那些真正的鸡，也就是养在鸡棚里的鸡，都把库巴当作异类，啄起它来毫不留情；维切克则允许它爬到自己的背上筑巢，安东尼娜经常看见它们在菜园里游走，库巴像个骄傲的骑手，维切克充当它的骏马。

战前的动物园地貌丰富，山、谷、塘、湖、池、林都有，取决于动物们的需要和动物园长扬的喜好。战时的动物园划归华沙公园与园林管理部管辖，扬不能自作主张，必须听命于部门的长官，这位官僚希望看到的是一个连绵不断的绿地，在他的设计中，所有的小树林、树篱、方尖塔都必须相互呼应。

为此，他把布拉斯基公园和动物园都纳入他的规划，特别是园中广阔的草坪和茂盛的树园。

春天时，柯尼斯堡动物园的穆勒园长在听说华沙动物园已经毁于战火之后，主动提出买下动物园中所有尚可使用的笼子。他的动物园尽管规模要小得多，但位处要塞城市柯尼斯堡，这是条顿骑士们[1]当年修建的古城，被认作坚不可摧的堡垒。战争后期，丘吉尔派遣英国皇家空军针对柯尼斯堡发动引发广泛争议的“震慑空袭”，把它的大部分地方（包括动物园）炸成废墟。一九四五年四月九日，柯尼斯堡向苏联红军开城投降，从此开始以加里宁格勒闻名于世。

但是在一九四三年，自我加冕为“华沙之父”的华沙占领区德国长官唐格鲁·莱斯特不想让一座“小城市”的风头盖过“他的城市”，决定重启华沙动物园。据安东尼娜的描述，莱斯特邀请扬提交动物园重建预算时，扬的反应是“大喜过望”，她说，尽管动物都没了，建筑物毁损严重，设备设施全部失修，但在丈夫的心里，在他的想象中，这个动物园依然活得狼奔豕突，虎虎有生气。她想，丈夫终于迎来了“凤凰涅槃”的一天，他的动物园、他的事业、他对动物园管理的激情，必将再次辉煌。而且，他的地下工作也会受益，重新开放的动物园每天都会热闹无比，游客、动物和工人组成活动拼图，有助于掩护小洋楼的种种“越轨”行为。一个重新激活的动物园也能让每一个层面的生命焕发生机。完美！可是太完美了，扬觉得。他立即开始分析这个计划的缺陷，首先一点，波兰人正在“抵制一切由敌人创造的娱乐活动”。在正常情况下，动物园是很多研究项目和教育文化活动的活水源头，但是，出于对波兰知识阶层的恐惧，纳粹只允许小学继续开办，所有的中学、大学都已经被禁。如此一来，动物园就失去了教育功能，剩下能做的也就非常有限，只能充当一个小型的动物展馆。而且，目前食品稀缺，华沙各市场上都是空空如也，他们却要让动物园里的动物吃饱喝足，如何说得过去？扬还担心，恢复动物园有可能损害这个城市的经济，并且，假如他对德国人的种种规定阳奉阴违，他自己可能暴露在危险之中。在这些问题尚且无法解决之时，扬决定牺牲自己的梦想。安东尼娜由衷地赞赏丈夫的“自我牺牲”，她觉得，这体现了“高贵、勇敢和现实主义的清醒头脑”。

“很难说得清对于这座城市和它的动物园而言，哪个才是最佳选项，”扬对华沙占领区的副长官波兰人尤里安·库尔斯基说道，“如果五十年或者一百年后，有人这样叙述华沙动物园的历史——德国人为了自己的娱乐需要重建动物园，进一步榨干了这座城市的资源——你会是什么感觉？你愿意这一笔成为你个人传记的一个脚注吗？”“我每天都在这种困境中煎熬，”库尔斯基慨叹道，“我发誓，如果华沙人全部死于一九三九年的大轰炸，现在的华沙人口全部是外来者，我绝不会接受现在这个职位。我干这份工作完全是为了我的人民。”

在此后的两天时间里，扬字斟句酌地炮制了一封信给莱斯特，盛赞重开动物园的英明决定，附上一份庞大的预算计划，而且这个计划还只涉及动物园的基础性需求。这个天文数字让莱斯特都懒得给个敷衍的答复，扬也没指望会有答复，可是，他也没有预料到此后发生的事情。

不知通过什么途径，公园与园林管理部的那位头目获悉了动物园重新开放的建议，担心自己“大一统”的公园计划遭到破坏，于是对扬先下手，他发信给德国占领当局说，公园与园林管理部不再“需要”扎宾斯基博士的服务，可终止他的职务。

安东尼娜并未将此招归结为“反感或者报复”，而是认为出于德国人所谓的“执念”，希望在华沙的公园建设中留下自己历史性印记的“执念”。“反感”也好，“执念”也罢，这些都对扬和他的家人构成了实实在在的威胁，因为只要是德国雇主不“需要”的波兰人，就会失去工作证件，被遣送到德国的兵工厂服苦役也就顺理成章了。因为小洋楼属于公园的产业，扎宾斯基一家可能就此无家可归，这里的许多“贼窝”和扬菲薄的薪水也都将消失。那样一来，所有这些“客人”将是什么下场？

库尔斯基截获了这封意在一脚踢开扬的信，在德国人读到前给它动了点手术，于是扬没有失业，而是调任耶祖伊卡街上的教育博物馆，这个机构是一块沉睡的领地，里面只有一位年老的馆长、一位秘书和几个警卫，德国人很少上门。按照扬的回忆，他当时的主要工作就是给一些老旧的体育设备掸灰尘，保护战前经常出借给学校的动物园与植物园海报。这份清闲令他有更多的时间参与地下组织的活动策划以及在“飞行大学”教授生物学。扬另外在卫生部兼了份差。一件件事情接踵而来，让安东尼娜和瑞希越来越为扬担心。扬每天早晨从动物园消失，去面对种种谁也不知道的什么危险，赶在宵禁之前又在这个昏暗的无人之地重新现身。虽然安东尼娜并不清楚他究竟在干些什么，但是她脑海中浮现的扬形象，总是笼罩着危险和潜在的牺牲。她无法控制这种不请自来的恐怖想象，一次次看着他被捕或者被害。“我从早到晚都在担心他的安危。”她坦承。

除了制造炸弹、倾覆火车、向供应德军食堂的猪肉三明治里下毒，扬在多年间一直与地下组织的工程队一起修建地堡和藏匿点。耶哥塔还租下五套公寓，供难民使用。扬他们负责保障这些人的日常生活供给，出现险情时，把他们从一个安全屋转移到另一个安全屋。

严格说来——或者说就表面而言——安东尼娜对扬的活动所知甚少。他很少跟安东尼娜说起他做的事情，她也很少就心中的猜测向丈夫求证。她领悟到，关于他的那些“战事”、同志、计划，她知道得越少越好。否则，忧虑会毒化她的情绪，干扰她自己履行同样生死攸关的责任。她意识到，因为有这么多人依赖着她，把他们的身心托付给她，她必须跟自己“玩一种类似于捉迷藏的心理游戏”：尽管扬的影子生活一直漂浮在她的意识边缘，她却假装不知道。“如果有人时刻都行走在生死边缘，那还是蒙在鼓里最好。”她对自己说。然而知易行难，纵然你不想，脑子里自然会去变幻出种种骇人的短剧来，有时以大悲恸收场，有时又导向心理拯救。似乎这是一种心理预防机制，在创伤真正形成前，它就让人一次次小剂量地、可控地体验创伤，以此让人获得对创伤的接种免疫。焦虑本身是否就包含了一定程度的顺势疗法？就这样，通过自欺，安东尼娜真真假假地一路糊弄自己，熬过了好多年的恐惧和动荡。当然，不知与假装不知——明明知道但因为不愿意面对而假装不知——这两者之间还是有所差异的。她和扬多年来一直随身带着小剂量的氰化物。

一天，省督府打来电话，要扬去一趟。小洋楼里的人们都认为他会遭到逮捕，恐惧的气氛顿时弥漫开来，大家建议他趁着还来得及快点逃走。“可是，谁来养家？谁来保护这一大家子人呢？”他问安东尼娜。他明白，他一走，就是把所有人置于死地。

第二天一早，扬动身去省督府前，两人拥抱道别，她在他耳边说出了那句难以启齿的话：“你的氰化物在身上吗？”

省督府的约见时间是上午九点。安东尼娜真真切切地感觉到时间一分一秒地在她心里滴答作响，无论她怎么忙碌，她一直听到那个滴答声。下午两点左右，她正把削了皮的土豆往锅里倒呢，却听到一声轻轻的“普尼娅”，她顿时脉搏狂跳，一抬头，扬就站在她的面前，在那扇敞开的窗户旁边，脸上带着微笑。

“你知道他们是怎么回事吗？”他问道，“你绝对想不到。我到省督府之后，他们用车送我去了康斯坦钦——省督费希尔的私人官邸。原来他的卫兵在房子周围和附近的林子里发现了蛇，他们担心是否有地下组织把大量毒蛇投放到那里，想用这个手段把德国占领政府给一锅端了！莱斯特让他们与我联系，说只有我知道怎么对付毒蛇。哈哈，我就徒手抓了那些蛇，向他们证明这些不是什么毒蛇。”讲完这些，扬神色严峻地补充了一句：“很幸运，这一次我没用上氰化物。”

一天下午下班回家前，扬把两把手枪放进了背包，上面又放上一只新宰杀的兔子。在“老兵站”下了电车后，一抬头就看见两名德国兵，其中一个对他厉声喝道：“举起手来！”然后又命令他打开背包，接受检查。

“完了，”扬心想，可是他依旧气定神闲，微笑道：“我举着手，怎么开包呢？你还是自己检查吧。”一个德国兵朝包里面瞅了一眼，看见了那具动物尸体。

“哦，一只兔子！大概是明天的晚饭吧？”

“是啊，总得找点东西吃啊，”扬说道，脸上笑容依旧。

德国兵说他可以把手放下了，然后说了一声“好了，回家吧”，就打发他上路了。

安东尼娜写道，在听扬讲述他千钧一发的危险遭遇时，她脑袋中的静脉突突搏动，能感觉到头皮在移位。而扬竟然觉得这段遭遇好玩，“拿一件有可能朝着悲剧方向发展的事件开玩笑，使得我的心情变得更加恶劣”。

扬数年后对一位记者坦陈，他觉得此类冒险很诱人、很刺激，当感觉自己一身是胆，能在绝境中快速思考时，会产生一种战士式的骄傲感。“冷——酷”，安东尼娜用这个词描写他、赞美他。这种性格特征让两人产生强烈反差，她觉得这种性格很“赞”，很“外星人”，让她低到尘埃里，因为她自己是玩不出这种勇敢者绝招的。她也曾遭遇危险，九死一生。她把丈夫对危险的临场反应定在英雄级别，却总把她自己的脱险归结于“纯属运气”。

例如，一九四四年冬天时，煤气管道出了问题，小洋楼二楼的浴室没了热水，孕妇安东尼娜的身体渴望奢侈一把，享受一下浸没在热气中的感觉。她一时冲动，给扬的表妹玛丽西娅和她丈夫米科瓦伊·古托夫斯基打了个电话。他们住在索里博兹区，就在市中心北面一点点，他们漂亮的小区地处维斯瓦河北岸，以前属于一个修道院，这里的修道士们给这个地方取名“美堤”。电话中说到热水问题时，表妹果然如她所希望的那样表示，她那边热水供应充足，并且邀请她去过一夜。安东尼娜很少独自离开小洋楼外出，甚至很少去菜场、肉店或者其他店铺，但一听到有如此难得的让身体享受一下的机会，她实在心痒难忍，于是，“获得扬的批准后”，她不顾厚厚的积雪、二月的寒风和一路上的德国兵，动身出发，傍晚时分到了表妹家。

经过一次缓慢、漫长的洗浴之后，她终于出了浴室，和表妹夫妇享受晚餐。餐厅“装饰精美，有雅致的家具和摆设”。墙上一处有很多耀眼的光斑，她仔细看去，原来是一组装在镜框中的微型银匙，每一把银匙上面都刻有一座德国城市的市徽。这是一种价格并不昂贵的纪念品，战前古托夫斯基去德国旅行时收藏的。晚餐后，她去了客人房睡下。凌晨四点，她突然醒来，屋外传来卡车发动机的轰鸣声，又听到玛丽西娅和米科瓦伊两人正奔向前窗那边去看究竟。她也跟了过去，在一片黑暗中，她看到几辆带油布篷顶的卡车停在了图切尔斯基广场上，车四周围了一大群人，其中有德国警察。另有几辆卡车也正在停靠。安东尼娜写道，这些士兵正在把人往卡车上装，送往集中营，她心中焦虑万分，希望他们不要把自己也这样给抓走了。他们回到床上，祈祷大祸不要降临到自己头上，却听到凶猛的敲门声，米科瓦伊立即下楼，身上还穿着睡衣。安东尼娜想到了家人，不知道没了自己，一家子会是个什么结局。突然间，几个德国兵已经出现在了门口，要求查验她的身份证。

一个兵指着安东尼娜问米科瓦伊："这个女人为什么在这里没有户口登记？"

"她是我表亲，动物园园长的妻子，"他用流利的德语回答道，"她只是在这里过一夜，因为他们的浴室坏了，她来我这里洗个澡，过个夜，没别的事。外面这么黑，路上这么滑，让一个孕妇一个人走夜路不太方便。"

德国兵继续搜查，在各个装修精美的房间里慢慢地搜索，交换着愉快的微笑。

"好舒服啊，"其中一人说道，语气愉快轻松，"在我们自己家那边，空袭已经把我们的房子给炸烂了。"

安东尼娜后来写道，她完全可以想象他的悲哀。三月时，美国轰炸机朝柏林投下了两千吨炸弹，四月份，在许多曾经美丽的德国城市上空，数千架飞机展开了厮杀。这些德国兵渴望回归生活中的种种舒适，但是最可怕的事情还在前方等着他们呢。战争结束前，盟军将对德国城市发动地毯式轰炸，其中包括德累斯顿，文明史上的人文主义之都，最辉煌的建筑艺术中心。

安东尼娜靠边站着，悄悄观察他们的脸色，判断是否有祸事临头的迹象。他们进了餐厅，其中一个德国兵一眼看到了墙上那组阵容豪华的银匙纪念品。他怔了一下，又稍稍走近了一些，一会儿脸上闪过惊喜，一边提示他的朋友注意那一排排组合完美的小汤匙——每一把代表一个城市。这位德国兵彬彬有礼地说道："感谢各位，一切正常，我们的检查结束了。再见。"然后这些德国兵就离开了。事后回想，安东尼娜猜测她之所以能逃过一劫，全赖那些银匙，它们唤醒了德国兵的情感记忆，并且让他们认为这个家庭有着德国缘分。玛丽西娅购买这些德国纪念品的一时之念以及把它们作为民间艺术品展示在墙上的做法，使得大家免于被捕、被审讯，甚至可能被处死的厄运。尽管安东尼娜对那么多东西选择了回避，有意地视而不见，可她心中还是藏了许多宝贵的秘密（人、地、关系），米科瓦伊也是如此，他是一个天主教工程师，却在耶哥塔的帮助下，曾经多次藏匿犹太人。

大家终于回到了床上。第二天上午，安东尼娜回家后跟大家说起夜里的遭遇，"客人们"向她保证说，既然她和扬能一次次逢凶化吉，他们一定有"吉星高照"，而不只是有一颗疯狂的星球。

春天来了，冬眠中的动物园开始了生命的苏醒，树上新叶绽放，地面渐渐松软，华沙城的不少居民带着农具来了，耕作他们的一小块一小块菜地。扎宾斯基一家向更多身陷绝境的客人张开了庇护的怀抱，小洋楼、地下室、衣帽间、壁橱、动物的棚舍，都成了他们藏身的地点。这些人都已经一无所有，没有安慰，没有照片，没有家庭的纪念品，安东尼娜为他们感到凄凉，她在日记中将他们描述为“被剥夺了一切、只剩下一条性命的人”。

六月，安东尼娜以自己的身体证明了生命不屈不挠的乐观主义精神：她生下了一个女婴。尽管此时血腥的全球大战依然高潮迭起，这条被命名为特蕾莎的小生命却抢占了舞台的中心。瑞希被这个新东西迷住了。而安东尼娜，根据她自己的叙述，仿佛回到了一个童话里。童话的主角是一个小小的公主（雅布沃诺夫斯基公主特蕾莎生于一九一〇年），每天都有人为小小公主贡献礼物：金光灿灿的柳条儿童床、手缝的婴儿被、羊毛编织的帽子、毛衫、袜子——羊毛在战时是极难得的稀缺品。所有这些礼物似乎都是“无价的宝贝，是带着魔咒的护身符”。有一位穷困的朋友赠送的布尿片竟然绣上了用小珍珠制的图案，安东尼娜对这些珠子爱不释手，把它们拆下来把玩了很久，然后把它们像一个个圣像似的缝制在了自己的被子上。战时，夫妻们一般尽量避孕，毕竟生活变得无常。这个健康婴儿的诞生，是个吉兆。波兰文化堪称全世界最迷信的文化之一，尤其对于生孩子这件事，更是有很多的禁忌。

例如，波兰民间习俗中，孕妇可不能盯着一个瘸子看，否则生出来的孩子也可能变瘸；孕妇也不能对着一堆火左瞧右瞧的，否则孩子会长红色胎记；不能透过锁眼去看，否则孩子生下来一定是个斗鸡眼。怀了孩子的女人不能跨过地上的绳子，也不能从晾衣绳下面走过去，否则脐带会绕脖子。准妈妈对美丽的人、物、景不妨多看几眼；多唱歌、多说话，生出来的孩子会乐观开朗，长于社交。怀孕如果想吃酸食，预示会生男孩；如果想吃甜食，那就可能生女孩。如果可能，最好在吉日和吉时生产，可以确保孩子一生好运；如果不巧碰上个凶日，就可能招来厄运。星期六是圣母玛利亚护佑的日子，这一天出生的小孩子能够自动避开邪祟，但是星期天生的孩子会很另类，说不定天赋异禀，成为未来的神秘家或者先知。脐带的收存和晾干，给婴儿洗第一次澡、剃第一次头、喂第一次奶，都涉及神秘的仪式。断奶标志着婴儿期的结束，所以也是必须郑重其事：

> 乡村妇女对什么时候给孩子断奶都心中有数。首先，候鸟纷纷南下越冬的时间不能断奶，不然孩子长大了会变野，爱钻树林。如果在树叶凋谢的时间断奶，孩子长大后会早早变成秃头。收获季节，众人小心地收藏谷子，这个时间断奶的孩子长大了会变得鬼鬼祟祟，神神秘秘。
>
> ——摘自《波兰风俗、传统与民间传说》

另外，孕相藏得越久越好，必须秘而不宣，做丈夫的也不能泄露出去，以免嫉妒的邻居以狠毒的眼光看肚中的小孩。在安东尼娜的时代，人们普遍担心因嫉妒而生的“狠毒眼光”，相信它会带来厄运，让甜蜜变成酸涩。波兰人相信好事能招来邪祟，如果赞美新生儿，就等于发出一句恶毒的魔咒。一句“好漂亮的宝宝”就是一股喷射的毒液，为了解毒，新妈妈必须反驳说：“哦，这是一个丑陋的小孩，”同时要一脸厌恶地吐唾沫。基于相似的逻辑，女孩第一次来月经，按照习俗，做母亲的得掮她耳光。驱巫辟邪的职责主要落在母亲身上，她不能有任何幸福、骄傲的表现，只能牺牲自己的得意，换来自己最珍视之人、物、事的平安，因为一旦心生爱念，就可能失去所爱。天主教徒深信，撒旦和他的扈从们一直隐身于众生的周围，伺机作恶。犹太人的生活哲学也相信恶魔无日不在，诸魔中恶名最著者是“迪布克”（其词源在希伯来语中有“附身”之义），其魔性如僵尸，是附体于活人的死魂灵。

七月十日，安东尼娜终于康复下床，参加特蕾莎的命名入教仪式，与少量来宾共庆小生命的诞生。依据华沙人的传统，这种场合必须有驱邪的麻花面包和奶酪。端上来招待宾朋的有培根腌肉，是用上年冬天德国兵射杀的乌鸦腌制的。“狐狸君”亲手做了蛋奶烘饼，墨里西调制了传统的加蜜伏特加，当地人称“彭普科法”（有“肚脐”之义）。当然，在墨里西看来，这个场合不能少了他的仓鼠，于是彼得也上了桌，如往常一样搜罗面包屑。它非常用心，不放过任何一个盘子、杯子，时而抬起头来，东嗅西闻，触须不停颤动，终于辨别出来一种新奇的香味，发现它是从一只空酒杯中甜丝丝地冒出来的，于是它用小肉掌捧起一只有蜂蜜香的杯子，快乐地舔了起来，完了又打扫其他杯子，又舔又吸，终于醉倒不支，把众宾客看得哈哈大笑。它为这一次放纵付出了生命的代价：第二天一早，墨里西发现他的伴侣僵卧在笼中，已经一命呜呼。

1 三大骑士团中最后成立的一个，全称为“耶路撒冷的德意志圣玛丽医院骑士团”，其成员全部是德意志贵族。 —— 译者注

1944

Chapter 31

第三十一章

一九四四年

小洋楼里的花名册与日常生活都没什么变化，但安东尼娜觉得，一种新的不安正在弥漫，尽管“客人们”继续在楼上楼下、楼内楼外地忙着家务，脸上依然不失友善的微笑——以此竭力掩盖焦灼的神经。大家看起来有些“心不在焉”，“交谈磕磕绊绊，一句话常常说到一半就说不下去了”。七月二十日，冯·施陶芬贝格伯爵将一枚炸弹偷偷放进了深藏在普鲁士森林中的希特勒“狼穴”大本营，炸弹虽然按时炸响，但希特勒却逃过一劫，只受了一点轻伤。事件发生之后，恐慌在本地的德国人群中蔓延，从前线撤退下来的一群群德国兵源源不断地流入华沙，向西逃窜，一路炸桥毁屋。盖世太保忙着焚烧档案，清空仓库，将个人财物运回德国。德国人，无论是省督、市长还是低级行政官员，都纷纷搭卡车或者马车逃离，只留下了两千名宪兵留守。德国人留下的诸多空间被临近村庄的波兰人迅速填补，他们害怕很快就会有军人前来洗劫他们的住宅和农庄，因而纷纷逃进了华沙城。

扬确信“起义”随时可能爆发，而且用不了几天时间，三十五万“救国军”就能制服残存的德国人。理论上说来，只要夺取了维斯瓦河上的桥梁，两岸的波兰军人就能会师，形成一股统一而强大的军事力量，足以解放华沙。

七月二十七日，苏联军队抵达维斯瓦河，到了华沙以南六十五英里处（安东尼娜说她听得见他们的枪炮声），波兰总督德国人汉斯·弗兰克征召十万名十七岁至六十五岁的波兰男丁围着华沙城修筑工事，每天要干九个小时，不听召者格杀勿论。“救国军”呼吁人人抗命，准备战斗，这一武装起义的号召在第二天得到苏联人的行动呼应——他们进一步抵近华沙城，向华沙人发出波兰语广播：“行动的时刻到了！”八月三日，红军已经在动物园所在的右岸区十英里外扎营。小洋楼里的空气更加紧张，大家不停地在问：“起义何时开始？”

动物园里的角色发生了急剧变动。大多数客人已然离开，或参军，或逃往相对安全的“贼窝”；“狐狸君”计划着搬到格鲁耶克附近的一个农庄；墨里西去了萨斯卡康帕与玛格达蕾娜团聚；律师夫妻逃亡到了华沙城的另一侧，但他们的两个女儿诺尼娅与伊娃决定留守在小洋楼，她们坚持说，万一安东尼娜遇上什么事，刚出世不久的特蕾莎、瑞希还有扬七十岁的老母亲，就没了人照顾，单靠一个管家独立支撑局面肯定不行。军方派兵动员近河区域内的居民撤离，但是扬希望他的家人能留在动物园不动，因为，一方面，波兰军队的武装起义必然会取得胜利，另一方面，逃亡的旅途劳顿与惊吓很可能让新生儿和他老迈羸弱的母亲经受不住，遭遇不测。在向“犹太人研究所”提供的证词中，他回忆说，八月一日早上七点，有一个女孩上门传令他准备战斗。这个女孩可能是“救国军”通信员哈丽娜·多布罗沃尔斯卡（战时她的名字叫哈丽娜·考拉比奥夫斯卡）。一个阳光灿烂的下午，我在华沙见到了哈丽娜·多布罗沃尔斯卡，当年的妙龄少女已经年逾八十，但依然思维敏捷，姿态娇捷。她记得她那天的危险旅程。她受命先骑自行车，然后搭乘电车，前往华沙城的郊区传令男性参战，同时警告他们的家人起义一触即发，注意自我保护。为履行使命，她到处寻找电车，终于找到了一辆，却发现司机正在收拾东西，准备收工，因为大多数华沙人此时已经离开工作岗位，冲回家里备战。还好地下组织对此局面早有预见，给哈丽娜备了些美元，电车司机接受了这些美元，提心吊胆地开车把她送往目的地。

扬冲上楼，把消息告诉了正陪特蕾莎睡觉的安东尼娜。

“昨天你说的可不一样。”安东尼娜说道，神色焦虑。

“我也不明白究竟是怎么回事，只能去那里问个清楚。”

他们的朋友斯蒂芬·考尔波尼斯基事先也不知情，对起义的提前很感惊讶。他以文字记录了那天他在华沙中心街道上所见所闻的亢奋与躁动：

> 电车里挤满了小伙子……人行道上，有三三两两走在一起的女子，肩扛手提，行色匆匆。“她们是在往集合地点运送武器呢，”我对自己说。路上有一队自行车争先恐后，车上是穿着高筒靴和防风衣的年轻男子，他们拼命地蹬着车往前赶……时而看见一两个穿制服的德国人，有时还有一队德国巡逻兵经过，却视而不见，似乎对他们周围正在酝酿的风暴浑然不觉……很多男子疾步赶向各个方向，神色肃穆而坚毅，与我擦肩而过时，他们都与我交换一下心领神会的眼色。

四小时后，扬回到家中与安东尼娜及母亲道别，因为起义的号令随时可能下达，他要和部队待在一起。他递给安东尼娜一个金属饭盒，说道：

“这里面有一把装了子弹的左轮手枪，万一有德国兵……”

安东尼娜身子一木。“我当时就感觉全身发僵，动弹不得。”她日后回忆道。她问扬：“德国兵？你心里是怎么想的？你忘了？几天前，我们都相信地下抵抗军会打赢的……你现在不相信了？”

扬神色严峻地回答道：“一星期前，我们打赢的机会很大。现在时过境迁，不是起义的好时机。我们应该等待的。仅仅在二十四小时前，地下组织的领导人也是这样想的，可是昨夜就突然改了想法。这样反复无常，前景堪忧啊。”

扬并不知道，苏联人说来是波兰的盟友，却有着自己贪婪的打算。有关国家已经许诺斯大林，在战后会让苏联分得波兰的一大块土地，因此，斯大林不但想打败德国，也想让波兰屈服。他拒绝了前往波兰的盟军飞机使用苏联机场的要求。

“我使劲抱住扬，脸紧贴着他的脸颊，”安东尼娜回忆道，“他吻了我的头发，看了小宝宝一眼，然后奔下楼去。我的心怦怦狂跳！”她把放左轮手枪的那只饭盒藏到了床下，转身去扬母亲的房间，只见她坐在扶手椅上，手中攥着念珠诵念《玫瑰经》，“满脸泪水”。

扬的母亲是个虔诚的天主教徒。扬与她告别时，想必依照习俗在自己的额上快快地画了个“十”字，然后祈求圣母玛利亚保佑扬此行平安。“救国军之圣母”（圣母玛利亚）在此次起义中被奉为战士们的保护神。在华沙城内有很多为这次起义而匆匆修建的圣母圣坛，许多道路两旁有供奉圣母神龛（波兰境内至今仍保留有不少当时临时修筑的圣坛和神龛）。起义的战士和他们的家人同时也向耶稣基督祷告，随身的钱包中通常都有一帧小小的基督像，上面刻着铭文：“我们信仰耶稣（Jezu, ufam tobie）。”

我们今天已经无从得知安东尼娜是如何挺过惶恐的煎熬的，但是扬曾告诉一位记者说，安东尼娜从小受到严格的天主教培养，让两个孩子都依天主教礼受洗，自己项上也常年佩戴圆形天主教圣章，那么想必她曾朝夕祈祷，以对天主的信念舒缓焦灼之心。战争期间，“希望”种种都是奢谈，只有对“神迹”的信念不泯，因此，即使是无神论者也不免转向祈祷。小洋楼的有些客人也以卜卦算命支撑求生意志，而扬公开宣称自己为理性之人，且他的父亲从不讳言自己的无神论者身份，对于迷信与宗教自是皱眉的，因此，无论安东尼娜，还是扬对天主极其虔信的母亲，在家里肯定藏着一些不让扬知道的秘密。

飞机在低空盘旋扫射。安东尼娜努力揣测维斯瓦河对面的局面，她终于忍不住上了二楼的露台，从那里偷偷观望河那边的火舌，竭力从每一个啪哒的枪声中识别战局的发展。她注意到，枪声“分散、零星”，没有排山倒海的弹雨倾泻，不像是大规模战役的气势。

她意识到，动物园这个小小的“封邑”及其“居民”，包括瑞希、四个月大的特蕾莎、两个女孩诺尼娅与伊娃、她的婆婆、“狐狸君”和他的两位助手，都交到了她这个唯一领导人的手上。作为“领主”，她要“对很多人的生死负责，这种沉重的责任感”盘绕着她的身体，让她脑子深受困扰：

> 局面严峻，让我一刻都不得松弛。不管我愿意与否，我都得承担起这个大家庭的领导责任……时时警惕，就像当年在童子军中她们所教诲的那样。我当然知道，扬担负着比我困难得多的职责。我有一种强烈的意识：必须照料好家中所有的人和事。这些念头一直跟着我，挥之不去。……我只知道我必须去做。

面对战争，睡眠也只能投降。整整二十三个夜晚，她都强迫自己警醒不睡，唯恐一个打盹，漏了某个微弱但预示危险的声音。从某种意义而言，这种“守护天使”的角色安东尼娜并不是第一次担当，她仍然记得，在一九三九年华沙大轰炸中，她曾以身庇护自己的幼儿。她自思，这种角色源于那种人挡杀人、佛挡杀佛的母性，为了保护家人不惜以命相搏的本能。

尽管战场远在河的对岸，但只要西风一吹，她就能嗅到死亡的气息，混合着硫黄的、腐烂的味道；她听见枪炮和炸弹的声音，震天动地，毫不容情。听不到任何消息，与外界又失了联系，安东尼娜感觉小洋楼“从方舟变成了汪洋大海中的一条小船，无望地漂流着，没有罗盘，也没有舵桨”，而且她时刻担心着会有一颗炸弹从天而降。

她和瑞希站在露台上，伸长了脖子观察河对岸的火力，揣摩战局的变化。夜里，他们看着血红的火花一次又一次突然亮起——听见的是零星的射击，而不是大规模作战的那种铺天盖地的回声，城市上空整夜都有飞机沉闷的轰鸣和尖厉的啸叫。

“爸爸在这个城里最危险的地方战斗，”瑞希反复念叨着，手指着老城方向。他像一个哨兵，连续几个小时守望着，透过双筒望远镜侦察战情，寻找父亲的身影，听到炸弹呼啸着冲他而来时，他会迅速埋下头去躲避。

安东尼娜卧室的门外有一座金属的火车阶梯可以通往小洋楼的平顶，瑞希经常拿着双筒望远镜爬到楼顶去。驻守在布拉斯基公园的德国兵进驻到离大桥很近的一个小型游乐场，里面有一个跳伞用的高塔，塔上的德国兵看到了楼顶上的瑞希，注意到了他的动静。一天，一名德国兵进了动物园来，威胁安东尼娜说，假如再看到瑞希在楼顶上现身，他们就会一枪把他崩了。

尽管夜夜无眠无歇，紧张不安，日间警报不断，安东尼娜承认，她有时为起义感到“一阵阵兴奋”，因为“德占期漫长的恐怖岁月中她一直想象着这一天的到来”，但她对战局的进程毫无头绪，只能妄自揣测。在河的对岸，在华沙的中心地带，食品和饮水紧缺，糖块和伏特加倒是不少，都是从德国军需供应渠道"顺手牵羊"来的。"救国军"忙着用人行道上的石块修筑街头反坦克路障时，这些糖和酒能为他们补给能量。三万八千名战士（其中包括四千名女性）中，只有十五分之一的人拥有像样的武器，剩下的只能用木棒、猎枪、刀剑充数。他们渴望缴获敌人的武器为己所用。因为电话交换台依然掌握在德国人手中，"救国军"组织了一队勇敢的青年女性通信兵，在城里各处奔波送信。在整个占领期内，其实一直存在着这样一支秘密队伍。哈丽娜·考拉比奥夫斯卡回到华沙以后，就前往市中心参与情报的接力传递，搭建火线厨房和战地医院，为一线战斗人员输送物资。

"街头防御工事到处都有，"哈丽娜告诉我说，声音中充满着兴奋，"起初大家都兴高采烈的。下午五点钟，起义开始，我们都戴上了红白臂章。……起义的前几周中，我们每天只靠一顿马肉汤熬着，到最后，我们就吃干豆、狗肉、猫肉和鸟肉了。

"我看见我一个十五岁的朋友抬着担架，上面躺着一个伤兵。一架飞机凌空飞过，她看到了伤兵眼中恐惧的神情，于是就扑倒在他的身上，结果她的脖子受了重伤。还有一天，我正好跑腿送信，看到两位妇女从一幢楼里往外搬几个沉重的袋子，就停下来问她们是不是需要帮什么忙，她们说自己碰巧发现了德军的一个医药藏匿点，里面还有一大袋子糖块，她们分了不少给我。我往衣服口袋里和袖子里装了不少糖，走路时只能抬着手，不让糖块掉出来。每碰到一名战士，我就让他捧着双手，然后我伸出手臂，让袖子里的糖块倒一些出来到他的手中。”

德军在撤退，多少年来大家终于再次可以自由地走动与说话了，种族主义法律已经失效，犹太人也得以从藏身之处走出来呼吸新鲜的空气，大家在自己的屋子上升起了波兰国旗，唱起了爱国主义的歌曲，戴上了红白臂章。菲利克斯·茨温斯基出任“救国军”某旅旅长，麾下包括塞缪尔·柯尼斯韦恩率领的一个营。华沙城内久遭压抑的文化生活重新绽放，电影院再次开门，文学期刊纷纷重现，典雅高贵的客厅里又开起了让人心旌摇曳的音乐会。出现了免费的邮政服务，他们发行邮票，派遣童子军负责跑腿送信。从一张档案照片中可以看到当时启用的金属邮筒，上面装饰着白头鹰和百合花图案，所指的就是最年幼的童子军们冒着生命危险送信一事。

希特勒接到华沙起义的消息之后，命令希姆莱出动手下最残暴的军队杀光波兰人，一个街区一个街区地夷平华沙城。要求他们用弹药炸，用火烧，用推土机碾，只求彻底摧毁这个城市，意在杀一儆百，警告欧洲的其他德占区。对于希特勒的这个命令，希姆莱丝毫不敢马虎，精选了党卫军中最嗜血的几个单位，成员中不乏罪犯、警察和以前的战俘。起义的第五十天——日后称为“黑色星期六”，希姆莱久经战阵的党卫军和纳粹国防军如暴风骤雨而至，屠杀了三万名男女老幼。第二天，一群群斯图卡式俯冲轰炸机轮番轰炸华沙，观看当时的档案影像时，我们可以听到这些飞机的轰鸣声如亿万只蚊子在嗡嗡合唱。装备低劣、几无训练的波兰抵抗者奋勇还击，用无线电向伦敦请求空投食品和军需，恳求苏联人立即发动攻击。

安东尼娜在日记中写道：两名党卫军推开门，举着枪，吼叫道："统统出去！！"

她和大家惶恐地走出房间，进了菜园，不知道等待着他们的是什么命运，心里做好了最绝望的准备。

"举起手来，"他们嚷着。安东尼娜注意到他们把食指扣在了扳机上。

她因为抱着小宝宝，只能举起一只手来。她脑子里全乱了，"无法接收他们粗俗、野蛮的词句"，他们在咆哮："我们英勇的德国战士正在遭受你们的丈夫和儿子的屠杀，你们必须为此付出代价。你们的孩子"——他们指指瑞希和特蕾莎——"在吮吸母乳的时候，同时吸进去了对德国人民的仇恨。长期以来，我们对你们一忍再忍，现在已经忍无可忍！从此刻开始，每一条德国人的生命，必须要用一千条波兰人的生命来换。"

"真的完了，"她心想。她怀中紧抱着孩子，脑子飞速地转动，寻求脱困之计。她感觉到心脏剧烈地撞击，似乎要从胸腔中蹦出来，双腿沉重得不能移动分毫。这已经不是她第一次被恐惧攫住，全身发僵，不能动弹了。此时此刻，尽管她不能动，却知道她必须说些什么，随便什么，同时保持镇静，坦荡从容，说话的方式要像和安抚那些失控的动物时一样，要能获得对方的信任。她的嘴里一下子冒出了一连串德国话——她不知道她竟然还掌握了这么多的德语词汇。她开始谈论古代的部落，谈论德国文化的辉煌。孩子在怀中抱得越来越紧，话滔滔不绝地流淌出来，与此同时，在她大脑的另一间密室里，她努力凝聚自己的心神，反复发出同一个命令：冷静！把枪放下！冷静！把枪放下！冷静！把枪放下！

德国兵继续叫嚷着，她却听而不闻。他们也一直没有把枪放下，但她的德国话如汩汩流淌的山间小溪，涓涓不绝，与此同时，她坚持不懈地发送着她无声的命令。

突然，一名德国兵看着“狐狸君”十五岁的帮工，吼叫着命令他去菜园小屋的后面去。这个十五岁的少年遵命往那边走，后面跟着的党卫军把手伸进了口袋，拔出一把左轮手枪。两人从大家的视野中消失了。一声枪响。

另一个德国兵对瑞希说：“下面轮到你了！”

安东尼娜看见儿子的脸因恐惧而发出无声的尖叫，面颊煞白，没半点血色，嘴唇变成了淡紫色。她不敢妄动，否则自己和特蕾莎可能都要遭殃。瑞希举起了手，开始慢慢地挪动脚步，动作机械，像机器人，“仿佛生命已经离开他小小的躯体，”她日后回忆说。她一直看着他渐渐离去的背影，终于他走得没了影踪，可她的“心眼”还继续跟踪着他的步子：“此时他应该走到蜀葵那边了……现在他应该到了书房的窗下。”第二声枪响传来！似是“一把刺刀插入我的心脏……接着我们又听到了第三声枪响……我什么都看不见了，眼前一片空白，然后是一片漆黑。我感觉全身瘫软，差一点就要晕厥过去了”。

“你坐在这凳子上吧，”一名德国兵对她说，“手里抱着小孩，这么站着太辛苦。”片刻后，又是这个德国兵叫嚷道：

“嘿，小孩！把那只公鸡给我拎过来！在树丛里面，给我找了来！”

两个少年跑着从林子里冲了出来，身子依然吓得簌簌发抖。瑞希手里是他的库巴，已经死了，他拎着它的翅膀，巨大的血滴从库巴身上的弹孔中掉落到地上，一滴，又一滴，安东尼娜双眼死死地盯着那血，中魔了一般，没法把眼光移开。

“这个玩笑好不好玩！？”一名德国兵说道。安东尼娜看见他们紧绷得如石雕一般的脸松弛了下来，爆发出一阵大笑。他们离开了菜园，手里拎着那只死鸡。她看见瑞希身子佝偻着，脸上憋着想不哭，却终于憋不住了，眼泪如潮水般倾泻而下。经历了这一切之后，做母亲又能如何安慰年幼的孩子呢？

> 我走到他身边，凑近他耳朵说道：“你是我的英雄，你太勇敢了，儿子。你愿意扶着妈妈进屋去吗？我快瘫掉了。”也许，激发他的责任感能够拆除他情绪的引信，不让它爆炸。我知道他会愧疚于表露自己的委屈，另外我也确实需要他扶着我和我怀中的孩子，我的两条腿因为这一番惊吓已经绵软无力。

后来，待平静下来之后，她开始分析这些党卫军士兵的行为——他们究竟是否动过杀人的念头？是不是打从一开始这就是一个病态的权力与恐惧游戏？这些德国兵当然不知道库巴的存在，所以杀鸡一举应该是他们的即兴创作。她捉摸不透他们为什么突然软了心肠，请她坐下。他们真是担心自己抱着小孩身子受不住吗？“如果是这样，”她想道，“也许他们的恶魔心灵中终究多少藏着些许人性的情感。既然这样，这世上竟是不存在什么纯粹的邪恶的。”

当她听得枪响时，她只当两个孩子已然死了，眼前仿佛看到瑞希身子蜷缩在地，头部中弹。任何一位母亲，遭逢这样一刻，精神必然遭受重创。尽管大家都保住了性命，她却陷入了严重的抑郁之中，她在日记中为此深深自责：“我的软弱让我羞愧”，尤其在这“需要我挺身而出，勇敢地为我的小部落担当领导责任”的时候。

接下来的几天，她又深受头痛之苦，因为外边的喧闹让人仿佛身陷地狱——德国军队在动物园附近密集部署火箭弹发射架、迫击炮、榴弹炮和各种轻重炮车。此后的动静更是震天撼地，各种口径、各种形状的炮弹合奏出万魔殿的喧嚣：尖啸声、爆破声、迸裂声、撞击声、坠毁声、刮擦声、轰鸣声此起彼伏。最让人魂飞魄散的是“尖叫的咪咪”，这是军中的一个俚语，源于一个不幸患上歇斯底里症的名叫“咪咪”的法国少女，军人们则用它来指德军的一种迫击炮弹，它在飞行过程中会发出尖厉的啸叫，久而久之，士兵们又用它来指代一种因为长期面对敌人炮火压力而患上的战场神经症。

德军还发射一种雷弹，俗称“吼牛”，它六弹连发，依次切入目标或者砸进地面时，会连发六声吼叫，紧接着又会发出六声爆炸，一声接着一声。

“我到死也忘不了那个声音，”雅切克·费托洛维奇曾写道。华沙起义爆发时，他刚七岁。“听到这种雷弹的吼叫之后，你做什么都已经晚了，如果接下来你听到了爆炸声，那么恭喜你，死的不是你……我的耳朵很能辨别这种判决生死的吼叫。”他后来历经磨难逃了出来，随身带出了“仅剩的一点家财……我把这些俗称‘猪仔’的五卢布面值的金币缝在了我的泰迪熊里面。除此以外，起义后我从家中抢救出来的只是一只玻璃酒杯和一本《怪医杜立德》”。

老城上空，德军飞机对起义战士狂轰滥炸。街道上，德军士兵以机枪扫射波兰平民。工程兵烧毁、炸毁无数大型建筑。到处烈焰腾空，空气中全是尘土、烟雾和硫黄。天渐渐变黑，安东尼娜听到一种更为骇人的隆隆声，来自吉尔贝基大桥方向，是一种巨型机械的吼叫声。小洋楼对此众说纷纭，有的说是德军建造了一种焚烧炉，正在焚烧战场的死尸，以免华沙爆发瘟疫，也有说是德国人用上了一种大型的放射性武器。河面反射出一种淡绿的荧光，照亮了暮色，安东尼娜甚至可以看得清河对岸的房子中临窗站立的众人。夜幕降临之后，这种让人胆寒、怪异莫名的隆隆声中加入了杂乱无章的大合唱，这个合唱队来自另一个世界，成员是醉酒的德国兵，他们一直唱到了深夜。

据安东尼娜说，她整晚都没睡着，惊吓让她身子冰凉，她都可以感觉到颈背上僵硬的寒毛。事后得知，这种瘆人的荧光远不如她想象的那般高精尖，原来是德军在布拉斯基公园安装了一台发电机，用以给一面巨型反射灯供电，照射敌阵。战场移离动物园区之后，仍然常有军人闯进动物园来公然抢夺。一天，一伙苏联人来到动物园，“眼神疯狂”，没打一声招呼就翻箱倒柜起来，见物就取，连地毯和相框也不放过。她不发一声，却也毫不退缩。当时的感觉就好像有一群鬣狗在四周蹿来蹿去，见门就进，毫无顾忌。“如果他们知道我心中有多害怕，一定把我生吞了。”她想道。他们的头目长着亚洲人的五官，眼神寒若冰霜。他走近安东尼娜，冷冷地瞪眼看她，一旁的柳条小摇篮里睡着特蕾莎。安东尼娜坚定心神，身子一动不动，直视对方，眼神无半点躲闪。突然，他一伸手拽住了安东尼娜项上的圆形金质圣章，一咧嘴“露出两排森森白牙”。她指指睡梦中的小宝贝，动作和缓轻柔。刹那之间，童年时学来的冰封多年的俄语解冻了，她以响亮、严厉的口气命令道：“不允许！你的母亲！你的妻子！你的姐妹！你明白吗？”

她把手搁在苏联士兵的肩头，对方露出惊讶之色，慢慢地，他眼中疯狂的怒火熄灭了，嘴角松弛了下来，仿佛她用一把发烫的熨斗把他脸上凌厉的表层一下子烫平了。她的心灵催眠绝技又一次发挥了神威，她想。突然，他把手伸进了裤子的后袋中。在这恐怖的一瞬间，她想起了那个拿枪对准瑞希的德国兵。但他把手从口袋中抽了出来，张开手心，赫然是几块脏兮兮的粉红色的硬糖。

“给宝宝吃吧！”他指指摇篮说。

安东尼娜与他握手表达了谢意，他钦佩地冲安东尼娜笑了一下，看了一下她没戴戒指的双手，脸上露出怜悯之色，然后从他自己的手指上摘下了一枚戒指，递了上来。

“送给你，”他说道，“拿着！戴在你的手指上！”她轻轻地戴上戒指，心猛地“颤抖”了一下，因为她看到戒指上面有着银鹰图案，这是波兰的国徽标志，他多半是从某位阵亡的波兰军人手上撸下这枚戒指的。“是谁的戒指？”她内心怅惘。

然后，他大声地呼唤自己的士兵过来，命令道："不管拿了什么东西，都给我放下了！谁要违抗，我就把那狗奴才宰了！"

他的那些手下都很惊讶，但是都把怀中抱着、手里攥着的战利品放了下来，然后又从口袋里拽出一样样小物件来。

"咱们走。什么都别碰！"他说。

她看到，一听这句话，这些人"一下子似乎缩小了尺寸，一个接一个乖乖地离开，就像戴上了口络的狗"。

他们走后，她在桌边坐下，又看了一眼手上带着银鹰徽标的戒指，想道："如果'母亲''妻子''姐妹'这类有血有肉的词汇有力量改变一个恶棍的灵魂，征服他的嗜血本能，那么人性的未来毕竟还是存着希望的。"

此后时不时有别的军人上动物园来，都是有惊无险。某日，一辆轿车开了进来，车上下来几名德国文员，他们是负责第三帝国各毛皮养殖农场的，"狐狸君"在格鲁耶克时就已经与他们相识，他向他们报告说，他农场上的毛皮兽都还活着，毛皮长势良好，他们于是同意他将农场上的人畜都转移到德国去。要完成这么多动物的装运准备当然要花不少时间，这就意味着大家可以在小洋楼多待一些日子，甚至可能熬到起义胜利、德国人撤离华沙的那一天，到那时谁也不必离开动物园了。

在大家焦心等待的日子里，德军为了瓦解抵抗力量，常派飞机空投传单，敦促华沙平民及早撤离，因为这座城市很快就会被毁灭。不久，德军的卡车又把一大批重炮运进了布拉斯基公园，将它们隐蔽在近河的树丛中。因为离动物园非常近，驻扎在这里的德军经常上门来歇个脚，喝上一杯水、一碗汤，或者讨几颗煮熟的土豆。一天傍晚，一个高个子年轻军官以关切的口吻对她说，让平民住得靠战场这么近很是不妥，安东尼娜解释说，她和动物园的众人经营着一个毛皮兽养殖场，它对纳粹国防军具有重要意义。之所以暂时无法搬离，是考虑到时机于貉子尤其不宜，这种动物之所以毛皮特别厚实暖和，是因为夏天会脱毛，然后在九月到十一月的三个月间重新长出一身厚厚的冬装。如果现在就装箱运走，它们经不住折腾、受不了旅途劳顿不说，换了一个气候环境也非常有害，会改变它们的生长进程，让它们长不出理想的冬装。听得对方频频点头。

安东尼娜是不怕打雷的，她写道："说到底，雷声不过是空气填补闪电造成的真空所产生的声音。"持续不断的炮声却是另外一回事。雷暴天气时，空气会慢慢地变得潮湿，预示风暴的来临。电闪雷鸣后会有大雨倾盆而下。而干打雷不下雨的隆隆炮声让她的神经系统受损严重。一天下午，炮声突然停了，小洋楼里的女人们抓住这个难得的间隙躺下休息，享受这片刻的安静。扬的母亲、诺尼娅、伊娃在各自的卧室中小睡了一会儿，安东尼娜在楼下哄着特蕾莎，天气闷热无比，小洋楼所有的门窗都开着。突然，厨房的门吱呀一声开了，一名德国军官大步跨了进来，看到抱着婴儿的安东尼娜时，他怔了一怔。他一步一步靠近时，安东尼娜闻到了他呼吸中的酒味。他在屋子里满脸狐疑地巡视一番，然后进了扬的书房。

"哦！钢琴！乐谱！你会弹钢琴吗？"他兴奋地问道。

"会一点儿。"她回答。

他翻着几页巴赫的乐谱，然后停下手，吹起了口哨，是一首赋格曲，旋律饱满清晰，很有行家的功力。她猜想这个德国兵曾是一位职业音乐家。

“你的乐感似乎是专业水准。”她说道。

他请安东尼娜为她弹奏钢琴，安东尼娜于是在钢琴边坐下，心里总有一种不对劲的感觉。她真想一把抱起特蕾莎夺路而逃，却担心对方会开枪射击。她只得开始弹奏《小夜曲》，这是一首浪漫的曲子，作曲家是舒伯特，一个在德国广受爱戴的音乐家，安东尼娜希望他的音乐能唤起他的情感记忆，安抚他的情绪。

“不，不要这个！不要这个！”他叫嚷起来，“你为什么要弹奏这个曲子？！”

安东尼娜一惊，手指跳离了键盘。这个曲子显然不对他胃口，但是为什么呢？她曾无数次地听过这首德国人的小夜曲，自己也经常演奏。德国军官大步走向书架，翻那里的乐谱，安东尼娜趁机低头阅读《小夜曲》的歌词：

我温柔的歌曲一夜未歇，我的爱人，
恳求你伴我一起走进那安静的小树林，
头顶上细枝沙沙响，在月光中呢喃。
别害怕，亲爱的，别害怕告密者恶毒的窥探。
你是否听到了夜莺？啊！它们在向你恳求，
它们唱着甜美的歌曲为我把你呼唤。
它们最懂得心的渴望，明白爱情的忧伤。
它们银亮的曲子能够感化每一颗温柔的心，

愿我的歌声也能把你打动，亲爱的，请听我为你歌唱！
我在这里把你等待，全身抖颤，
来吧，我的爱人，给我快乐，让两颗心一起飞扬！

原来是因为这曲中的伤心爱情，它确实足以让任何人听得心神不安，她想。突然，他的脸色亮了，只见他打开了一本国歌集，快速地翻查起来，急切地寻找着什么。终于，他找到了。

他把曲谱摊开着放到了钢琴上，说道："请，给我弹这个。"

琴声一起，这个德国军官就跟着唱起来，英语带着浓重的口音。她一边弹奏，一边心下惶恐，不知道布拉斯基公园里驻扎的德国兵听着他高唱《星条旗永不落》心里会作何想。她几次偷偷抬眼瞄一下他，只见他眼睛半开半闭。当她以一个花哨的高音结束演奏时，德国军官向她敬了一礼，然后安静地离开了小洋楼。

她心里疑惑，不知道这位对音乐如此内行的军官究竟是谁，更不知他选中美国国歌是什么意思。"也许他只是在跟小洋楼附近坐着的某个德国人开玩笑？想必会有人过来拷问我何以弹奏这个曲子？这下心里不得安生了，不知道是否已经激怒了党卫军。"她后来又判断，这位德国军官的目的就是来吓唬她，如若真是这样，他的目的已经达到了，因为这个旋律此后在她脑海中反复响起。它就像水中的礁石，她的任何思绪都会围着这块礁石打转——直到夜里，一轮炮击撕裂了宁静的黑暗，把她的脑子搅得波涛汹涌。

德国兵加紧了对老城的进攻。安东尼娜依然心存希望，觉得地下抵抗力量终将赢得起义的胜利。但是，希特勒发布命令摧毁华沙的传言一点点传了进来。不久她又得知，“自由法兰西”携手美英两国的军队已经解放了法国，此后又听说，亚琛被盟军用一万吨炸药炸平了，成为最早沦陷的德国城市。

扬没让人捎来任何口信，也没有任何渠道可以打听到他的消息。他应该还在老城区，这里驻扎的“救国军”步步后撤，生存空间遭到严重压缩，战斗变成了一幢楼一幢楼（包括教堂），甚至同一幢楼中一个房间一个房间的争夺。战后多名亲历者的证言描述了战线不断移动的情景：双方有时候就在一幢楼的里面突然交起火来，此后战线会从一个楼面撤到另一个楼面。而楼外的军人则会遭到密集的弹雨袭击和连续不断的狂轰滥炸。安东尼娜和瑞希唯一能做的就是看着老城区那边你来我往交织的火力，想象着扬和他的战友们在鹅卵石街道上东奔西突的场面。安东尼娜太熟悉这些街道了，对它们了然于心。

战地记者希尔维斯特·布劳恩（克里斯）拍摄于八月十四日的一张老照片中，波兰士兵在骄傲地展示他们刚刚缴获的一辆德国装甲运兵车。照片中没有扬的身影，但是照片的说明文字称，他们给这辆笨重如大象的大家伙取名为“雅斯”，正是华沙动物园中战争初期就死于大轰炸的那头公象的名字。

Chapter 32

第三十二章

到九月时，五千名困在老城区的波兰战士通过下水道成功逃生，尽管德军往下水道的地面检修孔中投下了不少手榴弹和汽油弹。在另外的多条战线上，盟军都在前进；解放了法国和比利时之后，美国与英国军队借道荷兰、莱茵兰、阿尔萨斯向德国境内推进。在东线，红军尽管在华沙附近裹足不前，却也已经拿下保加利亚和罗马尼亚，正在准备攻取贝尔格莱德和布达佩斯两城，同时计划从波罗的海地区向第三帝国发起摧枯拉朽的猛攻。与此同时，美国已经在琉球群岛登陆，在南太平洋战场上重击敌人。

一位德国军官向“狐狸君”保证说，无论战事如何发展，第三帝国终究离不开它宝贵的毛皮兽养殖场，要求他把那些动物装进通风良好的木箱内，全部搬运到郊区的一个小镇上，以求安全。炮弹落得离动物园越来越近了，安东尼娜预备着也要举家搬迁。“狐狸君”准备搬去的附近小镇沃维茨似乎是个不错的避难地，不在火力范围内，却又离华沙城区不算太远。安东尼娜、瑞希、扬的母亲、两个少女、“狐狸君”和他的两个帮手准备一同出行，希望大家都能混充毛皮农场的雇员。挑选随行的宠物让他们经历了一番心灵的折磨，麝鼠？维切克？其他兔子？猫？狗？鹰？到最后他们无可奈何，决定只带上维切克，放生其他所有动物，它们的生死只能仰赖自己的智慧了。

尽管可以装车运走家中任何物件，他们还是觉得轻装出行比较妥当，因此只带上了床垫、被子、冬衣、靴子、水缸、锅子、铁铲和其他一些实用家什。任何贵重物品都必须深藏，以免毁于战火，或者被上门盗窃的士兵顺手牵羊了去。于是大家把裘皮大衣、银器、打字机、缝纫机、文档、照片、祖传遗物等重要的东西装进了大箱子里，然后由“狐狸君”带着他手下的几个少年把这些箱子迅速藏进了连通小洋楼和山鸡馆的地下走廊之中，最后砌墙堵住了这个地道的入口。

八月二十三日，动身出发的那一天，瑞希看着一枚巨大的炮弹坠落在小洋楼外大概五十码的地方，嵌入了地面，却没有爆炸。一个拆弹小队不久就赶到了，队中的一名军官恶狠狠地指天发誓说：到了中午时候，若有人还滞留在小洋楼中，就会吃枪子。瑞希一溜小跑去了山鸡馆，给兔子们喂了蒲公英的叶子，然后打开笼子，把它们释放出去。骤然到来的自由让兔子们困惑迷惘，它们磨磨蹭蹭，流连不去。瑞希捏着它们的长耳朵，一个一个拎到了草坪上。无论是林间、池塘，还是空中，此时都并无掠食动物藏着。小洋楼的最后两只宠物老鹰和麝鼠，此前一天也已放生出去。

"走，傻兔子，走啊！"瑞希说着，发出嘘声赶它们快逃生，"你们自由了！"

安东尼娜看着大小不一的几团毛球慢慢地蹦跶着钻进了草丛。突然，灌木丛中蹿出巴尔碧娜，它一路奔向瑞希，尾巴翘在空中，晃动着，喉间发出响亮的呜呜声。刹那间，听到了猫声的兔子们撒腿就逃。瑞希一把拎起巴尔碧娜，抱在怀里。

"咋啦，巴尔碧娜？你想跟我们一起走吗？"他抱着猫儿向小洋楼走去，但是巴尔碧娜挣扎了一下，跳下了地。

"你还是不想跟我们走？真没劲。"他心酸地说，"可是你比我们幸运，至少你还可以留在这儿不走。"巴尔碧娜进入树丛，一会儿就没了影踪。

站在门廊上看着这一幕的安东尼娜无比痛苦，心中涌起一股强烈的欲望，希望也能留在家中不走，同时却又焦急地盼望卡车快点进来，赶快地把大家送到火车站去。她一再看表，"表针依然不紧不慢地移动，毫无恻隐之心"。她脑海中闪过一个冲动，希望能一头扎进华沙的某个洞穴藏匿起来，但是，偌大一个城市，哪里有他们的藏身之处？她担心她瘸腿的婆婆，"她都走不了半英里的路"，还担心中途遭到德军的伏击，因为她听说，德国兵现在看到波兰人就会抓，然后送去普鲁斯库夫附近的死亡营。鉴于目前这个局面，跟着这些毛皮兽一起西行，似乎是唯一可行的选择。

终于，上午十一点三十分，“狐狸君”的一辆旧卡车咔哒咔哒地开到了小洋楼，大家迅速把行李装上了车。车子开出了动物园，穿行在僻静的街巷中，终于抵达了火车站，那里有一辆货运车厢等着他们，上面已经装上了貂、狢、狐狸、海狸鼠和维切克。安东尼娜和大家上车后不久，火车就穿过了大河，在几个站头小停了片刻，分别上来了一些乘客，然后终于慢慢地正式出发了。在沃维茨，他们按指令卸下了所有装动物的板条箱，等待来自波兰其他毛皮兽养殖场上的动物。各处的动物集结到一起后，就会送往德国境内的一个大农场。这一天安东尼娜一直在田园中漫步闲逛，对自己竟能如此自由自在感到有些不太适应，她惊讶于小镇远离尘嚣的宁静——毫无战争的迹象。第二天她出去找人求助，了解到波兰前总理之子安德烈·格拉布斯基正巧是德国毛皮公司委员会的成员。她解释说自己很怕带着这么小的孩子去德国，格拉布斯基就给她在附近找了一个临时住所。六天以后，她和“狐狸君”道了别（“狐狸君”此时还得守着他的一众动物留在沃维茨），租了一辆平板马车，前往马利威尔村。只有四英里的距离，却是“一段漫长的缓慢的旅程，感觉永远都无法抵达终点”。

他们终于抵达了目的地，这是一个小小的校舍，地处古老的庄园里面。一位妇女让他们住进了其中的一个小教室，它的木墙上泥污斑斑，地面到处是烂泥和稻草，天花板上挂着蛛网，窗玻璃都已经碎了，地板上有好几处烟蒂成堆。他们把维切克的笼子放在了一个黏土壁炉旁边，据安东尼娜的文字所述，它为了出笼拼命抓挠的动静成了这个寂静的墓穴中唯一的声音。经历了几个星期的爆炸声和枪炮声之后，这里的寂静感觉非常怪诞，不是让人平心静气的安静，而是空洞、不自然、让人神智出窍的死寂，“让我们的耳朵忍无可忍”。

“这里静得吓人，”瑞希说着双臂搂住了她的脖子，紧紧地抱住她。她写道，尽管她不想让儿子吃苦受罪、担惊受怕，但是，看到儿子需要她的安慰，那种感觉还是很奇妙的。在这个充满恐惧和暴虐的八月里，她注意到儿子一直在假装坚强，冒充成人，但是，此时此刻，他“终于容许自己变回了小孩”，这让安东尼娜大大地松了一口气。

“妈妈，我知道我们再也回不了家了。”他泪眼婆娑地说道。

从硝烟弥漫的大城市搬到这个安静的小村庄后，他们与朋友、家人、地下组织失去了联系（因为预计只是一段小住，所以未做长期安顿在此的打算，没有想法给谁留下联系方式），同时也逃离了令人魂飞魄散的炮声。安东尼娜的天空固然尚未崩塌，但它的擎天支柱却已遥远缥缈，依稀莫辨。她描述自己在很多时间里“如受鞭笞”，“一种无以名之、无可奈何的溃败感……虚幻而漂浮”，一次次地刺痛她的心灵，她却强装欢容，绝不愿让儿子感染了自己的哀伤。

他们出去寻找扫帚、抹布、水桶时，敲开了本地教师科考特太太一家的门，她丈夫是个铁匠，夫妇俩有两个男孩。开门的就是科考特太太，矮小敦实，脸上长着酒窝，伸出来迎接安东尼娜的一双手因惯于劳作而颇为粗糙。

科考特太太说:“我很抱歉,我们没来得及好好打扫一下就让你们搬进去住了。我丈夫明天会过来给你们置一个好用的火炉。别担心,一切都会好起来的。你们很快就会安顿下来,住得习惯的。”

此后几天里,都是科考特太太给他们提供的黄油面包。她还为特蕾莎送来了一只木质浴盆和洗澡用的热水。生活很快有了改善,不像最初那么不堪了,但是安东尼娜还是担心瑞希,他“失去了他熟悉的一切……就像一棵嫩草被劲风连根拔起,颠沛流离,最后掉落在远离故园的处所”。因为“遭遇了弃家逃难这一场心理地震,又忧心自己的父亲”(他们一直没有扬的消息),“再加上生活困苦,且前景又诸般莫测”,瑞希变得闷闷不乐,喜怒无常。安东尼娜看在眼中,觉得也是非常自然的事。

但是渐渐地,瑞希与科考特一家变得亲近起来,他们周而复始的日常作息给了他所渴望的秩序感和规律感。战时的大部分日子里,小小的瑞希扮演的角色更像是成人,安东尼娜因此担心,长期的扭曲是否让儿子越过了一个临界点,“从此全然拒绝童年,任何人只要待他如小孩,就会遭遇他生硬无礼的反应”。但是现在看来,情况没有那般恶劣:科考特一家生活平平常常,波澜不惊,孩子上学、玩耍,无忧无惧,这样的日常滋补着一旁观察的瑞希的生命。安东尼娜注意到,儿子看着他们的生活,羡慕他们一家其乐融融,齐心合力,赞赏他们的诸多善举——科考特太太经常骑着自行车去给村里的病人扎针，甚至去城里替人把医生请上门来诊治，她丈夫给邻居修理发动机、缝纫机、轮胎、手表、灯具等，任何东西出了状况到他手里都能捣鼓好。

"瑞希对知识分子历来没什么感觉，"安东尼娜捉摸儿子的个性，得出了这么一个观察，"在他看来，着迷于抽象概念是一种冒傻气的行为。他崇拜实用技能，因此对科考特一家人由衷地敬重，因为他们很能干，什么都懂，又非常勤劳。"他整日如影随形地跟着科考特先生，帮着他更换碎了的窗玻璃，用青苔和干草修补窗门木框上的裂缝，以稻草浆或者灯油拌砂子填塞墙壁上的破洞。

不久，瑞希做出了一个惊人的举动：他竟然把自己心爱的兔子维切克赠送给科考特家的两个儿子耶德雷克与茨比谢克。在他，这可是表达友情的终极方式。这个难得的割爱举动对维切克的生活状况并无多少改变，因为这几个男孩本来就终日玩在一起，易手的只是喂饲维切克和引导其未来命运的特权。安东尼娜注意到，起初时维切克对此是懵懂不知的，她听到瑞希一本正经地训示它，不厌其烦地反复解释谁是它的新主人，晚上它应该去哪里睡觉。此后维切克还多次偷偷溜回来要伴着瑞希睡觉，但总是被瑞希拒之门外。

"现在你住耶德雷克和茨比谢克的房里，你这个傻子！"瑞希说道，"这么简单的一件事你怎么就不明白呢？"

安东尼娜瞧着这只兔子，只见它乖乖地听着瑞希训话，转动着耳朵，眼睛望着瑞希，"看样子它是完全听明白了"。瑞希抱着它走到两个房间之间的走廊，把它放下，然后回房关上门，但维切克在外面又开始挠门，要求进来。

抑郁症再次伤害安东尼娜，对此她在日记中留下了记录，她就事论事，语气平淡，没有自怨自艾，也没有怨天尤人，连具体的细节也没有，似乎这只是另一种天气形态。这次逃难之旅让她心力交瘁，到了这个临时避难地后，她“如灵魂出窍后留下的躯壳”，勉力履行自己作为妇幼部落酋长的职责，到处获取食品和帮助。她连哄带骗地从村里的某位妇女处搞到了土豆、食糖、面粉、小麦，从同一条路上住着的某个男子处得到了一些泥炭做燃料，从本地的大庄园主家每天获取半升的牛奶。

六十三天惨烈的巷战以后，激情澎湃、轰轰烈烈的华沙起义终于偃旗息鼓，城内的不少地方沦为了瓦砾场，华沙“救国军”的残兵败将正式宣布投降，以此换取德军承诺：所有被俘者将以正规部队（而不是游击队员）的战俘身份获得人道对待，尽管如此，大多数人还是被送往劳改营服苦役，境遇如同奴隶。多家人满为患的医院被烧毁，很多病人被活活烧死在里面。德军将妇女儿童绑缚在坦克上，以此阻止可能的伏击。希特勒下令德国各个教堂鸣钟一周，庆祝胜利。

路上到处都是流离失所的难民，他们在沃维茨与马利威尔等地寻找临时栖身之所。这两个地方有很多大庄园，四周既有庄园主的大宅，也有一些贫穷的小农场，许多小农舍里住着的都是地主们的长工，其中有不少当地人，也多是在大庄园里当差的。难民们一天天蜂拥而入，终于有一天，看到门口一下子出现这么多丧魂落魄、饥肠辘辘的难民，而且一茬接一茬，农场主们吓坏了，他们恳求政府另找地方进行安置。

安东尼娜一家刚来时，行事低调，以防盖世太保正在追捕他们。但是，随着日子一天天平安无事地过去，大家渐渐放松了下来。在马利威尔过了几周后，安东尼娜听说华沙投降了，于是开始多方打听亲友的消息。她日日盼望扬让人传来口信，觉得他会在经历了一番“上穷碧落下黄泉”的寻找之后，突然魔术般地出现在她眼前，就像一九三九年一样——那次他在穆勒博士的帮助下回了城，在灯罩店里与她和孩子团聚。此时的她对扬在起义初期的一次“离奇的幸运”尚一无所知。扬脖子中弹，被急送到西米尔纳街上的一家医院救治，众人都认为他必死无疑，因为子弹射穿脖子，不伤及食管、脊柱、静脉或者动脉几乎是不可能的。几年后，安东尼娜遇到了当时救治扬的柯尼格医生。医生依然记忆犹新，啧啧称奇，他说：“你让我把他麻醉了，然后再造出一模一样的子弹轨迹来，我也是断然做不到的！”德军攻占医院后，扬被送去了一家专门关押军官的战俘营，枪伤慢慢愈合，却开始与饥饿和疲劳为战。

安东尼娜给一位朋友送了一封信，对方同意替她传信找人。诺尼娅没有去找自己的父母，而是留在安东尼娜与瑞希身边帮着做点事，还做起了送信员。一天，天还未亮，她就起身，等了几个小时终于等来了经由沃维茨前往华沙的马车——没了巴士，就只有这些马车充当公共交通工具了。沿途的树上、电线杆上、篱笆墙上、建筑物的外壁上，她钉了不少寻找扬·扎宾斯基的启事，上面写了安东尼娜的暂住地址。这个寻人启事也被贴到了火车站，站内有一个房间已经专门辟为公用的失物招领办公室。斯蒂芬·考尔波尼斯基曾撰文回忆说：

> 各个火车站的外墙上都贴了几百张寻人启事，丈夫寻找妻子，父母寻找孩子，上面写着失踪人员的信息、查找者的地址等。也有不少只写着自己目前的联系信息，并不针对特定的查找对象。这些“信息转运办公室”的前面从早到晚都聚集着庞大的人群。

不久安东尼娜开始陆续收到有线索的来信：扬受了枪伤后救治他的医院的护士、法瑞茨基广场的一名邮差、菲尔查街上动物博物馆的一名保安等，都给她写信提供了扬的信息，让她很受鼓舞。得知扬可能已被关押到某个德国战俘营后，她和诺尼娅向关押军官的所有战俘营写了数十封信，寻找一切可能的线索。

Dec. 1944

Chapter 33

第三十三章

一九四四年十二月

冬天又到了，地面上的无数个水洼都结了冰，大地覆盖在白花花的冰层下面，一天比一天冻得结实，生成旁逸斜出的纤维状图案。安东尼娜忙着筹备圣诞节。此次圣诞节自然与战前的圣诞节不可同日而语。波兰传统中，圣诞前夕的晚餐必须有十二道素菜，然后相互赠送礼物。动物园的平安夜总是有特别的犒赏。安东尼娜有文字为证道：“一辆大货车开进了动物园，上面装满了卖剩下来的圣诞树，它们都是犒赏动物园里的动物的，乌鸦，熊、狐狸等许多动物都喜欢咀嚼或者啄食常青树芳香的树皮或者针叶。圣诞树分发到各个馆舍，宣告华沙动物园里的圣诞季正式开始。”

整个夜里都有几盏提灯在动物园各处绕行巡夜，拖曳的灯光就像彗星的尾巴。珍稀动物区有一名尽职的男饲养员专门看护，定期查看棚舍中的温度，往壁炉中添加煤炭；几名男子负责向所有的畜棚或者露天围栏额外添送干草；另有一些人往禽类馆中添送稻草——热带鸟会钻进稻草堆深处避寒。一派安居乐业，灯光摇曳的景象。

一九四四年的圣诞前夕，瑞希跟着茨比谢克去了树林。出发时茨比谢克对安东尼娜说："小孩要玩小孩的东西。"不久，孩子们拽着两棵小小的杉树回到了家。

按照波兰的乡村习俗，圣诞树要在天黑前完成装饰，等到第一颗行星出现在夜空时，就必须点亮，以此纪念"伯利恒之星"。家中若有人缺席家宴，餐桌上要为他们留出位置。安东尼娜记述了她把小杉树放在一个凳子上进行装饰的过程，一旁看着的特蕾莎感到很新奇，咯咯直乐，手拍个不停，一家人在把"三只小苹果、几块姜饼、六枝蜡烛和瑞希扎的几个孔雀眼草饰"挂到树上的过程中，特蕾莎喋喋不休地对着圣诞树说了不少话。

节日期间，吉尼娅来访，让安东尼娜喜出望外。她是冒着被逮捕的危险坐火车来的，因为她曾参加地下活动。下了火车后，她冒着凛冽的寒风步行了四英里。她带来了朋友们的钱、食品和关怀。但是，扬依然杳无音信。一天，如往常一样，科考特太太骑车去了邮政局，也如往常一样，大家远远地就瞧见了她蹬着自行车回家来，看着她小小的身影一点点变大，越来越清晰。但是，这一次她与往常不同，她手中挥舞着一封信。

瑞希只穿着衬衣就奔出去抓过了那封信，然后冲进屋，科考特太太也跟在后面走了进来，满面笑容。

“终于。”她只说了两个字。

安东尼娜和瑞希把信翻来覆去读了好几遍以后，瑞希冲出去把消息告诉了科考特先生。据安东尼娜说，瑞希很少向他们说起自己的“影子父亲”，而此时此刻，他终于可以向大家证明，他真的有一个父亲。

在现存的华沙动物园档案中，除了老园长一家捐献的很多照片以外，还有一件并不起眼却绝不普通的遗物：扬从战俘营中寄给家人的一张明信片，正面除了地址以外没有文字，背面有一幅颇见功力的漫画，画中人就是扬自己，穿着过于宽松的制服，制服的肩章上有两颗星，脖子上围着一条深色围巾，围巾的一头垂下很长，过了腰部。他给自己画上了杂乱的胡茬、浮肿的眼袋、长长的眉毛、纹沟深嵌的前额。光秃秃的头顶上翘起三缕头发，嘴里叼着一个烟头，神情厌倦而不屑。没有任何文字，没有任何控诉，只有这一小幅画，画风处于悲哀和幽默之间，描绘的是受尽摧残而依然屹立不倒的他。

一月十七日，红军终于进入华沙。此时这个城市投降已久，苏联人的到来已经无济于事。理论上讲，苏联人的使命就是驱逐德军，但是出于政治、战略和现实原因（其中之一是：一路向西推进途中，部队减员十二万三千人），他们在维斯瓦河东侧安营扎寨，裹足不前，隔岸观火（血腥的战火）整整两个月。在此期间，数千波兰人遭到屠杀，另有数千人被送往集中营，古老的华沙城沦为死城。

哈丽娜和她表姐伊蕾娜·纳弗洛卡（奥运会击剑冠军，战前游历广泛）以及另外三名女送信员遭到了德军的逮捕。她们与乱哄哄的一大群囚徒一起被德军押送着步行前往奥扎卢夫的苦役集中营。路边田野中突然溜过来几个农场工人，给这些少女们穿上了劳动服装，塞给她们几件农具，然后趁疲惫不堪的押送兵不注意，拽着她们离开了人群，钻进了高高的亚麻田里。混杂在这些农场工人之中，这几位女孩逃到了塔特拉山脉地区的扎科帕内小镇，在那里躲藏了几个月时间，直到战争结束。

Chapter 34

第三十四章

一九四五年

一群群乌鸦在天空盘旋，然后降落到积雪覆盖的田野。这是一月的一个早晨，天雾蒙蒙的，隐约有些暖意；黑色的树枝发出湿亮的光，穿透了白雾，嗅起来有一种吸入棉絮的感觉。这样的早晨充满了种种异常的信号。安东尼娜听到了飞机发动机的轰鸣声、遥远的爆炸声、运输重武器的卡车车队碾压路面时发出的巨大的辘辘声。接着就有人高声嚷道："德国人逃跑了！"过了不久，波兰与苏联的军队出现了，并肩而行，长长的苏联坦克车队缓缓驶过，当地人迅速升起了红色旗帜，欢迎解放者的到来。突然，一大群白色的鸽子腾空而起，在战士们的头顶纷飞，然后在空中重新聚拢，齐刷刷地集体转身，跃上了一个新的高度。“时间安排可谓完美，”安东尼娜写道，“很显然，某位电影导演安排了这个富有象征意义的场景。”

尽管相信扬不久就能获释回家，但她打算继续留在马利威尔，到了春天再做打算，因为带着年幼的孩子长途跋涉回华沙，可能会遭遇种种危险。但是，孩子们的脚底都在发痒，期待着返校读书的那一刻——每个人群都有各自独特的生物钟，孩子们亦然。也就是说，安东尼娜的小部落必须离开校舍，另觅一个临时的居所。买食品的钱都已经用光了，孩子们却需要牛奶，本地的大庄园主心生怜悯，保证了他们的给养。幸运的是，她已经省吃俭用地攒下了几个金“猪仔”（卢布金币），这是回华沙的“买路钱”，她早就料到这可能会是一个耗资不菲的旅程。仿佛回到了战时，到处都是难民当道的场景；但与战时不同，难民们这次走的是回家之路，尽管他们早就听说自己的家可能已经变成了废墟。诺尼娅自命为先行官，担起了探路侦察的责任，她回来说，有朋友目前还居住在动物园区域，他们回家后可以去朋友处借宿，她还报告说，小洋楼尽管遭了轰炸和抢劫，却还没有倒塌。

他们需要一辆卡车，但这可是稀缺资源。安东尼娜以一袋土豆说服了东行的一队战士载他们一程。出发那一天，气温只有零度，除了裹在绒毯中的小宝宝之外，车上所有人都冻得瑟瑟发抖。卡车蹒跚前行，一路停车无数次，接受巡逻兵的检查。他们在沃榭被撂下，又在那里搭上了一名苏联飞行员的无篷卡车，大家爬上了车厢，挤作一团。

终于进入华沙城区地界之后，飞溅的污雪和着泥沙不停地拍击车身，恶臭呛鼻，细沙飞入眼眶，刺得人流泪。大家聚在一起，抱团御寒。安东尼娜日后曾写道，眼前的场景“让我惶惑，让我情绪低落”，因为华沙的破败让她惊骇，此前听过种种传言、警告、亲历者的叙述，她自以为有了心理准备，但在亲眼目睹了华沙的惨状之后，她还是感到无法接受。从影像档案中，我们可以看到焦黑的门窗孤零零地矗立在废墟中，仿佛通向天国的门户；高耸的办公楼变成了空荡荡的蜂巢模样；公寓楼和教堂还在如冰川一样缓慢地崩解滑动；所有的树木都断折卧地；公园里瓦砾碎石堆积如山；街道两侧的建筑都已倒塌，却留下一面面孤墙屹立未倒，薄如墓碑，让人一见心悸，犹如身陷超现实的噩梦。在老照片中，我们可以看到苍白无力的冬日阳光怯生生地爬进建筑物上密布的枪眼、裂缝中，照着裸露的金属电线和拧成了奇形怪状的管道和铁架。全城百分之八十五的建筑物毁于战火，当年华美壮丽、气韵生动的华沙，已经沦为巨大的坟场和垃圾场，一切独具匠心的创造，都已经崩解为沉默的碎片，所有的宫殿、广场、街区、场馆和地标都已经遭到肢解。这些照片以“死城”“废墟与荒原”“瓦砾山”为题。尽管依然天寒地冻，安东尼娜却在文字中记述了她当时冷汗直冒的感觉。那天夜里，惊魂未定、疲惫不堪的一家人留宿在了诺尼娅的朋友家里。

第二天早晨，吃了早餐以后，安东尼娜带着瑞希匆忙赶往动物园。进入园中，瑞希疾步向小洋楼那边冲去，不一会儿折返时，脸颊冻得粉红。

“妈妈，我们的房子还在！”他兴奋地说，“那些说我们房子没了的人都是在瞎说！好多地方坏了，门没了，地板没了，里面的东西都被偷了，屋顶还在，墙没倒！妈妈，楼梯也还在！”

地面积雪覆盖，大多数的树都被炮弹修剪得光秃秃的，但仍有一些黑色的细枝，在蓝色天空的衬托下显得格外突兀。猿猴馆还在，小洋楼还在，另有几幢建筑只剩下残垣颓壁。小洋楼楼上的一个房间已经完全消失了，底楼所有的木质部件——门、地板、壁橱、窗框——也都不见了，估计都在冬天里被烧了，用来取暖。连接地下室和山鸡馆的地下通道不见了，不是塌陷了，而是“蒸发”了，一起蒸发的还有藏在里面的贵重物品（战后也没有查到究竟是谁挖走了那些东西）。各个房间里满地散落着厚厚一层潮乎乎的文件和书页，走进去时根本避不开它们，因此踩烂了不少。母子俩一起在这些粘连在一起的如同河底淤积层一般的纸张中翻找搜索，找到了一些污损不堪的文件残片和发黄的照片，安东尼娜把这些照片小心地放进了自己的手提包。尽管天气寒冷，母子俩还是去查看了一下菜园，里面有不少炮弹和炸弹砸出的深坑，一如被剜去了眼珠的空洞的眼睛；他们又到动物园那边看了一眼，只见一片狼藉的战场景象，有堆砌的掩体，有反坦克深沟，有铁丝网，有没有炸开的炮弹。她没敢往里面走，唯恐踩上了地雷。

视觉和嗅觉都告诉她，“战争刚刚离开此地”。在她琢磨着修缮宅院时，瑞希也对着这个满目荒芜的世界“挑战自己的记忆力”，回忆小洋楼的原貌，回忆他成长过程中铭刻在心里的各个细节。安东尼娜去看了一下一年前他们种过蔬菜的地方，积雪封堵的地面上只有一小处被风掀开了一个“雪盖”，露出了伏在地上的一枝小小的草莓苗。“新生命的征兆，”她想。就在此时，地下室的窗洞里面有什么东西动了一下。

“老鼠？”瑞希猜测。

“比老鼠大。”安东尼娜说。

“是猫！”瑞希叫道，“它跑到了树丛里，瞪着眼看我们。”

一只骨瘦如柴的灰猫警惕地蹲伏在一个角落里。安东尼娜一阵心痛，不知道是不是有人曾千方百计地擒拿它，想做一锅炖肉充饥。

“巴尔碧娜？老猫！猫咪宝贝！巴尔碧娜，到这里来！”瑞希一边慢慢地靠近，一边反复地呼唤她的名字，终于，巴尔碧娜神色镇定了下来，似乎突然记起了眼前这两个人类，如箭一般飞奔而来，蹿进了瑞希张开的怀抱。

“妈妈，我们得把它带上，带到斯塔罗瓦街去！”瑞希恳求道，“我们不能把它留在这里！求求你！”

瑞希抱着它走向动物园大门时，老猫挣扎了几下，想要跳下来。

“和去年夏天一样，”瑞希不快地说道，“它又要溜了。”

“让它去吧，”安东尼娜轻声说，“它一定有不想走的理由，我们不一定明白。”

瑞希一松手，它飞奔着冲进了树丛中，又停下脚步，转身盯着他们，它脸上瘦骨嶙峋，一副受尽饥饿折磨的模样。它喵呜了一声，瑞希把此猫语翻译为：“我要回家去了，你们呢？”

对安东尼娜来说，她想回的家是再也回不去了，因为那个家已经消失。她的家里应该有散漫无序的鹅群，嗓门粗豪的鸬鹚，呜咽的鸥鸟，在阳光下一边漫步一边扇动彩虹一般五彩尾屏的孔雀，吼声足以震塌“耶利哥城墙”的狮子和老虎，在蔓藤上荡着秋千、口中吱吱叽叽的猴子，惬意地浸泡在水池中的北极熊，盛开的玫瑰与茉莉，还少不了那两只“性情快乐温和的水獭，它们与家中的山猫交上了朋友，因而不愿意安分地睡在自己的篮子里……而喜欢在山猫的毛皮上打盹，吮吸山猫的耳朵”。山猫幼崽、水獭、小狗共处一室，在花园里没完没了地一起游戏的日子，已经一去不复返了。她和瑞希一起举行了一个小小的仪式，向园中被破坏、被遗弃的所有东西郑重许诺，“我们一定不会忘记大家，很快就会回来救助你们”。

AFTERMATH

Chapter 35

第三十五章

劫后

尚在逃难阶段时，玛格达蕾娜·格罗斯就与墨里西·弗兰克尔（保罗·西林斯基）结了婚，华沙起义之后，两人转移到了东部城市卢布林，这里有家帕雷塔咖啡馆，是艺术家和知识分子扎堆的地方，玛格达蕾娜·格罗斯在此进入了这个城市的先锋艺术界，其中包括戏剧艺术，尤其是它各式各样的非话剧戏剧：音乐戏剧、舞蹈戏剧、绘画戏剧、影子戏剧、“纸装戏剧”、“碎布戏剧”、“火焰戏剧”等。波兰古老的傀儡戏剧具有悠久的政治颠覆传统，但在战时完全销声匿迹，几近消亡；在卢布林，她遇见了筹划着为新波兰复兴傀儡戏剧的一批戏剧活动家，他们邀请她创作傀儡头像。她的参与革新了傀儡戏剧。传统傀儡头像多以硬纸板为材料，表情夸张单一，她制作的头像非常逼真、精细，强调微表情，并且饰以丝绸、珍珠、珠环。这部作品于一九四四年十二月十四日在卢布林首演。

一九四五年三月，玛格达蕾娜与墨里西回到了刚刚解放、百废待兴的华沙，没有电，没有煤气，没有公共交通，少数在战火中幸存下来的房子也多半破败不堪。玛格达蕾娜一心想着重新开始她的动物雕塑事业，她哀怨地问安东尼娜："你们什么时候会有动物呀？我要雕塑！我已经浪费了这么多时间。"没了她最喜欢的火烈鸟、秃鹳等样貌奇异的外来动物，她最后只能选了一只小鸭子作模特，因为她是个精益求精的艺术家，初样出来后修改了无数次。待到作品完成时，小鸭子已经羽毛丰满，差不多是个老鸭子了。这是她战后的第一件雕塑作品，众人纷纷祝贺。

战前的华沙有一百五十万人口，到一九四六年早春时，据动物园的另一名访客约瑟夫·特南鲍姆博士后来报告说："最多五十万人口。而且，这里的居住空间，只够十分之一的人生存。很多人仍然居住在洞穴、地窖、地堡等条件非常糟糕的地方。"但是，华沙人民高昂的精神状态给他留下了深刻的印象：

> 总体而言，全世界没有一个城市的人民像华沙人那么藐视危险。华沙散发着不可思议的生命活力和感染性极强的无畏精神。生活的脉搏快得不可思议。华沙人

纵然衣着破烂、瘦弱憔悴、面有菜色，却毫无颓唐之相。日子虽然艰苦，却并不灰暗，甚至可以说明亮。街道上，楼宇内，熙熙攘攘，热闹非凡，人们歌声高亢，笑声爽朗，整个气氛洋溢着令人震撼的无比自信……

万事万物中都有一种节奏，一种浪漫，一种让人着迷屏息的夸张……华沙像一个蜂巢，整个城市都在嗡嗡嗡地忙碌着，夷平废墟，建起新房。他们毁灭，他们创造，他们清空，他们填满。从最后一名纳粹士兵离开郊区的那一刻起，华沙就从废墟中挖出自己，重见青天。从那以后，它就开始了建筑、再造、恢复，来不及等待方案、资金或者材料。

在华沙的大街小巷，他到处可以听到A.哈里斯的咏叹调，那曲非官方的《华沙之歌》。人们吹口哨时吹的是它，想唱歌时它也是众人的首选。大家劳动时，中央地带的高音喇叭里播放的也是它。这首咏叹调表达的是人民对华沙城恋人一般的忠诚："华沙，我的至爱，你是我的梦想，我的渴望……我知道你已经不是当年的模样……你蒙受了血雨腥风，饱经沧桑……请让我重塑你的辉煌。"

一九四六年春，扬获释回家。一九四七年，他开始了清理、修缮工作，造了不少新屋子、新围场，动物园重新开张，其中只有三百只动物，都是华沙人捐献的波兰本国品种。动物园战时走失的动物中，有一些被找到了，其中竟然包括小獾，大轰炸中，它在自己的笼子下面挖了一个逃生地道，进入了维斯瓦河，游到了河的对岸，后来波兰士兵把它装在一个泡菜桶里送了回来。玛格达蕾娜接连雕塑了《公鸡》《兔子 1 号》《兔子 2 号》，她的创作速度渐渐慢了下来，因为健康出了状况（安东尼娜推想是“战争严重摧残了她的身体”），一九四八年六月十七日，《兔子 2 号》最终完成的那一天，她离开了人世。她一直有心要为动物园创作大型雕塑，安东尼娜与扬也一直遗憾她未能如愿，辜负了动物园这么一个最适合创作大型作品的理想“布景”。在今天的华沙动物园，游客们一进门，迎面就是一具与实物一样大小的斑马造型的铁艺作品，以铁条表现斑马身上凸出的条纹和肋骨。玛格达蕾娜的部分雕塑作品珍藏在华沙艺术博物馆内，也有少量展示在华沙动物园园长的办公室里，实现了安东尼娜和扬当年的心愿。

一九四九年七月二十一日，华沙动物园迎来了重新开园。此前一天，扬和安东尼娜把格罗斯的两件雕塑作品——《鸭子》和《公鸡》，布置在靠近园内大型喷泉台阶的一个地方。进园的所有游客都必然会经过这里。这一年的七月二十一日是个星期四，他们显然刻意回避了二十二号星期五这个日子，因为人们已经把这个日子与一九四二年的犹太隔都“清盘”大屠杀联系在了一起。

两年后，扬突然辞去动物园长一职，尽管当时他还只有五十四岁。战后的华沙处于苏联人的统治之下，当局不喜欢当年与地下抵抗组织并肩战斗过的人。因为与政府官员相处不睦，他大概觉得自己只剩下了辞职这条路。诺曼·戴维斯的文字准确地捕捉到了当时的政治空气。

> 任何人，只要赞美战前的独立，或者对参与华沙起义的斗士表达了一丝敬意，就会被指控胡言乱语，意在颠覆。即使在私下交谈，人们也是瞻前顾后，战战兢兢。到处都是警方的眼线。孩子们在苏联式的学校里接受教育，告发朋友、父母的行为受到公开的表彰。

辞职后的扬卸不下他的养家之责，心里又无法舍弃动物学，于是专注于动物学方面的写作，出版了五十本讲述动物生命真相的书籍，呼吁动物保护。他又参与了一个广播节目，以动物和动物保护为主题，很受听众追捧。此外他继续积极推进欧洲野牛保护国际协会的工作。该协会一直心系比亚沃维耶扎原始森林中幸存的野牛群，视若至宝。

说来令人尴尬，这个小小的野牛群之所以得以幸存，一定程度上还要归功于卢茨·赫克，此君在战争期间窃走了三十头森林野牛送往德国，继而又把其中不少送回了森林，与这些野牛一起放归比亚沃维耶扎森林的还有他"复活"出来的貌似欧洲原牛与欧洲野马的几种生物。他曾梦想着让比亚沃维耶扎森林成为希特勒的小圈子在战后打猎取乐的浪漫田园。这些动物的母畜后来全部死于盟军对德国的轰炸，无一幸免，使得放养到比亚沃维耶扎的那几只成为这些物种在世间繁衍绵延的最闪亮的"希望之星"。

一九四六年，国际动物园园长协会战后第一次年会在荷兰鹿特丹召开，决定重启《欧洲野牛种系》的编撰，此项工作交到了扬的手上，他考察了战后所有存活下来的野牛，包括在德国进行繁殖实验的那几头，研究了它们各自的谱系。他的研究记录了森林野牛战前、战时、战后的血统变化，让这个物种的观测与研究项目的督导工作回到了波兰人手中。

扬的写作以成人为读者，而安东尼娜创作的则主要是童书。在抚育养大两个孩子的同时，她没有忘记她的大家庭——小洋楼和动物园的许多“客人”。她与远在天涯海角、分布在世界各地的他们一直保持联系。扬亲自从隔都（通过劳工局办公楼）护送出来的客人中，卡奇欧·克拉姆斯提克（著名油画家洛曼·克拉姆斯提克的堂兄弟）与他的妻子路德维尼娅、赫希菲尔德大夫（传染病医疗专家）、露莎·安泽鲁夫纳大夫和她的母亲，都在小洋楼短期藏匿后，转移到扎宾斯基夫妇的朋友推荐的一家位于维托克街上的廉价旅馆中。几个月后，他们遭盖世太保逮捕枪杀，他们是仅有的几位没能熬到战争结束的小洋楼“客人”。

柯尼斯韦恩夫妇活着看到了德国人败退后的那一天，并从孤儿院中找回了自己的幼子。一九四六年塞缪尔·柯尼斯韦恩因为心脏病发作离世后，他的遗孀瑞吉娜带着孩子们移民以色列，在那儿再婚，并在一家集体农场上工作安身。她没有片刻忘记她在动物园中度过的岁月，战后她曾对一位以色列记者说：“扎宾斯基夫妇的家就是诺亚方舟，上面藏了那么多的人和动物。”拉谢拉·奥尔巴赫（阿尼艾拉）也去了以色列，但此前曾前往伦敦，把扬关于森林野牛存活情况的报告递交给了朱利安·赫胥黎（战前的伦敦动物园园长）。伊蕾娜·梅泽尔回到了以色列定居，战后曾在自己的家中招待来访的扎宾斯基一家。吉尼娅·希尔科斯也迁居伦敦，后来又去了纽约，在那儿的意第绪科学研究所的图书馆中工作多年。

千方百计从隔都中解救出不少儿童的伊蕾娜·森德勒曾遭盖世太保逮捕，受尽酷刑，后来在地下组织中几位朋友的救助下幸运脱逃，此后一直隐居，直到战争结束方重见天日。尽管有肢体上的残疾，她依然在波兰做了多年的社会工作者，为残疾人的福利事业奔走呼号。芳达·恩格勒特在战时颠沛流离，多次更换藏身地；她丈夫一九四三年遭逮捕，先后关押在帕菲雅克监狱、奥斯维辛集中营和布痕瓦尔德集中营。他奇迹般地活了下来，得以和妻子团聚，一起移居伦敦。

哈丽娜与伊蕾娜这两位少女通信员今天还住在华沙，相互间依然来往密切，她们的友谊持续了八十二年之久。伊蕾娜公寓的墙上，挂着她的多枚击剑奖牌，还有她和哈丽娜年轻时候的照片。照片中的她们梳着精心营造的发型，光彩照人，青春无敌——是战时一位邻居给她们拍摄的室内肖像照。

在布里斯托饭店的庭院餐厅里，座无虚席，都是游客和生意人，紧挨着门有几个长餐台，上面放满了供应自助餐的各式美味。我在这里与哈丽娜会面，请她回忆遥远的战时岁月。她在不同的“记忆频道”之间反复切换着，表情也跟着快速变化。后来她还给我低声哼唱了一首歌，一首六十多年前，一位年轻英俊的士兵在她从旁步行经过时对着她唱的一首歌：

我的女孩，你对此还一无所知，
可是你已经激起了我的爱恋，

把我美丽的梦想撩起。
多想把你抱在我的怀里，
让我梦想成真，一天一天，
更加爱你。

浪漫的记忆就像粉红伞高脚杯里的一杯美酒，让哈丽娜的脸上泛起了红晕。战时记忆自有它们独特的存档系统和生态系统，在无数悲剧性场景的夹缝之中，它也给浪漫留下存储的特别空间。在场的其他用餐者似乎都没有听到她的歌声，依旧忙碌地享受着他们的美味。我抬头环视排列成一个群岛状的张张餐桌，意识到这五十位左右的客人中没有一位是上了年纪、脑海中储藏着战争记忆的。

今天的瑞希，也已经是一位父亲，退休前他是一名土木工程师，现在住在华沙市中心一幢八层楼的无电梯公寓里，没有养宠物。"狗可爬不了这么高的楼，"我们一起吃力地爬着楼梯上他家时，他给了我这么一个解释。他个子很高，身材细瘦，七十多岁了，手脚依然矫健，大概是长年爬楼梯的结果。他殷勤友好，但神色中总藏着一丝丝警惕，对于一个少年时期就经历战争的人来说，这种谨慎是用血的教训换来的习惯。"战争中，我们活得提心吊胆，这一刻不知道下一刻的死活，"瑞希对我说道。我们坐在他的客厅里，墙上有他父母的照片、他们留下的许多书籍、一幅装在镜框里的森林野牛画、一幅他父亲的素描。他说，少年时期在动物园里的生活没让他感到有什么特别的，因为"我自小就生活在那里，对别的生活一无所知"。他说他曾眼睁睁看着一枚炸弹落在小洋楼附近，如果爆炸了，自己早已命丧黄泉。他回忆自己曾给玛格达蕾娜·格罗斯当模特，摆造型，坐上好几小时不能走动，看着她耐心地摆弄手中的黏土，变出各种模样，看着她完全活在自己的雕塑创造中。瑞希对格罗斯的记忆很温暖，很喜欢她叽叽喳喳问长问短。我从瑞希处了解到：暖和的天气里，他母亲会在二楼露台上放满花盒；她最喜欢三色堇（pansy），这种花宛如一张沉思的脸（它的名字源于法语词“沉思”——pensée）；她偏爱的音乐家是肖邦、莫扎特和罗西尼。显然，他觉得我抛出的有些问题很古怪——我希望知道他母亲的发型、味道，她走路时的步态，她嗓音的调子。对这些问题，他都以“普通”“正常”之类简单的回答敷衍过去。我很快就意识到，这些问题所指向的记忆痕迹，他要么根本没有去细看，要么细看了却又不愿意与别人分享。他的妹妹，那个战争后期出生的特蕾莎，后来结了婚，住在斯堪的纳维亚。我邀请年过七十的瑞萨德跟我一起重访他的那幢小洋楼，他欣然同意。我们一起小心翼翼地跨过了一道道装饰性的铁砧形门槛，探索他童年时期的这个家时，他“挑战自己记忆力”的方式让我慨叹：他经常对照着眼前的摆设，回忆当年的样貌，就像数十年前在战争结束后眼望满目疮痍的动物园时也曾做过的那样，安东尼娜曾在书中描述过那个场景。

历史总是充满了轮回，战争后期柏林动物园遭到了疯狂的轰炸，一如战争初期的华沙动物园，卢茨·赫克经受了他当年施之于扎宾斯基夫妇的种种煎熬和揪心之痛。在他的自传《动物——我的奇遇》一书中，他写到了受创深重的柏林动物园，哀痛的笔调令人唏嘘。与扎宾斯基夫妇不同的是，他在轰炸开始的那一刻就已经想象到了他的动物园将是怎样的一幅末日景象，因为他曾在华沙动物园亲眼见证了毁灭的惨状。值得注意的是，他从未在任何文字中提及华沙动物园遭受轰炸一事。他的一次次狩猎远征所带回来的动物战利品，他的大量狩猎照片，他的一本本狩猎日记，战争结束时都已经消失。苏联军队逼近城下时，卢茨离开柏林，担心因曾洗劫乌克兰的各处动物园而遭苏联人逮捕。他的余生基本上都在威斯巴登度过，继续到处打猎。卢茨一九八二年去世，比他同胞弟弟海因茨晚了一年。卢茨的儿子海因茨一九五九年移民纽约州的卡茨基尔山区，在那里开办了一家小型动物园，以豢养的一群普氏野马闻名遐迩，这群马都是战争期间海因茨·赫克所饲养的普氏野马的后代。海因茨·赫克的慕尼黑动物园拥有蒙古草原以外最大的普氏野马马群（其中很多就是从华沙动物园偷来的）。

一共有大约三百人曾在华沙动物园这个“驿站”暂时栖身，然后从这里出发继续他们的漂泊生涯。扬一直觉得——并公开表示——这个传奇的真正英雄是他的妻子安东尼娜。他告诉采访他的以色列《新消息报》的记者诺亚·克里格说：“她也害怕可能的后果，她怕极了，她怕纳粹报复我们，报复我们年幼的儿子，她怕死。但是她把恐惧藏着，一个人忍受着。她对我的地下活动提供了帮助，从来没有要我收手。”

“安东尼娜就是一个家庭妇女，”他对另一家以色列报纸的记者丹卡·纳尼希说，“她不参与政治，竭力远离战争，她胆子很小，但是，她却在拯救这么多人生命的努力中扮演了一个主要角色，并且从来没有抱怨过其中所包含的危险。”

“她的从容自若能够瓦解最深的敌意，”他对另一位不具名的记者说过，并说她的力量来自于对动物的爱心。“她不只是能够体察动物的喜怒哀乐，”他解释说，“她似乎时不时地就会褪去她的人性特征，变成一头豹子或者一头鬣狗，她拥有这些战斗动物的本能，为了护佑她的同类无畏无惧地挺身而出。”

他对记者亚荣·贝克尔解释说：“她接受了非常传统的天主教教养，但是这种教养没有成为她的绊脚石，反而赋予她坚强的意志，让她顺从心灵的驱使，决不背弃真我，即使这意味着要承受巨大的自我牺牲。”

马尔卡·德鲁克与盖伊·布洛克着迷于探索“救人英雄”的人格特征，曾经采访了百余名在关键时刻挺身而出冒险救助他人的英雄，总结了他们的一些共同点。这些勇敢的救助者一般都遇事果断又思维敏捷，敢于甚至喜好冒险，心灵开放，富于叛逆精神，在灵活应变能力上更是异于常人——善于在不同方案中切换，善于摆脱长期形成的习惯，对于根深蒂固的作息规律，必要时立马就可以改变。在价值观上，他们通常不是驯服的顺应者。尽管他们不惜牺牲自己，捍卫自己信奉的原则，但他们却并不自诩为英雄。扬的一个说法非常典型：“我只是在履行我的义务——如果你有能力救助某人的生命，你就有义务做出努力。”他还说，“我们之所以这么做，只是因为这么做是对的。”

一九七一年，安东尼娜去世；三年后，扬去世。

Białowieza, 2005

Jan and Antonina's villa today, seen from the rear.

扬与安东尼娜的小洋楼今日模样，背面照。

The postcard Jan sent to Antonina from the POW camp during the war. Although he couldn't risk writing anything, he conveyed his condition and mood in this self-portrait.

战时扬从战俘营寄送给安东尼娜的明信片。尽管他不能冒险在明信片上写下什么文字，但明信片上的自画像道出了他的状态与情绪。

BIAŁOWIEZA, 2005

Chapter 36

第三十六章

比亚沃维耶扎，二〇〇五年

在波兰东北部一个原始森林的边缘，时间似乎已经蒸发，二十多匹马在沼泽地上啃食着青草，头顶是巨大的松树和耀眼的蔚蓝天空。在寒意逼人的清晨，它们的身体周围会形成一个包裹全身的巨大气泡——“体雾”。凡是它们所经之处，都会留下甜丝丝的兽皮味。它们的体雾会跟着身体一起移动前行，但是它们的气味就像无形的云朵，滞留在杂乱的蹄印上方，久久不散，几小时后还能闻到。有时候，当你走在铺满沙砾或者撒满落叶的林间小径上时，脚下虽看不见蹄印，却分明感觉到自己钻进了一个兽味浓烈的“口袋”，突然间包围在野马浓郁的精气之中。

从春到秋，生活在这里的这不依赖人类的帮助。它们悠闲地蹚水过塘，啃食灌木、树枝、藻类和青草。十月中旬开始下雪，雪越积越厚，到五月份才完全消失。冬天时，它们常常难耐饥火，只好刨开积雪寻找枯草和腐烂的苹果。出没在这里的护马队有时会提供一些干草和盐巴。这些马肌肉特别发达，善于高速驰骋和跳跃，但缺少御寒的脂肪，作为补偿，冰天雪地的日子里它们身上会形成厚实粗糙的表皮，毛发特别长，很容易打结成团。它们此时的样子最接近卢瓦尔河谷各处史前遗址中岩洞壁画上的野马形象。

跳出当下的时空，像数千年前的人类那样欣赏这些徜徉在森林边缘的草地上的可能传自远古的野马。它们都是美到让人慨叹的生灵，暗褐色的身体，背上有一条黑色的长纹和浓黑的鬃毛（刚出生的小马驹，脸是黑色的，马蹄上长着距毛，其中一条或者两条腿上长着斑马一样的条纹）。尽管耳朵特别长，颈部粗大厚实，它们却身子敏捷，奔跑迅速。与家养的马匹不同，它们到了冬天身子会变白，与白貂和北极兔一样，有利于它们混杂于背景中藏匿自己；浓密的鬃毛和尾巴上容易结起玻璃球一样的冰块。在它们出没的地方，它们会扬起蹄子踩实积雪，垒起一个个平台。纵然天气严酷，饮食窘迫，它们依然活得自在。一旦争斗起来，公马们都不是善茬，双方以脖子猛烈地互相撞击，龇着牙，一脸凶相，幸运的是，即使在争斗中受了伤，它们自愈的速度神奇，就像萨满巫师的咒语。亨利·贝斯顿在他的野生动物著作《远屋》中写道：“它们出没的世界比我们的更古老、更完整。它们得天独厚，拥有我们人类早已失去抑或从未长成的敏锐的感官。它们的生命听从人类永远无法听见的诸般话语。”

在比亚沃维耶扎，你也能找到重新复活的欧洲原牛。它们当年曾是恺撒最喜爱的捕猎对象，在他写给远在罗马家乡的朋友的信件中，他称这种动物为残忍无比的黑色公牛，“体型比大象略小”，身体强壮，奔跑迅速。“见畜杀畜，人挡杀人，”他写道，“无论你想什么法子，都无法让它们习惯于人的存在。没办法驯化它们，即使你把它们从小豢养在身边。”可以想象，黑森林的男性先民们都受过严格的捕杀雄性欧洲原牛的训练（母牛则留下来繁殖后代）。“猎杀过大量雄性欧洲原牛——牛角会留下公开展示，以为证据——的人会获得崇高荣誉。牛角……广受追捧，众人不遗余力地搜罗。牛角镶了银边……成为酒杯，出现在重要的筵席上。”博物馆中至今仍然陈列着不少这类银边牛角酒器，但是早在一六二七年，最后几头真正的欧洲原牛死亡，整个物种宣告灭绝。

然而在这里，在跨越波兰与白俄罗斯两国边境的这个受到严密保护的自然保留地上，我们分明看到了欧洲野马、森林野牛和欧洲原牛，它们吃草、徜徉、悠闲自在。这个自然保留地自从十五世纪以来就是欧洲王公贵族们最爱的猎场，一个魔幻与怪兽的王国，是无数欧洲童话与神话的灵感来源。卡齐米日四世国王对这片森林迷得欲罢不能，在林中一个简朴的猎人小屋中住了七年时间（1485-1492），在林中众仙的陪伴下管理他的国政。

这里的风景让不同国家、不同文化、不同时代的人们，包括卢茨·赫克、戈林和希特勒，都迷得如中邪了一般。它究竟有何了不得之处？首先，这里有参天的松树与云杉，有高达数百英尺、雄壮如一座座城堡的榆树，更有许多五百年树龄的橡树。林中动物物种极其丰富，从单细胞原生动物到野猪、山猫、狼、驼鹿等大型动物，共有一万两千种之多。首先当然不能不提那些通过返祖实验“复活”出来的几个畜群：欧洲原牛、欧洲野马和森林野牛。林中有不少沼泽和水塘，悄无声息地出没其间的有獾、貂、白鼬、鼬鼠和海狸。翱翔于空中的有蝙蝠、苍鹰、黄褐色的猫头鹰、黑色的鹳和波美拉尼亚大雕。无论哪一天，你在这里遇到的麋鹿数量都会超过你的同类。空气中弥漫着泥炭、泥炭藓、苔藓、树脂、松针、石楠、浆果、蘑菇、湿地草甸的气味。难怪波兰人把这片自然保护区公选为他们国家唯一的自然纪念碑，当之无愧地列入了世界自然遗产名录。

猎人、伐木工以及任何种类的机动车，都禁止进入这片地域。它是许多本地独有植物和动物种群的最后避难所。因此，它严格限制游客的总量和每群游客的规模，游客只能在专职护林人的引导下沿着指定路径徒步游览。这里绝对禁止抽烟和乱丢杂物的行为，禁止喧哗，禁止从这里带走任何东西作为旅游纪念，哪怕是一片树叶或者是一块石头。这里不欢迎人类的任何痕迹，特别是人为的噪声。护林人必要时可以驾驭橡胶轮胎的马车进入，如有倒卧的树木需要清理，护林人必须用手工锯断它们，然后用马匹将它们运出。

在林中深处的所谓“严格保护区”内，游客可以看到许多倒卧在地的死亡已久的正在腐朽崩解的树木，说来奇怪的是，这些朽木正是这片森林的脊梁和力量之源，也正是出于这个原因，热心人士对这些死木的保护不遗余力。这些被大风刮倒后自然死亡的处于腐烂状态的树木，为大量的生命体提供了栖息的家园，其中包括三千种菌类，两百五十种苔藓，三百五十种地衣，八千七百九十一种昆虫、鸟类和哺乳动物。游客们会从导游那里听到这个公园的生态系统和历史演变情况，还能从一座博物馆内的实景模型中了解相关信息。但其中又有多少游客会想到，这个神奇的地方曾经让纳粹种族主义者和浪漫主义者都心驰神往、魂牵梦萦？

暮光降临比亚沃维耶扎森林的沼泽地时，成百上千的欧八哥同时冲天而起，在空中画出一个巨大的漏斗形状，然后众鸟又缓缓四散，在池塘的水草间寻找当夜的栖身之所。我想起了安东尼娜对欧八哥的偏爱，想起了"欧八哥"玛格达蕾娜，也想起了卢茨·赫克，他尤其喜欢"欧八哥这种一身亮闪闪的荧光绿羽毛的小鸟，吟唱自己的宛转悠扬的小曲时，嘴巴张得很大，小小的身子整个儿跟着每一个音符的力量颤动"。纳粹哲学、赫克的野心、戈林对于狩猎的疯狂迷恋，以及伴随着他们的风靡一时的优生学和繁殖试验，到头来，竟然非常反讽地帮助人类保护了数十种稀有植物和濒危动物。

因为赫克与纳粹亲密无间的关系，因为他所作所为背后的纳粹动机，世人对他心怀仇恨是完全可以理解的。因此，一些波兰的爱国者曾经（至今仍然）动辄反驳说，那些动物固然貌似它们的远古祖先，实际上，严格来说，不过是赝品。赫克兄弟那个年代，克隆技术尚未出现，如果在今天，这兄弟俩一定是克隆实验的急先锋。某些动物学家谨慎地把他们兄弟俩培育出来的品种称为“类欧洲野马生物”和“类欧洲原牛生物”，将它们与特定的政治目的联系在一起。生物学家彼得·达西凯维契和新闻记者让·艾肯鲍姆在《欧洲原牛：一个纳粹骗局》（1999）一书中表示，这些马“尽管不是真正的野生动物，却是一种大型珍稀物种，其历史非常扭曲，宛如一幕大戏，戏中既有真诚的奉献，也有刻意的欺骗”。他们的书中把赫克兄弟描写成了两个骗子，这两个骗子创作导演了一出规模宏大的纳粹恶作剧，之所以如此说，是因为他们创造了一个新的物种，却假称复活了一个已经灭绝的古老物种。赫尔曼·赖兴巴赫在《国际动物园新闻》中发表了对该书的评论，他反驳说，“达西凯维契和让·艾肯鲍姆两人的书疏于实证，本质上实为“法国人所谓的‘党争之作’……美国人所谓的‘杀伐之作’。……（当然）赫克兄弟也是罪有应得。战后两人对于自己与纳粹暴政之间的勾连不够坦白……不管怎么狡辩，（在一个公园范围内）再造一个远古的日耳曼自然环境，与夺回阿尔萨斯一样，都是纳粹意识形态的表现。”

但在赖兴巴赫看来，赫克兄弟的杰作将扮演重要角色。“它们毕竟有助于保护一个将森林与草甸融合在一起的自然环境。……而且，过去数十年来，家牛受困于基因严重贫乏的问题，作为一种野生牛类，这些欧洲原牛也许有助于改善家牛的基因池。尝试复活欧洲原牛也许是个愚蠢的举动，但也算不上犯罪”。比亚沃维耶扎自然保护地的Z.普切克教授对这些“赫克牛”采取完全否定的态度，指控它们是“二十世纪最大的科学骗局”。这场争论远没有到鸣金收兵的时候，报刊中、网络上人们依然吵得不可开交。美国人C. 威廉·毕比的一段文字经常在这场争论中被人引用。在《鸟：形式与功能》(1906)一书中，毕比写道：“一件艺术品，其最初的物质形态即使遭到毁坏，其中的美质与匠心可以重新孕育产生；一个和弦，固然可能湮没在历史的长河中，有朝一日还是有可能在作曲家的灵魂中骤然重现；但是，如果某个生命种群的最后一个个体不再呼吸，那就必须等待另一个天地的到来，才能有这种生命重新存在的一天。”

痴迷的形态各种各样，有的利国利民，有的却是涂炭生灵。漫步穿越比亚沃维耶扎斑斓绚丽的生命长廊时，不禁心生迷惘，不知道人性中的“痴迷”究竟在卢茨·赫克的野心中，在华沙动物园的命运中，在扬与安东尼娜利他主义的冒险举动中，分别扮演了何种角色。无疑，扬和安东尼娜正是利用了纳粹对于史前动物和再造一片原始森林的痴迷，成功地救助了许多邻人和朋友的生命。

今天的华沙是一个天高地广、心旷神怡的绿色城市，绿树成荫的大道一直延伸到维斯瓦河岸，断垣残壁的废墟与蒸蒸日上的新景在这里共存，到处都有高大的老树张开清凉的树荫，散发怡人的香气。在动物园区，布拉斯基公园内依然到处都有椴树，它们散发出浓烈的甜香，让人头晕目眩，夏天时，更有蜜蜂成群。河的对岸，当年的犹太隔都所在地，有一大片栗子树，树林的中央有一个广场和一块凄凉沉重的纪念碑。

一九八九年的东欧政治剧变之后，波兰人基于他们一贯的幽默传统，把前盖世太保大本营变成了教育部办公楼，把原克格勃总部变成了司法部，把共产党最高机关变成了证券交易所。老城区的建筑是一首无声的基督教赞美诗，战后按照维斯瓦哥特风格得以重建，所依据的乃是十七世纪威尼斯画家贝尔纳多·贝洛托留下的素描和油画。这一盛举的组织者是艾米丽娅·希若娃，耶哥塔组织按键式移动墙的发明者。有些新建筑物的外墙面上赫然夹杂着旧材料，它们是华沙大轰炸留下的废墟中回收来的旧砖石。华沙街道上矗立着数十尊雕像和纪念碑，因为波兰有一半都淹没在被侵略，被欺凌的历史中，进步固然滋养着这个国家，但它始终一面向着未来，一面向着过去，悲悼的面容从未褪尽。

围城时期，安东尼娜曾与家人亲戚一起躲避在华沙市中心的一套公寓里。我从这套公寓出发，开始追踪安东尼娜当年的足迹。我步行到了蜂蜜街，跨越了老护城河，穿行在环绕老城区的砖墙间，墙斑驳老旧，偶有碎屑剥落。进入老城区后，满眼都是鳞次栉比的排屋，鞋子常常在鹅卵石街道上打滑，身子不断失去平衡，然后又一点点恢复。终于鞋子不再打滑，因为脚下的石块变大了，它们已被几个世纪以来的脚步磨平。战后重建华沙时，规划者尽可能地使用原有的石头。与安东尼娜同时代的作家布鲁诺·舒尔茨的短篇小说集《鳄鱼街》中描述的那条由五颜六色的石子镶拼而成的步行街，今天依然可以看到，这些石子“有的呈金黄色，有的呈蓝灰色，有的呈淡淡的粉红，与人类的皮肤一个颜色；一块块都很平滑，在阳光下看起来有温暖的天鹅绒般的柔软感；又很像一个个古老的日晷，在亿万次的踩踏后，这些日晷已经近乎灭迹，融入虚无的祝福”。

在类似的一条条狭窄的小巷里，电气（以前是煤气）街灯是安在街角的建筑物上的，一扇扇双格窗开着，像“降临节日历”。赤褐色的屋顶下方是壁炉烟囱的一道道黑色沟槽，有些涂色的墙壁上，有一处处剥落，露出里面肉红色的砖面。

我转了一个弯，进了面包师街，鹅卵石街面呈一个接着一个的扇面或者漩涡形状，就像干涸风化的河床；左转进入啤酒街，只见一幢房子二楼的墙面上有一个凹进去的神龛，里面供奉着一座木头圣像，两侧塞满了鲜花状祭品；然后我路过了卡罗拉贝埃拉古币收藏者俱乐部；接下去又走过了三扇矮小的木门，门后面都是院子；继续往前走到了街角处，身边建筑物的外墙面砌成了金字塔形状，我在这里左转，终于进入了一座大型露天市场，当地人叫它“集市广场”。战争初期，安东尼娜在这里购物，但当时已很少有商贩冒险支摊，各家琥珀店、古玩店都不敢开门营业，四周气派非凡的深宅大院门窗紧锁。二十世纪三十年代活跃在这里抽签算命的鹦鹉，在那些日子里销声匿迹。

离开集市广场后，我漫步走向古城防要塞，去看距这里最近的一口古井。我沿着一面乌黑的砖墙走着，砖墙围绕着几座中世纪的高塔，塔上有漏斗状的盖顶，盖顶下是瞭望台，四壁分布着一条条狭长的细缝，古时的弓弩手们就藏身在后面。夏天时，这条小路上的山梅花树会开满白色的花朵，引来黑白两色的肥喜鹊。路边还有山楂子树，为了追求光照，它们奋力蹿得很高，树冠在墙顶上方随风摇曳。我走到了骑士街上的一个小型广场，看到了一根黑色的柱子，柱体上雕刻着华沙城的市徽——舞剑的美人鱼。这个传说中的女怪形象，我想安东尼娜会把她看作半人半兽的守护神。柱子两边各有一个满面须髯的神像，水流从它们的嘴里喷射出来。此时，你的脑海中不难想象这样一个画面：安东尼娜走到这里，把购物篮放到地上，她斜举着一只水壶，将壶口对准喷嘴，等待着生命之水从地下往上奔涌，汩汩流入她的壶中。

The Royal Hunting Lodge in Białowieża, once the ornate retreat of kings and tsars.

比亚沃维耶扎原始森林中的“皇家猎人小屋”，曾是国王和沙皇华丽的行宫。

Details

详细说明

Chapter 2

Thievery posed another worry (30): A few years back, burglars broke into the Warsaw Zoo's aviary and stole various owls, a raven, and a condor, and officials assumed they nabbed the owls and raven to mislead, their real target being the condor, whose black-market value had soared. On another occasion a robber stole a baby penguin. Zoo abductions happen everywhere, usually commissioned by breeders or laboratories, but sometimes by individual collectors. Notably, a beautiful cockatoo stolen from the Duisburg Zoo was later found dead and stuffed, in the apartment of a couple who had received it as an anniversary present.

a Burmese man invented . . . a hopping stick (30): Pogo sticks, all the rage of the 1920s, were actually patented by the American George Hansburg.

backward-bent red knees (31): Flamingos look like they have backward-facing knees, but those are actually their ankles. Their knees float higher up, hidden by feathers.

Chapter 3

The Żabińskis' country cottage [in Rejentówka] (39): Many of these details come from Helena Boguszewska, who owned a neighboring property.

Chapter 4

scenes of the dead and dying etched into memory (49): Antonina's recollection is matched by that of Wiktor Okulicz-Kozaryn, a retired engineer, who watched the same scene as a boy, and remembers "German aircraft flying low over the crowd, shooting and killing many people . . . [and] two Polish planes attacking a German bomber above a field, the plane flaming, then one parachute floating down near some trees."

"That which doesn't kill you, makes you stronger" (49): Friedrich Nietzsche, *The Twilight of the Idols* (1899).

Chapter 5

the newly invented jukebox (55): Jukeboxes were invented in the 1930s, to supply music in back-road *jooks*—Carolina creole for joints that were a combination of bawdy house, gambling den, and dance shack.

Chapter 6

"While speaking to you now, I can see it through the window in its greatness and glory" (64): Stefan Starzyński, quoted in *Warsaw and Ghetto* (Warsaw: B. M. Potyralsey, 1964).

"I rely on the population of Warsaw . . . to accept the entry of the German forces" (67): Rommel quoted in Israel Gutman, *Resistance: The Warsaw Ghetto Uprising* (New York: Houghton Mifflin, 1994), p. 12.

"ruthlessly exploit this region as a war zone and booty country" (70): *Proceedings of the Trial of the Major War Criminals Before the International Military Tribunal, Nuremberg,* vol. 290, ND 2233-PS; quoted in Anthony Read, *The Devil's Disciplines: Hitler's Inner Circle* (New York: W. W. Norton, 2004), p. 3.

over a span of five years (70): Adam Zamoyski, *The Polish War: A Thousand Year History of the Poles and Their Culture* (New York: Hippocrene Books, 1994), p. 358.

"from the very beginning, I was connected to the Home Army" (70): Jan Żabiński quoted in a Yiddish newspaper, in Israel, on the occasion of the Żabińskis being honored by Yad Vashem as "Righteous Among Nations." Newspaper article provided by Ryszard Żabiński.

Chapter 7

director of the Munich Zoo (75): Heinz Heck became director of the Hellabrunn Zoo in Munich in 1928, where he remained until 1969.

Esperanto (75): Esperanto was invented in 1887 in Białystok by Dr. Ludovic Lazar Zamenhof, an eye doctor, who chose the pseudonym of "Doktoro Esperanto" (Dr. Hope). Immersed in Białystok's polyglot world, he noted how much distrust and misunderstanding between ethnic groups stemmed from language barriers, so he designed a neutral lingua franca.

Chapter 8

"The campfire flickering in front of me" (79): Lutz Heck, *Animals—My Adventure,* trans. E. W. Dickies (London: Methuen, 1954), p. 60.

back-breeding project (82): Though Polish scientist Tadeusz Vetulani had tried the same back-breeding process years before without success, Heck stole Vetulani's research and, ultimately, thirty animals, which he sent to Germany, later installing them in Rominten and then Białowieża.

biological aims of the Nazi movement (83): Much as Hitler publicly championed a fit, vigorous Aryan race, Goebbels had a clubfoot, Göring was obese and addicted to morphine, and Hitler himself seems to have been suffering from third-stage syphilis by the end of the war, addiction to uppers and downers, and quite possibly Parkinson's. Hitler's doctor, Theo Morell, a renowned specialist in syphilis, accompanied him everywhere, syringe and gold-foil-wrapped vitamins at the ready. Rare film footage shows Hitler using his steady right hand to shake hands with a line of boys, while his left, hidden behind his back, displays Parkinson's distinctive tremor.

What were his so-called vitamins? According to criminologist Wolf Kemper (*Nazis on Speed: Drogen im 3. Reich* [2002]), the Wehrmacht commissioned an array of drugs that would increase focus, stamina, and risk-taking, while reducing pain, hunger, and fatigue. Between April and July of 1940, troops received over 35 million 3-milligram doses of the addictive and mood-altering amphetamines Pervitin and Isophan.

In a letter dated May 20, 1940, twenty-two-year-old Heinrich Böll, then stationed in occupied Poland, despite his "unconquerable (and still unconquered) aversion to the Nazis," wrote his mother in Cologne to rush him extra doses of Pervitin, which German civilians were buying over the counter for their own use. (Leonard L. Heston and Renate Heston, *The Medical Casebook of Adolf Hitler* [London: William Kimber, 1979], pp. 127–29.)

Josef Mengele (83): Josef Mengele grew up in a family of Bavarian industrialists, and declared his religion as Catholic on official forms (instead of "believer in God," as Nazism preferred). Genetic abnormalities fascinated him, and "Dr. Auschwitz," as he came to be known, had an ample pool of children on whom to do experiments which the Frankfurt court would later denounce as "hideous crimes" performed "willfully and with bloodlust," which often included vivisection or murder. "He was brutal but in a gentlemanly, depraved way," one prisoner reported, and others described him as "very playful," "a Rudolph Valentino type," always smelling of eau de cologne. (Quoted in Robert Jay Lifton, *The Nazi Doctors: Medical Killing and the Psychology of Genocide* [New York: Basic Books, 1986], p. 343.) "In selecting for death or in killing people himself, the essence of Mengele was flamboyant detachment—one might say disinterestedness—and efficiency," Lifton concludes (p. 347).

As new prisoners arrived, guards marched up and down the lines calling out *"Zwillinge, zwillinge!"* as they hunted twins for Mengele to tamper with in gruesome ways. Changing eye color became his favorite line of research, and on one wall of his office, he displayed an array of surgically removed eyes pinned up like a collection of moths.

"a deliberate, scientifically founded race policy" (84): Konrad

Lorenz quoted in Ute Deichmann, *Biologists Under Hitler*, trans. Thomas Dunlap (Cambridge, Mass.: Harvard University Press, 1996), p. 187.

"the healthy volkish body often does not 'notice' how it is being pervaded by elements of decay" (84): Konrad Lorenz, "Durch Domestikation verursachte Störungen artewigen Verhaltens," *Zeitschrift für angewandte Psychologie und Charaklerunde*, vol. 59 (1940), p. 69.

Hermann Göring (85): As part of Hitler's inner circle, he quickly rose to "air minister," as well as "Master of the German Hunt" and "Master of German Forests." More than just an avid huntsman—he once had a stag from his estate flown to him in France so that he could track and shoot it—Göring identified hunting with life at his boyhood castle, and dreamt of returning Germany to its lost greatness ("Our time will come again!" he would proclaim). Weekends he spent in the forests, and seizing any excuse to combine politics and hunting, he hosted haute cuisine shooting parties. Hitler didn't hunt, though he often wore hunter's garb, especially at his lodge in the Alps, as if at any moment he might release a falcon or leap into the saddle and chase a candelabra-horned stag.

Fascinated by boar hunting, Göring prized a custom-made fifty-inch boar spear with a leaf-shaped blade of blue steel, a dark mahogany grip, and a steel shaft with two hollow pleated spheres that rattled to scare his prey from the underbrush.

Göring took dozens of hunting trips with friends, foreign dignitaries, and members of the German high command from the mid-1930s to late 1943; and documents show that even in January and February of 1943, while Germany was losing on the Russian front, Göring was at his castle, hunting Rominten wild boar and Prussian royal stags. (During this same period he also introduced ballroom dancing lessons for Luftwaffe officers.)

Chapter 9

So many excellent books have been written about daily life in the Ghetto, the Jew roundups, and the horrors of the death camps, that I don't linger on them. A particularly vivid account of the Uprising that comes to mind is *A Fragment of the Diary of the Rubbish Men,* by Leon Najberg, who fought with armed stragglers among the ruins until the end of September.

European Bison Stud Book (89): It continues to this day, though it's now issued in Poland. No bloodline information is kept on the wild bison, which rangers simply keep an eye on and count.

For good discussions of the motif, see Piotr Daszkiewicz and Jean Aikhenbaum, *Aurochs*, *le retour . . . d'une supercherie nazie* (Paris: HSTES, 1999), and Frank Fox, "Zagrożone gatunki: Żydzi i żubry" (Endangered Species: Jews and Buffalo), *Zwoje*, January 29, 2002.

"I've been asked that a lot" (89): Heck, *Animals*, p. 89.

Chapter 10

any illness that kills one animal threatens to wipe out all (91): This curse of closely knit species also applies to our dairy cows, now almost clones of one another; an illness that kills one can kill all.

A 2006 study of mitochondrial DNA (91): "The Matrilineal Ancestry of Ashkenazi Jewry: Portrait of a Recent Founder Event": Doron M. Behar, Ene Metspalu, Toomas Kivisild, Alessandro Achilli, Yarin Hadid, Shay Tzur, Luisa Pereira, Antonio Amorim, Lluís Quintana-Murci, Kari Majamaa, Corinna Herrnstadt, Neil Howell, Oleg Balanovsky, Ildus Kutuev, Andrey Pshenichnov, David Gurwitz, Batsheva Bonne-Tamir, Antonio Torroni, Richard Villems, and Karl Skorecki. *American Journal of Human Genetics,* March 2006.

some say to a man, some a woman (92): That person didn't live all alone on the planet; it's simply that no one else's offspring survived.

"Germany's crime is the greatest crime the world has ever known" (92): Pierre Lecomte du Noüy, *La dignité humaine* (1944).

the Underground, whose foothold in the Praga district in time reached 90 platoons with 6,000 soldiers (93): Norman Davies, *Rising '44: The Battle for Warsaw* (London: Pan Books, 2003), p. 183.

Chapter 11

Hitler had ordered (99): From a transcript read at the Nuremberg trials, reported in "The Fallen Eagles," *Time*, December 3, 1945.

all Poles drew punishment (100): Out of its prewar population of 36 million, Poland lost 22 percent, more than any other country in Europe. After the war, Yad Vashem in Jerusalem, the State Tribunal of Israel, detailed some of Christian Poland's ordeal, and how, in addition to the 6 million Jews killed, 3 million Catholics died, "but what is even worse, it lost especially its educated classes, youth and any elements which could in the future oppose one or the other of the two totalitarian regimes. . . . According to the German plan, Poles were to become a people without education, slaves for the German overlords."

Chapter 12

"constant tense clamor" (105): Michał Grynberg, ed., *Words to Outlive Us: Eyewitness Accounts from the Warsaw Ghetto*, trans. Philip Boehm (London: Granta Books, 2003), p. 46.

At one point Himmler invited Werner Heisenberg to establish an institute to study icy stars because, according to the cosmology of *Welteislehre*, based on the observations of the Austrian Hanns Hörbiger (author of *Glazial-Kosmogonie* [1913]), most bodies in the solar system, our moon included, are giant icebergs. A refrigeration engineer, Hörbiger was persuaded by how shiny the moon and planets appeared at night, and also by Norse mythology, in which the solar system emerged from a gigantic collision between fire and ice, with ice winning. Hörbiger died in 1931, but his theory became popular among Nazi scientists and Hitler swore that the unusually cold winters in the 1940s proved the reality of *Welteislehre*. Nicholas Goodrick-Clarke's *The Occult Roots of Nazism* explores the influence of such magnetic lunatics as Karl Maria Wiligut, "the Private Magus of Heinrich Himmler," whose doctrines influenced SS ideology, logos, ceremonies, and the image of its members as latter-day Knights Templars and future breeding stock for the coming Aryan utopia. To this end, Himmler founded Ahnenerbe, an institute for the study of German prehistory, archaeology, and race, whose staff wore SS uniforms. Himmler also acquired Wewelsburg Castle in Westphalia to use immediately for SS education and pseudoreligious ceremonies, and remodel into a future site altogether more ambitious, "creating an SS vatican on an enormous scale at the center of the millenarian greater Germanic Reich."

"In Warsaw the Ghetto was no longer anything but an organized form of death" (106): Michael Mazor, *The Vanished City: Everyday Life in the Warsaw Ghetto*, trans. David Jacobson (New York: Marsilio Publishers, 1993), p. 19.

"mere mention of a threat" (106): Grynberg, *Words to Outlive Us*, pp. 46–47.

Chapter 14

"just to facilitate your research, [and] to let you know what we think of you" (122): *After Karski*, p. 267, quoted in Davies, *Rising '44*, p. 185.

Chapter 15

president of Warsaw (126): The president of Warsaw is equivalent to the mayor of a city.

any excuse to visit friends "to keep up their spirits and smuggle in food and news" (128): See Rostal, "In the Cage of the Pheasant."

"a period of political repression, censorship, and infringement on personal liberties" (130): Milton Cross, *Encyclopedia of the Great Composers and Their Music*, Doubleday, 1962, pp. 560–61.

the Warsaw Ghetto's Labor Bureau (131): Workers deported to Germany by the Arbeitsamt had to wear a purple *P* on their sleeve, and were denied church, cultural pursuits, and public transportation. Sex with a German was punishable by death. (Davies, *Rising '44*, p. 106)

"when he saw the beautiful beetles and butterflies, he forgot all about the world" (135): *Polacy z pomocą Żydom* (Poles Helping Poles), 2nd edition (Kraków: Wydawnictwo Znak, 1969), pp. 39–45.

"The creation, existence, and destruction of the Ghetto" (136): Philip Boehm, introduction to Grynberg, *Words to Outlive Us*, p. 3.

"Frankenstein was a short, bull-legged, creepy-looking man" (137): Jack Klajman with Ed Klajman, *Out of the Ghetto* (London: Vallentine Mitchell, 2000), pp. 21, 22.

Chapter 16

"I wanted to tell Jan—'Let's run.'" (150): Lonia Tenenbaum, in *Polacy z pomocą Żydom* (Poles Helping Poles).

about half of the full collection, which Jan told a journalist ran to four hundred boxes (151): Jan E. Rostal, "In the Cage of the Pheasant," *Nowiny i Courier*, October 1, 1965.

Chapter 17

"doctrine of blood and soil" (153): Karl Friederichs quoted in Deichmann, *Biologists Under Hitler*, p. 160.

Epidemics Resulting from Wars (154): Friedrich Prinzing, *Epidemics Resulting from Wars* (Oxford: Clarendon Press, 1916).

"Antisemitism is exactly the same as delousing" (154): speech to SS officers, April 24, 1943, Kharkov, Ukraine; reprinted in United States Office of Chief of Counsel for the Prosecution of Axis Criminality, *Nazi Conspiracy and Aggression*, (Washington, D.C.: United States Government Printing Office, 1946), vol. 4, pp. 572–78, 574.

he was "seized by the wish not to have a face" (155): Hannah Krall, *Shielding the Flame: An Intimate Conversation with Dr. Marek Edelman, the Last Surviving Leader of the Warsaw Ghetto Uprising* (New York: Henry Holt, 1977), p. 15.

the slogan "JEWS—LICE—TYPHUS" (155): report by Ludwig Fischer quoted in Gutman, *Resistance*, p. 89.

"when the three horsemen of the Apocalypse" (156): Stefan Ernest quoted in Grynberg, *Words to Outlive Us*, p. 45.

"When you eat and drink" (157): Alexander Susskind, quoted in Daniel C. Matt, ed., *The Essential Kabbalah: The Heart of Jewish Mysticism* (San Francisco: HarperCollins, 1995; translated from Dov Baer, Maggid Devarav l'Ya'aquov), p. 71.

"One hears the [Teaching's] voice" (159): Nehemia Polen, *The Holy Fire: The Teachings of Rabbi Kalonymus Kalman Shapira, the Rebbe of the Warsaw Ghetto* (Lanham, Md.: Rowman & Littlefield, 1994), p. 163.

one Ghetto inhabitant (159): Marek Edelman in Krall, *Shielding the Flame*. After the war Edelman became a cardiologist, commenting that "when one knows death so well, one has more responsibility for life."

Chapter 18

"The personality of animals will develop" (165): postwar interview by Danka Harnish, in Israel, translated from Hebrew by Haviva Lapkin of the Lorraine and Jack N. Friedman Commission for Jewish Education, West Palm Beach, Florida, April 2006.

"Consisting of 28,000 Jews" (173): Gunnar S. Paulsson, *Secret City: The Hidden Jews of Warsaw, 1940–1945* (New Haven, Conn.: Yale University Press, 2002), p. 5.

"Tenants visited each other" (173): Alicja Kaczyńska, *Obok piekła* (Gdańsk: Marpress, 1993), p. 48; quoted in Paulsson, *Secret City*, pp. 109–10.

Chapter 20

"Uncle is planning (God preserve us) to hold a wedding" (181): from Ruta Sakowska, ed., *Listy o Zagladzie* (*Letters About Extermination*) (Warsaw: PWN, 1997). Jenny Robertson, *Don't Go to Uncle's Wedding: Voices from the Warsaw Ghetto* (London: Azure, 2000).

"district of the damned" (183): Janusz Korczak, *Ghetto Diary* (New Haven, Conn.: Yale University Press, 2003), p. x.

"adhesions, aches, ruptures, scars" (184): *Ghetto Diary*, p. 9.

"Thank you, Merciful Lord" (184): *Ghetto Diary*, p. 8.

"When I collect the dishes myself" (184): *Ghetto Diary*, p. 107.

whose pure souls make possible the world's salvation (186): Betty Jean Lifton, introduction to *Ghetto Diary*, p. vii.

Chapter 21

"The people of Zegota were not just idealists but activists, and activists are, by nature, people who know people" (188): Irene Tomaszewski and Tecia Werbowski, *Zegota: The Rescue of Jews in Wartime Poland* (Montreal, Canada: Price-Patterson Ltd., 1994).

70,000–90,000 people (189): from Gunnar S. Paulsson, *Secret City: The Hidden Jews of Warsaw 1940–1945* (New Haven: Yale University Press, 2002), p. 163.

a giant jar Jan had once used in a cockroach study (194): Jan Żabiński, "The Growth of Blackbeetles and of Cockroaches on Artificial and on Incomplete Diets," *Journal of Experimental Biology* (Company of Biologists, Cambridge, UK), vol. 6 (1929): pp. 360–86.

Chapter 23

Surprisingly, sketchy telephone service continued (202): Emanuel Ringelblum, *Polish-Jewish Relations During the Second World War* (New York: Howard Festig, 1976), pp. 89–91.

"a husk or shell that has grown up around a spark of holiness, masking its light" (203): Michael Wex, *Born to Kvetch: Yiddish Lan-*

guage and Culture in All of Its Moods (New York: St. Martin's Press, 2005), p. 93.

Yiddish's famous curses . . . "May you piss green worms!" (209): Wex, *Born to Kvetch*, pp. 117, 132, 137.

"Here a terrible depression reigns" (210): Judit Ringelblum, *Beit Lohamei ha-Getaot* (Haifa, Israel: Berman Archives); quoted in Paulsson, *Secret City*, p. 121.

Chapter 24

"For him, I would do anything," he once told a friend. "Believe me, if Hitler were to say I should shoot my mother, I would do it and be proud of his confidence" (211): Otto Strasser, *Mein Kampf* (Frankfurt am Main: Heinrich Heine Verlag, 1969), p. 35.

"Nearby, on the other side of the wall, life flowed on as usual" (212): Cywia Lubetkin, *Extermination and Uprising* (Warsaw: Jewish Historical Institute, 1999); quoted in Robertson, *Don't Go to Uncle's Wedding*, p. 93.

"the Germans have removed, murdered, or burned alive tens of thousands of Jews" (213): Stefan Korboński, *Fighting Warsaw: The Story of the Polish Underground State, 1939–1945* (New York: Hippocrene Books, 2004), p. 261.

Chapter 25

"There I saw a dozen more or less undressed ladies" (220): From the account of Władysław Smólski in *Righteous Among Nations: How Poles Helped the Jews, 1939–1945*, edited by Władysław Barloszewski and Zofia Lewin (London: Earlscourt Publications Ltd., 1969), pp. 255–59.

operated on Jewish men to restore foreskins (222): Schultheiss, Dirk, M.D., et al., "Uncircumcision: A Historical Review of Preputial Restoration," *Plastic and Reconstructive Surgery*, vol. 101, no. 7 (June 1998): pp. 1990–98.

"Suffering took hold of me" (222): a personal reminiscence deposited with the Jewish Historical Institute after World War II, and published in *Righteous Among Nations*, p. 258.

Chapter 27

"man as a sensitive receiver" (236): Goodrick-Clark, *The Occult Roots of Nazism*, p. 161.

Chapter 28

"It is the imaginary perils, [the] supposed observation by the neighbour, porter, manager, or passer-by" (241): Ringelblum, *Polish-Jewish Relations*, p. 101.

"A picture falling off a wall" (242): Sophie Hodorowicz Knab, *Polish Customs, Traditions, and Folklore* (New York: Hippocrene Books, 1996), p. 259.

people "walking on quicksand" (244): Janina in *Righteous Among Nations*, p. 502.

"I am lucky . . . I can do wonders" (244): Rachela "Aniela" Auerbach, postwar testimony in *Righteous Among Nations*, p. 491.

"the perennial protector of the underdog" (245): Basia in *Righteous Among Nations*, p. 498.

In a postwar interview with London's *White Eagle-Mermaid* (248): May 2, 1963.

Chapter 29

"If I maintain my silence about my secret" (255): Arthur Schopenhauer, *Parerga and Paralipomena*, trans. E. F. J. Payne (New York: Oxford University Press, 2000), vol. 1, p. 466 (chap. 5, "Counsels and Maxims").

Chapter 30

blanket-bomb German cities, including Dresden (265): In the ensuing firestorm, counting victims became impossible, though it's now estimated that 35,000 people perished in Dresden. The rare manuscripts of eighteenth-century Italian composer Tomaso Albinoni, whose Adagio in G Minor has become synonymous with mournfulness, also vanished in flames.

the most superstitious of cultures (267): Many Poles believed in signs and witchery. It was once common for Warsawians to read their fate in a deck of regular (not tarot) cards, or predict the future, especially marriage, by melting wax on a spoon and slowly pouring it into a bowl of cold water. Supposedly, the shape the wax took revealed one's fate—a hammer or helmet shape told a boy he'd be soldiering soon, and a girl that she'd marry a blacksmith or soldier. If a girl dripped wax resembling a cabinet or other furniture, she'd marry a carpenter; if it looked more like wheat or a wagon, she'd marry a farmer. A violin or trumpet meant the person would become a musician.

According to Polish lore, Death appears to humans as an old woman in a white winding sheet carrying a scythe, and dogs can easily spot her. So one can glimpse Death "by stepping on a dog's tail and looking between his ears."

Chapter 31

Russians (271): The wild-eyed Russian soldiers, known as "Wlasowcy," were soldiers of the Russian general Wlasow, who was collaborating with the Third Reich.

"The tram-cars were crowded with young boys" (272): Stefan Korboński, *Fighting Warsaw: The Story of the Polish Underground State, 1939–1945,* trans. F. B. Czarnomski (New York: Hippocrene Books, 2004), p. 352.

"I will never forget that sound" (282): Jacek Fedorowicz quoted in Davies, *Rising '44,* p. 360–61.

Chapter 32

"on the fences of all the stations" (297): Korboński, *Fighting Warsaw,* p. 406.

Chapter 34

Captions read: "dead city," "a wilderness of ruins," "mountains of

rubble" (303): archival photographs reproduced in Davies, *Rising '44*.

Chapter 35

"half a million at most" (307): Joseph Tenenbaum, *In Search of a Lost People: The Old and New Poland* (New York: Beechhurst Press, 1948), pp. 297–98.

"Anyone who dared to praise pre-war independence" (309): Davies, *Rising '44*, p. 511.

"I only did my duty" (315): Rostal, "In the Cage of the Pheasant."

Chapter 36

"the little iridescent green glossy starling" (319): Heck, *Animals*, p. 61.

"what the French call a *polémique*" (320): Herman Reichenbach, *International Zoo News*, vol. 50/6, no. 327 (September 2003).

"some of the pale pink of human skin, some golden, some blue-gray, all flat" (322): Bruno Schulz, *The Street of Crocodiles*, trans. Celina Wieniewska (New York: Penguin Books, 1977), pp. 27–28.

In 2003, Magdalena Gross's sculpture *Chicken* was auctioned by the Piasecki Foundation to help raise money for autism research in Poland.

Bibliography

参考书目

Aly, Götz, Peter Chroust, and Christian Pross. *Cleansing the Fatherland: Nazi Medicine and Racial Hygiene*. Baltimore, Md.: Johns Hopkins University Press, 1994.

Beebe, C. William. *The Bird: Its Form and Function*. Photos by Beebe. New York: Henry Holt, 1906.

Block, Gay, and Malka Drucker. *Rescuers: Portraits of Moral Courage in the Holocaust*. Prologue by Cynthia Ozick. Revised ed. New York: TV Books, 1998.

Calasso, Roberto. *The Marriage of Cadmus and Harmony*. Translated by Tim Parks. New York: Vintage Books, 1994.

Cooper, Rabbi David A. *God Is a Verb: Kabbalah and the Practice of Mystical Judaism*. New York: Riverhead Books, 1998.

Cornwell, John. *Hitler's Scientists: Science, War, and the Devil's Pact*. New York: Penguin Books, 2004.

Davies, Norman. *God's Playground: A History of Poland*. Vol. 1, *The Origins to 1795*. New York: Oxford University Press, 2005.

———. *Heart of Europe: The Past in Poland's Present*. New York: Oxford University Press, 2001.

———. *Rising '44: The Battle for Warsaw*. London: Pan Books, 2004.

Davis, Avram. *The Way of Flame: A Guide to the Forgotten Mystical Tradition of Jewish Meditation*. New York: HarperCollins, 1996.

Deichmann, Ute. *Biologists Under Hitler*. Translated by Thomas Dunlop. Cambridge, Mass.: Harvard University Press, 1996.

Ficowski, Jerzy, ed. *Letters and Drawings of Bruno Schulz: With Selected Prose*. Translated by Walter Arndt with Victoria Nelson. Preface by Adam Zagajewski. New York: Harper & Row, 1988.

———. *Regions of the Great Heresy: Bruno Schultz, a Biographical Portrait*. Translated and edited by Theodosia Robertson. New York: W. W. Norton, 2003.

Fogelman, Eva. *Conscience and Courage: Rescuers of Jews During the Holocaust*. New York: Anchor Books, 1994

Fox, Frank. "Zagrożone gatunki: Żydzi i żubry (Endangered Species: Jews and Buffalo)," *Zwoje*, January 29, 2002.

Glass, James M. *"Life Unworthy of Life": Racial Phobia and Mass Murder in Hitler's Germany*. New York: Basic Books, 1997.

Goodrick-Clark, Nicholas. *The Occult Roots of Nazism: Secret Aryan Cults and Their Influence on Nazi Ideology*. New York: New York University Press, 2004.

Greenfield, Amy Butler. *A Perfect Red: Empire, Espionage, and the Quest for the Color of Desire*. New York: HarperCollins, 2005.

Grynberg, Michał, ed. *Words to Outlive Us: Eyewitness Accounts from the Warsaw Ghetto*. Translated and introduction by Philip Boehm. London: Granta Books, 2003.

Gutman, Israel. *Resistance: The Warsaw Ghetto Uprising*. New York: Houghton Mifflin, 1994.

Hale, Christopher. *Himmler's Crusade: The Nazi Expedition to*

Find the Origins of the Aryan Race. Hoboken, N.J.: Wiley, 2003.

Heck, Lutz. *Animals—My Adventure*. Translated by E. W. Dickies. London: Methuen, 1954.

Heston, Leonard L., and Renate Heston. *The Medical Casebook of Adolf Hitler: His Illnesses, Doctors and Drugs*. London: William Kimber, 1979.

Hoffman, Eva. *Lost in Translation: A Life in a New Language*. New York: Penguin Books, 1990.

Iranek-Osmecki, Kazimierz. *He Who Saves One Life*. Foreword by Joseph Lichten. New York: Crown, 1971.

Kater, Michael. *Doctors Under Hitler*. Translated by Thomas Dunlap. Chapel Hill: University of North Carolina Press, 1989.

Kisling, Vernon, and James Ellis. *Zoo and Aquarium History: Ancient Animal Collections to Zoological Gardens*. Boca Raton, Fl.: CRC Press, 2001.

Kitchen, Martin. *Nazi Germany at War*. New York: Longman Publishing, 1995.

Klajman, Jack, and Ed Klajman. *Out of the Ghetto*. London: Vallentine Mitchell, 2000.

Knab, Sophie Hodorowicz. *Polish Customs, Traditions, and Folklore*. New York: Hippocrene Books, 1996.

———. *Polish Herbs, Flowers & Folk Medicine*. Revised ed. New York: Hippocrene Books, 1999.

Korbonski, Stefan. *Fighting Warsaw: The Story of the Polish Underground State, 1939–1945*. Translated by F. B. Czarnomski. Introduction by Zofia Korbonski. New York: Hippocrene Books, 2004.

Korczak, Janusz. *Ghetto Diary*. Introduction by Betty Jean Lifton. New Haven: Yale University Press, 2003.

Krall, Hanna. *Shielding the Flame: An Intimate Conversation with Dr. Marek Edelman, the Last Surviving Leader of the Warsaw Ghetto Uprising*. Translated by Joanna Stasinska and Lawrence Weschler. New York: Henry Holt, 1986.

Kühl, Stefan. *The Nazi Connection: Eugenics, American Racism, and German National Socialism*. New York: Oxford University Press, 1994. (*Times Literary Supplement*, August 5, 1994)

Lemnis, Maria, and Henryk Vitry. *Old Polish Traditions: In the Kitchen and at the Table*. New York: Hippocrene Books, 2005.

Lifton, Robert J. *The Nazi Doctors: Medical Killing and the Psychology of Genocide*. New York: Basic Books, 1986. (*New York Times Book Review*, September 25, 1986)

Lorenz, Konrad. "Durch Domestikation verursachte Störungen artewigenen Verhaltens." *Zeitschrift für angewandte Psychologie und Charakterkunde*, vol. 59 (1940): pp. 2–81.

Macrakis, Kristie. *Surviving the Swastika: Scientific Research in Nazi Germany*. New York: Oxford University Press, 1993.

Matalon Lagnado, Lucette, and Sheila Cohn Dekel. *Children of the Flames: Dr. Josef Mengele and the Untold Story of the Twins of Auschwitz*. New York: William Morrow, 1991.

Mazor, Michel. *The Vanished City: Everyday Life in the Warsaw Ghetto*. Translated by David Jacobson. New York: Marsilio Publishers, 1993.

Milosz, Czeslaw, ed. *Postwar Polish Poetry*. 3rd ed. Berkeley: University of California Press, 1983.

Oliner, Samuel P., and Pearl Oliner. *The Altruistic Personality: Rescuers of Jews in Nazi Europe*. New York: Free Press, 1988. (*New York Times Book Review*, September 4, 1988)

Paulsson, Gunnar S. *Secret City: The Hidden Jews of Warsaw, 1940–1945*. New Haven, Conn.: Yale University Press, 2002.

Polen, Nehemia. *The Holy Fire: The Teachings of Rabbi Kalonymus Kalman Shapira, the Rebbe of the Warsaw Ghetto*. Lanham, Md.: Rowman & Littlefield, 1994.

Proctor, Robert. *Racial Hygiene: Medicine Under the Nazis*. Cambridge, Mass.: Harvard University Press, 1988. (*New York Times Book Review*, August 21, 1988)

Read, Anthony. *The Devil's Disciples: Hitler's Inner Circle*. New York: W. W. Norton, 2005.

Righteous Among Nations: How Poles Helped the Jews, 1939–1945. Edited by Władysław Bartoszewski and Zofia Lewin. London: Earlscourt Publications Ltd., 1969.

Robertson, Jenny. *Don't Go to Uncle's Wedding: Voices from the Warsaw Ghetto*. London: Azure, 2000.

Rostal, Jan E. "In the Cage of the Pheasant." *Nowiny i Courier*, October 1, 1965.

Schulz, Bruno. *The Street of Crocodiles*. Translated by Celina Wieniewska. Introduction by Jerzy Ficowski. Translated by Michael Kandel. New York: Penguin Books, 1977.

Sliwowska, Wiktoria, ed. *The Last Eyewitnesses: Children of the Holocaust Speak*. Translated and annotated by Julian and Fay Bussgang. Postscript by Jerzy Ficowski. Evanston, Ill.: Northwestern University Press, 2000.

Speech to SS officers, April 24, 1943, Kharkov, Ukraine. Reprinted in United States Office of Chief of Counsel for the Prosecution of Axis Criminality, *Nazi Conspiracy and Aggression*, vol. 4, pp. 572–578, 574. Washington, D.C.: United States Government Printing Office, 1946.

Styczński, Jan. *Zoo in Camera*. Photographs. Text by Jan Żabiński. Translated by Edward Beach Moss. London: Murrays Sales and Service Co., n.d.

Szymborska, Wislawa. *Miracle Fair: Selected Poems of Wislawa Szymborska*. Translated and notes by Joanna Trzeciak. Foreword by Czeslaw Milosz. New York: W. W. Norton, 2001.

Tec, Nechama. *When Light Pierced the Darkness: Christian Rescue of Jews in Nazi-Occupied Poland*. (New York: Oxford University Press, 1986).

Tenenbaum, Joseph. *In Search of a Lost People: The Old and New Poland*. New York: Beechhurst Press, 1948.

Tomaszewski, Irene, and Tecia Werbowski. *Zegota: The Rescue of Jews in Wartime Poland*. Montreal, Canada: Price-Patterson Ltd., 1994.

Ulrich, Andreas. "Hitler's Drugged Soldiers." *Spiegel* online, May 6, 2005.

Wex, Michael. *Born to Kvetch: Yiddish Language and Culture in All of Its Moods*. New York: St. Martin's Press, 2005.

Wiedensaul, Scott. *The Ghost with Trembling Wings: Science, Wishful Thinking, and the Search for Lost Species*. New York: North Point Press, 2002.

Wiesel, Elie. *After the Darkness: Reflections on the Holocaust*. New York: Schocken Books, 2002.

Żabińska, Antonina. *Ludzie i zwierzata* (People and Animals). Warsaw: Czytelnik, 1968.

———. "Rysie" in *Nasz dom w ZOO* (Our House in the Zoo). Warsaw: Czytelnik, 1970.

Żabiński, Jan. "Relacja . . . (A Report . . . a personal reminiscence of Dr. Jan Żabiński deposited with the Jewish Historical Institute after World War II)," no. 5704, n.d. Reprinted in *Biuletyn Żydowskiego Instytutu Historycznego w Polsze* (Warsaw), no 5. 65–66 (1968).

Zaloga, Steven J. *Poland 1939: The Birth of Blitzkrieg*. Oxford: Osprey Publishing, 2002.

Zamoyski, Adam. *The Polish Way: A Thousand Year History of the Poles and their Culture*. New York: Hippocrene Books, 2004.

图书在版编目（CIP）数据

动物园长的夫人 /（美）黛安娜·阿克曼（Diane Ackerman）著；梁超群译．– 重庆：重庆大学出版社，2017.5（2018.5 重印）

书名原文：The Zookeeper's Wife

ISBN 978-7-5689-0409-4

I. ①动… II. ①黛… ②梁… III. ①长篇小说 – 美国 – 现代 IV. ① I712.45

中国版本图书馆 CIP 数据核字（2017）第 027355 号

动物园长的夫人

DONGWUYUANZHANG DE FUREN

［美］黛安娜·阿克曼 —— 著

梁超群 —— 译

特约编辑 雷淑容

责任编辑 王思楠

责任校对 张红梅

装帧设计 范一鼎 / 唐雨河 @ [e] De SIGN

版式制作 武思七 @ [e] De SIGN

责任印制 张　策

重庆大学出版社出版发行

出 版 人 易树平

社　　址 （401331）重庆市沙坪坝区大学城西路 21 号

网　　址 http://www.cqup.com.cn

印　　刷 北京地大天成印务有限公司

开　　本 860mm×1320mm 1/32

印　　张 13.375

字　　数 266 千

印　　次 2017 年 5 月第 1 版 2018 年 5 月第 3 次印刷

I S B N 978-7-5689-0409-4

定　　价 45.00 元

THE
ZOOKEEPER'S
WIFE

版贸核渝字（2016）第 194 号